Bajo el sol de Creta

VIDIS

HISTÓRICA

Es posible que de todo lo que despierta nuestra curiosidad, nuestro pasado, sea lo más intrigante. Porque es real aunque poco sepamos de esos hechos y de esas personas que vivieron años o siglos antes que nosotros.

Nos fascinan las películas históricas porque durante dos horas somos verdaderos testigos, vemos hasta el detalle lo que pudo ser en un auténtico viaje al pasado. *Hemos visto:* eso quiere decir VIDIS, nuestro sello de novela histórica.

Cada libro te transportará desde la Antigua Grecia a la Segunda Guerra Mundial. Descubrirás hechos, personajes, costumbres, tragedias y emociones que pudieron ser reales. Si te llegan como un relato imaginario, es porque *la Historia, para ser contada, debe ser imaginada.*

Cuando acabes la última página, sentirás que además de haber recorrido un viaje lleno de aventuras, emociones y puro entretenimiento, habrás descubierto un episodio de la Historia que no conocías y estarás feliz por haberte enriquecido.

Te damos la bienvenida a VIDIS, sabemos que ocupará un importante lugar en tu biblioteca.

¡Que lo disfrutes!

Título original: *Echoes of Love*
Edición original: HQ derechos gestionados a través de AM Heath.

Diseño interior: Florencia Couto
Diseño de cubierta: Laura Lagunas

Traducción: María Inés Linares
Corrección de estilo: Elena Rueda

© 2022 Jenny Ashcroft

© 2025 Trini Vergara Ediciones
www.trinivergaraediciones.com

© 2025 Vidis Histórica
www.vidishistorica.com

ISBN: 978-84-19767-67-7
Depósito legal: M-26787-2024

Primera edición en España: abril 2025
Impreso en Romanyà Valls S.A.
Printed in Spain · Impreso en España

BAJO EL SOL DE CRETA

Jenny Ashcroft

Traducción: María Inés Linares

VIDIS

HISTÓRICA

Para mi abuela, María Rosis

"Recuerdos de Grecia durante la guerra". Transcripción de la entrevista de investigación realizada por M. Middleton (M. M.) al sujeto diecisiete (#17) en British Broadcasting House, 4 de junio de 1974.

M. M.: ¿Usted ya conocía bien Creta antes de la ocupación?

#17: Sí.

M. M.: ¿Y La Canea?

#17: Especialmente La Canea.

M. M.: Tengo entendido que la ciudad cambió mucho con la invasión.

#17: Toda la isla cambió.

M. M.: Sé que fue muy bombardeada...

#17: Mucho más que eso.

M. M.: ¿Por qué lo dice?

#17: [Se sirve un vaso de agua]. Desapareció la libertad, desapareció la seguridad, Creta quedó aislada de casi todo [bebe agua], usted tiene que entender lo que fue.

M. M.: Tal vez usted podría ayudarme.

#17: Se convirtió en un mundo en sí mismo, todos nosotros estábamos allí y eso era todo. Tremendamente aislados, la vida afuera parecía... [busca la palabra] teórica.

M. M.: ¿Teórica?

#17: Irreal, suspendida mientras duró la guerra. No se respetaba ninguna de las reglas habituales o, al menos, uno olvidaba que debían respetarse.

M. M.: ¿Y ha vuelto usted desde entonces?

#17: No.

M. M: A algunos les parecerá extraño que usted hable de todo esto ahora, después de tantos años.

#17: Seguro que a algunos sí.

M. M.: ¿Y qué les diría?

#17: Que tienen toda la razón.

M.M.: ¿Puede explicar por qué hace esto?

#17: [Silencio largo]

M. M.: ¿Un encuentro?

#17: [Suspira y mueve la cabeza].

M. M.: ¿Tal vez un nuevo recuerdo?

#17: No, no, siempre lo he recordado todo.

M. M.: ¿Entonces?

#17: Últimamente me he sentido… mal.

M. M.: Lo siento.

#17: Sí [suspira profundamente]. Más bien… saber que la vida de uno está llegando a su fin… la ilumina [hace una pausa]. Si en verdad va a haber un gran ajuste de cuentas al final, entonces el mío es inminente de una manera sobrecogedora.

M. M.: ¿Y cómo cree que le irá?

#17: Mal.

M. M.: ¿Se siente culpable?

#17: Sí, sí, me siento culpable.

M. M.: ¿Pero de qué exactamente?

#17: De muchas cosas [tose]. Todos los días.

ANTES DE LA GUERRA

CAPÍTULO I

Creta, junio de 1936

ESE VERANO SE PARECÍA AL COMIENZO DE MUCHOS OTROS veranos. Eleni iba sentada junto a su abuelo en el amado Cadillac familiar que recorría la polvorienta carretera costera desde La Canea. Tenía la piel pegajosa por el sudor bajo el traje de viaje con falda, tan apropiado en Portsmouth pero demasiado grueso en Grecia, demasiado apagado, del mismo gris que el persistente frío inglés. Eleni no se detuvo ni un segundo a pensar que el verano que tenía por delante pudiera ser diferente. ¿Por qué iba a ser así? Veraneaba en Creta desde que era un bebé y estas serían sus decimonovenas vacaciones allí. Confiaba plenamente en lo que le esperaba en la isla.

La carretera se volvía más tranquila cuanto más se alejaba el coche de Yorgos, su papou, del centro bullicioso de La Canea. No había otros vehículos en el zigzagueante puerto de la colina, solo algún granjero con un burro de carga o cabras que pastaban en el calor seco y dorado. Yorgos los adelantó a todos a una velocidad que el padre británico de Eleni habría calificado de temeraria de haber estado allí, pero que ella casi no notó. Echó la cabeza hacia atrás para sentir el viento cálido en los ojos cansados, el brillo menguante del sol como si fuera un paño caliente en la cara; sin prestar atención al roce de las ruedas del Cadillac contra el borde del acantilado, se deleitó con el alivio de haber terminado por fin su odisea de tres días por Europa. Ese año había viajado sola. Timothy, su padre, capitán de la Marina, se había hecho a la mar durante el verano. Él quería que Eleni viajara con su acompañante habitual: una profesora jubilada a la que llamaban señorita Finch, pero la señorita Finch se había roto una pierna jugando al croquet la semana anterior, por lo que Timothy no había tenido tiempo de contratar a una sustituta y no tuvo más remedio que ceder a las promesas de Eleni de que podría hacer el viaje sola. Y felizmente así había sido, aunque lo sentía por la señorita Finch (y, sí, pobre señorita Finch), había sido un alivio no tener que pasar interminables horas asintiendo con la cabeza a las historias de sus sobrinas y sobrinos y de los muchos conejos que tenía de mascotas; había sido liberador poder decidir por sí misma cuándo tomar una copa, leer o simplemente mirar por la ventanilla del vagón en silencio.

Y ahora estaba allí.

Allí.

Ladeó la cabeza hacia abajo y hacia el mar, una tela brillante teñida de rosa por el crepúsculo, cortada en dos por los surcos del transbordador que la había traído desde Atenas. Lo observó alejarse hacia el horizonte con la mirada ausente y se preguntó quiénes irían ahora en él, qué clase de vida llevarían. Mientras tanto, Yorgos hablaba elevando la voz ronca para hacerse oír por sobre el sonido del motor; interrogaba a Eleni sobre su paso solitario por Francia y por la Italia de Mussolini. Le hablaba rápido en griego, sin concesiones a los meses que habían pasado desde la última vez que ella había utilizado el idioma; toleraba mal que no fuera esa su lengua materna.

—¿Fueron puntuales los trenes?

—Sí, bastante —dijo ella—, *ola kala*.

—¿No había mucha gente?

—No.

—¿No tuviste problemas en Italia? Los camisas negras…

—No vi casi ninguno —respondió—. Solo en la frontera.

El trato áspero de los soldados al revisar su documentación había sido incómodo, pero Eleni ya había sobrevivido a esa prueba muchas veces. Después de todo, los fascistas gobernaban Italia desde que ella era una niña. Sabía mantenerse inexpresiva mientras los hombres la examinaban primero a ella, luego sus papeles, después a ella otra vez. Se había distraído mirando los carteles de las vías del tren. "Mussolini nunca envejece en sus fotos", había reflexionado. "Al parecer, se afeita la cabeza para que nadie adivine que está encaneciendo".

—No me interesa esa gente. —dijo Yorgos.

—Tú empezaste.

—Y ahora termino. ¿Comiste bien?

—Mucho.

—¿En serio?

—Sí —sonrió—. En serio.

Él gruñó, incrédulo.

Sin dejar de sonreír, ella no trató de convencerlo.

Su abuelo nunca se convencería de que ella comía bien en otro lugar que no fuese Creta. Se obsesionaba con su alimentación. Le daría de comer hasta septiembre, y no estaría satisfecho hasta que Eleni volviera a casa con al menos un kilo de más para pasar el invierno británico. Ella engordaba con notable facilidad, pero no se sentía tan contenta como él por ello. "¿Por qué?", le preguntaba Yorgos. "¿Acaso quieres ser una de esas modelos de revista?".

A ella no le importaba demasiado.

Yorgos le llenaría el equipaje de frutas y verduras para el

viaje de regreso a Inglaterra porque se negaba a aceptar que allí se pudiera conseguir comida que no estuviera quemada. Eleni se llevaría la pesada caja a pesar de que era un fastidio cargarla; la fruta se echaría a perder inevitablemente y ella no la necesitaba, pero odiaba decirle que no porque sabía cuánto le atormentaba la certeza de que la dieta británica había matado a la madre de Eleni. Como si los tomates, las aceitunas y las espinacas hubieran podido salvarla de la gripe española.

Tal vez podrían haberla salvado.

—Ya llegamos —dijo él al doblar la curva que Eleni había estado esperando y se desvió hacia el camino empinado de rocas y flores silvestres que conducía a la villa.

Apoyó los pies con fuerza en el suelo del coche para no tambalearse mientras avanzaban a toda velocidad, y sintió una oleada de alegría al ver la casa rodeada de arbustos de buganvillas.

No había cambiado. Nunca cambiaba.

La miró y absorbió su esencia, siempre igual.

No tenía un lugar al que pudiera llamar hogar en Inglaterra. Se había mudado con su padre, Timothy, en innumerables ocasiones en los alrededores de Gosport, donde estaba la base naval de Portsmouth; con cada ascenso que él conseguía, el cuartel al que lo destinaban tenía más comodidades (una letrina interior, agua caliente corriente, ese tipo de cosas). Timothy tuvo que pasar largas temporadas en África cuando Eleni cumplió once años, así que los dormitorios del internado se agregaron a la variedad de sitios donde le había tocado vivir. Al cumplir quince años ella volvió a Portsmouth a terminar el bachillerato porque él consiguió un trabajo de oficina. Ahora acababa de graduarse y no estaba segura de lo que vendría después, solo de que su padre confiaba en que ella estuviera esperándolo en su nueva casa —una moderna vivienda unifamiliar con jardín y garaje— cuando él volviera de su patrulla de verano por el mar de Libia. ("Siento una especie de... agujero cuando no estoy contigo", le había dicho al despedirse de ella en los muelles, sin tocarla ni mirarla a los ojos. "Cuídate. Te echo de menos, querida. A mi manera.").

Esta villa era el lugar que siempre la recibía. Estaba encaramada en el codo de tierra entre La Canea y Suda con vistas al mar y, como gran parte de Creta, construida al estilo de los venecianos que habían ocupado la isla antes de que los turcos la invadieran, allá por el siglo XVII. No era grandiosa y necesitaba reparaciones en algunas partes, pero para Eleni, aplastada por la monotonía funcional de Gosport, las imperfecciones no hacían sino acrecentar su belleza. Las paredes de terracota, agrietadas por el tiempo, maltratadas por siglos de calor y de viento, eran tan pálidas como la pulpa de un melocotón, y los postigos tan azules como un cielo neblinoso. Crujían con la brisa que llegaba de la costa por la noche, y ella los escuchaba reconfortada por la idea de que su madre debió de hacer lo mismo alguna vez.

—Y ella te mira —dijo Yorgos, como hacía siempre al detenerse ante la puerta principal. Apagó el motor y se sumieron en un silencio que solo rompía el canto de las cigarras y el chapoteo de las olas—. Está feliz porque estás aquí.

Eleni sonrió.

Se bajó del coche lentamente y aspiró los aromas de la villa: el perfume cítrico de los limoneros, el polen de las buganvillas, el tomillo que crecía por todas partes. Cerró los ojos y se perdió en todos esos olores que había echado demasiado de menos.

No pensó en Yorgos que la observaba, ni en su gesto de satisfacción al verla tan contenta.

No pensó en nada, simplemente respiró.

Era su respiración favorita del año.

El aliento con el que realmente empezaba el verano para ella.

El aliento con el que su mundo monocromo se teñía de color y la soledad daba paso a la sensación de pertenencia.

El aliento con el que, por imposible que le resultara admitirlo ante su padre, volvía a casa.

Ya había oscurecido cuando fue a nadar y bajó las escaleras que un antiguo veneciano había tallado en la ladera. Alcanzó a oír a Yorgos atareado en la terraza preparando la parrilla para la cena. La luz de la lámpara de aceite se filtraba en la oscuridad y se unía al resplandor de la luna para ayudarla a iluminar el camino rocoso hacia abajo. Llevaba puesto el traje de baño debajo del albornoz y una toalla bajo el brazo. El elástico nuevo del traje de baño era rígido y se ceñía de tal forma que Eleni era consciente de lo poco que le cubría. Lo había comprado para el verano en la tienda Landport Drapery, en la calle Commercial Road de Portsmouth, con el dinero que había ahorrado trabajando como recepcionista los fines de semana en el Queen's Hotel.

"No lo desperdicies", le había ordenado el señor Hodgson, su jefe, al entregarle su último salario.

Eleni se preguntaba si le daría instrucciones similares al personal masculino.

En fin, el traje de baño era azul marino con escote en forma de corazón, dejaba al descubierto de manera atrevida la parte superior de los muslos y a ella le encantaba. Era lo más glamuroso que había tenido nunca. No tenía ni idea de lo que iba a decir su *papou* cuando lo viera; tampoco sabía qué opinaría de los pantalones cortos que había comprado por impulso en Landport.

"No te los pongas, que nadie los vea", diría probablemente.

Eleni se había tomado su tiempo para desempacar todo en el piso de arriba: desplegó sus vestidos de verano más viejos y menos controvertidos, los colgó en el antiguo armario y se detuvo —por costumbre, por un viejo anhelo— en el tocador para mirar fijamente la fotografía que había allí: la única que existía de ella y de su madre. Se la habían tomado en un estudio de Portsmouth cuando Eleni tenía pocos meses y su madre no era mucho mayor que ella ahora: apenas tenía veinte años. Llevaba un abrigo de invierno, la sostenía envuelta en una manta y la tomaba de la mano. Eleni le rodeaba el índice con el puño, apretado y confiado. Había conocido a su madre, alguna vez, la había conocido.

Se parecían, incluso Eleni podía verlo. Sin contar el pelo rubio que había heredado de su padre, su madre le había dado todo lo demás: la piel aceitunada, la cara ovalada, las curvas. Yorgos decía que también compartían ciertos gestos. "Solía taparse la cara con las manos cuando se reía y jugueteaba con el lóbulo de la oreja cuando intentaba ignorar que yo la regañaba". ¿Notaba el padre de Eleni esas similitudes? Nunca hablaba de ello si lo hacía. Y no había conservado fotografías, no le gustaban los adornos ni los recuerdos. Eleni deseaba que le gustaran, pero Timothy ni siquiera tenía un retrato de bodas en su ordenado escritorio.

Se estremeció. El aire de junio había refrescado desde el atardecer y su piel desnuda se estremecía ante la expectativa de la caricia líquida del mar. Alcanzaba a oír las olas lamer perezosamente los guijarros de la cala. Los griegos tenían una palabra para ese sonido efervescente que hacían: *flisvos*. Eleni pensó que era un sonido hermoso y se merecía una palabra propia,

Oscurecía cada vez más a medida que los escalones daban paso a la pequeña bahía privada y ella se alejaba de la luz de la lámpara de su *papou*. El mar estaba en calma más allá de la orilla poco profunda; un espejo para las estrellas, para el rayo de la luna blanca. Continuó avanzando sin vacilar al quitarse el albornoz y dejarlo caer al suelo. Era la única forma de obligarse a entrar en esa época del año y a esa hora de la noche: sin detenerse a pensar.

Pero entonces se detuvo, sobresaltada por el crujido de una rama a sus espaldas. Se volvió y miró hacia la ladera sombría. Un animal, pensó, una cabra o un perro callejero. Esperó a ver si aparecía...

Pero no, nada.

—Bien, quédate ahí —dijo en griego para que la entendiera.

Corrió hacia el mar y se sumergió sin más preámbulos; contuvo la respiración mientras el frío cortante del agua le refrescaba la cara, los miembros perezosos y cansados. Nadó más profundo, una y otra vez; buceó de nuevo, buscó el fondo arenoso con los pulmones a punto de estallar hasta que no pudo soportarlo más y tuvo que salir a la superficie, jadeante. Se tendió de espaldas y flotó, con el pulso latiéndole en los oídos y los ojos fijos en las estrellas —mucho más brillantes, mucho más cerca, lejos de las luces de Portsmouth—, pensando en la libertad de los meses que tenía por delante. La maravillosa realidad de estar tumbada en el mar Egeo mirando a Venus en vez de estudiar para los exámenes o fregar platos en Gosport.

No estaba segura de cuánto tiempo podría haber seguido a la deriva. No mucho, probablemente. Muy pronto, el frío del mar la habría sacado de su ensueño.

Pero la llamada llegó primero.

"¡Otto!", sonó alto y claro desde la orilla, "¡Otto Linder!".

Intrigada por la voz y el nombre desconocidos, Eleni se incorporó de una patada y buscó en la oscuridad de la noche a la persona que había hablado; la encontró enseguida en la orilla, distinguible por su vestido de noche blanco, una especie de silueta fantasmal. El vestido era largo y elegante, lo que hacía ver a su portadora más adulta de lo que denotaba su voz, parecida a la de una niña. Eleni la observó, preguntándose quién sería y qué estaría haciendo en las rocas bajo la casa de Nikos Kalantis. Una casa que, ahora que Eleni miraba, tenía varias lámparas encendidas. Frunció el ceño. Solo había conocido la casa de Nikos vacía, él siempre estaba ausente por negocios cuando ella visitaba a su abuelo. ("No te pierdes de nada", había dicho Yorgos en una ocasión).

¿Estaría allí ese año?

¿O habría alquilado su casa a unos turistas?

Desde luego esa chica no era griega, alemana tal vez. Últimamente se oía hablar más en alemán en Inglaterra; las noticias del cine pasaban las imágenes de Hitler gritando, las multitudes extasiadas que lo vitoreaban…

—¡Otto! —Otra vez ese nombre. Y después algo más—: *¿Wo bist du?* —Definitivamente alemán. Y quejumbroso—. *Essen ist fertig.*

Luego otra voz: masculina, profunda y tan cercana que a Eleni casi se le salió el corazón por la boca.

—*Ich komme.*

"¿Ya voy?"

Eleni ni siquiera intentó comprender. Estaba mucho más preocupada por asimilar la revelación de que no estaba tan sola en el agua como había creído.

Y por el sobresalto de los ojos del desconocido al encontrarse con los suyos cuando ella giró instintivamente hacia él, a no más de veinte brazadas de distancia.

Eleni se llevó la mano al pecho y lo miró.

Por un momento él también.

¿Tan sorprendido como ella?

No parecía muy conmocionado.

La noche era demasiado oscura para que Eleni pudiera verlo con claridad. Se hizo una impresión más que una imagen: la simetría del rostro acentuada por las sombras;

aquellos ojos que le sostenían la mirada... Pero le bastó para estar segura de que él había estado mucho más atento a su presencia que ella a la suya.

Arqueó una ceja indignada.

¿Él sonrió?

Estaba segura de que sus labios habían esbozado una sonrisa de disculpa.

No tuvo tiempo de decidirse. La chica de blanco volvió a llamarlo: "Otto, *¿wo bist du?*". Con una mirada de soslayo en su dirección, él saludó a Eleni con un *"Guten Nacht"* (ella lo entendió) y se marchó surcando el agua en dirección a la orilla.

Demasiado aturdida para moverse, Eleni lo vio irse.

Nadaba rápido. Sus brazadas, limpias y seguras, casi no hacían ruido. Ella comprendió, vagamente, por qué no se había percatado antes de su presencia.

Pero ¿cuánto tiempo hacía que él se había percatado de la de ella?

Le dio vueltas a la pregunta sin hallar una respuesta; le prestó atención mientras él llegaba a las rocas y se alejaba del mar. Su espalda era ancha y musculosa; sus movimientos, seguros y atléticos. La mujer le lanzó una toalla y él la recogió. Evidentemente también bromeó porque la mujer se echó a reír y sus carcajadas atravesaron la noche. Al oírlos, Eleni tuvo una extraña sensación: el vacío de estar excluida. En el silencio que siguió, al recrear en su mente la sonrisa de Otto —ahora estaba segura de que había sido una sonrisa—, se dio cuenta de que deseaba saber lo que él acababa de decir.

Pero mucho más que eso, deseaba salir del agua: se estaba congelando.

Con un suspiro de resolución, obligó a su cuerpo frío a ponerse en movimiento. Nadó tan rápido como Otto sin volver a mirarlo, sin saber si él le devolvía o no la mirada.

Cuando se dio cuenta de las ganas que tenía de comprobarlo, ya era demasiado tarde; había llegado a la orilla y vadeaba por los bajíos con la ensenada rocosa de Nikos oculta a la vista.

Miró hacia allí, cada vez más intrigada por Otto y la chica.

Pensó que podría interrogar a su *papou*. Le castañeteaban los dientes, así que recogió la toalla y el albornoz y, envuelta en ambos, echó a correr hacia la villa.

No oyó más ruidos mientras subía, ni crujidos, ni pisadas. Solo cuando se cruzó con un gatito, acurrucado en lo alto de la escalera, recordó el chasquido de la rama que la había detenido en seco.

—¿Eras tú? —preguntó al pequeño animal y lo alzó en brazos. El gatito maulló lastimero; tenía una pata trasera manchada de sangre.

—¿Quién te hizo esto?

Otro maullido.

Lo acunó contra el pecho y se lo llevó de vuelta a la luz de la lámpara de su *papou*.

—No traigas a ese animal aquí —le dijo él desde la terraza, ahora llena de humo.

—Está herido.

—Así es la vida.

—*Papou*, eres médico…

—De humanos.

—Solo échale un vistazo.

—¿Y a todos los otros gatos de la isla?

—Por favor, mientras me cambio. No tardaré.

No tardó.

Y, mientras ella y su *papou* cenaban bajo las estrellas y el gatito, ya limpio de sangre, ronroneaba a sus pies ("¿Cómo lo llamaremos?", preguntó. "Nada", dijo Yorgos. "No es un buen nombre", observó ella), Eleni mencionó a los alemanes que había visto en la villa de Nikos Kalantis. Yorgos sabía muy poco de ellos, solo que formaban parte de la familia que había llegado esa mañana desde Berlín para pasar el verano: los Linder.

—¿Amigos del señor Kalantis? —preguntó.

—Esperemos que sean mejores que eso —dijo él; frunció el ceño para regañarla por haber arrojado al suelo restos de pescado para que se los comiera el gatito.

Eleni lo ignoró, pero dejó pasar el asunto de los Linder y de Nikos Kalantis; sabía que él solo estaba de mal humor porque ella había sacado el tema de su vecino. Llevaban toda la vida peleados: una disputa por la tierra que se remontaba a varias generaciones. La isla estaba plagada de conflictos familiares. Se contaba que la abuela de Eleni había sido buena amiga de Nikos antes de morir demasiado joven, cuando la madre de Eleni era una niña (un rasgo familiar preocupante), pero ni siquiera ella había sido capaz de curar las desavenencias entre ambos hombres. En todo caso, Eleni sospechaba que la amistad de su abuela con Nikos había empeorado las cosas. También había ocurrido un incidente relacionado con su madre durante la Gran Guerra; Nikos la había tratado muy mal, Eleni no sabía por qué ("¿Crees que un hombre como él necesita una razón?", le había dicho Yorgos cuando ella le insistió), pero se trataba de otra cosa que Yorgos nunca podría perdonar y que odiaba recordar. Eleni había dejado de pedirle que se lo contara.

Dejó caer más pescado para el gatito y continuó la conversación para volver a ponerlo de buen humor: mencionó los rumores que circulaban sobre el romance del rey Eduardo con la estadounidense divorciada Wallis Simpson y le dio la oportunidad que necesitaba —aunque Yorgos no era monárquico, pero sí todo un moralista— para desahogarse sobre los valores, el deber y la importancia de la modestia. ("Realmente va a odiar mis pantalones cortos", pensó Eleni). Mientras él hablaba —pasando de Eduardo a la recién restablecida monarquía griega, de la furia porque los griegos apoyaban a otro posible dictador europeo en Atenas, el general Ioannis Metaxás, a la grata noticia de que Dimitri, el dueño de la cafetería del puerto en la que Eleni había trabajado de camarera el verano anterior, había llamado para ofrecerle de nuevo un empleo—, ella hizo todo lo posible por seguirle el ritmo y se esforzó por sonreír ante los gestos de su abuelo, hasta olvidarse por completo de su encuentro acuático.

Pero más tarde, tras dejarse caer en el colchón con una lámpara de aceite parpadeante en la mesilla de noche y el gatito acurrucado en un cojín junto a la puerta, su mente se trasladó una vez más al recuerdo del rostro de Otto en la oscuridad. La calidez de su voz. *Guten Nacht.* Miró sin ver el techo descascarillado, escuchó el crujido de los postigos y no pensó en su madre, sino en él, en su villa y en qué relación podría tener con él la chica de blanco.

¿Una hermana?

¿La novia?

¿O la prometida?

Le pareció mejor pensar que era la hermana.

Se rio un poco de sí misma porque le importaba.

Después se puso de lado, apagó la lámpara y se preguntó cuánto tardaría en volver a verlo.

CAPÍTULO 2

Era sábado y se despertó temprano la mañana siguiente; Yorgos la arrancó del sueño, llamaba a su puerta y le decía que se diera prisa, *grigora*, que dejara de perder el tiempo ya eran casi las siete.

—¿Casi las siete? —balbuceó en inglés, aturdida y desorientada—. No son ni las cinco en Inglaterra.

Yorgos abrió la puerta.

—Estamos en Grecia y tenemos cosas que hacer.

—No me dijiste nada anoche.

—Porque sabía que protestarías por tener que levantarte. ¿Qué hace ese gato en tu almohada? —señaló.

—No lo sé.

—Más te vale que no tenga pulgas.

Ella también esperaba que no las tuviera.

Pero en aquel momento era lo que menos le preocupaba mientras él, impaciente, batía palmas delante de su cara,

Se dio cuenta tarde de que no debería haber llegado un viernes. Normalmente los horarios del barco y del tren la dejaban a principios de semana, cuando Yorgos (que se negaba a jubilarse a pesar de sus sesenta años) estaba ocupado en su consultorio, lo que dejaba a Eleni todo el tiempo que necesitaba para adaptarse a la diferencia horaria griega con respecto a Inglaterra y para disfrutar de la natación y de la lectura en la ensenada antes de que llegara el sábado y comenzaran las reuniones.

No es que no tuviera ganas de ver al resto de la familia, sí tenía ganas, los quería, los echaba de menos, prefería pasar tiempo con ellos antes que ver a los padres de su padre cualquier día de la semana. (Cada dos meses más o menos, su padre, en respuesta a una carta herida de la abuela, presentaba sus propias excusas y despachaba a Eleni como un cordero sacrificial para el almuerzo del domingo en la casa de su infancia en Sutton: verduras anémicas, puré harinoso, salsa enlatada Bisto, pudín de sebo, una partida silenciosa de ajedrez con el abuelo y un sermón suave pero firme de la abuela sobre cómo podría encontrar, si accedía a estudiar el secretariado, un esposo agradable y serio. "Como el abuelo", agregaba con una sonrisa de dolor al verlo acodado en la mesa sin poder decidir qué movimiento hacer con su caballo). En Creta no había salsas enlatadas, ni consejos profesionales, ni tampoco sebo; nada que temer en absoluto aparte de que Eleni llevaba tres días seguidos de viaje y la verdad es que le hubiera encantado tener un par más para descansar antes de pasarse horas en el coche con Yorgos yendo a visitar a todo el mundo.

Al menos no tenían muchas paradas que hacer. Su familia no era numerosa para los estándares de Creta. La madre de Eleni (Petra, la habían llamado Petra) había sido hija única al igual que el padre de Eleni. Yorgos tampoco tenía hermanos y sus padres, junto con los de la abuela de Eleni, habían fallecido antes de que su nieta naciera. Pero la hermana de la abuela, la tía abuela Sofía, aún estaba vivita y coleando en las montañas blancas, donde se había trasladado con su esposo Vassili a principios de siglo para producir vino. También habían producido un hijo (otro Vassili), que a su vez se casó y tuvo su propio Vassili, el pequeño Vassili.

Aparte de ellos solo estaban Spiros y María, que en realidad no eran familia pero los consideraban parte de ella porque Eleni los conocía de toda la vida. Spiros había ido a la escuela con Yorgos, había estudiado medicina con él en Atenas y era su compañero en el consultorio médico. Él y su mujer, María, vivían mucho más cerca, en el barrio de Halepa, en La Canea, donde habitaban los políticos y diplomáticos de la isla. Eleni se sentía tan cómoda en su casa de la costa como en la villa. Cuando era pequeña pasaba allí todos los días con María, como solía hacer su madre: jugaba, horneaba pasteles, aprendía a nadar mientras su *papou* trabajaba.

Pero no eran ellos con quienes Yorgos había acordado reunirse aquel sábado; Eleni se enteró durante el desayuno, no, los esperaban a la mañana siguiente. El sábado iban a dedicarlo al largo viaje a las montañas para almorzar con Sofía y los Vassilis.

—Y no quiero llegar tarde —dijo Yorgos—. Así que arriba, rápido, prepárate.

—Muy bien —dijo Eleni y se fue antes de que él pudiera empezar a batir palmas de nuevo.

No se olvidó del gatito con las prisas. Una vez vestida y después de comprobar que no tenía pulgas ("ninguna", declaró triunfante), le preparó unos platitos de leche y restos de pescado y lo puso a dormir la siesta en una vieja manta bajo el toldo de la terraza.

—¿Cómo lo podríamos llamar? —reflexionó mientras le pasaba el dedo por la cabeza huesuda.

—Ya te dije —respondió Yorgos—, "Nada", *Tipota*.

Eleni suspiró.

—No sé por qué te empeñas en ponerle ese nombre…

Tampoco se olvidó de Otto.

Volvió a recordar vívidamente su breve encuentro con él cuando, al fin, ella y Yorgos partieron en el coche y pasaron a toda velocidad por delante de la puerta de la villa de Nikos camino al interior de la isla. La puerta no era nada del otro mundo. Sencilla, bordeada de arbustos. Eleni había pasado miles de veces sin prestarle atención.

Pero esta vez miró.

No había nadie. Solo un par de mariposas que revoloteaban ingrávidas sobre los postes astillados de madera. Era muy temprano; el sol acababa de salir por el horizonte brumoso del mar. Eleni suponía que todo el mundo debía de estar en la cama.

Aun así, mientras se alejaban a toda velocidad, no pudo evitar mirar hacia atrás sin perder de vista la puerta.

Pero no, nada.

Yorgos aceleró, las ruedas levantaron polvo e incluso las mariposas desaparecieron.

—¿Quién era?

La pregunta de Henri cortó el silencio en la habitación de Otto y lo sobresaltó, aunque no demostró cuánto. Aún tenía puestos los pantalones con los que había dormido y permaneció exactamente como estaba, con las manos apoyadas en el alféizar de la ventana y la mirada fija en la carretera, ahora vacía.

—¿Podrías llamar a la puerta?

—No me has respondido —dijo Henri.

Otto seguía sin responder. Tensó la mandíbula al pensar en qué podría decir a su padre y se apoyó con más fuerza en el alféizar. Una cría de lagartija subió por un lado del cristal y se detuvo con las patas fibrosas extendidas, como si se diera cuenta de que la observaban. Otto imaginó el latido de su minúsculo corazón. Ese instinto de supervivencia…

—Otto, ¿quién era?

La lagartija no parpadeó. Era como si creyera que podía hacerse invisible si se quedaba inmóvil.

Ojalá fuera posible.

—¿Otto?

—No lo sé —mintió.

Le había visto la cabeza rubia, le había visto la cara cuando se giró para mirar en su dirección.

Sonrió porque lo había buscado.

"Eleni Adams", había dicho Nikos Kalantis que se llamaba cuando Otto le había preguntado por ella después de la cena de bienvenida a la que habían llegado tarde la noche anterior. "El padre es inglés", había continuado Nikos en un perfecto alemán desdeñoso. "No tengo nada que ver con ella."

—Anoche estabas distraído —dijo Henri—. Me di cuenta.

—Seguro que sí.

—Y tu madre también. Me preocupa... —Henri hizo una pausa mirando hacia la pared para recordar a Otto, como si pudiera olvidarlo, quién estaba al otro lado de ella— que Lotte pudiera haberse sentido incómoda.

Otto siguió observando la carretera. El polvo que había levantado el coche se había asentado.

¿Adónde había ido?

—Debes tener cuidado —dijo Henri—. Tú y tu hermana deben tener cuidado.

—Eso es lo que siempre nos dices.

—Krista...

—Ella toma sus propias decisiones.

—Sí —exclamó Henri alzando la voz—, así que tú tienes que tomar decisiones más inteligentes. Yo... —Se interrumpió cuando se oyeron sonidos en la habitación de Lotte, el crujido de la cama y un suspiro lento.

¿Suspiraba así cuando su padre hablaba de su día de trabajo?, se preguntaba Otto.

—Mírame —dijo Henri más tranquilo ahora—. Date la vuelta.

Otto no se movió. Tampoco la lagartija.

—Sé amable con Lotte hoy —agregó Henri después de un instante.

—Siempre lo soy.

—Sé más amable aún.

—¿Es una orden?

—Si es necesario que te lo ordene, entonces sí —respondió Henri.

No llegaron tarde a casa de Sofía a pesar de que Yorgos estaba seguro de que lo harían, y a pesar del largo trayecto en coche que de algún modo siempre era más largo y hermoso de lo que Eleni recordaba. La belleza y el dolor se parecían en ese aspecto, decidió, mientras dejaban atrás la costa y se adentraban en las montañas: nunca son tan nítidos como en el momento en que se experimentan. Con cada giro del volante, los acantilados frondosos de pinos y cipreses los envolvían y les recordaban, sin esfuerzo, su esplendor: arroyos que brillaban en el fondo de los barrancos; cumbres que se elevaban hasta herir el cielo agobiante. Las iglesias pintadas de blanco parecían espolvoreadas en las paredes rocosas y reflejaban el sol abrasador, tan brillante que a Eleni le lloraban los ojos incluso con las gafas de sol (otra compra hecha en Landport). Pasaban por un pueblo de vez en cuando y los lugareños que pastoreaban cabras o bebían café a la somnolienta sombra de las *kafeterias* levantaban la mano en un rígido saludo, severos pero siempre hospitalarios con los forasteros. Vestían de forma atemporal: los hombres con pantalones negros, fajas de color rojo intenso y chalecos bordados; las mujeres con vestidos de cuello alto y pañuelos en la cabeza. Eleni no llevaba pañuelo, pero había elegido un vestido de manga larga para ese día a pesar del calor. La Canea era una cosa —allí estaban a punto de entrar en el siglo XX—, pero en las montañas… no; no estaban preparados para ver sus pantalones cortos.

Tampoco estaba segura de que estuvieran preparados para sus gafas de sol.

—¿Qué te pasa en los ojos? —preguntó Sofía cuando por fin llegaron a la bonita casa de piedra y los recibió en la puerta.

—Nada —respondió Eleni quitándose las gafas—. ¿Ves?

Sofía la tomó por los hombros y la examinó. Era pequeña, llevaba el pelo blanco recogido en un moño, tenía pómulos que desafiaban a la gravedad y unas arrugas de preocupación que, según ella, habían quedado grabadas por toda una vida de Vassilis. El rostro ancho, amable y fuerte no toleraba las tonterías.

—Bien —dijo estrechando a Eleni en un abrazo perfumado de talco—, tienes unos ojos preciosos. Mejor sería que te haya pasado algo en las orejas.

—Mejor que no le haya pasado nada —comentó Yorgos.

—Mejor, ¿qué? —preguntó Katerina, la mujer del Vassili mediano al unirse a ellos y arrancar a Eleni de los brazos de Sofía—. Mejor aquí con nosotros, ¿verdad, Eleni-mou?

—Sí —respondió Eleni amortiguada por su pecho.

Pasaron aquella tarde como habían pasado muchas otras en el jardín enrejado, apretujados junto a la mesa que tenía barriles de vino en vez de patas. Los tres Vassilis —puro bigotes, pellizcos en las mejillas y bromas sobre que esperaban que Eleni no se hubiera vuelto demasiado callada, demasiado inglesa durante el invierno— habían asado una cabra; Sofía y Katerina habían preparado bandejas de ensaladas y quesos, y hubo mucho, mucho vino.

También hubo discusiones como de costumbre; un poco sobre política, pero especialmente sobre el pequeño Vassili que era dos años mayor que Eleni, medía más de dos metros y, según se supo, acababa de alistarse esa misma semana en la división cretense del ejército griego.

—¿Quieres luchar? —le preguntó Yorgos.

—Quiero valerme por mí mismo —respondió.

—Bueno —dijo Yorgos con un gesto de rencor.

—No —protestó Katerina—, no lo apoyes. Es demasiado peligroso…

—Es seguro mamá —dijo el pequeño Vassili sirviéndose un trozo de pan.

—Es el ejército —se sintió obligada a decir Eleni—. He oído que usan unas cosas llamadas… ¿cómo se dice? —Puso cara de pensativa—. Armas, ¿no?

—Eleni-mou, vuelve a quedarte callada.

—No.

—De todas maneras, no hay nadie a quien disparar en Creta —agregó él y mordió el pan.

—Entonces quédate aquí a pisar uvas —intervino su padre—. Tenemos muchas.

—No quiero hacer vino.

—¿Qué tiene de malo hacer vino?

—¿Qué tiene de malo el ejército?

Y así continuaron, alzando la voz, gritándose unos a otros hasta que Sofía dio un manotazo en la mesa y les ordenó a todos que se callaran, que se comportaran, que no quería que le arruinaran el día.

—Hablaremos de esto en otro momento, ¿sí?

Todos asintieron en silencio como escolares castigados.

Fueron obedientes y nadie dijo una palabra más sobre el asunto. El tío Vassili contó la historia de un burro que había entrado hacía poco en la bodega y se había emborrachado ("Caminaba así", dijo, y les demostró mientras los ojos negros le centelleaban en el rostro moreno) y, en un abrir y cerrar de ojos, fue como si la pelea nunca hubiera existido. Era una de las cosas que más le gustaban a Eleni de todos ellos: lo rápido que pasaban del enfado a la alegría, sin cavilaciones intermedias.

Por su parte, estaba segura de que el pequeño Vassili

estaría a salvo a pesar de sus bromas sobre las armas. La isla llevaba años en paz; ninguno de los dos había nacido cuando Creta tuvo que luchar por última vez para independizarse de los otomanos. Y los dos siempre habían soñado juntos con las aventuras que Vassili podría vivir si pudiera escapar de las montañas. Más que nada, Eleni estaba emocionada por él. A medida que el sol subía, rebotaba en las tomateras y perfumaba de dulzura el aire carbonizado, se olvidaba de la preocupación de la familia; solo pensaba en el calor palpitante, en ver a su *papou* riendo con la cabeza echada hacia atrás y en cada noticia que se compartía: bodas de amigos, compromisos, nuevos bebés.

Todo el mundo quería escuchar también cómo había pasado ella el invierno, por supuesto, y saber de Timothy y de su misión veraniega por el cercano mar de Libia.

—¿Lo veremos por aquí? —preguntó Sofía.

—Lo dudo —dijo Eleni—. Sabes que nunca viene.

—Bueno, una vez sí vino —dijo Katerina, y así se pusieron a recordar el único viaje de Timothy a la isla con Eleni cuando ella estaba a punto de cumplir doce años, más de una década después de que él la enviara por primera vez desde Inglaterra con una niñera, como un bebé con una cigüeña. Se había quedado en la villa quince días durante los que no pronunció ni una palabra de sus recuerdos de la guerra, cuando su barco atracó en Souda para ser reparado y allí conoció a la madre de Eleni; la mayor parte del tiempo leía periódicos en una tumbona mientras Eleni nadaba. Una mañana, sin embargo, la había llevado a pescar. Ella estaba segura de que había sido por sugerencia de Yorgos, pero las horas que habían pasado en la barca alquilada, echando el anzuelo en silencio, se le habían quedado grabadas en la memoria. Él le había enseñado a poner la carnada en el anzuelo y la había rodeado con los brazos para ayudarla a pescar. Solo habían pescado algas. "Creo que hemos dejado a los peces contentos, Eleni" había dicho él y ella se había reído, encantada de que él también se riera. La había dejado conducir la barca de vuelta y le había enseñado a guiar la proa entre las olas, mientras ambos trataban de esquivar las salpicaduras del agua.

A Eleni también le había encantado.

Y al día siguiente habían subido allí, a las montañas.

—¿Recuerdas cuando Sofía lo sacó a bailar? —dijo Katerina con los ojos llorosos.

—Oh, no me hagas recordarlo —dijo Eleni cubriéndose la cara con las manos; casi podía verlo copiar rígidamente los movimientos de Sofía con una de las camisas de manga corta que había comprado especialmente para el viaje—. Pobre papá…

—Quizá por eso no volvió a venir —dijo Katerina, secándose las lágrimas—. Es culpa tuya Sofía.

—Es culpa del pequeño Vassili —dijo Sofía—. Fue él quien le derramó el vino encima.

—Ah, eso no le importaba —dijo Yorgos—. Lo que no podía soportar era que no estuviera Petra. —Movió el vaso, haciéndolo girar entre el pulgar y el índice—. Antes de venir seguro se las había ingeniado para creer que ella seguía aquí.

No era la primera vez que decía algo así.

Sin embargo, cuando lo decía resultaba terriblemente triste.

Eleni se acercó y le apretó la mano.

Él sonrió y le devolvió el apretón.

—Bueno, igual le echo la culpa al pequeño Vassili —dijo Sofía, para disipar la tristeza—. Ahora vengan —miró la mesa—. Es probable que Petra nos esté mirando y piense que todavía queda demasiada comida. Así que coman, todos.

Todos comieron.

Ninguno se movió durante horas salvo para rellenar el vaso de vino. Al anochecer, cuando el sol se ocultaba tras las cumbres, Katerina trajo una tarta de naranjas como postre. Eleni y el pequeño Vassili —tambaleándose después de tanto vino— encendieron los farolillos del jardín y llegaron los padres de Katerina y los vecinos, que trajeron más pellizcos en las mejillas de Eleni y decantadores llenos de su propio *krasi*. No se pudo evitar que el padre de Katerina sacara su *bouzouki* ni que Sofía reanudara el baile del que Timothy había sido víctima años atrás y arrastrara a todo el mundo hasta que todos estuvieron de pie, con los brazos entrelazados, inclinándose y luego saltando alto, y las múltiples exclamaciones —*opa-a*— rodaron por el valle hacia las montañas que se elevaban a su alrededor, silenciosas y vigilantes, como dioses indulgentes.

—Estoy agotada —dijo Eleni a Yorgos cuando por fin volvieron a subirse al coche y avanzaron a toda velocidad y a oscuras hacia la costa. La temperatura había vuelto a bajar. El aire de la montaña le refrescaba la cara; sentía escalofríos bajo el vestido con el que había pasado casi todo el día. Se envolvió en la manta que le había llevado Yorgos y apoyó la cabeza en su hombro—. ¿Cuántos años tiene Sofía?

—Siempre veinte.

La voz grave de Yorgos resonó bajo Eleni. Sintió que se le cerraban los ojos.

—Espero que el gatito esté bien.

—Espero que se haya ido.

—No —dijo Eleni mientras el sueño se apoderaba de ella—, no es cierto.

Durmió todo el camino a casa. Un sueño profundo y pesado, en el que su padre volvía a bailar en la ladera de la montaña y ella retrocedía y luego caía sin control, tratando en vano de alcanzar a Timothy que seguía bailando, hasta que dejó de soñar porque Yorgos la estaba zamarreando para despertarla fuera de la villa, con una lámpara de aceite encendida en la mano.

—Llegamos Eleni-mou. Ven. Tu gato sigue en su trono.

Le ofreció la lámpara.

Temblorosa, adormilada, con el corazón palpitante por la pesadilla, tomó la lámpara y, tras dar las buenas noches a su abuelo, se bajó del coche y salió a la terraza donde el gatito ronroneaba en su manta, perdido en un sueño más feliz sin oír el coro de las cigarras.

Los platos de comida que le había dejado estaban vacíos. Sonrió al imaginárselo comiendo hambriento.

—*Papou* quiere llamarte *Tipota* —le dijo y se inclinó para acariciarlo—. ¿Qué te parece?

Él se movió mientras dormía y empujó la cabeza contra la palma de su mano.

—¿De verdad? ¿También te gusta ese nombre?

Eleni lo acarició otra vez y bostezó; sintió que sus pantorrillas protestaban por el baile, por haber pasado tanto tiempo en el coche. Se levantó para entrar en la casa y dejarse caer por fin en su propia cama.

Notó vagamente la música de un violonchelo.

La melodía sonaba en la noche fresca frente a la villa de Nikos.

Con la lámpara en la mano, se acercó al borde de la terraza para escuchar.

La luz de luna surcaba el mar debajo de ella. Un solitario barco pesquero levaba anclas a lo lejos.

La música continuó, serena, suave; tan diferente al *bouzouki* que, hasta ese momento, había estado resonándole en los oídos, en los músculos.

Quienquiera que estuviese tocando lo hacía con maestría.

También con patriotismo.

A ella no se le daba bien nombrar compositores.

Timothy no era como los padres de los amigos de Eleni: no se había pasado las tardes haciéndole escuchar sus discos para que algún día pudiera conversar en una cena; le había enseñado el código Morse. Pero Eleni reconoció a Bach: era la primera de sus Suites para violonchelo. En el hotel, el señor Hodgson ponía siempre una grabación en el gramófono del vestíbulo: la melodía sonaba chirriante, repetitiva e impersonal.

Allí, en la noche tranquila, era hermosa.

Eleni cerró los ojos cansados. Tras los párpados, imaginó el arco moverse sobre las cuerdas. Sintió cada uno de los movimientos en lo más profundo de su ser.

¿Era Otto quien tocaba?

¿O era ella? Aquella mujer con voz de niña que lo había llamado desde las rocas.

¿Una hermana?

Al recordar de nuevo el tintineo coqueto de su risa, decidió a regañadientes que probablemente no.

Se había distraído con la algarabía del día y no había vuelto a pensar en ninguno de los dos. Pero ahora...

Ahora, ellos llenaban su mente.

Si estaban juntos, solos, tan tarde en la noche.

O si era otra persona la que estaba tocando. Otro miembro de la familia Linder de Berlín.

El violonchelo se detuvo sin darle respuestas.

Ella esperó a que volviera a sonar.

Las olas ondulaban, el gato ronroneaba, pero no se oyó más música.

Cuando se dio cuenta de que no iba a haber más, volvió a girarse y, sin dejar de oír el eco del violonchelo en el silencio oscuro de la noche, entró en la casa.

"Recuerdos de Grecia durante la guerra". Transcripción de la entrevista de investigación realizada por M. Middleton (M. M.) al sujeto diecisiete (#17) en British Broadcasting House, 4 de junio de 1974.

M. M.: ¿Cómo era Eleni Adams?

#17: No sé por dónde empezar a responder.

M. M.: ¿No era una persona sencilla?

#17: ¿Quién lo es?

M. M.: ¿Eleni Adams no?

#17: [Tose]. No, no, ella no. Ella era como... [frunce el ceño]. ¿Cómo se llaman esos animales que cambian?

M. M.: ¿Mariposas?

#17: No, por Dios, no, demasiado frágiles. No, los que cambian de color para confundir a los depredadores. Seguramente sabe a cuáles me refiero, los que se camuflan...

M. M.: ¿Los camaleones?

#17: Sí, eso es, un camaleón. Así era ella. Era capaz de... metamorfosearse al instante. Uno la veía, la oía y no tenía dudas de que era griega. Ni siquiera dudaba al ver sus rizos [gesticula sobre la cabeza]. Obviamente, hay cretenses de cabello rubio. Y ella tenía las expresiones correctas, los gestos. Totalmente... auténtica. Y entonces, sin más, empezaba a hablar en inglés y todo lo griego... bueno, desaparecía como por arte de magia. Era increíble [se estira para alcanzar un vaso de agua]. Recuerdo la primera vez que presencié esa transformación, en el treinta y seis. En aquel café en el que trabajaba, con... con...

M. M.: [Consulta notas]. ¿Dimitri?

#17: Sí, claro. Dimitri [suspira]. Ella estaba con él, llevaba puestos esos pantalones cortos blancos, ojalá la hubiera visto, podría haber estado en un póster. Ese pelo, esa piel oscura, los ojos azules que ocupaban toda su cara y las piernas, esas piernas que, bueno... [mira fijamente el vaso]. Creo que aún no se había dado cuenta del efecto que causaba en los hombres. Más tarde sí se dio cuenta y eso era lo que la hacía tan peligrosa, una asesina disfrazada de diosa. Pero entonces [frunce el ceño] creo que todavía era tan inocente como parecía. Antes.

M. M.: Tenía diecinueve años, ¿no?

#17: Ni siquiera. Dios [bebe más], mil novecientos treinta y seis. Era un mundo diferente, había... esperanza, confianza en el futuro. No para todos, pero sí para mucha gente.

M. M.: ¿Para usted?

#17: No lo sé, tal vez. Jesse Owens ganó cuatro medallas de oro en los Juegos Olímpicos de Berlín aquel agosto y la gente lo ovacionó. Eso todavía era posible. Después llegó la Guerra Civil española, al año siguiente Hitler se hizo con el control del ejército alemán...

M. M.: ¿Y Eleni?

#17: ¿Eleni?

M. M.: Usted estaba contando sobre la primera vez que la vio metamorfosearse.

#17: ¿Metamorfosearse?

M. M.: En una chica inglesa.

#17: Ah, sí. ¿Puede recordarme dónde me quedé?

M. M.: Ella estaba con Dimitri...

#17: Sí, ahí estaba. Sí, sí [mira fijamente el vaso]. Estaban bailando juntos, en realidad, al lado del puerto. Ella estaba hablando sin parar, como una cretense, y después se detuvo y habló en inglés [silencio largo]. "Oh, hola", eso fue lo único que dijo. Pero, así como así, se convirtió en pura... pura... Vivien Leigh. Era como si un artista, luego de retratarla, hubiera tomado un pincel y vuelto a empezar. Su padre era oficial de la Marina Real. Usted ya lo sabe. Ella era... como un cristal tallado. Excepto... [Se detiene].

M. M.: ¿Excepto qué?

#17: Excepto su risa. No había nada rígido ni preciso en su risa. Era... incontenible [respira profundo varias veces]. Se reía con el corazón, con todo su ser.

M. M.: ¿Una buena risa?

#17: [Asiente].

M. M.: ¿A usted le gustaba?

#17: [Silencio].

M. M.: ¿Sí?

#17: Sí [se frota los ojos]. Debería haberme alejado de ella.

M. M.: Pero no lo hizo.

#17: Ella ya significaba demasiado para mí para cuando me di cuenta de que debería haberlo hecho.

CAPÍTULO 3

No era Otto a quien Eleni había oído tocar el violonchelo.

Tampoco era Lotte.

Lotte, cuya piel pálida se había quemado aquella tarde, en las inquietas horas que todos habían pasado asándose en las rocas, estaba arriba, en su habitación junto a la de Otto —durmiendo, al igual que los padres de Otto, Henri y Brigit— cuando aquellos primeros acordes rasgaron la noche.

No, era Marianne, de dieciocho años, quien tocaba.

Otto también la oyó cuando volvía de darse otro chapuzón hasta donde él había visto anclado un barco pesquero. Supo que era Marianne desde el momento en que el arco tocó las cuerdas. La había escuchado tocar demasiadas veces como para dudarlo. Su madre, Brigit, le había enseñado. Él y su hermana más pequeña, Krista, solían tener problemas cuando eran niños e interrumpían sus clases.

"Por fin tengo una alumna digna de mi atención" decía Brigit y al echarlos del salón "no como ustedes, filisteos". Ellos se reían sin saber lo que significaba la palabra. "Vayan al jardín." Les hacía cosquillas, "Marianne irá pronto".

Otto sintió su caricia de nuevo, mientras corría por los escalones oscuros de Nikos. Se detuvo por un momento y sonrió, empapado, sin aliento por el frío y el esfuerzo. Pero después dejó que la sonrisa se desvaneciera porque aquellas lecciones y las cosquillas de su madre estaban atrapadas en un mundo que había desaparecido.

Subió los últimos escalones con la vista fija en el resplandor de la luz de las lámparas, a través de los olivos, hacia donde Krista y Marianne estaban sentadas solas en la terraza: Marianne en camisón, con el violonchelo encajado entre las piernas, la trenza colgada del hombro; Krista junto a ella, en el suelo empedrado, con los codos apoyados en las rodillas y un cigarrillo en la mano de los que Hitler odiaba.

Cuando Marianne terminó de tocar sostuvo el arco contra las cuerdas, inmóvil. Krista le ofreció el cigarrillo y Marianne lo miró fijamente e inclinó la cabeza.

Le temblaron los hombros. Emitió un sonido ahogado y silencioso.

Otto tardó un momento en darse cuenta de que estaba llorando.

La imagen lo estremeció profundamente. Marianne era una de las personas más dulces que conocía, siempre sonriente, dispuesta a todo, siempre la primera en salir a pasear en bicicleta, con las trenzas al viento desde el día en que había aprendido a manejarla. "Krista, Krista, vamos." Era horrible verla alterada, nunca lloraba.

—No puedo permitírmelo —había dicho el año anterior, cuando las Leyes de Nuremberg la habían despojado de su ciudadanía, a ella y a cualquiera con tres o más abuelos judíos—. Quieren que me rinda, que me sienta inútil. El único poder que tengo es no permitírselo.

Algo debió haber pasado mientras Otto nadaba. Quiso preguntar a Marianne qué pero se contuvo instintivamente para no perturbar la intimidad que ella creía tener.

Continuó llorando, lágrimas feroces que parecía no poder contener ahora que las había liberado. Se aferró a su violonchelo y a su arco como si fueran lo único a lo que podía aferrarse, pero entonces Krista se puso en pie, la rodeó con sus brazos y le dio algo más. Marianne soltó el arco, levantó la mano y la apoyó sobre la de Krista, que recostó la mejilla en la cabeza de Marianne y abrazó más fuerte.

En silencio, pesadamente, Otto se deslizó por las puertas de la terraza hacia el interior de la villa y las dejó solas.

Lotte lo esperaba arriba con una vela, en la puerta de su habitación. No estaba dormida después de todo. Suspiró para sí. Ella siempre aparecía cuando menos la esperaba. Ahí, ahora. Anoche, en las rocas. *Otto. Otto Linder.* Había necesitado cada gramo de su autocontrol para no delatar la irritación que le causaba que ella hubiera venido.

"¿Quién era esa?", le había preguntado después de que él nadara hacia ella, mirando hacia donde había dejado a *Eleni Adams* en el agua.

"Una ninfa" había dicho él.

No era gracioso pero ella se había reído como si lo fuera.

Esa noche volvía a vestir de blanco: una bata de seda. Llevaba el pelo suelto, largo hasta la cintura. La llama de la vela arrojaba reflejos dorados sobre la piel quemada y desnuda del hombro, donde la bata se le había deslizado.

¿La había dejado caer así a propósito?

Antes era muy desaliñada. Tiempo atrás, su familia había alquilado habitaciones en las afueras del mismo barrio arbolado de Grunewald en el que vivía la familia de Otto y Marianne. Brigit y la madre de Marianne solían invitar a Lotte a cenar, a quedarse los fines de semana, alegando que era más seguro para ella estar lejos de sus padres. Otto, tres años mayor, tenía sus propios amigos y no le había prestado atención. Ella era demasiado tímida para interesarle, siempre tan temerosa de ensuciar de fango su delantal, de caerse y que le doliera.

A veces, sin embargo, la había visto mirando desde el

fondo de uno de los árboles a los que todos habían corrido, o de pie sola en el borde del lago helado, y había sentido lástima.

"¿Es lo bastante fuerte el hielo?", le preguntaba cuando él volvía para ayudarla a mantener el equilibrio y ella se aferraba a su brazo con las manos dentro de unos mitones raídos. Su padre había sido un hombre pobre hasta que ya no lo fue más. "No quiero caerme."

"No te caerás" decía él.

"Si me cayera, ¿me ayudarías?"

—¿Otto? —susurró ahora, con esa voz de porcelana que lo trajo de regreso al presente—. ¿Está bien Marianne?

Él la miró. En sus ojos de muñeca se reflejaba la luz de la vela. Es probable que si los mirara más profundamente aún encontraría un rastro de aquella vulnerabilidad infantil. Alguna razón para compadecerla de nuevo.

Probablemente ni siquiera necesitaría buscar tanto.

Pero estaba cansado. No tenía energía para buscar.

Y no quería compadecerse de Lotte.

—¿Cómo sabes que le pasa algo a Marianne? —preguntó.

—Fui abajo. Tú... me preguntaba adónde habías ido.

—A nadar —dijo.

"Deja de seguirme."

—Escuché a Marianne decir a Krista que sus padres tienen que dejar la casa. —No parpadeó—. ¿Lo sabías?

—No —dijo él rotundo, triste pero no sorprendido. Los padres de Marianne llevaban años pasando apuros económicos. Su padre, Ernst, que había sido profesor de música igual que la madre de Otto en la Universidad de Berlín, había sido despedido con el resto del personal judío cuando los nazis tomaron el poder en 1933. Ahora se las arreglaba para enseñar a tocar el piano a los hijos de las familias que aún se los enviaban. La madre de Marianne, Nicola, limpiaba pero tampoco tenía mucho trabajo. "Los amigos se sienten incómodos", decía, "los desconocidos no me quieren. Gracias a Dios por tu madre".

—¿Por qué no dijeron nada? —se preguntó Otto, más para sí mismo que para Lotte, y mientras hablaba se dio cuenta de que probablemente sí lo habían dicho, y que por eso Henri había invitado a Marianne a este viaje: para ahorrarle el dolor de la mudanza. Henri no era un mal hombre, solo estaba desesperado.

—Marianne se enteró ayer —dijo Lotte—, antes de que viajáramos. Vivirán en el apartamento de su tía cuando volvamos. Le dije a Marianne que no deberían ir allí.

—¿Por qué?

—Porque tienen que salir de Alemania —tomó aire—. Ya no puede ser su hogar.

Otto se quedó mirándola.

—¿De verdad le dijiste eso?

—Sí. Es necesario que afronte los hechos.

—Ella está fuera de sí, Lotte.

—Ya estaba alterada desde antes. Solo lo ha estado reprimiendo.

—¿Así que decidiste hacer que se sintiera peor?

—No...

—Es tu amiga.

—Lo sé...

—Su madre cuidaba de ti, te hacía los pasteles de cumpleaños...

—Aquello ya pasó, este es el presente y nadie los quiere en Alemania.

—Ningún nazi los quiere.

—Eso es lo único que cuenta ahora.

—Ah, ¿sí?

—Otto, sabes bien que sí.

"No me digas lo que sé" estuvo a punto de exclamar, pero apretó el puño para contenerse.

"Sé amable con Lotte."

—Estoy cansado —dijo y se dirigió a su habitación—, necesito dormir.

—Estaba tratando de ayudarla, Otto, de ayudarlos a todos...

—Está bien —dijo él y no comentó cuánto despreciaba la cobardía que implicaba esa ayuda. Ella, que de todas las personas que él conocía podría haber intentado hacer algo más por Marianne —algo que valiera la pena—, no hacía más que asistir noche tras noche a las fiestas que organizaba su padre ocupando el lugar de su madre (que se había largado hacía tiempo) sonriendo bellamente a los nazis. Lotte llevaba toda la vida asustada de su padre, nada que él dijera iba a cambiar eso.

¿Ayudaría realmente Lotte a la familia de Otto tal como Henri confiaba en que lo hiciera, si llegara a ser necesario (o *cuando fuera* necesario)?

Otto tenía pocas esperanzas.

Pero mientras hubiera una mínima posibilidad de que así fuera, aceptó el hecho de que no podía enemistarse con ella.

Así que, con toda la cortesía de que fue capaz, le dio las buenas noches y cerró la puerta.

Creta no estaba en los planes de Otto para el verano. Cursaba el último año de arquitectura en Munich y quería disfrutar al máximo de su libertad antes de graduarse y ponerse el uniforme. El servicio militar obligatorio, establecido el marzo anterior en Alemania, rompía el Tratado de Versalles y —algo menos importante para la legislación internacional, pero sin duda muy significativo para Otto— lo obligaba a renunciar al puesto que le habían ofrecido en un estudio de diseño de Berlín. No había escapatoria. Él y varios de sus compañeros de estudio habían buscado una sin éxito.

Uno de sus tutores les había preguntado: "¿Están locos? ¿Quieres que te abran un expediente? ¿Que los marquen como antipatriotas?".

Por supuesto que no.

Pero tampoco estaban dispuestos a quedarse durante las vacaciones y hacer flamear banderas con esvásticas en los Juegos Olímpicos. Decidieron escapar en bicicleta, cruzar Austria, bajar a Italia y volver a Suiza.

Henri, sin embargo, también había estado planeando una fuga.

—Tengo que sacar a tu hermana de Berlín antes de que la maten —había dicho, al llegar sin previo aviso a la casa de Otto en Munich, solo tres semanas antes—. Y a tu madre... Ah, Otto. Tu madre está empeorando. Necesita descanso y paz. Y tú también. Te necesitamos.

Lo había arreglado todo sin reparar en gastos: pasajes de avión, para que Brigit no tuviera que soportar un largo viaje por mar y un alquiler de dos meses en la villa. El médico de Brigit conocía a Nikos desde hacía mucho tiempo; era él quien le había sugerido alquilar la casa a Henri.

—El señor Kalantis prefiere pasar el verano en Salónica —le había dicho Henri a Otto, sin preguntarse si a su hijo le importaba renunciar a sus planes de vacaciones—. Se marchará cuando estemos instalados y habrá sitio de sobra para todos, también para Marianne. Y para Lotte.

—¿Lotte? —había dicho Otto interrumpiendo—. ¿En serio, papá? ¿Lotte?

—Sí, Otto. Lotte.

—¿El padre de Lotte sabe que viene Marianne?

—No.

—¿No crees que Lotte se lo dirá?

—No, porque vas a pedirle que no lo haga.

Eso fue todo. Otto había estallado, había rehusado a seguir adelante con eso, enardecido por la prepotencia de

Henri, ahogado por la obligación que sentía cerrarse a su alrededor. Henri, a su vez, lo había acusado de egoísta e insensible y había abandonado la habitación de golpe, tras indicarle que pasara por su hotel cuando hubiera entrado en razón.

—¿Se te ha ocurrido alguna vez —le había gritado Otto desde lo alto de la escalera de piedra— que lo que para ti es entrar en razón no lo es para mí?

—¡Ni una vez! —le había gritado Henri.

—¿Cerveza? —había preguntado uno de los compañeros de Otto desde su habitación.

Se habían tomado varias y se habían subido al alféizar de la ventana de Otto para bebérselas y convencerse mutuamente, bajo el sol de principios de verano de Munich, de que Otto no iría a Creta a hacer de niñera ni a engatusar a nadie, y menos aún a la hija de un hombre que bien podría pasar la eternidad en el infierno. No, se iría en bicicleta con los demás.

Otto se lo había creído.

Hasta que su madre le telefoneó.

—Quiero que vayas a vivir tu aventura, cariño —le había dicho—. Le dije a papá que habrá otros veranos.

Se imaginó su sonrisa suave. La imaginó sola en el pasillo, con los dedos pegados a la pared para calmar el temblor.

—Pensaré en ti divirtiéndote con tus amigos y eso me hará tan feliz. Es la única medicina que necesito.

¿Cómo podría haber disfrutado un segundo de nada después de aquello?

—¡Hombre! —había dicho su padre en la puerta de su habitación del hotel—. ¿Estás borracho?

—Sí.

—Eso nunca ayuda...

—Me ha ayudado un poco.

Los demás se habían ido a Austria y Otto había regresado

a Grunewald; abrazó a Krista cuando bajó a saludarle, abrazó también a su madre en la puerta principal, ocultándole su pena por no haber podido correr a ninguna parte. "Tu madre está empeorando." Solo entonces, al ver las ojeras de agotamiento bajo sus ojos, al sentir la fragilidad de sus huesos, aceptó la verdad de las palabras de Henri. Se dio cuenta de que, a pesar de la decepción, había hecho bien en volver a casa con ella.

Sin embargo, aún sentía temor al pensar en las semanas que se avecinaban.

Había sentido ese temor durante toda aquella velada, mientras Henri, tenso por la alegría forzada, hablaba durante la cena de las muchas excursiones que deseaba hacer: a Cnosos, a varias playas; incluso planeaba alquilar un barco.

—Quizá puedas enseñar a Lotte a navegar, Otto. Estoy seguro de que lo disfrutaría.

Había sentido temor como cuando no podía conciliar el sueño en la habitación de su infancia y escuchaba los crujidos de las tuberías y el susurro de los árboles del jardín.

Había sentido aún más temor a la mañana siguiente cuando, a través de la ventana de la cocina, vio al padre de Lotte, el *SS-Oberst-Gruppenführer* Becker, llegar por el sendero de entrada de la casa en su coche con banderas de esvásticas y llevar a Lotte hasta el porche.

—Quédate aquí conmigo, cariño —le había dicho Brigit a Marianne, a quien Henri había tenido cuidado de recoger mucho antes—. Su ignorancia es nuestra dicha, ¿sí? Disfrutaremos de nuestro desayuno, no le daremos la satisfacción de arruinarlo. Otto lo atenderá.

—Gracias —le había dicho Marianne a Otto, mientras él, con pasos pesados, se dirigía a hacer precisamente eso.

En el porche, Becker le había dado un apretón de manos y sus ojos húmedos habían mirado intensamente a Otto con la intención de hacerlo encogerse de miedo.

—Cuida de mi niña —le había dicho y luego había sonreído—. Sé que lo harás.

Otto no le había devuelto la sonrisa. Ni siquiera por Marianne.

Tampoco se había inmutado por el fuerte apretón de la mano.

Pero se había sentado junto a Lotte a esperar el taxi que los condujo hasta la pista de aterrizaje y después nuevamente en el avión. Ella había tanteado su cinturón, le había pedido ayuda y él había encajado el metal en su lugar.

—No sé qué va a hacer papá cuando se entere de lo de Marianne —susurró Lotte.

—¿Es necesario que lo sepa? —había preguntado él, fiel a las líneas del guion de su padre.

—¿Quieres que le mienta?

—Simplemente no se lo digas. —Le sostuvo la mirada y se despreció a sí mismo cuando ella se ruborizó—. Por favor Lotte.

—Está bien.

Otto aprovechó que el ruido de las hélices bloqueaba la conversación durante el resto del vuelo y había mirado por la ventana y pensado en no sabía qué hasta que, por fin, aterrizaron en Creta. La isla vista desde el cielo era hermosa, eso era innegable, una gran mole que brillaba bajo el cielo abrasador, pero Otto no se había conmovido. Había mirado fríamente las playas que bordeaban el perímetro, el mar iridiscente, tan transparente que había alcanzado a ver la sombra de las alas del avión, demasiado sumergido en su ánimo sombrío como para querer emerger a la superficie. Cuando tocaron tierra, Lotte ahogó un grito y él fingió no oírla. Minutos más tarde, cuando todos desembarcaron en la paz de la pista de aterrizaje, Otto no sintió el impulso de admirar la calidez del clima como habían hecho todos los demás. Simplemente se llenó los pulmones con el golpe de aire puro y terroso —ese aroma que, con el tiempo, con la mente más clara, llegaría a añorar— y se dijo: "No es por mucho tiempo". Al menos Lotte se iría antes que ellos; volvería a Alemania para ser la acompañante decorativa de su padre en las jornadas de clausura de los Juegos Olímpicos.

Tendrían una semana libres de ella al final.

"Algo es algo", lo había consolado Krista cuando llegaron a la villa y él cargó los baúles de ella y de Marianne hasta su habitación.

Era algo.

Pero no mucho.

Lotte había canturreado mientras se vestía para la cena al anochecer y Otto, al oírla a través de la delgada pared que compartían, se había ido a nadar por primera vez para escapar. Solo quería moverse, aumentar su ritmo cardíaco, exorcizar la tensión que estaba atrapada en sus extremidades.

No esperaba más que eso.

Pero había visto a Eleni Adams sobre las tejas iluminadas por la luna. La había visto correr hacia el mar como si fuera parte él.

Tuvo menos miedo ante el verano que se avecinaba durante el poco tiempo que estuvo cerca de ella.

Lo que le había atraído de ella había sido su despreocupación. "Una ninfa" la había llamado y podría haber sido una; nadaba y buceaba sin que le importara nada. Todos ellos, en Alemania, se habían acostumbrado a verse a sí mismos a través de la mirada de los demás, a cuestionar la impresión que causaban: una obsesión nacida del terror. Pero Eleni era... libre. Él había sentido su libertad dentro de sí, indirectamente.

Hasta que Lotte había llegado para llamarlo a cenar.

Aparte de ese vistazo de Eleni en el Cadillac de su abuelo al amanecer, no la había visto desde entonces. Ni en la carretera, ni a orillas del agua, ni dentro.

Hora tras hora, ella había desaparecido de su mente. Sus pensamientos se habían llenado una vez más con su madre, con lo pálida que se veía leyendo en su silla de mimbre; con lo pensativo que estaba su padre al observarla; con Lotte, tan vigilante también.

Al menos Lotte permaneció en cama la mañana siguiente, un domingo.

—Se embadurnó con crema para las quemaduras —dijo Marianne al volver a la cocina, donde Otto y Krista estaban desayunando. (Marianne, con una magnanimidad que Otto se esforzaba por comprender, había subido una bandeja a Lotte). Se quedará escondida hasta mañana.

—¿Se ve muy roja? —preguntó Krista, sirviéndose yogur en un cuenco.

—Bastante —dijo Marianne—. Pero, a pesar de eso sigue siendo bonita.

—A mí no me parece bonita —comentó Krista—. Siempre me ha recordado a un lirio que mancha todo lo que toca —agregó y se sentó a la mesa.

Marianne no dijo nada. Krista le había dicho a Otto, mientras ella estaba arriba, que estaba decidida a olvidar lo ocurrido la noche anterior. "Dice que no sabe cuándo tendrá otras vacaciones. Prometió a sus padres que disfrutará de estas."

En parte para ayudarla a hacerlo, en parte porque no podía pasar otro día holgazaneando en la villa, Otto sugirió que los tres salieran a explorar la isla.

—Buena idea —dijo Nikos y todos se giraron al escucharlo entrar en la cocina—. Pueden usar mi coche.

—¿Está seguro? —preguntó Krista.

—Sí. —Se acercó a la mesa y se sirvió café—. Casi nunca lo uso. Tengo un hombre que me hace las veces de taxi para que pueda trabajar y mañana me llevará al puerto. El coche es suyo durante todo el verano. —Bebió un sorbo del café—. Por favor, no lo estrellen.

¿Acaso bromeaba?

La expresión de sus ojos, tras los párpados caídos, no delataba nada.

Le dieron las gracias. Les dijo que no era nada, que les traería un mapa.

—¿Quién tocaba el violonchelo anoche? —preguntó en la puerta.

—Yo —respondió Marianne—. Espero no haber molestado.

Nikos volvió la mirada hacia ella.

—Me molestaste mucho —dijo.

Después se fue.

Marianne hizo una mueca.

—Oh...

—No te preocupes —dijo Otto.

—Mañana se irá a Salónica —agregó Krista—. Ahora, vamos, pongámonos en marcha también antes de que papá venga e insista en que nos quedemos con Lotte.

Otto condujo. Era el único que sabía hacerlo. Vio a Lotte por el espejo retrovisor del coche mientras ponía en marcha el motor. Ella los observaba desde la ventana, como si hubiera vuelto a tener seis años y los mirara con añoranza desde la orilla del lago helado.

Otto frunció el ceño, pisó el acelerador y arrancó.

Era de noche cuando llegaron a La Canea.

El día había sido sorprendentemente bueno: los tres recorrieron a toda velocidad las carreteras llenas de baches de la isla, pararon en varias playas y se bañaron en el mar cerúleo. Pero hacía tiempo que se habían quedado sin agua y ahora estaban decididos a encontrar algún lugar, cualquier lugar que estuviera abierto un domingo para tomar algo.

Dejaron el coche en una plaza arbolada y se adentraron por las callejuelas cerradas de la ciudad hasta llegar al puerto donde, para su alivio, descubrieron una *kafeteria* abierta, al final del muelle largo y somnoliento, más allá de los barcos de pesca anclados y de los pelícanos que observaban el horizonte desde los bolardos. Las mesas estaban llenas de clientes y desde un gramófono sonaba la voz de Fred Astaire.

Krista y Marianne se dirigieron hacia allí y eligieron una de las pocas mesas desocupadas. Estaba situada junto a un grupo bullicioso que, por sus rasgos anglosajones, solo podía ser de turistas como ellos. Había muchos clientes griegos, en su mayoría hombres y todos bebían café.

Una chica vestida con pantalones cortos blancos y una blusa color limón bailaba con un hombre moreno en mangas de camisa junto a la orilla del agua. Otto se fijó primero en ellos y después en Nikos, que los observaba desde el fondo del café. Le sorprendió ver a Nikos. Tomó aliento para saludarlo, pero entonces la chica atrajo su atención, al soltar una exclamación mientras su pareja de baile la hacía girar. Se tocó el tobillo, habló en griego rápido y, entre risas, empujó a su pareja hacia la puerta del café.

El hombre sonrió, impertérrito, y se retiró al interior.

Otto no lo vio irse. Estaba demasiado ocupado mirando a la chica.

Se dio cuenta de quién era.

"No tengo nada que ver con ella", había dicho Nikos.

¿Por qué entonces la había estado observando tan atentamente?

¿Y adónde se había ido? Otto miró hacia la mesa de Nikos, pero estaba vacía.

Desconcertado, aunque sin preocuparse por él e ignorando a Krista que lo llamaba para que se sentara, se volvió de nuevo hacia Eleni. Ella infló las mejillas, para recuperar el aliento. El cabello, dorado comparado con el color casi blanco del de Lotte, se le derramaba de la coleta en ondas y se le pegaba, húmedo, a la piel. Se pasó los dedos por la nuca y miró hacia abajo mientras se presionaba el tobillo con cautela.

Tenía las uñas pintadas con esmalte rojo.

Lentamente, como si sintiera el peso de la atención de Otto, levantó la vista hacia él.

Él la miró.

Vio cómo sus ojos, de un azul tan intenso que parecían casi negros, se abrían con sorpresa, igual que lo habían hecho en el agua.

Solo que esta vez no se quedó callada.

—Oh, hola —dijo en el inglés más perfecto y cortante; era imposible no reírse.

—Hola —respondió él.

—¿Hablas inglés?

—Sí. —Su madre le hablaba en inglés desde que estaba en la cuna—. Me las arreglo.

Ella sonrió.

Qué sonrisa.

—Creo que tú debes de ser Otto Linder —dijo.

CAPÍTULO 4

"Creo que tú debes de ser Otto Linder."

Eleni se maldijo para sí al oír sus propias palabras y darse cuenta de lo rápido que le había revelado que sabía su nombre. "Hazte la difícil", aconsejaban siempre las revistas gastadas que hojeaba en la sala del personal del hotel. "Hay pocas cosas tan seductoras como el desinterés."

¿Lo había desanimado?

Él no parecía desanimado.

Volvió a reírse y se pasó la mano por el cabello apelmazado por la sal y despeinado, que Timothy habría mandado directamente a cortárselo. Y sin saber cómo y sin poder evitarlo, ella, que no debería haberlo perdonado tan fácilmente por el susto que le había dado en el mar, se rio con él.

Realmente era la última persona que había esperado ver.

Lo había vuelto a buscar antes, al pasar por delante de su puerta de camino a Halepa, pero eso había sido horas atrás. Desde entonces había nadado en la bahía de María y Spiros, había comido cordero asado a fuego lento en su patio y conversado sobre cientos de cosas diferentes, pero ni una sola vez sobre el desconocido de Berlín. Aquella tarde había llegado al muelle pensando únicamente en confirmar a Dimitri que quería trabajar con él durante el verano, noticia que a él no le sorprendió ("Eleni, ¿con quién podrías trabajar, sino conmigo?") y se mostró mucho menos interesado en hablar de su horario ("Haremos lo mismo que el año pasado, no hay problema.") que en presumir de su nuevo gramófono y, luego, bailar con ella al ritmo de "Cheek to Cheek".

—Ven, Eleni. Vamos al cielo…

—¿Esto es el cielo? —había dicho ella, mientras él la hacía girar hasta que se lastimó el tobillo—. Esperaba algo mejor…

La grabación seguía sonando. La voz de Fred se elevaba por encima del murmullo de los clientes de la cafetería.

"… Mi corazón late tan fuerte que apenas puedo hablar…"

Eleni sintió una ligera compasión.

Otto fue hacia ella y se cruzó con dos chicas que estaban sentadas ante una mesa. Una de ellas le sujetó del brazo y él le dijo algo. "Espera", tal vez. Eleni registró vagamente el intercambio de palabras. Mucho más vívida fue la certeza de que Otto se alejaba de las chicas y acortaba la escasa distancia que lo separaba de ella hasta que ya no hubo ninguna.

—Creo que tú debes de ser Eleni Adams —dijo.

—Tú también sabes mi nombre —dijo ella.

(Probablemente no debería haberlo dicho.)

—Sí —confirmó él.

Ella volvió a sonreír. No trató de contener el impulso, ya era demasiado tarde.

Además, ¿acaso importaba en verdad?

Al fin y al cabo, él sonreía con ella.

Le gustó su sonrisa. Le gustó su acento, mucho más sutil que el que había oído en las noticias. Le gustó su rostro, ya no oculto por la noche. Sus rasgos tenían un aire eslavo, con líneas firmes, salvo una melladura en el puente de la nariz, tal vez producto de una fractura. Se detuvo en ella y se preguntó cómo se habría producido. Sin dudarlo, decidió que con solo verlo podría haber adivinado que era alemán. O, al menos, que no era británico. No tenía la suavidad de los rasgos de los marineros de Gosport o de los hermanos de sus compañeras de clase. No había ni rastro de la tez rubicunda de un colegial en esa piel bañada por el sol.

No parecía un chico en absoluto.

Lo miró a los ojos: no eran azules arios, sino verdes, y en la luz suave del crepúsculo se veían casi grises. Se le iluminaron, divertidos. Él se había dado cuenta de que lo había estado examinando.

"Hay pocas cosas tan seductoras como el desinterés."

Sonriente, con las mejillas sonrojadas, le dijo:

—Dime, ¿tienes la costumbre de asustar a las mujeres que están solas en el mar?

—Solo los viernes —respondió él sin perder un segundo: la hizo reír de nuevo.

Era divertido. Eso también le gustaba.

—¿Cómo está tu tobillo?

—Bien —respondió; casi era cierto.

—¿No necesitas sentarte?

—No.

—Está bien —dijo él; no hizo ademán de sentarse ni de irse.

"Quiere quedarse" pensó Eleni ilusionada, "quiere quedarse conmigo".

Y con muchas ganas, de pronto, de que se quedara, buscó en su mente algo más que decirle y se decidió, con otra mirada a su pelo, por preguntarle si venía de la playa.

—Vengo de unas cuantas —respondió él. Luego, cuando ella tomó aliento para preguntarle de cuál, agregó—: No tengo ni idea.

—¿No? —preguntó Eleni, sonriendo más, porque él le había leído el pensamiento—. ¿Cómo es posible?

—Nuestro mapa estaba en griego.

—Qué inconveniente.

—Lo sé.

—Pero ¿aun así encontrasteis algunas buenas?

—Encontramos varias hermosas.

—Bueno, no es que escaseen.

—Eso estoy descubriendo.

—Y no puedes haberte perdido demasiado —continuó Eleni; las palabras le salían a medida que hablaba. Has llegado hasta aquí... —mantuvo la misma expresión—, hasta Rétino.

Él la miró fijamente.

Con valentía, Eleni contuvo otra sonrisa.

—Maldita sea —dijo él, muy serio—, nuestro objetivo era Heraclión.

Y ella dejó escapar la sonrisa, encantada de que él le siguiera el juego.

Los clientes de una mesa se levantaron a su lado. Ellos se apartaron para dejarlos pasar y volvieron a acercarse enseguida.

Dentro de la cafetería se interrumpió la música y se reanudó tras una breve pausa.

—Siento lo del viernes por la noche —dijo Otto a propósito de nada, para que Eleni supiera que él también seguía pensando en ello—. No quise asustarte...

—Bien.

—Habría hablado contigo antes si hubiera sabido que hablas inglés.

—¿En serio? —Pensó que era un lindo gesto—. ¿Y qué habrías dicho?

—Probablemente "hola".

Ella se quedó pensando.

—¿Se dice muy diferente en alemán?

—No es diferente del inglés. Pero del griego... —se interrumpió—. Dímelo tú.

—Supongo que es un poco diferente.

—¿Solo un poco?

—Sí, un poco.

La miró largamente.

Ella abrió mucho los ojos.

—¿Qué?

—Me parece que no te creo.

—No puedo creer que hayas venido hasta Grecia sin saber saludar —replicó ella.

Le tocó a él luchar para contener una sonrisa.

—Bien, entonces dime cómo se dice.

—¿De verdad no lo sabes?

—De verdad que no lo sé.

—Se dice *yassas* —explicó ella, por fin—. *Yiassou*, si saludas a alguien que conoces.

—¡Ajá! ¡Es muy diferente! —dijo él, como justificándose.

—Bastante diferente —admitió ella.

—Entonces, ¿estoy perdonado?

—Supongo que sí.

—Bueno, gracias a Dios —dijo él; estaba bromeando, ella lo sabía, pero... quizá también lo decía en serio.

Se quedaron en silencio.

Ella lo miró. Él la miró.

"El cielo. Estoy en el cielo..."

—¿Quieres...? —empezó a decir.

—¡Eleni! — se oyó; ambos se giraron.

—Oh, no —suspiró Eleni, y el corazón (que había vuelto a latir con tanta fuerza que casi no podía hablar) se le cayó a los pies al ver a Yorgos, a quien había dejado esperando a la vuelta de la esquina en el coche, caminar a grandes zancadas por el paseo marítimo en su traje de tres piezas de los domingos; las cuentas de su *komboiói* tintineaban mientras él avanzaba, con el rostro severo e inmune a los encantos de la voz de Fred y al sol que se iba ocultando poco a poco.

—¡Dijiste cinco minutos! —le gritó en griego—. ¡Dijiste cinco minutos!

—¡Ya voy! —le respondió también en griego.

—Ven, entonces.

—¿Es tu abuelo? —preguntó Otto.

—Sí.

—Parece simpático.

Ella se rio.

—¡Eleni Juliet Adams…!

Ella dejó de reír.

—¡Ya voy! —volvió a gritar a Yorgos. Luego, en inglés y consciente, muy consciente de lo mucho que deseaba quedarse, dijo a Otto—: Será mejor que me vaya. No está de buen humor.

—¿Por qué?

—Por mis pantalones cortos. —Los odiaba, como era de esperar. Casi se había negado a salir de casa con ella esa mañana, convencido de que a María y a Spiros les horrorizarían tanto como a él. Pero Spiros se había mostrado imparcial ("¿qué sé yo?") y María, que Eleni sabía que estaría de su parte, había dicho a Yorgos que no fuera tan estirado. "Si fuera tan joven como me siento, yo también los usaría." Pero él seguía enfurruñado—. Quiere que los queme.

—Eso es drástico.

—¿Verdad que sí?

—¡Eleni! —Era Yorgos otra vez. Se estaba acercando—. ¿Quién es ese chico con el que estás hablando…?

—Por Dios, tengo que irme —repitió Eleni, solo que esta vez sí empezó a caminar, al ver que Yorgos estaba cada vez más cerca y desesperada por evitar la incomodidad de las presentaciones.

Otto la siguió.

—¡Espera!

—¿Sí? —dijo ella, mirando hacia atrás.

Los últimos rayos de sol los bañaban a él y a todos los comensales con las últimas gotas de calor.

—Prométeme algo.

—¿Qué?

Sonrió.

—Por favor, no quemes esos pantalones cortos.

Ella siguió sonriendo y repitiendo esas palabras para sí durante toda la velada que siguió: en el viaje de vuelta a casa, al recoger a Tipota en el porche (decidió llamarlo Tips, para abreviar) y darle de comer las sobras de cordero de María, mientras ayudaba a Yorgos a preparar la cena, mientras jugaba al backgammon con él en la terraza (y le ganó, como si él no estuviera lo bastante malhumorado). No dejó de sonreír por todo, como si la mitad de sí misma estuviera otra vez en el puerto: revivió cada momento, recordó cada vez más detalles. Cómo había pronunciado Otto su nombre, *I-leni*, con el acento que a ella le había gustado tanto. La manera en que había bajado la cabeza al reírse y luego había vuelto a mirarla. Esa pregunta que había empezado a hacer y no había terminado:

"¿Quieres...?"

¿Tomar una copa con él?

¿Era eso lo que iba a pedirle?

Tuvo que morderse el labio para contenerse al pensar en esa posibilidad; no fuera a ser que Yorgos la viera y le preguntara por qué sonreía.

Tal vez, con el tiempo, dejara de hacerlo.

Quizá, con el tiempo, la euforia de aquellos embriagadores minutos en el puerto se desvanecería en su mente.

Quizás Otto también.

Pero no había posibilidad de que ocurriera algo así. Volvió a verlo muy pronto.

Le vio esa misma noche.

Eran más de las once. Ella estaba en la cocina planchando, con Tips enroscado a sus pies. Otto estaba nadando, lejos de su villa; daba brazadas limpias y precisas. Ella captó su movimiento a través de la ventana abierta y sintió la serenidad de reconocerlo; sonrió de nuevo sin darse cuenta.

Dejó la plancha y se acercó a la ventana.

Era realmente tarde para que saliera a nadar.

¿Sabían los demás que se había ido?

¿Volvería a buscarlo la chica que lo había llamado antes?

Eleni también había pensado en ella en las últimas horas. No la había recordado en absoluto en el café, sumida por completo en el momento. Pero desde entonces había vuelto a visualizarla con su vestido blanco, y también a aquellas chicas que estaban con él en el puerto, cada vez más segura de que ninguna de las dos era ella; parecían demasiado informales, demasiado relajadas. También sintió curiosidad por ellas: ¿quiénes eran, por qué la chica de blanco no estaba con ellas? Se había sentido frustrada por no poder responder su propio juego de adivinanzas...

Abrió más la ventana. Otto estaba nadando muy lejos, casi había alcanzado el barco anclado.

—Se te va a quemar la plancha —dijo Yorgos, que llegó desde la terraza con una copa de brandy vacía—. ¿Esas cosas están debajo de la plancha?

—"Esas cosas" se llaman pantalones cortos.

—¿Es eso un sí?

—Es un no. Estoy planchando un vestido.

—Preferiría que fueran esas cosas.

Ella se rio, pero no se movió para ocuparse de la plancha. Mantuvo los ojos fijos en Otto. Esperó, aunque no sabía muy bien qué.

Él llegó al barco y se detuvo.

Durante unos segundos no se movió.

Después se giró en el agua, miró directamente hacia la ventana iluminada y la saludó con la mano.

Y ella se dio cuenta de lo que había estado esperando.

Todo parecía haber cambiado cuando se despertó la mañana siguiente. En el transcurso de una noche, el verano que tenía por delante, tan predecible, se había... convertido en un caleidoscopio de incógnitas: las infinitas posibilidades de cuándo o dónde podría volver a encontrarse con él.

No era cómodo.

Sin embargo, mientras se quitaba el camisón y buscaba el traje de baño, Eleni no podía desear que fuera de otra manera ni por un segundo.

¿Era normal?

No tenía ni idea.

No tenía otra experiencia con qué comparar. En realidad no tenía ninguna. Los únicos intercambios que había tenido con el sexo opuesto —más allá de su familia, los clientes de la cafetería y el hotel— habían sido cortesías fugaces con los subordinados de su padre, todos los cuales estaban demasiado asustados ante una posible sanción disciplinaria como para hacer algo más que inclinar sus gorras hacia ella en señal de saludo. También estaban los hermanos de sus compañeras de clase; había bailado con algunos de ellos en las fiestas de cumpleaños de dieciocho que se habían celebrado ese año. Pero no estaba segura de que esas torpezas contaran como experiencias. Desde luego no era el tipo de experiencia que deseaba repetir. Aquellos dedos sudorosos que se deslizaban por su cintura, la sensación del aliento caliente y húmedo de una respiración sobre su frente la habían dejado mareada. Desesperada por estar en casa, en su habitación. Y un poco preocupada de que algo estuviera mal en su personalidad, porque ¿no se suponía que en tales circunstancias una debía sentir palpitaciones y felicidad?

Se había sentido feliz con Otto.

Estaba bastante segura de haber sentido palpitaciones. (Todo el recuerdo era un poco borroso.)

Sin duda las sentía ahora, al buscar su toalla y dirigirse a la cala, donde había al menos una posibilidad de que él volviera para nadar.

El amanecer del último lunes de junio ya era cálido, el más cálido desde su regreso. Así sería el clima en adelante: el calor iría en aumento hasta septiembre, los días largos y las noches cortas solo recibirían el frescor caprichoso de los vientos *meltemi* que soplaban de isla en isla durante julio y agosto. Los rayos del sol hacían mucho más fácil vadear el agua fría que la primera noche. La luz era pura, nítida, y brillaba con una claridad que Eleni no había experimentado en ningún otro lugar fuera de Grecia. Se quedó de pie, sumergida hasta la cintura en el agua translúcida, hipnotizada momentáneamente por las serpientes que la luz solar dibujaba sobre los guijarros a sus pies. Después cerró los ojos, se zambulló, pataleó, siguió nadando sin mirar atrás por encima del hombro; era lo bastante supersticiosa como para creer que sería más probable que él viniera si ella no miraba.

Siguió nadando, tan lejos como él había llegado la noche anterior, quizá más; la barca había desaparecido, sin duda llevada por su dueño en busca de calamares y pargos. Solo cuando empezaron a temblarle los brazos y las piernas se dio la vuelta, por fin, para observar la extensión cristalina que había cruzado, y exhaló un suspiro.

Todo estaba vacío.

La villa de Nikos Kalantis permanecía cerrada y en silencio.

La única señal de vida la dio Yorgos, que salió a la terraza trajeado y preparado para ir a su consultorio y levantó el brazo para invitarla a volver a casa.

Ella le devolvió el gesto pero dudó antes de ponerse en marcha.

También se tomó su tiempo, volvió a la cala por si acaso…

—Por favor, no te adentres tanto —le advirtió Yorgos

cuando, envuelta en su albornoz, se reunió con él en la cocina. Estaba preparando café—. No podría llegar hasta ti si me necesitaras. Es mi peor pesadilla.

—Está bien —dijo ella y le dio un beso—. Te lo prometo.

—Alimenté a tu animal.

—Tips.

—Qué nombre ridículo.

—Es mejor que "Nada".

Cuando se vistió dijo a Yorgos que iría en bicicleta a desayunar a la panadería. Había una pequeña no muy lejos en el interior y estaba justo pasando la villa de Nikos, solo era una casualidad, no era para nada la razón por la que decidió ir. Si llegabas temprano aún quedaban *bougatsa*: los pastelitos rellenos de crema y espolvoreados de canela, con los que Eleni fantaseaba durante el invierno y a los que nunca, nunca, se había planteado resistirse. La idea de disfrutar de uno de ellos recién salido del horno, era lo que la motivaba. Solo eso.

Buscó con la mirada a Otto cuando pasó por delante de su puerta (esa puerta siempre abandonada) de camino a la panadería.

Volvió a buscarlo al regresar a casa con su cesta llena del aroma tentador de la vainilla.

Cada vez que pedaleaba esperaba verlo.

Pero no vio a nadie más que a Irena, la encargada de la panadería, y a su esposo Philip, cargando las entregas de la mañana en un carro bajo el sol.

La mañana no fue un completo fracaso. Al menos había *bougatsa*. Ella devoró la suya apoyada en la mesa de la cocina mientras charlaba con Yorgos sobre sus compromisos del día y se ofrecía a preparar la cena para los dos, ya que él llegaría tarde a casa. Ella también trabajaba —tenía el primer turno en el café de Dimitri—, pero no empezaba hasta el mediodía. Aseguró a Yorgos que tendría tiempo de sobra para meter algo en el horno antes de tomar el autobús a La Canea.

—Gracias —dijo él, despidiéndose con un beso—. A cambio intentaré no volver a decir nada sobre "esas cosas".

—Pantalones cortos —corrigió ella, tragando otro bocado de pastel—. Y probablemente dirás más.

—Sí —admitió él mientras se iba—. Probablemente lo haga. No pierdas el autobús.

—No lo perderé —dijo Eleni.

Y casi lo perdió.

Tips entró en la despensa mientras ella estaba en el jardín recogiendo berenjenas para preparar *imam bayildi*; causó estragos en una bolsa de arroz y un tarro de miel, y cubrió la casa de huellas pegajosas y granuladas. Eleni tuvo que fregar el suelo para que no terminara infestado de hormigas; después preparó las *imam* y volvió a sacar a Tips de la despensa (esta vez cerró la puerta con llave), lo que le dejó apenas unos minutos para preparar unos panecillos para el almuerzo, organizar su bolso y correr hacia la parada del autobús.

Estaba situada a varios cientos de metros, cuesta arriba por la carretera polvorienta y sin sombra, pasando la villa de Nikos. El sol brillaba en lo alto con tanta intensidad que parecía como si el mediodía se estremeciese por su fuerza. Eleni sudaba bajo el vestido de verano y sus pies calzados con sandalias hacían crujir las ramas caídas de los arbustos. Maldijo al oír el ruido del motor del autobús a sus espaldas y aceleró el paso; llegó a la parada justo a tiempo.

Se masajeó la cintura dolorida y entregó su *dracma* al conductor; se desplomó en un asiento de resortes junto a la ventanilla, se giró para bajar el cristal sucio y sintió que se le cortaba la respiración porque, oh, Dios, allí estaba él.

Estaba allí mismo, asomándose al borde de la carretera. Venía de la playa: había estado nadando. Llevaba el pelo mojado, pantalones cortos, camisa abierta y una toalla colgada del cuello.

Con el corazón acelerado (¡palpitaciones!), sin dejar de sostener la ventanilla, Eleni se preguntó si debía decir algo y entonces, antes de que pudiera decidirse a no hacerlo, lo hizo:

—¡Hola de nuevo!

"Hazte la difícil".

Demasiado tarde.

En ese momento no podría haberle importado menos. Porque él levantó la vista, sus miradas se cruzaron y, justo cuando el autobús se puso en marcha, él sonrió.

Una sonrisa que levantó su expresión contemplativa.

Una sonrisa que hizo que el corazón de Eleni se agrandara.

Una sonrisa que era solo para ella.

—¿Adónde vas? —gritó Otto por encima del ruido del motor.

—A trabajar —dijo ella.

—¿A trabajar dónde?

—A la cafetería —respondió y se asomó a la ventanilla para poder seguir mirándolo, embriagada de emoción por haberse encontrado con él de esa manera inesperada.

Él dijo algo más.

Ella se llevó la mano a la oreja, porque no logró escucharlo. El autobús, que ya aceleraba, era demasiado ruidoso.

Él volvió a gritar.

—Sigo sin oírte —le gritó ella.

Ahora él se reía. Gritó por tercera vez.

Ella oyó un "iré", un "ver", un "tú".

"¿Iré a verte?"

¿Había dicho eso?

Podría ser.

Realmente pensó que podría haberlo dicho.

El autobús dobló la curva y ella se echó hacia atrás,

también se rio sin que le importara la mirada de extrañeza que le dirigió su vecina de asiento y deseó con todas sus fuerzas que Otto hubiera dicho lo que ella había creído escuchar.

Se sintió flotar ante la posibilidad de que así fuera durante todo el camino hasta la ciudad.

Incluso cuando el viaje se alargó más de lo debido por una parada imprevista para dejar pasar un rebaño de cabras, siguió flotando.

Inevitablemente se hizo tarde, lo que la obligó a correr, una vez más, hacia el café, esquivando las multitudes del puerto que, a diferencia de la noche anterior, estaba abarrotado, con las coloridas terrazas venecianas abiertas al público, las cestas de productos expuestas y los pescadores que regateaban para vender la pesca de la mañana.

—Lo siento —jadeó, tras correr el último tramo hasta llegar a donde estaba Dimitri, visiblemente agotado, con la bandeja cargada en alto y las mesas repletas de clientes a su alrededor—. Lo siento mucho.

—No pasa nada —dijo con un gesto de la mano—. No es el fin del mundo. No hay problema —dijo la última frase en inglés, con acento estadounidense. Ya había hecho lo mismo la noche anterior, cuando conversaron sobre el horario de trabajo. El uso de esa frase era otra novedad, como el gramófono—. Ven —continuó en griego, y le hizo señas para que entrara en el sector donde se servía el café: un agujero en la pared al fondo de su estrecha casa pintada de color limón. Casi no había muebles en el interior, solo una barra de caoba sobre la que estaban el gramófono y una cafetera, estanterías llenas de tazas y varios sacos de naranjas en el suelo—. Necesito que hagas zumo.

Era la tarea que menos le gustaba a Eleni. Las naranjas le manchaban las manos de amarillo y le producían pinchazos invisibles de ardor en la piel, pero ni siquiera media hora de trabajo le estropeó el ánimo. Nada podía estropeárselo. Ni el olor del cesto de la basura de detrás de la cafetería donde arrojó las cáscaras de las naranjas. Ni las moscas que emergieron cuando abrió la tapa del cesto. Ni el calor sofocante cuando se puso a servir mesas, limpiar salpicaduras, vaciar ceniceros. Ni siquiera los turistas que le hablaban en un inglés demasiado ruidoso y lento (le hacían gracia). Hiciera lo que hiciera no se le borraba la imagen de Otto ("Iré. Ver. Tú.") y tenía el corazón a mitad de camino entre el pecho y la boca, por la expectativa de que apareciera.

Pero dieron las tres, el muelle se vació para la siesta y él seguía sin aparecer. Decidida, Eleni se dijo que aún estaba a tiempo. Dejó que Dimitri descansara arriba y se dirigió a la tranquila playa de Paralia Koum Kapi, donde había pasado tantas siestas el verano anterior. Se comió los bocadillos sola en la arena al igual que entonces, se puso el traje de baño oculta bajo la toalla y se dio un largo chapuzón en el mar. Después se tumbó para secarse y observó el sol a través de la red de sus dedos levantados, pero no abrió el libro que había llevado, estaba demasiado ocupada preguntándose dónde estaría Otto.

Impaciente por estar donde él pudiera aparecer, regresó al café de Dimitri antes de que él abriera de nuevo a las cinco. No le quedaba mucho tiempo de turno; aunque los clientes seguirían llegando hasta pasadas las diez, ella siempre se marchaba a las siete. Esa había sido la única condición de Yorgos cuando, al ver el cartel de "se necesita ayuda" de Dimitri el verano anterior, Eleni le había ofrecido sus servicios: debía estar en casa antes del anochecer. Dimitri, que había sido paciente de Yorgos desde el día en que lo trajo al mundo —un paciente bastante habitual debido al asma que Dimitri ocultaba a todo el mundo excepto a Yorgos—, había aceptado de buen grado. "Lo que diga el doctor Florakis." Yorgos pasaba a buscar a Eleni si sus compromisos se lo permitían. Pero la mayoría de las veces ella tomaba el autobús para volver a casa, como haría aquella tarde.

Siempre había más tranquilidad después de la siesta; el comercio no volvía a animarse hasta que el sol empezaba a ponerse. También era más agradable a medida que el calor menguaba. Eleni tenía tiempo de sentarse a charlar con Dimitri y escuchar sus novedades. Le habló de un amigo suyo, Sócrates, que se había trasladado a Atenas de niño pero que acababa de regresar a Creta para ocupar un puesto en la escuela local a partir de septiembre. Tenía veintitantos años, como Dimitri, y había alquilado un apartamento cerca de allí. Estaba un poco deteriorado y Dimitri lo ayudaba a redecorarlo cada noche después de cerrar el café.

—Canta mientras quita el empapelado —contó mientras apagaba el cigarrillo en el cenicero— y se inventa sus propias canciones. También lo hacía cuando éramos niños, le encanta la música, de hecho me ayudó a comprar el gramófono.

—Ah —dijo Eleni sonriendo—. ¿Y por casualidad dice siempre: "No hay problema"?

Dimitri frunció el ceño.

—¿Cómo lo sabes?

—No importa. ¿Cuándo lo conoceré?

—Pronto. Me va a ayudar cuando te vayas.

—Te estás expandiendo, Dimitri. Dos empleados...

—No, Sócrates no quiere un salario. Dice que es a cambio de la decoración del apartamento.

—Es muy amable de su parte.

—Sí —dijo Dimitri—. Muy amable. Ojalá tú...

—Ni se te ocurra —dijo ella—. Mira mis dedos amarillos. —Los movió—. Necesito que me pagues.

Sócrates llegó, como había prometido, justo cuando Eleni se disponía a irse a tomar el autobús. Lo vio desde la puerta del café, saludando a Dimitri con la mano y dándole una palmada en el hombro. Lo primero que le llamó la atención fue lo contentos que estaban él y Dimitri de verse. Debieron de ser muy buenos amigos cuando eran niños. Lo segundo fue que Sócrates parecía muy agradable, alguien con quien uno podía sentirse a gusto. Era diferente de los otros conocidos de Dimitri e incluso del propio Dimitri; no tenía su delgadez ni sus rasgos griegos, ni sus bigotes oscuros, ni siquiera tenía bigote. Era ancho, de silueta cuadrada, mandíbula aún más cuadrada, pelo castaño claro y piel morena que se le arrugaba alrededor de los ojos cuando sonreía.

Lo vio de cerca cuando, momentos después, con la bolsa al hombro se acercó a ambos, disculpándose con Sócrates por tener que salir corriendo tan pronto.

—Prometo no tomármelo como algo personal —dijo él—. Pero ¿estás segura de que no quieres que te acompañe al autobús?

Fue una oferta muy amable. A Eleni le cayó bien por eso. Le gustaba que hubiera ido a ayudar a Dimitri. El verano anterior ella se había sentido mal por dejarlo en la estacada sabiendo que, por mucho que él insistiera en lo contrario, le habría ido mejor si hubiera contratado a alguien a tiempo completo. Por eso no estaba dispuesta a robarle a Sócrates justo cuando había llegado.

—No hace falta pero gracias —le aseguró—. Decidida, encontró una sonrisa para corresponder a la suya, ocultando lo deprimida que empezaba a sentirse.

Él no tenía la culpa de no ser Otto al fin y al cabo.

Otto, al que había esperado inútilmente como una tonta todo el día y que no había ido.

Otto, a quien todavía buscaba a su alrededor —qué ridícula— mientras se despedía de Dimitri y de Sócrates y volvía sobre sus pasos por las calles oscuras de La Canea hasta la parada del autobús.

No lo vio.

Se dio cuenta, por supuesto, de que podía deberse a muchas razones, entre ellas que lo hubiera oído mal antes. Tal vez no había dicho "Iré a verte". Tal vez había dicho: "Te veré pronto". O "Te veré de nuevo". Posiblemente ya tuviera planes para ese día, planes que no podía cambiar.

Eso era muy probable, en realidad.

Se repetía todo esto mientras esperaba el autobús bajo los árboles llenos de pájaros de la plaza y en el destartalado trayecto de vuelta a casa. Sin embargo, por mucho que intentara disipar su decepción no cedía, la sentía en el pecho pesada y obstinada.

Realmente había creído que él iba a ir.

Puede que fuera una tontería, pero se sentía rechazada.

Esa sensación la confundía.

Antes parecía tan feliz de verla. Tan feliz como ella de verlo a él.

¿No era así?

Apoyó la cabeza en el marco frío de la ventanilla del autobús y suspiró, cada vez más insegura.

El sol casi se había puesto cuando bajó del autobús. Arriba, las primeras estrellas destellaban en el brillo pálido y purpúreo del cielo. El mar, más allá del borde del acantilado, había empezado a oscurecerse. El agua ya no estaba quieta, sino agitada por una repentina brisa perfumada de tomillo. La carretera, una vez que el autobús se hubo alejado, crujía; todo era sombras, cigarras y un par de cabras que pastaban.

"Vete sin pausas a casa", le había recordado Yorgos a Eleni aquella misma mañana. "Cuento con que lo hagas."

Ella no había discutido; sabía que él ya le daba mucha más libertad que la que tenían la mayoría de las cretenses de su edad. Lo amaba por eso. Le encantaba que, a pesar de su desesperación por sus pantalones cortos y por la moral del rey Eduardo, su abuelo, que le había enseñado a leer griego con artículos de periódico que hacían campaña a favor del voto femenino (algo que allí todavía no se permitía), no la tratara como si fuera una muñequita de porcelana.

Desde luego no podía parecerse menos a una muñeca ahora, sucia y cansada, con el pelo impregnado de sal que se le había pegado a la piel cuando alargó la mano para deshacer la coleta. Sintió un alivio instantáneo al soltar la cinta. Le había dolido, le dolía todo: los hombros, la espalda, las plantas de los pies.

El trayecto de vuelta a casa, cuesta abajo con el viento, fue al menos mucho más llevadero que la carrera matutina hasta la parada del autobús. Dejó vagar la mente: pensó en las *imam* y deseó que no se hubieran secado demasiado en el horno; en Tips, y se preguntó si tendría hambre; en el baño que estaba a punto de darse… en la maldita puerta de Nikos cuando pasó por delante.

Aún no había nadie.

De alguna parte le llegó una risa que le había molestado oír. Siguió adelante por el último tramo, alrededor de la entrada de la villa.

Entonces se detuvo en seco.

¿Se lo estaba imaginando?

No creía que se lo estuviera imaginando.

Su corazón, que palpitaba con fuerza, tampoco lo creía.

Era él.

Era él.

Estaba sentado en el suelo, en la entrada de la casa de Eleni, con pantalones cortos, un suéter arremangado y la espalda apoyada en el árbol. Tenía un bloc de dibujo en el regazo. Concentraba toda su atención en el papel, en la línea que estaba trazando. El pelo le caía sobre la cara. Se lo apartó detrás de la oreja, distraído.

—Hola de nuevo —dijo Eleni, igual que en la mañana.

Y, al igual que en la mañana, él levantó la vista.

Sonrió.

Le sonrió a ella.

Eleni sintió que se evaporaba su decepción. Ya no se sentía igual.

No estaba decepcionada.

—Por fin —dijo él—. Te estaba esperando.

—¿Sí? —preguntó ella, visiblemente encantada. ("Hazte la difícil". ¿A quién le importaba? A ella no).

—Sí, desde hace mucho tiempo.

—Oh —dijo Eleni, disfrutando de ese "mucho tiempo". Lo disfrutó mucho.

Otto dejó su bloc a un lado y se levantó para acercarse a ella.

Ella se acercó a él fuera de la carretera.

—Pensé… —empezó a decir.

—Quería ir a la ciudad —dijo él al mismo tiempo.

Los dos se rieron.

—Siento no haberlo hecho —se disculpó él—. Me entretuve con… algo. Cuando me liberé pensé que ya era demasiado tarde así que vine aquí.

—A esperar.

—A esperar. Y ahora tú también estás aquí.

—Sí.

—¿Tienes prisa?

—No tengo prisa —respondió ella, sin acordarse de las *imam* ni del pobre Tips.

¿Era real lo que estaba pasando?

—Entonces, ¿quieres sentarte conmigo? —Extendió el brazo hacia el árbol, como si le ofreciera una silla—. Es muy cómodo.

—Ah, ¿sí?

—No, para nada.

Ella sonrió.

Se sentó sin apartar los ojos de él.

Él se unió a ella.

La mano de Otto descansaba sobre la hierba, casi rozando la de Eleni. Ella sabía, incluso sin mirar, que estaba cerca por el cosquilleo que sentía en la piel.

—Tengo muchas preguntas para hacerte.

—Sí —dijo ella—, yo también tengo unas cuantas.

Él agrandó su sonrisa.

Ella sintió que la suya también se agrandaba.

Sin pensarlo, le tendió la mano.

O él hizo lo mismo.

En cualquier caso, las yemas de sus dedos se rozaron.

En el crepúsculo griego, sobre el suelo duro y caliente, perduró la caricia.

Y ella lo sintió otra vez.

Se sintió flotar.

"Recuerdos de Grecia durante la guerra". Transcripción de la entrevista de investigación realizada por M. Middleton (M. M.) al sujeto diecisiete (#17) en British Broadcasting House, 5 de junio de 1974.

#17: ¿Usted cree que el primer amor puede ser amor verdadero?

M. M.: Pensé que era yo quien lo entrevistaba a usted.

#17: ¿Lo cree? ¿O piensa que es simplemente la fuerza de la atracción, la novedad? Un amor abrumador, impactante. A menudo, egoísta. Pero, finalmente, ¿está condenado a apagarse?

M. M.: ¿Condenado? No, no creo que siempre esté condenado.

#17: ¿En serio?

M. M.: No. Si fuera así, no habría tanta gente que elige pasar el resto de su vida con su primer amor.

#17: Pero esa elección a menudo se hace en el arrebato inicial, sin reflexionar con claridad.

M. M.: No creo que por eso sea menos auténtica. Creo que la decisión de pasar toda la vida con alguien se toma una y otra vez, año tras año.

#17: Por obligación. Las expectativas de la sociedad…

M. M.: No. No siempre es por eso.

#17: [Frunce el ceño].

M. M.: ¿No está de acuerdo?

#17: No estoy seguro.

[Silencio]

M. M.: ¿Se siente mal? ¿Quiere descansar?

#17: No, no. Simplemente estaba pensando. Verá, tal vez sea un cínico, pero me parece demasiado... ordenado, demasiado [busca la palabra] casual, que uno descubra su verdadero amor, un amor que realmente puede durar toda la vida, en su primer enamoramiento.

M. M.: ¿De verdad cree eso?

#17: Sí.

M. M.: ¿De verdad?

#17: ¿No acabo de decirlo?

M. M.: Lo ha dicho. Le pido disculpas.

#17: No parece que lo sienta. Y parece como si quisiera decir algo más.

M. M.: Ah, ¿sí?

#17: Sí, así que dígalo por favor.

M. M.: ¿Puedo ser directo?

#17: Preferiría que lo fuera. Como ya he dicho, tengo poco tiempo y aún menos energía para interpretar sutilezas.

M. M.: Lo lamento.

#17: Sí, sí. Y, ¿entonces?

M. M.: Bueno, usted puede ser muy persuasivo. Muy convincente.

#17: Supongo que sí.

M. M.: Usted mismo me ha dicho que ha engañado a mucha gente.

#17: Sí...

M. M.: No puedo evitar preguntarme si en este caso, con respecto a la duración del primer amor, si... Bueno...

#17: Si ¿qué?

M. M.: Bueno, para ser directo, si es a usted mismo a quien intenta engañar. Para mitigar la culpa.

[Silencio prolongado].

#17: Eso sí que ha sido muy directo.

LONDRES, 1940

CAPÍTULO 5

St James's Park, noviembre de 1940

—POR CASUALIDAD, ¿TIENE CAMBIO DE UN CHELÍN?
La pregunta irrumpió en la ensoñación de Eleni, sentada en su banca habitual junto al lago con los restos de los sándwiches del almuerzo sobre el regazo. Levantó la vista para ver al hombre que había hablado, con los ojos encandilados al instante por el resplandor del sol bajo de invierno que salpicaba el agua. Estaba resfriada. Demasiadas noches intentando dormir en el húmedo refugio Anderson con Helen y Esther. No recordaba la última vez que no habían tenido que salir corriendo de sus camas al oír la sirena y correr a ciegas en la oscuridad hasta el refugio. No recordaba lo que se sentía al despertarse después de dormir una noche entera. Un sueño cálido…

Y, oh, iba a estornudar otra vez. Apresuradamente, se sacó el pañuelo de la manga y contuvo primero un estornudo, luego otro, luego un tercero, señal de buena fortuna en el amor. ¿Y el cuarto…? No.

El cuarto no.

Se guardó el pañuelo temblando.

—¡Salud! —dijo el hombre.

—Gracias —dijo y pensó en Esther y sus extrañas

supersticiones. "¡Matarás a un hada!"—. Tome… —Buscó en su bolso—. Estoy segura de que tengo algo, oh, espere. —Soltó el bolso y tomó el pañuelo. Llegó el cuarto estornudo, después de todo—. Lo siento. —Se limpió la nariz y presionó el dorso de las muñecas sobre los ojos—. Creo que ha sido el último.

—Pobrecita.

—Estoy bien.

—Parece que debería estar sentada junto al fuego con un plato de sopa, no en una fría banca de un parque. —El hombre señaló los patos de la orilla que miraban hambrientos las migas de pan que Eleni les había llevado—. Hasta ellos tiemblan.

Ella se rio.

Él también, expulsando una bocanada de vapor helado.

No temblaba. Iba bien vestido para el gélido día de noviembre, con un abrigo elegante de mangas raglán, sombrero de ala ancha, guantes de cuero y bufanda. Ahora que la vista se le había aclarado y podía verlo bien, Eleni supuso que tendría unos treinta años; estaba bien afeitado y era refinado. Si no hubiera estado tan congestionada, estaba segura de que habría podido oler una colonia cara, de las que vienen en frascos de cristal y cuyo aroma persiste en el aire sofocante y viciado de las Salas de Guerra, en la calle King Charles. Había estado trabajando allí desde el comienzo de la guerra. Era mecanógrafa al fin y al cabo, (Si aún se dirigieran la palabra su abuela de Sutton se habría sentido muy orgullosa). Aquel hombre le parecía en realidad de la misma calaña que los políticos y generales que recorrían los pasillos subterráneos. Tenía la misma sonrisa segura, los zapatos perfectamente lustrados e incluso llevaba un anillo de sello. Ella detectó la marca delatora bajo el guante de cuero y jugó a adivinar sus antecedentes, un juego con el que divertía habitualmente a Esther, sentada en la ventana del primer piso: colegio en Harrow o Eton, universidad en Oxford o Cambridge. Y un viaje de un año por Europa después de graduarse. (Muchos de los de las Salas de Guerra habían viajado; les encantaba charlar con ella en un griego escolar). Debía de tener una casa en el campo, un apartamento familiar en la ciudad que también usaba su padre, que era político y seguramente se llamaba Rupert, Edward, Héctor o algo así. Francamente, a Eleni le decepcionaba que él no tuviera cambio de un chelín.

Era de los que deberían tener.

—Un chelín, ¿sí? —dijo ella abriendo el cierre del monedero.

—Si no es molestia…

—Para nada. Está de suerte. —Sacó seis peniques y algunos centavos sueltos y se los ofreció en la palma de su mano enguantada—. ¿Servirá esto?

—Perfecto. —Dejó caer su chelín en la palma de la mano de Eleni y tomó las monedas—. ¿Sabe? —Cerró el puño curtido en torno a los peniques—. Su cara me resulta terriblemente familiar.

—Ah, ¿sí?

—Sí. —Agrandó la sonrisa—. Nos conocemos.

—No creo.

—Sí.

—Seguro que no.

—Estoy seguro. ¿Ha estado en alguna fiesta recientemente? ¿La de los Callaghan?

—No.

—¿En la de Tony Hicks entonces?

Ella negó con la cabeza.

—Lo siento.

—¿En la de Leighton?

—¿Leighton? —Ella parpadeó, fingiendo reconocimiento—. ¿Angus Leighton?

—¡Sí!

—No. —Se rio y volvió a limpiarse la nariz—. No conozco a ningún Angus Leighton.

—Qué raro que yo sí lo conozca, ¿verdad que es raro?

Era rápido para retrucar, por cierto. Levantó el puño y dijo:

—¡Ya lo tengo! —Ella estaba segura de que no—. Estuvo en el Café Royal el viernes.

—¿Estuve?

—Sí.

—No.

—¿No?

—No —repitió—. Pero ¡vaya que es usted sociable!

—Mmm —dijo él; parecía que lo estaba pensando—. ¿Qué hizo usted el viernes?

—Estuve en el cine —mintió ella, porque ¿qué le importaba a él?

—¿Qué vio?

—*Lo que el viento se llevó.* —Sintió un cosquilleo en la nariz. Los ojos volvieron a llenársele de lágrimas. Tomó aire, preparada para otro estornudo...

No estornudó.

Odiaba cuando le pasaba eso.

—¿Le gustó?

—¿Qué?

—*¿Lo que el viento se llevó?*

—¿No le gusta a todo el mundo?

—A mí no.

—Usted debe de ser la excepción.

—No tiene nada de malo.

Eleni sonrió con cortesía y tomó su bolso; había decidido que era hora de irse. Hablar con desconocidos que aseguraban conocerte no era muy recomendable en la calle King Charles ("una charla despreocupada puede revelar secretos vitales") y, aunque sinceramente dudaba de que aquel hombre fuera un espía quintacolumnista que intentaba seducirla para que le revelara información de Estado —de verdad, se le notaba que era de Eton—, empezaba a sospechar que podría estar interesado en seducirla para otra cosa, y ella tampoco estaba de humor para eso.

—Será mejor que me vaya —dijo mientras esparcía sus migas de pan entre los patos, que se pusieron histéricos—. Solo me quedan unos minutos para almorzar.

—Bueno, eso es mentira.

Se paró en seco.

—¿Cómo dice?

Él la miró fijamente, tranquilo y firme.

—Dije que miente señorita Adams. La señorita Carter no la espera en King Charles hasta dentro de… —consultó su reloj— veintiocho minutos. Y usted no estuvo en el cine el viernes, estaba en su casa con Esther y con su casera.

Ella no dijo nada, paralizada por la sorpresa.

Él tampoco habló. Se limitó a observarla.

Durante unos instantes de desorientación, fue como si todo retrocediera alrededor de Eleni —los patos frenéticos, los globos de defensa de color acero que flotaban en el cielo, el tráfico a lo lejos— y solo estuvieran ella y aquel hombre de zapatos lustrados, voz pulida y extraños conocimientos.

Entonces respiró y volvió en sí.

—¿Quién es usted?

—Héctor Herbert.

Héctor. No le satisfizo haber acertado con su nombre. O al menos, le satisfizo muy poco, estaba demasiado incómoda para sentirse satisfecha.

No podía pensar en lo que estaba pasando.

—Es usted una mentirosa muy creíble —continuó y la inquietó aún más.

—Yo podría decir lo mismo de usted —logró replicar.

Él entornó los ojos y se echó a reír.

—Era escéptico —dijo—. Realmente lo era. Soy anticuado, lo admito. Pero puedo verlo.

—¿Ver qué exactamente?

No respondió. Dio un paso atrás para dejar pasar a una mujer con un cochecito.

El viento sopló sobre el agua, levantó la bufanda y cosquilleó en la nariz congestionada de Eleni, en sus mejillas sonrojadas.

—Creo que merece la pena que hablemos más. ¿Caminamos un rato? —dijo Héctor cuando la mujer hubo pasado sin responder a la pregunta de Eleni. Señaló el sendero húmedo y reluciente, en dirección opuesta a la que había tomado la mujer.

Eleni no se movió.

—¿Señorita Adams?

—No iré a ninguna parte con usted. No hasta que me diga qué es lo que ve, cómo sabe cuándo termina mi hora de almorzar o qué estuve haciendo el viernes. O, para el caso, por qué ha estado fingiendo no saber quién soy.

—Simplemente me estaba haciendo una idea. Sopesaba si tenía algún sentido que siguiéramos adelante.

—¿Me estaba poniendo a prueba?

—Todavía lo hago.

—Ah, maravilloso. —Cuanto más confundida estaba más se enfadaba. Estuvo a punto de decirle que no tenía ningún interés en que él, ni nadie, siguiera poniéndola a prueba. Pero se dio cuenta de que, si lo hacía, tal vez nunca descubriría de qué iba todo aquello. Se convertiría simplemente en algo extraño que le había ocurrido una vez. Era demasiado curiosa para permitirlo.

Además él habló primero.

—¿Tiene miedo señorita Adams?

—¿Quiere que tenga miedo?

—No, se lo aseguro. Y está a salvo. No soy su enemigo. Yo... —Se interrumpió, miró brevemente a su alrededor con sus ojos color avellana alerta bajo el sombrero, y luego volvió a centrar su atención en ella—. Debo recordarle que ha firmado la Ley de Secretos Oficiales.

Ese comentario hizo que ella lo mirara con otros ojos.

—Soy consciente de ello.

—Todo lo que le diga a partir de ahora estará sujeto a esa ley.

Eleni frunció el ceño.

—¿Quién es usted? —volvió a preguntar.

—¿Ha oído hablar señorita Adams en su sagrado despacho de una organización llamada Dirección de Operaciones Especiales?

Ella lo miró fijamente.

—Bien —dijo él—. Veo que sí. Así que, por favor —volvió a señalar el sendero—, caminemos.

Ella no volvió a su máquina de escribir esa tarde.

Pasaron por la calle King Charles, Héctor le había asegurado que su superiora, la señorita Carter, había recibido instrucciones de no alarmarse si ella no reaparecía.

—Perdóneme señor Herbert si no me siento completamente inclinada a creer en su palabra.

—¿Se siente inclinada ahora? —preguntó él con sorna cuando, tras una breve y directa conversación con la señorita Carter, Eleni volvió de los subsuelos.

—Voy camino a ello.

—Me alegro mucho. —Se puso en marcha a lo largo de las concurridas aceras de Westminster, obligándola a seguirlo—. Empezamos como mentirosos, señorita Adams. Veamos si podemos aprender a confiar. ¿Puedo llamarte Eleni?

—Puedes, Héctor. Tan pronto como me digas qué está pasando.

—Sí, sí. —Se volvió hacia la calzada, miró a la izquierda a los autobuses, a la derecha a los taxis y se preparó para cruzar—. Primero tenemos que ir a un sitio más tranquilo. Las paredes tienen oídos, sobre todo por aquí.

—¿Adónde vamos?

Salió corriendo.

—Ya lo verás.

—¿Baker Street? —insistió ella, corriendo para alcanzarlo. Parecía una suposición tan buena como cualquier otra. Las oficinas de la Dirección de Operaciones Especiales se habían trasladado allí recientemente. Ella había mecanografiado varios expedientes sobre el número creciente de miembros de la organización encubierta y su actividad en la Francia ocupada.

—A un pub, en realidad. —Alzó la voz por encima del tintineo de la campana de un camión de bomberos que se acercaba. Siempre había algún lugar ardiendo en Londres en ese momento—. Te invitaremos a un ponche caliente.

A ella no le gustó cómo sonaba eso.

El pub estaba en Vauxhall. Tardaron media hora en llegar por las frías calles londinenses. Mientras caminaban, Héctor no le dijo a Eleni por qué se había acercado a ella sino que le explicó la abrumadora cantidad de cosas que sabía sobre ella y le presentó cada hecho de su vida como si fuera un mago que revela su mano de cartas.

Héctor enumeró las calificaciones de estudios de Eleni, que habían sido aceptables, y luego los nombres de todas sus antiguas directoras de la escuela, sus amas de llaves y algunas de sus compañeras de clase a la sombra de la abadía de Westminster. Al pasar por el Jardín de la Torre Victoria (con una breve parada para que Eleni sucumbiera a otro ataque de estornudos), pasó de su época escolar a su diploma de secretaria, luego a su primer puesto en una agencia, en la compañía naviera griega Lemos & Pateras Ltd. en 1937, y al segundo en el Lloyds Bank en 1938. Le informó que ambos empleadores le habían proporcionado referencias personales, al igual que varios empleados de las Salas de Guerra, y se declaró satisfecho con todo ello, como también lo estaba con la última cualificación de Eleni en alemán conversacional, que ella había estudiado al mismo tiempo que su diploma y había aprendido a hablarlo bastante bien.

—*Sehr gut* —dijo él, que también sabía hablar bien.

Extrañamente no le preguntó qué la había motivado a seguir ese curso.

No le preguntó nada de momento,

Llegaron al río, donde el lodo de la orilla se había congelado, y él siguió hablando, detallando que ella había cumplido veintitrés años el 24 de septiembre y lo había celebrado almorzando con sus compañeras mecanógrafas, comiendo pastel en St James's Park pero no con su padre porque él, ahora vicealmirante de la Marina, se había ido a navegar a algún lugar del Atlántico desde que ella había cumplido veintidós años.

—¿Y sabes cómo celebré ese cumpleaños? —preguntó Eleni con una ceja levantada.

—No. Nadie mencionó ese detalle en sus referencias.

—Un cabo suelto Héctor. —Se sonó la nariz—. Qué descuidado eres.

Bromeó, no porque le hiciera gracia que la hubiera investigado tan a fondo sino porque se sentía violentada, conmocionada por lo ajena que había sido a lo que estaba pasando, y no quería que él lo adivinara. Él podría percibirlo como debilidad y posiblemente usarlo contra ella en su prueba. Eleni tampoco quería eso.

Quería *pasar* la prueba.

Había empezado a sospechar para qué podría ser.

Lo había estado analizando en silencio mientras caminaban, devanándose los sesos en busca de alguna razón plausible por la que él, un agente de la DOE cuya razón de ser era llevar a cabo operaciones encubiertas tras las líneas enemigas, pudiera estar interesado en ella, una secretaria. Lo mirara como lo mirara, solo encontraba una razón, una razón que le parecía a la vez ridícula y posible. Una razón que casi temía reconocer por si estaba equivocada.

Excepto que tal vez no estaba equivocada.

Él se había alegrado mucho de que supiera alemán.

Sehr gut.

Y cuando llegaron al pub de Vauxhall —un local pequeño y destartalado con cinta adhesiva entrecruzada en las ventanas y tarros de huevos en vinagre en la barra—, él pidió sus bebidas, la condujo a un pequeño reservado y comentó lo lejos que debía sentirse todo aquello de las tabernas de Creta.

—Sí —dijo ella—. Oh, Dios mío, todo un mundo de distancia.

—Debes de echarlo de menos —comentó él, indicándole que se sentara a la única mesa de la habitación, junto a un fuego vacilante de carbón racionado—. Ha pasado mucho tiempo desde que estuviste allí.

—También sabes eso, ¿verdad?

—Lo sé.

Eleni se sentó como le habían indicado luchando por mantener la calma (aunque su pulso no cooperaba), bebió un trago de ponche caliente, se estremeció al sentir el cosquilleo del ron, el limón y las especias en la garganta irritada y después dejó el vaso.

—No creo que necesite que me digas qué está pasando —dijo; decidió mientras hablaba que, si tenía razón, él debería saber que lo había descubierto. Seguramente contaría como un punto a su favor—. Creo que lo he adivinado.

—¿En serio?

Él se recostó en la silla, se quitó los guantes y la observó.

Ella esperó a que dijera algo más.

Él no dijo nada.

—Sé lo que hace la DOE —dijo ella llenando el silencio. No entró en más detalles, no necesitaba familiarizarlo con el trabajo de su propia gente, que hablaba francés con fluidez y que había sido enviada a la Francia ocupada para ayudar a la resistencia—. Lo que también sé es que, en este mismo momento, mientras estás sopesando si estás perdiendo el tiempo conmigo, Italia está atacando el territorio griego y probablemente no pasará mucho tiempo antes de que Alemania llegue para apoyarlos.

Eso estaba en todos los periódicos desde finales de octubre, cuando Metaxás rechazó el ultimátum de Mussolini para que dejara pasar libremente a sus tropas a través de Grecia y Mussolini invadió el país. Eleni había estado revisando los periódicos mañana y noche, hambrienta de detalles sobre las contraofensivas griegas, torturándose con las imágenes de bombas que caían en Atenas, de las botas militares que marchaban hacia Creta. Pero ocultó su pánico por el momento y alejó el miedo de su rostro. "Ninguna debilidad."

—De lo que también estoy segura —continuó—, es de que sabes que mi madre era griega.

Las comisuras de los labios de Héctor se movieron. ¿Una sonrisa?

—¿Estás segura de eso?

—Sí. Dado que pudiste decirme cómo pasé mi cumpleaños este año, sería bastante ridículo que se te hubiera pasado ese detalle. De hecho —no apartó los ojos de los suyos— creo que es la razón por la que te has acercado a mí.

Había, sin duda, varios empleados de las Salas de Guerra que podrían haberle sugerido a Héctor que lo hiciera, después de haber intercambiado tantas conversaciones en griego con ella junto a su máquina de escribir.

—Simplemente parece demasiada coincidencia que, justo cuando es posible que Grecia sea ocupada, me hayas investigado tan… minuciosamente. Tenemos tropas camino a Creta, escuadrones de la RAF en el frente albanés y tú apareces de pronto, me pides cambio y te guardas mis monedas en el bolsillo.

Él no habló durante unos instantes. Pasó un dedo por el borde del vaso y su anillo de sello captó el resplandor del fuego.

—¿Y qué es lo que crees que nos interesa que hagas?

—Ir a Grecia —dijo ella y, a pesar de su creciente convicción, las palabras, al pronunciarlas en voz alta, le parecieron absurdas. Tal vez porque deseaba demasiado que fueran ciertas.

Pero Héctor no se rio, no movió la cabeza ni hizo ningún ademán que sugiriera que ella fantaseaba.

Así que continuó.

—Creo que te estás planteando si yo podría formar parte de la resistencia allí, llegado el caso.

Héctor tensó los músculos de la cara. Ella se daba cuenta de que estaba pensando, evaluando lo que ella había dicho.

No estaba segura de haber respirado.

—¿Lo harías? —le preguntó—. ¿Irías?

—De inmediato —dijo ella con el corazón acelerado.

—¿No tendrías miedo?

"Dios mío. Dios mío."

—No tanto como el que tendría si me quedo aquí sentada, preguntándome qué está pasando y sabiendo que debería estar allí ayudando.

¿Era cierto? Era demasiado. Su nariz volvió a explotar en un estornudo, buscó en el bolso otro pañuelo y estornudó de nuevo.

—En el parque dijiste que eres anticuado.

—¿Te acuerdas?

—Sí. Creo que te referías a que soy una mujer, pero no debes subestimarnos. No debes subestimarme.

—No te preocupes. —Se quitó el sombrero y lo colocó junto a los vasos—. No cometeré ese error. Pero, Eleni, te estás adelantando, primero... —se interrumpió y pasó al griego—. *Echo kapies erotisis na sou kano.*

"Tengo que hacerte algunas preguntas."

—Entonces, por favor, hazlas —respondió ella también en griego.

Y así lo hizo.

No volvieron a hablar en inglés durante el resto de la tarde. Héctor la interrogó sin descanso acerca de todo, desde sus primeros recuerdos de la isla hasta la comida que comía allí, los nombres y las edades de todos sus conocidos, su religión (griega ortodoxa), sus costumbres religiosas (poco frecuentes), su ideología política (democrática) y su personalidad ("¿Cuánto tiempo tienes?", le preguntó ella. "Todo el tiempo que necesitemos", respondió él). Ningún detalle le parecía insignificante: ni el mal carácter de Yorgos, ni su corazón cálido, ni siquiera la variedad de vinos que elaboraban Sofía y los Vassilis. Repasaba cada detalle que ella le daba y le hacía repetirlos una y otra vez, con tal minuciosidad, con tal suspicacia, que ella casi empezó a preguntarse si en realidad se lo estaba inventando todo.

Pero a pesar de lo agotada que estaba, del mareo por el resfriado y el ron, mantenía la concentración y sopesaba cada palabra que decía antes de decirla, sin permitirse ni un solo desliz. Era como una de las partidas de ajedrez que solía jugar con su abuelo en Sutton, pero potencialmente más importante porque lo que estaba en juego era mucho más. Yorgos cumpliría setenta años ese año. No lo había visto, ni a él ni a nadie de Creta desde 1936, a causa de su propia ceguera; ahora todos estaban en peligro y tal vez no tuviera otra oportunidad de llegar hasta ellos en los años venideros.

Realmente necesitaba pasar esta prueba.

—¿Cómo reaccionó tu familia cuando Metaxás tomó el poder? —preguntó Héctor, mientras la luz empezaba a desvanecerse de la única y mugrienta ventana de la habitación—. ¿Tú estabas allí, en agosto del treinta y seis?

—Sí —respondió Eleni, sin comentar la poca atención que había prestado a las luchas por el poder en Atenas en aquel momento, ni por qué se había distraído tanto. No era tonta. Ya se había dado cuenta de que Héctor podría saber de Otto (lo último que ella había oído de él era que se había convertido en oficial del ejército nazi y cuánto odiaba imaginárselo); después de todo, antes había mencionado a Esther. Pero, aunque cabía la posibilidad de que se le hubiera escapado la conexión (que hubiera pasado por alto en su investigación a Otto, al igual que el vigésimo segundo cumpleaños de Eleni), ella no estaba dispuesta a sacar el tema.

No lo hizo y siguió hablando del descontento general que hubo en Creta cuando Metaxás dio el golpe de Estado en agosto de 1936 con el apoyo del rey griego. Dijo que en general la isla no estaba a favor de la monarquía, y su familia no opinaba diferente.

—Excepto el tío Vassili. Él ama a Metaxás. Y al rey. Seguro que se siente orgulloso de que Metaxás se haya negado a que Mussolini lo intimide. En realidad sospecho que muchos cretenses están orgullosos, no importa lo que haya ocurrido en el pasado. Estarán encantados de que se enfrente a los fascistas.

—¿Y participó alguien de tu familia en el levantamiento contra Metaxás en el 38?

—No, no. —Apuró el resto de su bebida—. *Papou* me escribió al respecto.

Se había enfurecido por la caótica insurrección, planeada

por los políticos de Creta e iniciada con una emisión de la radio de La Canea llamando a las armas a los rebeldes griegos. "Todo acabó en unas horas" había escrito Yorgos, "y ahora tenemos ley marcial, arrestos por todas partes y todas nuestras armas confiscadas. Tu primo se llevó la pistola de mi padre".

—El pequeño Vassili está en el ejército —dijo Eleni—. Ayudó a sofocar la rebelión.

—Pero tú no estabas en Creta.

—No, estaba aquí.

—No has vuelto desde el treinta y seis, ¿verdad?

—No.

—Pero antes de eso ibas todos los veranos desde antes de cumplir un año.

—Sí.

Héctor ladeó la cabeza con una arruga entre sus ojos agudos.

Decidida, ella no dejó que titubeara su mirada.

—¿Pasó algo la última vez que estuviste allí? ¿Algo que te impidió volver?

—No —respondió ella, sonriendo y negando con la cabeza, con la boca seca por la mentira, por la repentina y cruda posibilidad de que él lo supiera todo—. ¿Qué podría haber pasado? —No le dio tiempo a responder—. No podía ir. Estaba trabajando, ya lo sabes. Tenía un contrato con la agencia. —Se encogió de hombros, con indiferencia (eso esperaba)—. ¿Cómo iba a pedir tantos días libres?

Él mantuvo la cabeza ladeada. No parpadeó.

Ella tampoco.

Entonces él asintió, aparentemente satisfecho, y ella exhaló en silencio.

—Se está haciendo de noche, ¿verdad? —dijo Héctor y se levantó para bajar la cortina antes de encender las lámparas de la habitación que bañaron de luz el empapelado de flores raído y la alfombra manchada. Mientras le daba la espalda, Eleni respiró hondo varias veces y se recompuso antes de que él volviera a su asiento y se reanudara el interrogatorio.

Las preguntas no cesaban. Le quedaban muchas cosas por averiguar. Qué partes de la isla había visitado, cuándo y con qué frecuencia. Dónde la conocían. Quiénes la conocían. Cómo había llegado a trabajar para Dimitri. Si le había gustado ser camarera. Si también le gustaba escribir a máquina. Si sería capaz de hacerlo en una máquina de escribir griega. Sí, ¿creía que sí? Tomó nota. Tendrían que comprobarlo.

Parecía que no había nada que no quisiera investigar.

Excepto a Otto y Esther.

Eleni esperó y esperó —siempre al borde del asiento, después de haber esquivado el tema— a que él hablara de cualquiera de ellos. Se le irritó la garganta de tanto hablar, le dolía la nariz de tanto frotársela y todo el tiempo estaba alerta, a la espera de oír sus nombres.

Pero no sucedió.

El reloj de la taberna dio las siete a través de la puerta cerrada de madera y, para alivio de Eleni, Héctor declaró que podían dar por terminado el día.

—¿He aprobado tu examen? —No pudo resistirse a preguntar cuando salieron a la noche y respiraron el aire helado otra vez, mientras caminaban por el puente de Vauxhall para llamar a un taxi que la llevara a casa. Se estaba formando escarcha que hacía brillar las barandillas de acero del puente; la luna llena de bombardero se reflejaba en el río turbio. El humo salía en espiral de las chimeneas de Vauxhall y zigzagueaba hacia el cielo estrellado—. Por si lo dudas, tengo muchas ganas de aprobar.

Él se rio. No lo había hecho desde el parque.

Eleni tuvo esperanzas de que fuese una señal positiva.

Un taxi se acercó desde el otro lado de la orilla. Héctor

se detuvo y levantó la mano para hacerle señas, luego silbó. Fue un gesto sorprendentemente grosero. Desprevenida, lo miró de reojo y se dio cuenta de que los ojos de Héctor, bajo el sombrero, estaban vidriosos por el cansancio. Sintió que casi se encariñaba con él por primera vez desde que se habían conocido. De pronto le pareció medio humano.

—¿Y? —preguntó, insistente.

—Bien —dijo él—. Hay algo que me preocupa..

"Dios mío" pensó ella, maldiciéndose por haber insistido. "Ahora me lo preguntará."

Pero no tenía por qué alarmarse. Héctor siguió sin mencionar a Otto.

Le pidió que calculara cuánta gente en Creta, aparte de su familia, sabía que ella era medio inglesa.

—Nadie, en realidad, fuera de La Canea —dijo.

—¿Y allí?

—No estoy segura. Está Dimitri, obviamente; algunos de sus amigos, algunos de los clientes del café. Pero no creo que haya muchos que se acuerden de mí. La mayoría de los clientes están de paso y La Canea es una ciudad grande...

El taxi se detuvo y la interrumpió. El conductor se bajó, se frotó las manos y les preguntó adónde se dirigían.

—Clapham Common —le dijo Héctor, sacando del bolsillo el cambio que Eleni le había dado antes y devolviéndoselo—. Solo viajará la señorita. ¿Podría darnos un minuto más, por favor? Puede poner en marcha el taxímetro cuando quiera.

Eleni no vio al conductor volver a subir al taxi. Ni pestañeó al comprobar que Héctor sabía dónde vivía. Habría sido una idiota si se hubiera sorprendido a estas alturas. Solo pensó en hacer valer el último minuto que pasarían juntos.

—No tienes por qué preocuparte de que la gente me conozca —comenzó, una vez que el taxista hubo cerrado la puerta.

—Eleni —dijo Héctor volviéndose hacia ella, de espaldas al coche—, tendríamos que plantearnos seriamente si sería seguro para ti permanecer en Creta en caso de que fuera ocupada. Es casi seguro que tendrías que mudarte. No, no —levantó la mano enguantada, para impedirle hablar—; no tiene sentido discutir ahora. En cualquier caso aún confío en que podamos evitar una ocupación. Ciertamente lo que nos interesa de ti, lo que me interesa en lo inmediato es cómo puedes ayudarnos a prepararnos para detener una posible ocupación. Se avecina un ataque. Italia, sin duda, tiene la isla en la mira como una potencial base naval y es un lugar demasiado estratégico, demasiado cerca de nuestras fuerzas en África, de los pozos de petróleo de los nazis en Rumania, para que lo ignoren por mucho tiempo. Nadie quiere ver caer Creta y ya tenemos varios operativos en marcha: estamos reclutando por toda la isla a hombres en los que podamos confiar para armarlos y entrenarlos para luchar. Establecer la confianza es crucial. —Le dirigió una mirada ecuánime—. Creo que podrías ser útil en eso.

—Podría. Seguro que sí. —Apretó los puños, conteniendo su excitación—. ¿Entonces, voy a ir?

—No.

—Oh.

—Primero tendrás que pasar por varios obstáculos. Más entrevistas con hablantes nativos, otras personas que quiero que conozcas… Pero antes de eso, como he dicho, estoy preocupado. Las cosas pueden salir mal y de hecho salen mal todo el tiempo, y si Creta cae no quiero saber que te he enviado allí solo para que de alguna manera quedes atrapada, fuera de nuestro alcance, rodeada de nazis en una isla repleta de gente que podría traicionarte.

—Eso nunca ocurriría.

—No puedes estar segura.

—Lo estoy. Confío en todos los que conozco allí.

Héctor lanzó un suspiro de vapor helado. Echó la cabeza hacia atrás y examinó el cielo invernal iluminado por las estrellas.

Eleni no lo había visto tan inseguro hasta ese momento. No le gustó.

—¿Hasta qué punto confías en ellos? —preguntó.

—Profundamente.

—¿En todos ellos?

—Sí. —Ni siquiera lo pensó—. En todos y cada uno.

—¿Hasta qué punto?

—Extremadamente.

—¿Les confiarías tu vida?

—Sí —repitió, sin dudarlo—. Les confiaría mi vida.

CAPÍTULO 6

ERAN CASI LAS OCHO CUANDO FINALMENTE ENTRÓ POR LA puerta principal de la terraza victoriana a la que llamaba hogar. El vestíbulo estaba en silencio y bastante oscuro. Descorrió las gruesas cortinas de la puerta a ciegas, buscó el interruptor de la lámpara de pie con borlas y, cuando pudo ver de nuevo, cerró los ojos legañosos y se recostó contra la pared. Demacrada por el cansancio, sintió que se le aflojaban los músculos de la cara y se dio cuenta de lo tensos que los había tenido mientras estuvo bajo la vigilancia de Héctor y luego en el taxi. El taxista no había dejado de mirarla por el espejo retrovisor. Cuanto más lo hacía, más empezaba a preguntarse Eleni si también pertenecía a la DOE; tal vez era otra parte de su prueba. O tal vez el cansancio la había vuelto paranoica.

Aspiró profundamente para llenar los pulmones de aire, aun con la nariz congestionada. Un resuello mocoso, sin respeto por los buenos modales, del tipo que había estado deseando disfrutar desde que había arrojado aquellas cortezas de pan a los patos.

¿Podría oler algo? ¿Oler de verdad?

¿Manzanas cocidas?

Le rugió el estómago. En toda la tarde no lo había llenado con nada más que ese ponche caliente.

Se abrió la puerta del salón y salió Helen, la señorita Finch. Estaba lista para irse a la cama con su bata de terciopelo rosa y el pelo blanco lleno de rulos. Todavía renqueaba un poco por el incidente del croquet que había hecho que Eleni viajara sola a Grecia al principio de aquel fatídico verano de 1936. Después de aquello había dejado de hacer de acompañante y se había dedicado a subalquilar su casa. Eleni había sido su primera inquilina y la más antigua. El hecho de que Helen fuera su casera había ayudado a Timothy a aceptar que su hija diera el salto y se fuera de casa. Habían discutido varias veces, pero al final él pidió prestado uno de los coches de la marina para llevarla a Clapham desde Portsmouth y le compró una planta para que la pusiera en el alféizar de la ventana. "Te echo de menos, querida. A mi manera." Eleni la había mantenido viva desde entonces y la llevaba consigo al Anderson cada noche. No podía dejarla allí todo el tiempo; los conejos de Helen podrían comérsela. Los pequeños hambrientos de sol nunca salían del refugio. A la pobre Helen le aterrorizaba la idea de que los bombardearan o los robaran para convertirlos en relleno para el pastel de carne del vecino. Estaba ultimando los preparativos para llevárselos con ella a la casa de su hermano en Cheshire. Eleni se quedaría en la casa, pero Esther se iría con Helen. Sería mucho más seguro…

—Llegas muy tarde querida —dijo a Eleni—. Estaba preocupada. ¿Cómo va el resfriado?

—Igual.

—Deberías ponerte crema en la nariz.

Eleni asintió. Debería hacerle caso.

—¿Está Esther?

—Oh, ya la conoces. Duerme profundamente.

—Esperaba encontrarla.

—La verás cuando suene la sirena.

—Supongo que sí. ¿Es *crumble* de manzana lo que huelo?

—No, querida. Es *chutney*.

Decepcionante.

—Pero queda estofado en el fuego para ti. Y tienes tu correspondencia sobre el aparador.

—Gracias.

Con dolor, Eleni se levantó y, tras quitarse los guantes, el abrigo y el sombrero y colgarlos en el gancho que le correspondía, bajó a la acogedora cocina del sótano.

No se acercó enseguida a los fogones. Se detuvo a mirar la carta que Helen le había dejado en el estante de madera del aparador y sonrió, a pesar del cansancio, al ver el matasellos estadounidense. Aunque estaba deseando abrirla, decidió esperar a estar bañada y en la cama, para poder relajarse. Quería leerla con calma.

Se sorbió de nuevo la nariz y se sirvió un vaso de agua. Mientras corría el agua, clavó los ojos en el fregadero, profundo y desgastado, y no vio el esmalte descascarado, sino el rostro frío de Héctor Herbert frente a ella en el puente; la fijeza penetrante de su mirada.

—Por favor —le había suplicado justo antes de separarse, tendiéndole las manos enguantadas—. Por favor, Héctor, tienes que dejarme hacerlo.

Lo había asustado al tocarlo. Había sentido cómo se sobresaltaron sus músculos y se había alegrado. Por primera vez había tenido la sensación de que el poder había cambiado de manos a su favor aunque fuera ligeramente.

Aun así, Héctor no había tardado mucho en recomponerse.

—Te dejaré seguir superando los obstáculos. —Fue lo único que le prometió. Entonces, tal vez para recuperar la ventaja o tal vez porque se había guardado lo mejor para el final, la sorprendió—. Y te sugiero que la próxima vez estés preparada para contar la verdad sobre por qué no has vuelto a Creta desde 1936. Eres una buena mentirosa, Eleni, podrías ser excelente pero, por favor, no me mientas más.

El vaso que tenía en la mano resbaló y la trajo de vuelta a la cocina.

Cerró el grifo, se llevó el vaso a los labios y lo vació; el líquido helado le corrió por el pecho.

"Por favor, no me mientas más."

¿Cuánto iba a querer saber?

Había demasiadas cosas que ni ella misma sabía.

Como, por ejemplo, qué había sido de Otto, dónde estaba luchando, si era feliz en la vida que había elegido.

Si todavía estaba vivo.

Pensó que aún debía de estar vivo. Estaba segura de que lo sabría si ya no estuviera en este mundo.

¿O es que simplemente necesitaba creer que lo sabría?

Molesta por su propia pregunta, volvió a llenar el vaso, tomó un cuenco del escurridor y se acercó a los fogones para servirse una ración de estofado tibio. Intentó en vano apartar a Otto de su mente, no quería pensar en él. Solo quería pensar en Creta, en la cara de Yorgos cuando volviera a verlo como estaba decidida a hacer; en el aroma del tomillo…

"Por favor, no me mientas más."

Dejó caer la tapa de la olla, llevó el cuenco a la mesa, se sentó y hundió la cabeza (que le pesaba) entre las manos.

¿Qué podía decirle a Héctor? ¿Cómo empezar a explicarle lo que aquel verano le había hecho sin estrellarse contra uno de sus obstáculos?

Soltó la cabeza, buscó una cuchara en la gaveta y probó una cucharada de estofado. Nunca había sido una persona que perdiera el apetito cuando se alteraba. Sencillamente, no era su costumbre. Y en verdad estaba muerta de hambre.

Pero, por Dios, le dolía estar sentada en esa cocina silenciosa pensando en él mientras Esther soñaba arriba.

Siete semanas habían pasado juntos ese verano. Siete semanas ininterrumpidas.

Él había estado trabajando durante ese lapso en un

proyecto de la universidad: el diseño de una casa. Era lo que había estado dibujando en su bloc aquella primera tarde de junio que lo había encontrado esperándola bajo aquel árbol. Ella le había pedido que se lo mostrara y él había tomado el bloc, se lo había puesto en el regazo y la había guiado por el principio de un porche, los escalones de la entrada.

Aquel pequeño puñado de líneas se había transformado al cabo de siete semanas en una casa de cinco habitaciones, y él le había hablado de ella como si algún día fuera a ser suya.

—Te construiré una piscina —le había dicho—. Así podrás ser una ninfa, aunque no estemos cerca del mar.

Ahora le parecía oír su voz, aquel acento sutil. Hablaba un inglés excelente. Su madre, Brigit, había vivido en Londres durante años con sus padres diplomáticos antes de la última guerra, y los había educado a él y a Krista para que fueran bilingües. Hablaban tan fluidamente que, a veces, Eleni se olvidaba de que eran alemanes.

—Tendríamos que estar cerca del mar —le había dicho a Otto—. No quiero que sea de otra manera.

—Está bien —había aceptado él—. No la tendré de ninguna otra manera que no sea contigo.

Él también había sido un buen mentiroso.

Eleni no recordaba con exactitud dónde habían estado cuando tuvieron aquella conversación. Habían pasado tanto tiempo juntos, habían hablado de tantas cosas que ahora, más de cuatro años después, era imposible saber con certeza qué detalle, secreto, sueño o lamento habían compartido y cuándo.

Sin embargo, había ciertas cosas que recordaba con claridad.

Como aquella primera noche bajo aquel árbol. La que habían empezado como casi desconocidos y habían terminado como algo bastante diferente, bastante mejor y que, como una ficha de dominó que se inclinaba y los empujaba a su siguiente encuentro y luego al siguiente, hasta que ambos caían una y otra vez, había convertido el resto de su verano en algo inevitable.

Después de aquel encuentro simplemente no habían querido separarse.

Para ser justos, él le había advertido sobre Lotte y había admitido, allí mismo, bajo aquel árbol, que ella había sido la razón por la que no había podido llegar al café aquella tarde. "Ella es importante", había dicho con un suspiro que la había hecho sentir dolor por él, y más aún cuando él le explicó lo de la esclerosis múltiple de su madre y lo peligrosa que se había vuelto la enfermedad en Alemania, donde los nazis insistían cada vez más en erradicar tales afecciones de su raza aria.

—No se considera hereditaria —había dicho—, pero a veces… reaparece, y últimamente a mi hermana se le nublan los ojos, tiene punzadas. Ha intentado hacer como si no tuviera nada, pero mamá la llevó al médico, que le hizo algunos análisis. No es "nada". De hecho es algo aterrador. —La cabeza de Otto, apoyada contra el tronco, había estado muy cerca de la de Eleni—. El padre de Lotte es un hombre poderoso. Podría protegerlas a ambas. Así que…

—Ella es importante —Eleni se había hecho eco.

—Solo en ese sentido —había dicho él—. Nada más.

Ella le había creído. Al darse cuenta de lo poco que él quería pensar en ello y de que desde ese momento solo quería hacerlo feliz, no le había preguntado nada más.

Habían seguido hablando de cosas más livianas: la infancia de él en Grunewald, en Munich, la vida de ella en Portsmouth, el señor Hodgson en su hotel de Portsmouth.

Eleni revolvió el estofado mientras recordaba cuando le había contado de lo mucho que se enfadaba su antiguo jefe cuando los marineros intentaban alojarse en el hotel con chicas que en realidad no eran sus esposas.

—Siempre se hacen llamar señor y señora Brown o Smith o Jones. Ojalá se les ocurriera algo más original. Como… no sé, Winterbottom.

—O Nachtnebel —dijo él.

—Nachtnebel —había repetido ella riendo.

Y, a medida que iban pensando en otros apellidos ridículos —Fitzhattily, Macloughty, Trinkenshuh—, se reían más, hasta que a ella se le saltaron las lágrimas al mirarlo a los ojos brillantes.

Soltó la cuchara y volvió a dejar caer la cabeza entre las manos.

Justo antes de que se dieran las buenas noches, ella había intentado enseñarle algo más de griego, más allá de la palabra "hola". La noche ventosa se había vuelto negra para entonces; Eleni sentía el trasero completamente entumecido en el suelo implacable.

Él era pésimo tratando de hablar en griego. Realmente horrible. Ella se lo había dicho y él la había desafiado a ver si se le daba mejor el alemán.

Empezaron con "buenas noches".

—*Guten abend* —había repetido ella como un loro.

—Muy bien —había dicho él; las hojas del árbol le pintaban sombras en la cara—. Lo siguiente será *schön, dich kennenzulernen*. "Me da gusto conocerte".

—A mí también me da gusto conocerte.

Se rio suavemente.

A ella le encantó su risa.

—¿Y?

Lo había intentado.

—*Schön, dich kennen… kennen…*

—*Schön, dich kennenzulernen.*

—*Schön, dich kennenzulernen.*

—Excelente —había dicho. Y luego—: *Ich mag dich sehr.*

—¿Qué significa eso? —había preguntado ella.

Él no había respondido. Tips había elegido ese momento para interrumpirlos, abalanzándose sobre el regazo de Eleni para recordarle que quería cenar y que las *imam* estaban cocinándose en el horno.

Ich mag dich sehr.

Eleni había descubierto desde entonces lo que significaban aquellas palabras.

"Me gustas de verdad."

Él ya lo sabía.

"Creo que lo supe desde el momento en que te vi con esos pantalones cortos", había escrito él en una de las muchas cartas que le había enviado después de separarse y que ella solo deseaba tener la fuerza suficiente para arrojar a la basura.

Aquella primera noche no se habían besado.

Ella aún no había besado a nadie y había tenido que esperar varios días más para que eso cambiara.

Recordaba que eso también había sucedido.

Lo recordaba perfectamente.

Había sido el viernes siguiente. No había pasado ni una sola tarde sin que él la esperara en la parada del autobús para acompañarla a casa y volver a sentarse con ella bajo aquel árbol.

Pero aquel viernes había conseguido alejarse de los demás el tiempo suficiente para sorprenderla en el café, justo cuando cerraban para la siesta. Sócrates, que también estaba allí, se había ofrecido a sustituir a Eleni durante el resto del turno para que ella y Otto pudieran pasar la tarde juntos.

—¿Estás seguro? —le había preguntado ella, emocionada y nerviosa a la vez.

Sonaba "Cheek to Cheek" y brillaba el sol.

—Estoy seguro —había dicho Sócrates, sonriendo no a ella sino a Dimitri.

—Vete antes de que cambie de opinión —había agregado Dimitri ahuyentándola.

—Sí, ven —había dicho Otto; la había tomado de la mano para atraerla hacia él y la había hecho reír.

Ella se había quitado el delantal y lo había lanzado para que Dimitri lo guardara, pero había caído sobre la cabeza de uno de los clientes que quedaban, que también se había reído.

Eleni se había reído mucho aquella tarde.

Aún la consideraba una de las más felices de su vida.

ANTES DE LA GUERRA

CAPÍTULO 7

Creta, julio de 1936

No había ni una nube en el cielo. Era el 3 de julio y la temperatura ya estaba entre los treinta y dos y los treinta y cuatro grados. Los acantilados que estaban por encima de la playa a la que Eleni había llevado a Otto eran escarpados, llenos de maleza, hierbas silvestres y cactus, sin sombra que protegiera de los feroces rayos. Ninguno de los dos hablaba mientras bajaban, demasiado concentrados en el esfuerzo de no caerse, con la piel cubierta de sudor.

Él llevaba pantalones cortos y una camiseta holgada; ella, un vestido azul.

—¿Dónde están los pantalones cortos? —había preguntado él la noche anterior.

—Esperando el fin de semana —había dicho ella. Sus dedos habían vuelto a rozarse—. Cuando no esté trabajando.

Y el fin de semana había empezado pronto.

Habían ido a la playa en el coche de Nikos Kalantis. El propio Nikos se había marchado a Tesalónica a principios de la semana, no sin antes hacer enfadar a Otto al asegurar que no tenía ni idea de lo que hablaba cuando Otto mencionó que lo había visto observando bailar a Eleni y Dimitri.

—Dijo que no se había fijado en ti —le había dicho Otto

a Eleni bajo el árbol—. Te miraba fijamente. Seguro que sabía quién eras.

—¿Qué importa si lo sabía? —había repreguntado Eleni, imperturbable.

—Importa porque fingió no saber.

—Probablemente yo le traiga malos recuerdos de los que no quiso hablar. Él se comportó de manera horrible con mi madre, sabes…

Teniendo en cuenta que así era y teniendo en cuenta el odio de Yorgos hacia él, que aún prevalecía, a Eleni le habría resultado extraño ir en su coche desde el café si no hubiera estado tan distraída por la persona con la que viajaba y por lo ilícito de su escapada vespertina.

No había dejado de mirar a Otto mientras él conducía: la mano bronceada que guiaba el volante, la forma en que apoyaba el otro brazo en el marco de la puerta, tan envidiablemente cómodo; el pelo castaño blanqueado por el sol, que ondeaba con el viento cálido y necesitaba un corte al rape, aunque ella esperaba que nunca se lo hiciera, porque le gustaba demasiado tal y como estaba.

Él también la había mirado a hurtadillas, sonriendo inquisitivamente bajo sus gafas de aviador.

—¿Dónde vamos?

—Un poco más lejos —había dicho ella apartándose el pelo de la cara—. No falta mucho.

Había sido Dimitri quien le había sugerido el lugar, a varios kilómetros de la ciudad, más allá de las villas, más allá de un pueblo pequeño y tranquilo llamado Chorafakia. ("¿Dónde podemos ir?" le había preguntado en griego apresurado, recogiendo el delantal con que había golpeado a aquel turista. "Fácil", le había respondido él. No hay problema.") Ella había identificado la playa en cuanto él la mencionó. María solía llevarla de niña, cuando Yorgos y Spiros trabajaban y soplaban los vientos meltemi. La pequeña bahía blanca, de aguas profundas y cristalinas, era una de las más protegidas de la costa. Siempre estaba desierta, sobre todo en días tan tranquilos como aquel, gracias a su ubicación fuera de los caminos trillados y a las dificultades de la bajada. Rara vez Eleni se había cruzado allí con otra alma.

Era el lugar perfecto para ella y Otto.

Lo que preocupaba a Eleni no era el riesgo de ser descubierta por Lotte. Todavía no la había conocido, ni a ninguno de los otros que estaban con Otto en la villa, pero ya sabía que había sido ella quien lo había llamado desde las rocas. Y que Marianne era quien había tocado el violonchelo. Y que Krista, en Alemania, jugaba con fuego y correteaba por Berlín ignorando a su padre, ignorando las punzadas que sentía, mientras distribuía panfletos antinazis.

Le gustaba cómo sonaba Krista, le gustaba cómo sonaba Marianne. Ciertamente no quería causarles ningún problema innecesario, ni a ellas ni a Lotte.

Pero lo que realmente le preocupaba aquella tarde era no causarle a nadie de la isla un infarto innecesario y menos a su *papou*. Porque, por muy progresista que fuera su abuelo y por más que apoyara el trabajo de su nieta en el café y el derecho de las mujeres al voto, en 1936 Creta no era un lugar en el que ella o cualquier mujer joven pudiera esperar salirse con la suya al ser vista con un joven con el que no tenía relación, durante cualquier lapso de tiempo. Sentarse cada anochecer con Otto al final del camino de entrada, al amparo del crepúsculo, era una cosa. Pero ¿salir a pasear un viernes a pleno sol?

Por eso tenían que ser extremadamente cuidadosos para mantenerse ocultos.

—Ciertamente está escondida —dijo Otto, saltando el último tramo hasta la arena; luego se volvió para ayudarla, pero ella ya había saltado también.

Arrojó su bolsa a la arena y se inclinó para extraer de ella una botella de agua y ofrecérsela a Eleni.

—Gracias —dijo ella; la recibió de buena gana y se bebió el líquido de un trago antes de devolvérsela.

Ella lo observó beber, rozar con los labios el borde que los suyos acababan de tocar. Era un momento de cruda intimidad; el silencio de la playa, el chapoteo del agua que casi no rompía en la orilla. Ahora que ya no estaban en movimiento, los nervios por lo que pudiera deparar aquella tarde inesperada volvieron a desorientarla.

—¿Ves esa roca? —preguntó, atravesando con la pregunta el vértigo que sentía y señalando hacia donde sobresalía del agua—. Estaba cubierta de erizos de mar la última vez que estuve aquí. ¿Quieres ver si todavía están?

—Quiero nadar contigo —sonrió.

Se desvanecieron los nervios de Eleni.

—Sí, Eleni. —Empezó a desabrocharse la camisa (y los nervios volvieron a invadirla)—. Me gustaría nadar contigo.

No habían nadado juntos desde la primera noche, cuando ella llegó a la isla. Aquella semana ella había salido a nadar todas las mañanas antes de ir a trabajar, pero él no la había acompañado, como tampoco lo había hecho ella cuando lo veía cada noche desde la ventana de la cocina. Aunque siempre la tentaba la idea de correr hacia él —y se mantenía alerta a que él la sorprendiera—, se había dado cuenta de lo absurdo que hubiera sido; la bahía estaba tan expuesta como el escenario de un teatro en el que las villas eran las butacas.

Pero allí, en cambio... allí no había público.

Otto caminó hasta la orilla y se metió hasta la cintura; el sol rebotaba sobre los hombros anchos. La dejó sola mientras ella se sacaba la ropa interior bajo el vestido y se ponía el traje de baño. Eleni no le quitó los ojos de encima y se movió tan rápido como pudo, sin saber si él le devolvería la mirada.

Pero, como todo un caballero, no lo hizo hasta que ella también se zambulló, momento en el que él se giró, se apartó el pelo detrás de la oreja y silbó, bajo y largo, ya no como un caballero.

—Vaya traje de baño. Creo que me gusta incluso más que tus pantalones cortos.

Ella se rio; el calor aumentaba en su piel, pero no tanto como para querer que se detuviera—. ¿Vamos a nadar?

—Adelante.

—Muy bien —levantó los brazos en V—, espero que puedas seguirme el ritmo.

Era una buena distancia, más larga de lo que ella recordaba; pasó un rato antes de que la roca empezara a verse más cercana. Pero con él siguiéndola brazada a brazada, a su lado en el mar en el que Eleni se sentía tan a gusto, solo quería que el momento siguiera y siguiera. Y, para su alivio, cuanto más tiempo pasaba, cuanto más se dejaba llevar por el ritmo constante de sus movimientos, sentía que empezaba a relajarse, que los músculos se le aflojaban, que la mente se despejaba hasta que cuando llegaron a la roca, ella trepó, y sus pisadas se evaporaron en la superficie caliente y porosa, ya no estuvo tan nerviosa ni trató de adivinar lo que podía o no podía ocurrir. No, estaba de rodillas, mirando por encima del borde de la roca el espinoso jardín de erizos de mar que había debajo, maravillada porque mientras en su vida habían pasado tantas cosas desde la última vez que había visitado la playa —cambios de escuela, de casa, exámenes—, esos erizos habían estado allí aferrados a la roca y allí seguían.

—Eres rápida —dijo Otto, que seguía en el mar.

Ella se volvió, sonriente. Los pómulos altos de Otto estaban rociados de agua, su pelo oscurecido. Vio su pecho subir y bajar bajo la superficie transparente.

—¿Necesitas recuperar el aliento? —se burló.

Él la ignoró; se subió a la roca, empapándola de nuevo, y miró a los erizos.

—¿Alguna vez has pisado uno?

—Por desgracia, sí. Aquí no. Cerca de la casa de María y Spiros. —Era pequeña. María la había llevado a la casa, le había quitado las espinas, le había secado las lágrimas, le había besado la planta del pie y la había llevado al consultorio para que Yorgos la revisara por si acaso. ("Bueno", le había dicho Yorgos, besándole también el pie, "no lo harás dos veces"). Me dolió mucho durante días.

—Lo sé. —Se movió, se recostó en la roca y apoyó la cabeza en los brazos, de modo que el vientre bronceado formó una concavidad—. A mí también me pasó en Italia.

—¿Italia? —dijo ella tumbándose a su lado. Sintió el goteo fresco de su pelo salado por el cuello, el calor de la piedra bajo su piel que se iba secando—. ¿Cuándo fuiste a Italia?

—Hace años. —Giró la cabeza y la miró tan cerca con sus ojos verdes que se desdibujaron—. Estuve en Puglia.

—¿Te gustó?

Sonrió.

—No tanto como esta isla.

Ella también sonrió.

—¿Dónde más has viajado?

—Solo a Londres.

—¿En serio?

—Ajá. Mi madre quería que lo conociéramos. —Le describió el sórdido hotel que su padre había reservado por error para todos ellos, justo en el corazón del Soho—. Creo que había oído mal el nombre de un lugar que le había recomendado un colega. Algo así. —Se interrumpió para recordar. Ella lo vio pensar a la luz del sol. Vio cómo él la abandonó por un momento—. Yo tenía catorce años y me encantó. Quería ir a un club de jazz, pero mi padre nos hizo mudarnos al día siguiente a una casa de huéspedes en Chelsea.

—Oh, pobrecito —se compadeció ella en broma.

—Lo sé. Fue terrible. —Cambió de posición—. Como esta roca.

—¿Quieres que nos cambiemos de lugar?

—No. —Otra sonrisa—. No especialmente.

—¿Te digo lo que quiero?

—Por favor.

—Quiero saber cómo... te hiciste esto. —Eleni levantó la mano y, con la yema del dedo, le tocó la leve abolladura de la nariz, la única imperfección de su cara.

—¿Quieres saberlo? —Él frunció el ceño—. ¿De verdad?

—De verdad.

—Sinceramente, no es una historia muy impresionante.

—Bueno, ahora sí que quiero oírla.

Otto echó la cabeza hacia atrás y cerró los ojos.

—Me lo hizo Krista.

—¿Tu hermana? —Eleni se echó a reír—. ¿Tu hermana te rompió la nariz?

—Mi hermana me rompió la nariz.

—¿Cómo?

—Montando en trineo.

—¿En serio?

—En serio. Éramos niños. Yo estaba mirando hacia adelante, boca abajo, y ella estaba sentada en mi espalda. Usó mi cabeza como freno porque pensó que íbamos demasiado rápido, ¿te estás riendo otra vez? —Abrió un ojo—. Mírate, estás fuera de ti. Eleni, eso no es muy amable de tu parte.

—Lo siento.

—No, no lo sientes.

—Tienes razón, no lo siento. —Apoyó una mano debajo de las costillas—. Pero tengo un poco de hambre.

—Siempre tienes hambre.

Era otra de las cosas que habían establecido a lo largo de la semana. Él le había llevado chocolate alemán a la parada del autobús la noche anterior; ella había abierto los cuadrados envueltos en papel de aluminio, había probado su cremosidad y su deliciosa textura y se había sentido flotar otra vez.

—¿Qué almorzaste? —preguntó Otto.

—No almorcé.

—¿Qué? —Abrió los ojos—. Es una locura.

—Es culpa tuya. Iba a comer en mi descanso del trabajo.

—¿Te trajiste tu comida?

—Sí, está en mi bolso.

—Bien. —Se incorporó—. Vamos.

Era el mejor pastel aplastado de espinacas y el melocotón magullado más sabroso que jamás había probado.

Eleni se comió los dos cuando llegaron a la playa, con Otto a su lado, las espaldas apoyadas en los acantilados, las piernas flexionadas, las rodillas juntas, los pies enterrados en la arena blanca. El mar se extendía ante ellos, hermoso y centelleante, pero en realidad ella no lo miraba.

Lo miraba a él.

Y hablaron, hablaron y hablaron, los nervios de ella se desvanecieron hasta convertirse en un recuerdo irrelevante a medida que fluían las palabras entre ellos; con la misma facilidad que cada anochecer; conversaron más sobre sus hogares, sus familias, los abuelos de Sutton, los amigos de Munich, la imposibilidad de comer un pastel de espinacas de otra manera que no fuera desaforada ("Tengo demasiado hambre para ser una dama", dijo Eleni), acumularon preguntas y respuestas y más preguntas, mientras seguían el descenso del sol hacia el horizonte: el punto inevitable en el que tendrían que irse.

—Tengo que estar en casa a las ocho —recordó Eleni mientras recogía los últimos trocitos de pastel y se los llevaba a la boca—. La última consulta de *Papou* es a las siete y dejé una *moussaka* cocinándose. No debo quemarla otra vez. No podemos perder la noción del tiempo.

—De acuerdo.

—Pero en serio.

—Absolutamente en serio.

—Bien. —Tragó saliva—. ¿Qué le dijiste a tu familia que estabas haciendo?

—Trabajando otra vez.

—¿En el diseño de tu casa?

—Mi casa, que ya tiene... —se estiró hacia un lado y sacó el bloc del bolso— un vestíbulo y media cocina. ¿Ves? Y... —hojeó otra página— una vista de la fachada trasera.

—¿Esa pared es de cristal?

—Sí. Quiero mucha luz.

—¿Tendrá una sala de estar?

—Por supuesto.

—¿Cuántos baños?

—Tres por lo menos.

—Me encanta. ¿Y un rincón de lectura?

—¿Un rincón?

—Sí, con un asiento en la ventana que reciba la luz de la tarde.

—Muy bien. —Sonrió—. Puedo hacerlo.

—Qué bien. —Eleni dejó descansar la cabeza contra la pared del acantilado y cerró los ojos ante el calor que le bañaba la cara—. Va a ser una casa excelente.

El sol siguió moviéndose, ella comió su melocotón, tuvieron un debate imposible de zanjar sobre si un carozo plantado podría llegar a convertirse en un árbol ("Lo enterraré yo misma", dijo ella después de guardarlo en su bolso, "y ya veremos"). Hablaron más de los primeros viajes de Eleni a Grecia, de lo que recordaba de aquellos veranos: la mano de su *papou* que la guiaba en las escaleras de la cala; su *papou* dormido a los pies de su cama para que ella no tuviera miedo... Y, mientras la playa blanca se convertía en sombras de rosa y gris, Otto quiso saber si le molestaba que su padre la hubiera enviado lejos aquella primera vez, siendo tan pequeña.

—Un poco —admitió—. Es bastante extraño, ¿verdad? Enviar a un bebé que acaba de perder a su madre a cruzar Europa con una niñera para que se quede con un abuelo al que no conoce.

—Tu abuelo debe de haber querido conocerte.

—Pero se ofreció a ir a Inglaterra. —María se lo había contado; Yorgos, con el corazón roto por la muerte de la madre de Eleni, había estado dispuesto a dejar el consultorio en manos de Spiros para viajar. "Necesitaba abrazarte, convencerse de que existías."— En lugar de eso papá le telegrafió y le dijo que ya tenía todo arreglado para que yo viniera aquí. Debe haber estado desesperado por deshacerse de mí.

—¿Y sus padres?

Eleni hizo una mueca.

—Me alegro de que no me enviara con ellos.

—Pero habría sido más fácil si estaba tan ansioso por deshacerse de ti.

—No lo sé. —Lo pensó. Todos aquellos almuerzos de domingo a los que la había enviado sola—. No estoy segura de que le caigan bien.

—Así que él sabía que serías más feliz con tu abuelo.

—Podría haber sido feliz igual —le recordó—. *Papou* iba a viajar.

—Quizá tu padre no quería que tuvieras que hacerlo. Quizá pensó que serías más feliz aquí, en casa de tu madre.

Ella también lo pensó.

—Me gusta esa idea —dijo. Desde luego, la prefería a la versión de que Timothy simplemente deseaba que ella se fuera—. En realidad, debe de haberle costado mucho pagar a todas las niñeras que me traían aquí y pasaban a buscarme de nuevo...

—¿Lo ves?

Ella sonrió, le dio un codazo con el brazo desnudo.

—¿Siempre eres así de listo?

—A veces —dijo él, riendo—. A veces...

Ella no movió el brazo. No quería hacerlo. Se inclinó hacia él y sintió que él hacía lo mismo y se acercaba a ella.

—Siento curiosidad por tu viaje a Londres —dijo Eleni—. Cuéntame más.

Así lo hizo; relató los paseos familiares a lo largo del río y por los parques, los espectáculos que habían visto; la emoción de su madre cuando habían ido una noche a la Royal Opera House y, otro día, a su antiguo vecindario de Kensington, donde les había mostrado su casa, su escuela, el salón de té que ella solía visitar con su madre y el palacio.

—Oh, he estado allí —dijo Eleni, y luego se pusieron a jugar adivinanzas con los nombres de los monumentos que habían visitado (el palacio de Hampton Court, la catedral de St Paul, la Torre) y a reírse de la decepción de Krista por el Puente de Londres. ("Es bastante decepcionante", admitió Eleni.)

Después volvieron a hablar de Puglia, del largo viaje que había hecho la familia de Otto a través del campo para visitar Pompeya y de los viajes de Eleni en tren por Italia; de las fotografías de Mussolini y su característica calva en la frontera.

Fue cuando el sol empezó a descender, inundando el cielo de color —capas de oro, rosa y púrpura tan vívidas que se convertían en algo casi sólido, un lugar donde el paraíso podría existir de verdad— que llegaron al tema del servicio nacional de Otto, que le esperaba cuando se graduara, y de todo lo que él y sus amigos habían intentado para evitarlo.

—¿Alguna vez has pensado en irte de Alemania? Con tu familia, quiero decir. Por tu madre y también por Krista.

—Lo hemos hablado. —Otto levantó la cara hacia el

cielo etéreo y la luz captó su perfil—. Pero es realmente... complicado. Por muchas razones. El bufete de abogados de mi padre está en Berlín; él tendría que empezar de nuevo en otro sitio, y ¿cómo podría continuar pagando los cuidados de mamá, sus medicinas? Y mis abuelos están envejeciendo; ni mi padre ni mi madre quieren dejarlos. Tampoco a sus amigos. Alemania es nuestro hogar, ¿sabes? Además —volvió a centrar su atención en ella—, mamá y Krista están a salvo por ahora. Solo el médico de mamá sabe de su enfermedad.

—¿El amigo de Nikos?

—Sí.

—¿Confías en él?

—Tenemos que confiar.

—¿Y nadie más lo sabe?

—No.

—¿Ni siquiera los padres de tu madre?

—Ni siquiera ellos. Es demasiado peligroso. Mamá se puso muy mal este invierno, sus pulmones están... dándose por vencidos. Tuvo neumonía. Todos creen que aún está convaleciente. —Hizo una pausa; se veía que luchaba por encontrarle sentido a todo—. No podemos decírselo a nadie.

—Lo siento mucho —dijo ella y deseó que hubiera algo más que decir, algo mejor.

—Todo está realmente... mal. —Otto tomó aire—. Se está muriendo, mi madre se está muriendo. —Su voz profunda vaciló—. Un día de estos Krista también empeorará y tenemos que fingir que no ocurre nada, porque no tenemos ni idea de lo que podría pasarles si se supiera.

Eleni le tocó la muñeca con la mano, sintió la arena, el calor de su piel.

Él se movió, entrelazó sus dedos con los de ella e intentó sonreír, pero estaba lleno de dolor; la misma vulnerabilidad estremecedora que la había dejado muda cuando él le habló por primera vez de Brigit y Krista. Ya entonces se había dado cuenta de lo mucho que podía llegar a quererlo, y ahora se daba cuenta de lo mucho que ya lo quería.

—¿Podría mejorar la situación en Alemania? —preguntó.

—Mis padres esperan que así sea. —Rozó el pulgar de ella con el suyo—. Pero no lo sé. Ni siquiera sé cómo llegamos aquí. Al principio hubo muchas protestas. *Muchas*. Después, los nazis se desquitaron con represión y todo el mundo se asustó. Creo que... —Frunció el ceño mirándose las manos—. Creo que todos nos rendimos. Empezamos a encontrar maneras de vivir con ello. Sin hacer *heil*, a menos que sea necesario. Sin mirar los carteles de "Los judíos no bienvenidos".

—¿Hay carteles?

—Por todas partes. Muchos los han quitado para los Juegos Olímpicos, pero los volverán a poner y todo el mundo volverá a mirar hacia otro lado, así que... —se encogió de hombros—, ¿cómo puede mejorar?

—Tu hermana intenta resistir.

—No estoy seguro de que repartir panfletos sirva de mucho.

—Algo es algo.

—¿Lo suficiente como para que valga la pena arriesgarse? Eleni no dijo nada. ¿Cómo podría comentar algo?

—Hay un viejo museo de arte en Berlín, en la calle Prinz-Albrecht. La Gestapo tiene allí su cuartel general. Es donde trabaja el padre de Lotte. Nuestro padre dice que Krista no será feliz hasta que esté dentro y la estén interrogando.

—Dios, no. —Eleni sintió un escalofrío a pesar del calor, de solo pensarlo; con solo oír la palabra "Gestapo"—. ¿Sabes? Pienso que sí deberíais marcharos.

Él la miró de reojo.

—Lo estás pensando, ¿verdad?

—Sí, a Inglaterra, llevar a Marianne, a sus padres y a su tía…

—Su tía está a punto de tener un bebé.

—Con más razón entonces. Tenemos un montón de buenos hospitales. Y nuestros museos de arte aún son museos de arte. En serio, todos.

—No es tan fácil.

—Podría ser.

—No. De verdad. Aparte de todo, nunca me liberarían del servicio nacional. Ahora no. Y necesitaríamos visados. Deberías ver las filas que hay, todos los días, fuera del consulado británico.

—¿Largas?

—Dan toda la vuelta alrededor de la manzana, la mayoría son familias judías que no creen que la situación vaya a mejorar.

—¿Como la familia de Marianne?

—Ellos no tienen suficiente dinero ni de cerca. Necesitas mucho para obtener un visado británico. Y patrocinadores, un domicilio en Inglaterra…

—¿Cómo puede alguien tener un domicilio antes de llegar allí?

—Si quieren un visado deben tenerlo,

—No lo sabía. —Eleni se esforzó por asimilarlo—. No puedo imaginarme estar tan… atrapada.

—No puedo imaginarte atrapada. —Él se volvió y la miró de frente en el crepúsculo—. Te irías nadando. Como una ninfa.

—¿Una ninfa?

—Sí. —Sonrió, esta vez de verdad—. Una que come desaforadamente y atrae a alemanes desprevenidos a las playas abandonadas.

—¿Una sirena también?

—¿Una sirena?

—Como las de la *Odisea*. Ya sabes, las que cantan y atraen a los pobres marineros a la muerte.

—Caramba, Eleni…

—No, está bien. Te prometo que nunca intentaré matarte.

—Es bueno saberlo.

—A menos que hayas hecho algo muy malo.

—Entonces será mejor que me comporte.

—Más te vale.

Se quedaron en silencio.

El mar lamía la orilla; arriba, anidaban las cigarras.

—Lo siento —dijo él, algo avergonzado—, me parece que te entristecí.

—No, no…

—Es demasiado fácil hablar contigo. En Alemania nunca se sabe quién puede estar escuchando. Ya no digo nada sin antes detenerme a pensar si es seguro. Pero contigo… —movió la cabeza—, contigo no me detengo en absoluto.

Ella sintió que se le agrandaba el corazón.

—Debe de ser un gran alivio.

—Así es. Había olvidado cómo era.

—Me alegra habértelo recordado.

—Yo también me alegro. Me haces sentir… —Se interrumpió—. ¿Cómo decirlo…?

—¿Feliz? —sugirió ella.

—Sí, feliz.

—¿Eufórico? —continuó ella, riendo, porque él también reía—. ¿En las nubes?

—Todo eso. Y además no me siento solo —agregó y le rodeó los dedos con los suyos—. Para nada solo.

—Oh. —Eleni pensó que eso podía ser lo más bonito que alguien le hubiera dicho—. Tú también me haces sentir así.

—Qué bien.

—Muy bien.

Esta vez, el silencio se prolongó más entre ellos.

—Bueno —concluyó Otto con un suspiro—, ahora que ya lo tenemos claro, ¿nos damos otro baño? —La tomó de la mano y señaló el mar.

—¿En serio? —dijo ella, dubitativa—. ¿Qué hora es?

—Solo... —sacó el reloj— un poco después de las siete.

Fue la forma tan despreocupada en que lo dijo.

Ella entornó los ojos.

—¿Cuánto es "un poco"?

—Un poco, ya sabes. —Le soltó la mano y se puso en pie.

—En realidad, no lo sé —dijo ella, levantando el brazo para protegerse los ojos. El sol del crepúsculo estaba directamente detrás de él y desbordaba sobre sus hombros, alrededor de su cuerpo—. ¿Son diez minutos? ¿Quince?

—Un poco más que quince.

—¿Cuánto más que quince?

—Más o menos lo mismo.

Eleni tardó un segundo en sacar la cuenta.

—¿Son las siete y media?

—No.

—Bien. —"Gracias a Dios", pensó.

—Son las siete y treinta y tres.

—¿Qué? ¿Qué? ¡Tenemos que irnos! —Se inclinó para buscar el vestido y gateó para ponerse de pie—. Dios, la *moussaka*...

—Tenemos tiempo. Conduzco rápido.

—Nadie conduce tan rápido.

—¿No quieres ir a nadar conmigo?

—Por supuesto que quiero ir a nadar contigo.

—Excelente.

Y, antes de que ella pudiera objetar nada más, la tomó en brazos, arrojó su vestido al suelo, se la echó al hombro y corrió hacia la orilla mientras ella chillaba, un poco en señal de protesta pero, sobre todo, de placer.

—Si mi abuelo está en casa cuando lleguemos, te culparé.

Te lo advierto —protestó al asomarse a tomar aire, después de que él los arrojó al agua. Se apartó el pelo revuelto de la cara—. Te echaré ese muerto.

—No estará allí —la tranquilizó Otto, con el pelo chorreando. Le rodeó la cintura con los brazos y la atrajo hacia él—. Y tu cena estará perfecta.

—Más vale que así sea —dijo ella y le dio un ligero empujón en el pecho.

Fue entonces cuando ocurrió.

Ella supo lo que iba a suceder.

Nunca había besado a nadie pero lo sabía, lo sabía. Por la forma en que él la abrazaba, cada vez más cerca; por cada una de sus respiraciones, cada vez más aceleradas.

Llevaba toda la semana imaginando el momento: en el autobús, sirviendo las mesas, al irse a la cama cada noche, pensaba en lo que debía hacer, en cómo debía ser, con temor de estropearlo con su torpeza.

Sin embargo, en ese momento no había lugar en su mente para ninguno de esos pensamientos.

Solo pensó en la cara de Otto, tan cerca de la suya que podía ver el reflejo del sol poniente en sus ojos. Y en que estaba en sus brazos, en el agua, y en que se sentía bien, muy, muy bien. Y quería más.

Lo deseaba de verdad.

Le pasó la mano por el hombro, por detrás del cuello.

Él se inclinó hacia ella.

Sus labios se rozaron y todo se detuvo: el mar, la playa, el corazón de Eleni en el pecho. Entonces él la abrazó con más firmeza, fuerte y seguro; la alzó hacia él y la besó de nuevo, hambriento, vertiginosamente y ella, con un instinto que nunca había sabido que poseía, le devolvió el beso, igual de hambrienta, y lo rodeó con su cuerpo y olvidó la playa, olvidó el mar, olvidó el tiempo; se perdió por completo.

—Bueno —dijo Otto cuando por fin se separaron—.

¿Volvemos a casa? —Le recorrió con los dedos la columna vertebral bajo el agua y la hizo estremecerse—. Si estás preocupada...

—No estoy preocupada —murmuró Eleni mientras se apretaba contra él y sentía su estómago tenso y sonreía, adivinando que ella también lo estaba haciendo estremecerse—. Dijiste que conduces rápido.

—No lo sé. —Acercó los labios a los de ella—. Creo que deberíamos irnos.

—¿Así que eso crees?

—Sí.

No se movieron, por supuesto.

Se quedaron en donde estaban y se besaron de nuevo y cayeron al mar, riendo, zambulléndose, y nadaron de nuevo hacia los brazos del otro, incapaces de detener lo que por fin habían comenzado.

Era completamente maravilloso.

Ella se dio cuenta incluso mientras sucedía.

Se adentraron en el agua; él bromeó sobre la *moussaka* y la hizo reír más, y más aún cuando empezó a hacerle cosquillas y tiró de ella hacia abajo, y ella se sintió borracha de lo maravilloso que era: el final perfecto para la tarde perfecta.

Y era tan solo el principio, el mismísimo principio del verano que tenían por delante.

Todo un verano.

Se acercó a él bajo el agua y apretó los labios contra los suyos una vez más, saboreando la sal, el sol.

Todo un verano.

Todo parecía tan completa y felizmente interminable.

CAPÍTULO 8

OTTO LOGRÓ LLEVARLA A CASA ANTES DE QUE LOS DESCU-
brieran; fue una buena carrera e hicieron que más de un
burro se quedara mirándolos mientras avanzaban por los
caminos polvorientos y sinuosos, pero consiguió llevarla a
tiempo. Eleni corrió hacia la puerta de su casa en la penum-
bra plateada cuando la dejó, con el pelo enmarañado chorreando por la espalda de su vestido azul; no había nadie
más que su gatito esperándola en el porche. "Tips", llamaba
a aquel pequeño rayado. Otto se apoyó en el volante y recordó la indignación de ella un par de noches antes cuando
él había sugerido que tal vez su abuelo tenía razón al decir
que era un nombre ridículo.

—¿Qué nombre no es ridículo cuando lo piensas de verdad? —le había preguntado ella.

—Fitzhattily —había respondido.

Y su risa, su risa…

Se quedó mirándola alzar a Tips aunque sabía que debía
volver a casa antes de que Yorgos regresara, pero no tenía
ganas de hacerlo. Había llegado a ser así en unos días: solo
quería estar donde estaba ella.

Le resultaba extraño lo mucho que lo deseaba.

Había habido otras en Alemania: chicas que había conocido en fiestas, en bailes, en la universidad. Le habían

gustado, se había divertido, había seguido adelante y nunca lo había pensado dos veces. Ninguna le había ocupado la mente cuando no estaba con ella, ni lo había hecho sentir la necesidad de dedicarle más tiempo que a sus estudios o a sus amigos.

Ninguna le había hecho olvidar, con una sola mirada —con solo limpiarse con el dedo una gota de jugo de melocotón—, que aquellos amigos existían.

Eleni acomodó a Tips contra ella, abrió la puerta, echó un vistazo y se volvió hacia él.

—Creo que estamos a salvo. —Su voz clara resonó en el aire templado—. No huele a quemado.

—Así que la *moussaka* está bien.

—Voy a fijarme.

—Hazlo.

—Buenas noches entonces.

—Buenas noches, Eleni.

Se quedó mirándolo fijamente con aquellos ojos azules oscuros que no podía dejar de mirar.

—*Kalinichta* —dijo.

—*Kalinichta* —repitió él.

Lo que, por alguna razón, la hizo sonreír y mover la cabeza. Luego, con un gesto de la mano libre, se metió dentro.

Él observó un momento más el espacio vacío que había dejado Eleni, suspiró para tranquilizarse, metió la marcha y se fue, resignado.

El vestíbulo de la villa estaba vacío cuando entró, olía a limón y a carne asada. Christina, la señora griega que había cocinado la primera noche para todos, había vuelto. Nikos había organizado que ella se quedara como ama de llaves hasta el final del verano.

—¿Deberíamos ofrecerle dinero? —había vuelto a preguntar Henri durante el desayuno aquella mañana.

Krista suspiró.

—Estoy segura de que Nikos se ha encargado de eso papá.

—¿En serio? —había dicho Otto, todavía irritado por el hecho de que Nikos le hubiera mentido sobre haber visto bailar a Eleni y a Dimitri en el café la noche antes de marcharse. ("No sé de qué me hablas", había dicho cuando Otto le mencionó que lo había visto. "No me fijé en nadie y menos en ti.")

—No quiero insultarla —había continuado Henri—, pero no podemos dejar de pagarle.

Estaba realmente preocupado. Otto escuchó a través de la puerta entreabierta de la cocina cómo intentaba hablar con Christina con la ayuda de su diccionario de griego. Consideró la posibilidad de entrar y rescatarlos a los dos alejando a Henri, pero entonces oyó también a su madre y a Krista en el porche y decidió ir con ellas.

—Pobre tu padre —dijo Brigit mientras Otto se sentaba en una tumbona—. Todo se le escapa de las manos. Su mente de abogado no está acostumbrada a esto.

—¿Y tú? —preguntó él—. ¿Cómo te encuentras?

—Mejor—respondió y, para alivio de Otto, empezaba a verse mejor. Volvía a tener color en la piel y algo de energía en los ojos.

Había tenido una semana difícil, debilitada por una caída el lunes. La caída en sí no había sido grave, solo se había torcido la muñeca, pero la había afectado lo bastante como para que Otto no hubiera podido seguir a Eleni hasta el café, como le había prometido. Cuando llegó a la villa, después de haberla visto en el autobús ("hola de nuevo"), se había cruzado en la entrada con Henri y Brigit, que salían para llevar a Brigit a que le revisaran la muñeca.

—Quiero que hagas compañía a Lotte —le había dicho Henri a Otto—. Está bastante molesta porque todos ustedes se fueron y la dejaron sola ayer, y no puedo tenerla preocupada por eso mientras nosotros no estamos.

Otto no protestó. Brigit se había acercado a él y le había dicho que no se preocupara; él la había abrazado y se le había hecho un nudo en la garganta por la familiaridad de su olor, su calor: en ese breve momento había sido un niño otra vez, aterrorizado de perder a su madre. La había ayudado a subir al coche, se había despedido de ambos y, ocultando su tristeza y su rabia por todo lo que le había sucedido, había pasado obedientemente el resto de la tarde con Lotte jugando a las cartas a la sombra, viendo nadar a Krista y Marianne e intentando no mirar las quemaduras de sol de Lotte, o por lo menos no mirarlas demasiado, mientras esperaba a que sus padres regresaran.

Tan pronto como lo hicieron, tras haberse asegurado de que la muñeca de Brigit no estaba rota, Otto había dejado a Lotte para que se cambiara para la cena (un procedimiento largo) y se había dirigido por fin camino abajo a esperar de nuevo a Eleni, más feliz; así habían pasado aquella primera tarde increíble bajo su árbol.

—¿Dónde está Marianne? —preguntó a Krista—. ¿Todavía nadando?

—Se está dando un baño —dijo Krista—. Mamá me ha dado un sermón con vino para endulzar el momento.

—Dame las gracias por eso —dijo Brigit—. Papá no te habría dado nada.

—¿Un sermón sobre qué? —preguntó Otto estirando las piernas. Aún tenía los pies cubiertos de arena blanca.

—Un sermón sobre Lotte —respondió Krista—. Tengo que ser más amable con ella.

Otto levantó una ceja.

—Bienvenida al club.

—Tú sí te estás portando bien Otto —dijo Brigit.

—Gracias mamá.

Krista le sacó la lengua.

—¿Cuántos años tienes? ¿Doce?

—Desde luego se comporta como si los tuviera —dijo Brigit, no injustamente.

Incluso Otto, poco inclinado a ponerse del lado de Lotte, se daba cuenta de que Krista había estado llevando las cosas demasiado lejos esa semana: la ignoraba desde que había hecho llorar a Marianne, solo le hablaba cuando se veía obligada a hacerlo y con monosílabos bruscos. "¿Me pasas la sal?" Otto había notado que Lotte se volvía cada vez más callada cuando Krista estaba cerca, y a veces parecía estar al borde de las lágrimas cuando Krista pedía a Marianne que fuera con ella a dar un paseo o a nadar.

—Estás siendo muy injusta —la regañó Brigit—. Lotte no es su padre y es nuestra invitada.

—Solo porque papá quiere que Otto se case con ella.

—Papá no quiere que Otto se case con ella.

—Bien —dijo Otto—, porque no pienso hacerlo.

—¿No?

—No.

—Sospecho que tu padre no se opondría si ocurriera...

—Mamá...

—Bueno, bueno. —Sonrió, pero enseguida volvió a ponerse seria—. Todo lo que papá quiere es que seáis amables con ella, que la hagáis sentirse parte de la familia como lo fue durante mucho tiempo, antes de toda esta tontería nazi. Quiero que tú también lo hagas. —Levantó la mano—. No por ningún motivo en especial, sino porque la vida ya ha sido demasiado cruel con ella. ¿Por qué crees que pasa tanto tiempo arreglándose cada noche? Creció creyendo que siempre tiene que trabajar para gustarle a la gente. Se merece algo mejor.

—Yo...

—No, Krista. —Brigit le lanzó una mirada apaciguadora—.

Ya basta. Estás incomodando a todo el mundo, incluso a Marianne, incluso a ti misma, sospecho, por ser tan bravucona.

—No soy una bravucona.

—Sí, lo eres.

—Es culpa de ella.

—Ella no está haciendo nada.

—Le dijo a Marianne que quiere que todos ellos se vayan de Alemania.

—Bueno, no exactamente —intervino Otto, en contra de su intención de no discutir ni estropear su excelente estado de ánimo. No deseaba meterse en una pelea con su hermana, menos que menos por defender a Lotte, pero no pudo evitarlo porque lo que ella decía no era del todo justo—. Ella dijo que *pensaba* que debían irse. No es lo que ella *quiere*. —Lotte se había esforzado mucho por convencerlo de eso durante sus innumerables juegos de cartas esa semana. "Si no me preocupara tanto por todos ellos, no lo habría dicho."— Ella se ha dado por vencida, porque así es Lotte y eso es lo que hace siempre, así que piensa que todos los demás también deberían darse por vencidos.

—¿Cómo se le ocurre siquiera que Nicola y Ernst podrían permitirse dejar Alemania?

—No creo que lo haya pensado.

—Supongo que no —dijo Brigit—. Está asustada, probablemente no piensa con claridad. Nunca sabremos cómo es para ella estar en esa casa, y estos son tiempos atemorizantes para todos. Tú también estás asustada Krista.

—No, yo no.

—Sí, querida, lo estás. Y no es nada de lo que haya que avergonzarse. Pero no olvides que puedes pasar décadas sin llegar a enfermarte tanto como yo.

—Mamá…

—Sí puedes. Lo lograrás Krista, si te cuidas. Si todos nos cuidamos.

—No quiero tener cuidado.

—Y yo no quiero que debas tenerlo. —Brigit la tomó de la mano y su rostro se dulcificó bajo la luz débil—. Pero así es la vida. Todo esto pasará, creo, pero hasta que pase, hacer sentir mal a Lotte no resolverá nada. —Sonrió—. Vosotras solíais ser tan amigas…

—¿De verdad?

—Sabes que sí. Me teníais despierta toda la noche charlando. ¿Recuerdas las obras teatrales que solíais representar? Sí, ¿ves que te acuerdas? Trata de reconciliarte con ella esta noche, ¿sí? Por favor, hazlo por mí.

Tal vez fue por el vaso de vino, que Krista vació de un trago antes de ir a cambiarse o porque ella, igual que Otto, no podía soportar decepcionar a su madre mientras todavía estuviera viva —o, tal vez, por una combinación de ambas cosas—, pero más tarde, mientras Otto estaba cambiándose en su habitación, oyó a Krista llamar a la puerta de Lotte y preguntarle si le gustaría bajar a las rocas con ella y con Marianne antes de la cena para fumar un cigarrillo rápido. "Sé que no fumas, pero…"

—¡Ya voy! —dijo Lotte con una ansiedad dolorosa de oír—. Voy a buscar mi chal. ¿Preguntamos a Otto?

—Pensaba en un paseo entre nosotras. —dijo Krista—. Dejémoslo.

Otto le dio las gracias en silencio y las escuchó bajar las escaleras; se puso una camisa limpia y, con verdaderas ganas de trabajar, se sentó ante su escritorio de madera y empezó a dibujar los diseños que había estado esbozando mentalmente desde la tarde en la playa. Llevaba toda la semana robándose momentos como ese para ponerse al día con los progresos que decía estar haciendo en su tarea cuando salía con Eleni. Cuanto más la conocía, más se la imaginaba mientras dibujaba; con cada nueva puerta que añadía veía su sombra caer por ella; con cada ventana se preguntaba qué le parecería. Ella estaba muy presente en sus pensamientos esa tarde. "¿Tendrás una sala de estar?" Pronto la tendría.

Se sumergió de inmediato en la tarea; abandonó su habitación, dejó la villa, solo existió en la página. En Munich hubiera sido así durante horas, sin interrupción.

Pero no estaba en Munich. Y no pasó mucho tiempo antes de que la voz de Henri, que lo llamaba para que bajara, rompiera su concentración. Maldijo por lo bajo y gritó que estaría allí en un minuto, pero se quedó en donde estaba durante varios más para terminar las mediciones que había estado calculando; solo después de examinar lo poco que había conseguido hacer, fue a reunirse con todos de mala gana, impaciente por estar de vuelta en su escritorio para continuar.

Comieron en la terraza. Lotte sonrió a Otto al otro lado de la mesa cuando tomaron asiento, visiblemente más alegre después de su paseo a las rocas con Krista y Marianne, que él dedujo que no había sido un desastre. A diferencia de Krista, que se había vestido para la comida con un overol, y de Marianne, que llevaba el mismo vestido sencillo que usaba la mayoría de las noches, Lotte se había arreglado una vez más como lo haría para asistir a la ópera, con un vestido de seda negro. Las quemaduras de sol se habían desvanecido y solo le quedaba un ligero bronceado en la piel pálida. Parecía un lirio. Llevaba guantes largos y se había recogido el pelo rubio.

El pelo de Eleni había estado suelto todo el día, rizado y salado.

Otto apartó la mirada de Lotte y la desvió al otro lado del agua, en dirección a la casa de Eleni para imaginársela allí. De vez en cuando, a medida que avanzaba la cena y Henri los guiaba por los mismos temas de conversación inocuos de los que hablaban todas las noches (el tiempo, los planes de cada uno para el día siguiente, lo deliciosa que estaba la comida, otra vez el tiempo), Otto estaba seguro de oír la risa de Eleni flotar en el aire tranquilo de la noche. Lo distraía, le hacía desear aún más escapar de la cortesía fingida de la mesa.

Al final lo consiguió. Todos se dispersaron en cuanto se recogieron los platos, tan aliviados como los demás, sospechaba Otto, de volver a ser libres. Brigit se fue a la cama como siempre; Henri con ella. Normalmente Lotte los imitaba y Otto se iba a nadar. Pero esa noche Lotte se quedó en la cocina rondando a Krista y Marianne; asintió rápidamente cuando Marianne le preguntó si quería un té y Otto, que ya había nadado bastante ese día, se dirigió a su habitación subiendo los escalones de dos en dos y fue directamente a su escritorio.

Permaneció allí hasta la madrugada, trabajando a la luz de una vela con las cigarras repiqueteando fuera. El salón no era lo principal que quería terminar, simplemente era la parte que necesitaba diseñar primero. No se detuvo hasta que lo terminó, con el escritorio cubierto de virutas de goma por haber borrado todo lo que no era perfecto; quería hacerlo bien para ella. La vela se consumió y encendió otra; las chicas subieron cuchicheando en algún momento y él no les prestó atención; continuó mientras, desde la ventana, se veía avanzar la noche en la oscuridad previa al amanecer.

Cuando por fin se recostó en la silla, pasándose las manos por el pelo, le dolía la espalda. Le dolía la muñeca. Le dolía el cerebro.

Pero...

Miró los papeles que tenía delante. El salón era amplio y largo, con puertas que daban a un jardín y un techo alto abovedado. Junto al salón había otra habitación más pequeña pero espaciosa, a un lado había una chimenea y al otro un asiento junto a la ventana.

Sonrió.

Eleni ya tenía su rincón de lectura.

Lo iluminaría el sol de la tarde.

La fecha en que todos, excepto Lotte, debían regresar a Berlín era el 15 de agosto. Lotte partiría el sábado anterior, el 8, para llegar a casa a tiempo para los Juegos Olímpicos, con una escolta enviada por su padre. Otto, que había estado esperando su partida con impaciencia, ya no deseaba que pasaran los días hasta entonces.

Al despertarse tarde a la mañana siguiente, deseó que no terminara el verano.

"Infinitas", había llamado Eleni a las seis semanas que les quedaban juntos, mientras corrían hacia el coche la noche anterior.

Así se sentían mientras él estaba con ella.

Pero ahora, tumbado solo en su cama, girándose hacia la feroz luz griega que se filtraba por los postigos, reflexionaba sobre cómo era posible que ya hubiera transcurrido una semana desde que ella había pasado por esa misma ventana en el Cadillac de su abuelo y no era más que una intrigante desconocida; ahora, las seis semanas parecían cualquier cosa menos infinitas.

No quería pensar en que pasarían. No quería pensar en todo lo que le esperaría en Alemania cuando pasaran.

Oyó a todos abajo preparando el desayuno en la cocina y tampoco quiso unirse a ellos.

Solo quería ir en busca de Eleni para que el tiempo volviera a ser infinito para él.

Ese fin de semana no fue posible. Ella estuvo fuera, trabajando hasta la siesta del sábado, y luego salió con su abuelo a pasear en coche por la isla, vestida con sus pantalones cortos ("No siempre", dijo, con los ojos en blanco, cuando por fin volvieron a estar juntos); visitaron a María y Spiros, pasaron otro día en las montañas y Otto siguió con su vida en la villa, donde las horas tranquilas transcurrían a un ritmo sofocante: las comidas, los baños, los juegos de cartas con Lotte, los esfuerzos de Krista por ser más agradable, la subida y bajada del sol abrasador.

El lunes, sin embargo, él estaba esperándola en su puerta cuando Eleni se acercó caminando por la calle desierta, de camino a la parada del autobús. Ella tardó unos segundos en fijarse en él. Él la observó moverse con ese andar despreocupado, y, aunque deseaba llamarla permaneció en silencio, embebido en su rostro, en su paz mientras miraba el mar, saboreando demasiado la anticipación de su compañía como para querer apresurarla.

Reconoció su vestido, ya la conocía lo suficiente como para hacerlo. Era el mismo vestido de rayas que llevaba la noche en que él le dio aquel chocolate: con botones en las mangas cortas y un zurcido en la falda, donde se le había roto.

"Se enganchó en una mesa el verano pasado" había explicado sentada bajo el árbol, metiendo la tela entre las rodillas y apoyándolas contra las de él.

Volvía a llevar el pelo recogido en una coleta. Tenía puestas las gafas de sol, el bolso colgado del hombro y, cuando giró la cabeza y le dirigió una mirada, su expresión se transformó, se echó a reír y corrió para acortar la distancia que los separaba.

Corrió hacia él.

Y, aunque Otto sabía que el camino estaba vacío y el resto de su familia junto al agua, y aunque se había vuelto loco de impaciencia esperando ese momento desde el viernes, la atrajo hacia él pero no la besó porque ella se movió primero para besarlo con cada parte de su ser; Otto había descubierto que así hacía Eleni la mayoría de las cosas.

—Estás en la puerta —dijo—. Nunca estás en la puerta.

—Decidí que era hora de cambiar.

—Excelente decisión.

—También se me ocurrió ir a la ciudad contigo en el autobús.

¿En serio?

Sí.

Había decidido que lo haría. También, durante el interminable fin de semana, había decidido que no le daría a Henri más excusas por su ausencia, cansado ya del engaño, de merodear como si fuera un adolescente necesitado del permiso de su padre.

—Bien por ti —había dicho Krista cuando ambos estaban en la cocina la mañana anterior, moliendo granos de café—. Debo admitir que me gustaría estar presente cuando se lo digas. —Había vertido los gránulos en el *briki* de cobre de la cocina, con el rostro bronceado tenso por la concentración y por contener sus temblores impredecibles—. Me encanta cuando es contigo con quien se enfada en vez de conmigo.

Pero Henri no se había enfadado.

Había dicho muy poco cuando, más tarde, mientras Krista, Marianne y Lotte se habían ido de paseo, Otto lo había buscado en la terraza para decirle que seguiría jugando tantas partidas de cartas como fuera necesario con Lotte, pero que necesitaba poder ir y venir a su antojo. No solamente para estudiar.

—Solo me queda un año antes del servicio nacional —le había recordado a su padre—. Después ya no tendré control sobre nada. Por favor, deja de intentar controlarme ahora. No te lo permitiré, pero preferiría no tener que seguir discutiendo al respecto.

Henri lo había observado desde detrás de las gafas. A su alrededor se amontonaban los expedientes de clientes que había traído de Berlín; sobre el regazo, lo que parecían documentos del gobierno. Aunque había dejado el bufete en manos de sus socios durante el verano, había dicho a Otto que también necesitaba trabajar mientras estuvieran fuera. "Tengo que pagarlo todo de alguna manera. Y hay demasiada gente que confía en mí." Brigit dormía la siesta en su tumbona a su lado. Otto había estado tentado de rogarle a Henri que hiciera lo mismo. Lo habría hecho si hubiera pensado por un momento que Henri lo escucharía.

Se veía profundamente cansado.

—¿Puedo saber adónde quieres ir? —había preguntado Henri.

—A donde me plazca —había respondido, tan civilizadamente como se podía decir algo así.

No había mencionado a Eleni porque no había visto ninguna razón para hacerlo y porque Henri habría entrado en pánico de que Lotte se enterara, lo que Otto había querido evitar por varias razones: no solo porque no quería ser responsable de la forma en que Lotte se sentía, sino también porque Henri ya tenía más que suficientes motivos por los que tener pánico.

—¿Se lo dirás alguna vez? —le preguntó Eleni, una vez que él le hubo contado todo mientras los dos andaban por el camino polvoriento bañado por el sol.

—Tal vez —dijo él; la tomó de la mano y entrelazó los dedos con los suyos—. O se dará cuenta. Krista cree que se va a dar cuenta. Vivimos muy cerca… —Solo ella y Marianne sabían cuánto tiempo había pasado con Eleni; las dos habían estado en el café la primera vez que hablaron.

—Y nos tomamos de la mano a plena luz del día.

Él sonrió.

Y ella también, y se le marcaban hoyuelos en las mejillas oscuras y el sol rebotaba en su pelo.

—Bueno, la verdad es que no me importa dejar las cosas como están.

—¿Estás segura?

—Creo que sí. *Papou* podría insistir en una acompañante si se enterase.

—No podemos permitirlo.

—No. Así que será mejor que no te sientes a mi lado en el autobús.

—¿Habrá alguien que conozcas?

—Probablemente no. Pero mejor siéntate al otro lado del pasillo para estar seguros.

—De acuerdo.

—Y no hagas eso.

—¿Qué?

—Eso de hacerme reír demasiado.

—No es "eso", no es una cosa.

—Es una cosa.

—No tiene sentido. Además, ¿cómo puede alguien reírse demasiado?

—Es una cosa —repitió ella.

No lo era en realidad.

Y él siguió haciéndola reír.

Siguieron haciéndose reír mutuamente el uno al otro. Empezaron aquella mañana, sentados por separado en los asientos deshilachados del autobús, con los brazos cruzados, tocándose solo con los ojos, y continuaron haciéndolo desde entonces: trayectos llenos de baches, sudor y olor a gasolina hasta la frondosa plaza de La Canea que duraban media hora pero pasaban en cuestión de segundos. Nadie se dio cuenta de nada en todo aquel mes de julio: ni Henri, ni Yorgos, ni Lotte y, excepto los domingos, que Otto llegó a temer, cada mañana la esperó en la puerta de su casa para viajar con ella en aquel autobús destartalado, cada día más adicto a la promesa de que volverían a estar juntos.

Nunca se les acababan los temas de conversación en aquellos viajes eternos, solo había silencios que llenar. Ella se movía en su asiento, se inclinaba más hacia él, se abanicaba la cara contra el viento caliente que soplaba por las ventanillas abiertas; hablaba elevando la voz por encima del motor, del ruido de los demás pasajeros, y creaba tales imágenes con sus palabras que a él le parecía conocer a cada uno de sus parientes. Se había sentado con todos ellos en el jardín de montaña de Sofía, había bebido el vino de los Vassilis ("Probablemente lo hayas hecho en realidad", decía); había visto al pequeño Vassili lucir su nuevo uniforme militar.

Ella también tenía muchas preguntas; parecía no cansarse nunca de oír hablar de la familia de Otto. Sus ojos chispearon de diversión cuando él relató las tortuosas deliberaciones de Henri sobre la paga de Christina y el fajo de dracmas que Krista, con la paciencia colmada, había sacado de su cartera para zanjar el asunto; luego el deleite de Christina y la explosión de Henri cuando descubrió cuánto dinero le había dado Krista. "Por el amor de Dios Krista, ahora voy a tener que darle lo mismo todas las semanas." A Krista le importaba un bledo o fingía que no le importaba.

—¿Y qué dijo tu madre? —preguntó Eleni, sujetándose mientras el conductor hacía subir penosamente una cuesta al autobús.

—Lo que dice siempre: "Pobre papá".

—Seguramente ella quisiera hacer desaparecer todo lo que lo perturba.

—Sí —dijo imaginando a Brigit no como era ahora, sino como era antes: corriendo por la casa, reuniendo sus partituras, despidiéndose de todos con un beso antes de irse a la universidad a dar clase a sus estudiantes, cuando aún podía sostener el arco del violín—. Creo que siempre tiene muchos deseos.

—Como tú —dijo Eleni.

—Como yo —admitió encantado de que ella lo entendiera. Odiaba dejarla en La Canea.

La acompañaba hasta el puerto para retrasar lo más posible ese momento; ambos caminaban por las sombreadas callejuelas venecianas rozándose los brazos, seguros en el anonimato de la ciudad. A menudo Otto se quedaba en el café para tomar algo al sol, fumar un cigarrillo con Sócrates (también allí, mucho "no hay problema"), robarle una mirada cuando ella circulaba por las mesas y sonreír cuando ella sonreía.

Pero, al final, tenía que obligarse a despedirse.

No por mucho tiempo. Nunca por mucho tiempo.

El resto del día lo pasaba en la villa, donde se sentaba con su madre en la terraza o salía a uno de los varios picnics y paseos en barco que organizaba Henri, o nadaba con Marianne y Krista desde las rocas; los tres se turnaban para convencer a Lotte ("Quizá mañana", decía ella desde debajo de su sombrero de ala ancha. "Me asustan las medusas."). Pero todas las tardes en las que Eleni no estaba con su abuelo, él se dirigía a la parada del autobús para esperarla sentado al borde del camino, con el mar brillante bajo sus pies. Trabajaba para pasar el tiempo, dibujaba al son de la brisa que soplaba en las rocas, pero se detenía en cuanto oía acercarse el autobús.

Dios, le encantaba ese momento; esa sensación en el pecho cuando la veía ya de pie, esperando junto a la puerta, buscándolo.

Siempre llevaba el pelo suelto por las tardes, despeinado por haberse bañado en el mar durante la siesta; la piel oscura, con rastros de sal.

Siempre sabía a naranjas cuando se besaban.

Él nunca se olvidaba de llevarle algo de comer —más chocolate, pan, galletas de la panadería— y siempre terminaban la jornada bajo su árbol, con las cabezas juntas, las piernas de ella sobre las de él, sin moverse hasta que caía la noche y el regreso de Yorgos se hacía demasiado inminente para ignorarlo; solo entonces se veían obligados a separarse de nuevo.

—*Kalinichta* —decía ella de pie, mirándolo a la luz de la luna.

—*Kalinichta* —repetía él, mientras sentía cómo los dedos de ella se separaban de los suyos hasta que él tiraba de ella para darle un último beso, porque nunca era suficiente; se habría quedado con ella toda la noche si hubiera podido.

Pasaron dos tardes más en aquella playa. Sócrates estaba encantado de ayudarlos a escaparse. "No hay problema."

—¿Crees que podría ser... bueno... posible... que él y Dimitri sean... bueno, un poco... más que amigos? —sugirió Eleni a Otto.

—Yo diría que es una posibilidad, sí.

—¿Qué te resulta tan gracioso?

—¿De verdad se te acaba de ocurrir? —dijo.

La playa de arena blanca bajo el acantilado seguía tan solitaria como la primera vez que la habían visitado y, felizmente solos, escondidos, se perdieron durante horas en el mar profundo y azul, haciendo carreras hasta la roca con su vientre de erizos, secándose al sol, besándose más y volviendo a sumergirse en el agua y a abrazarse bajo la superficie, sin soltarse.

—Podría ahogarme contigo con mucho gusto —dijo Otto y la tomó de los muslos para hacer que ella le rodeara la cintura con sus piernas.

—Nunca te permitiría hacer eso. —Ella apretó las piernas—. Nunca.

Fue a finales de mes cuando llegaron los vientos meltemi de los que ella le había advertido: azotaban el agua, hacían sonar los postigos y refrescaban el aire sofocante. Lotte se preocupaba por su pelo, Brigit se abrigaba con un cárdigan cuando se sentaba en su tumbona, Henri guardó sus archivos dentro de la casa, y Krista y Marianne se quejaron de que el mar agitado ya no era tan atractivo.

Otto no estaba de acuerdo.

Aún se bañaba todas las noches y nadaba hasta tarde porque sabía que cuando lo hacía, Eleni estaba en su ventana esperándolo para saludarlo y ¿cómo podía perdérselo?

Se había convertido en una especie de locura para él, lo sabía.

Pero no tenía sentido cuestionarlo.

No había nada que hacer.

No pensaba en nadie más cuando ella estaba cerca.

Solo quería volver a estar con ella cuando la dejaba.

Solo por estar junto a una maldita ventana podía alegrarle toda la noche; todo el día con su risa. Soñaba con ella. Sentía su caricia en la mano cuando estaba a kilómetros de distancia. La oía, aunque solo fuera con la imaginación, cada vez que cenaba en la terraza. A veces creía verla cuando paseaba por la isla, pero se decepcionaba al darse cuenta de se trataba de otra griega rubia, una mala imitación.

"Haces que no me sienta solo", le había dicho a principios de mes.

Pero se había convertido en mucho más que eso.

Eleni lo hacía sentirse anclado, centrado. Casi llegaba a creer que su madre no moriría cuando estaban juntos, que Krista viviría décadas y que su padre podría perder esa arruga permanente en la frente y sería capaz de guiñar el ojo a Krista o rodear con el brazo los hombros de Otto como lo hacía antes.

Eleni lo hacía sentirse seguro.

"Nunca te permitiría hacer eso."

Realmente seguro.

Y profunda, profundamente feliz.

"Recuerdos de Grecia durante la guerra". Transcripción de la entrevista de investigación realizada por M. Middleton (M. M.) al sujeto diecisiete (#17), en British Broadcasting House, 5 de junio de 1974.

M. M.: Aquel verano…

#17: ¿Sí?

M. M.: Tengo la sensación de que al final todo salió muy mal.

#17: Tiene esa sensación, ¿verdad?

M. M.: Sí.

#17: Bueno, terminó, por supuesto.

M. M.: Sí, pero…

#17: Nada es infinito, se lo aseguro. Puede parecerlo, sobre todo [agita la mano] a su edad, pero nada lo es, y aquel verano no fue una excepción.

M. M.: Suena increíblemente triste siempre que habla de ello.

#17: Soy un hombre muy triste.

[Pausa larga].

M. M.: ¿Pero fue así?

#17: ¿Qué?

M. M.: ¿Salió muy mal?

#17: [Suspira] No fue ni de cerca tan sencillo.

LONDRES, 1940

CAPÍTULO 9

64 Baker Street, noviembre de 1940

EL CUARTEL GENERAL DE LA DOE EN BAKER STREET ERA un edificio anodino. Eleni se dio cuenta de que esa era la idea. Durante los diez días que habían transcurrido desde que dejara a Héctor Herbert en el puente de Vauxhall, todas las personas con las que había tenido que reunirse allí parecían, al menos a primera vista, también bastante anodinas; ninguna de ellas destacaba entre la muchedumbre, ni hacía que nadie se preguntara a qué se dedicaban cuando cruzaban las anodinas puertas del número 64.

No había vuelto a ver a Héctor hasta ese día.

No, había estado saltando sus obstáculos.

Primero habían llegado las entrevistas prometidas con hablantes nativos de griego, tres en total, cada uno con la misión de encontrar lagunas en su acento, en sus giros, en cualquier cosa que pudiera hacer que un lugareño avispado dudara de ella. La primera entrevista había sido con un clasicista de Corfú residente en Finchley que había hablado sobre todo de los mármoles de Elgin. Después había venido otro clasicista de Atenas, mucho más preocupado por la invasión italiana a Grecia y por lo duro que iba a ser el invierno para los hombres que estaban en el frente albanés.

"De hecho mi primo está allí" le había dicho Eleni, todavía aturdida por el telegrama de Yorgos en el que le comunicaba que el pequeño Vassili había sido enviado, junto con el resto de la quinta división cretense, a reforzar la defensa. ("No hay nadie a quien disparar en Creta." Todavía le parecía oír la forma arrogante en que él lo había dicho en el jardín de Sofía.) Por último había conocido a un profesor jubilado de Patras, con una sonrisa fría que se había ido afinando cuanto más hablaban de Homero.

"Estaba seguro de poder tomarte desprevenida" le había escrito Héctor en una de las varias notas que le había hecho llegar a las Salas de Guerra. "Lo dejaste perplejo. Sospecho que estarás encantada de saberlo. Preséntate el jueves a las diez. El señor Wood se reunirá contigo en el vestíbulo."

El señor Wood, un hombre de mediana edad con manchas de té en la corbata y notas borrosas garabateadas en la mano, la condujo a un despacho sucio y sin ventanas, alfombrado con montones de cajas tambaleantes.

—Siento el desorden —le dijo mientras le pedía el abrigo y el sombrero y los arrojaba sin contemplaciones sobre el montón más cercano—. Casi desearía que nos bombardearan, así nunca tendría que desempaquetarlo todo.

Una vez que ella se sentó en la única silla de la habitación —metálica, plegable, no muy cómoda—, él se paseó, fumó y le informó sobre las funciones que podían asignarse a los agentes de la DOE en el extranjero (operación de comunicaciones por radio, vigilancia, sabotaje, difusión de propaganda y la lista continuaba), y sobre la formación que se exigía a cualquier recluta de su sección, independientemente de su misión final, antes de considerar la posibilidad de evaluar su preparación para el servicio activo.

—Quiero preguntarle —dijo, haciendo una pausa para encender otro cigarrillo— ¿cuánta experiencia tiene en el manejo de armas de fuego?

—No mucha —admitió ella.

—Entonces, ¿alguna?

Parecía muy esperanzado.

Había sido duro decepcionarlo.

—En realidad ninguna.

—Bien. —Dio una larga calada a su cigarrillo y frunció el ceño—. ¿Y lo mismo ocurre con los explosivos?

—Sí, me temo que sí.

—Bien.

—Aprendo rápido.

La había mirado fijamente a través del velo del humo de su cigarrillo.

—Ya veremos, ¿de acuerdo?

Desenterró de entre el desorden un manual para que ella lo leyera y después la puso a prueba con los distintos métodos para ocultar y detonar artefactos. Le habló de los diferentes modelos de armas, de las mejores prácticas para los lanzamientos clandestinos en paracaídas, del uso de las píldoras de cianuro, y le pidió que repitiera todo lo que le había dicho y que lo hiciera una y otra vez.

"Le gustaste mucho", le había escrito Héctor. "Cree que tienes mucho potencial. Sinceramente no estoy seguro de que debas interpretar eso como un cumplido, teniendo en cuenta la actividad a la que él se dedica, pero siéntete libre de hacerlo. Y vuelve el lunes a las nueve."

Eso había sido el día anterior: otra entrevista lingüística, esta vez en alemán —"por si tus conocimientos llegan a ser relevantes" dijo Héctor—, seguida de una tarde con el señor Haithwaite: un tipo paternal y afable, en cuyo despacho había una ventana, una alfombra en el suelo de linóleo, y té y bollos esperándola en el escritorio. El señor Haithwaite habló sobre sus hijas a Eleni —una era médica y la otra entrenaba para ser piloto de la RAF— mientras comían y le había asegurado que, a diferencia de algunos profesores jubilados, él no tenía ningún problema en enviar mujeres a las misiones, pero se tomaba muy en serio su responsabilidad de asegurarse de que quien fuera lo hiciera con pleno conocimiento de los peligros que entrañaba.

—Estoy aquí para asustarla señorita Adams. Abra los ojos ante lo que puede encontrarse como agente de nuestra organización.

—Tengo los ojos abiertos —respondió.

—Debo insistir en que los abra más.

Y así lo hizo, detallándole de forma bastante clínica, los interrogatorios a los que podría enfrentarse si se encontrara, Dios no lo quiera, en territorio ocupado y bajo arresto de la Gestapo; las torturas a las la someterían y la casi certeza de la ejecución.

Las píldoras de cianuro volvieron a aparecer en la conversación.

Habían aparecido más de una vez.

Pero Eleni no se había asustado.

Al contrario, se había sentido extrañamente ajena a todo lo que el señor Haithwaite había dicho; como si hubiera estado escuchando una historia que no tenía nada que ver con ella misma. Cuanto más hablaba él, más difícil le resultaba relacionarlo con un futuro en el que ella pudiera estar implicada.

Supuso que así sucedía con las cosas terribles: la mayoría de las veces te las arreglabas creyendo que les pasarán a otras personas, no a ti.

Desde luego, no había dudado en decirle al señor Haithwaite que no, que no lo pensaría dos veces antes de seguir adelante con su reclutamiento. Ni siquiera a la luz de todo lo que sabía ahora.

—No tendría nada de qué avergonzarse —había insistido—. Podría seguir en las Salas de Guerra, no pasa nada.

—No quiero seguir en las Salas de Guerra.

—¿Está segura?

—Muy segura.

—¿De verdad?

—Absolutamente.

Ella solo podía suponer que él le había creído, porque ahora estaba allí de nuevo, sentada en otro despacho anodino, convocada mediante otra nota que le habían dejado en su escritorio a primera hora de la mañana.

Solo un último obstáculo, Eleni. Yo lo sostendré para que saltes. Espero que no hayas olvidado lo que te dije que te esperaría la próxima vez que nos viéramos.

No lo había olvidado.

Las palabras que Héctor le había dicho en el puente habían sonado en su mente desde que las pronunció.

"Te sugiero que estés preparada para contar la verdad sobre por qué no has vuelto a Creta desde 1936."

No era algo que ella fuera a olvidar.

Ella estaba lista para contar la verdad ese día.

Se la contó.

Eleni había llegado a aceptar que, dado que no tenía ni idea de cuánto sabía Héctor sobre Otto, y dado que su confianza no era algo con lo que ella pudiera permitirse jugar, y dado que ese último obstáculo podría ser simplemente confirmar si ella era lo suficientemente fiable como para ser sincera, era prácticamente el único camino que le quedaba.

Además en realidad no había hecho nada malo.

Nada.

Ahora se daba cuenta de que se sentía como si hubiera hecho algo malo porque lo había ocultado durante mucho tiempo. Pero el país estaba lleno de gente que había conocido alemanes antes de la guerra. En las Salas de Guerra eran moneda corriente. Hasta el rey tenía familia allí.

¿Por qué debería importar que a ella le hubiera roto el corazón años antes un alemán?

No debería importar.

No importaba.

—No importa —le dijo a Héctor—. Te doy mi palabra de que es cosa del pasado. Ya lo dejé atrás.

Él la observó desde detrás de su escritorio, con unos ojos aún más penetrantes de lo que ella recordaba. La tarde era brumosa. Una tenue luz verde y el ruido sordo del tráfico de Baker Street se filtraban desde el exterior. Héctor no llevaba gabardina ni abrigo ese día, sino un traje de tres piezas de color carbón. Su despacho estaba justo frente al del señor Haithwaite. A medida que el silencio se alargaba, a Eleni se le ocurrió que probablemente Héctor había estado sentado ahí, tan cerca, durante todo el tiempo que ella estuvo con el señor Haithwaite, escuchando sus historias sobre las cosas que un interrogador experto podría hacerle en las uñas.

Era un pensamiento extrañamente desconcertante.

Para distraerse de ello y del hecho de que Héctor aún no había dicho nada, le preguntó:

—¿Sabías ya lo de Otto?

—No.

—Ah.

"Maldita sea."

—Me di cuenta de que algo debía de haber pasado en Creta en el treinta y seis —dijo. Toda tu actitud cambió cuando te pregunté por ello. Necesitaba estar seguro de que, fuera lo que fuera, no limitaría tu valor allí ahora. Y supuse que tenías algún vínculo con Alemania…

—¿Por Esther?

—Sí, por Esther. Además aprendiste a hablar el idioma. —Levantó una ceja—. Con acento inglés, debo añadir, así que ni se te ocurra hacerlo delante de un nazi.

A Eleni se le aceleró el corazón.

—Entonces, ¿seguimos adelante?

—Me alegro de que hayas sido sincera conmigo —dijo él, sin responder a su pregunta—. Y, desde luego, has impresionado a todo el mundo. Nadie duda de tu valía. Wood tiene ganas de ver cómo te desenvuelves en el entrenamiento, cree que podrías ser útil en tierra firme.

—No quiero ser útil en el continente.

—No, lo sé. —Se levantó, se acercó a la ventana y miró fijamente la oscuridad—. Quieres ser útil en Creta.

—Es mi hogar.

—Sin embargo, has estado fuera mucho tiempo.

—Ya te he dicho por qué.

Su rostro, de perfil, se frunció.

Ella se dio cuenta de que él seguía dándole vueltas a algo.

Antes de que pudiera preguntar qué, él dijo:

—Esther llegó en septiembre del año pasado, ¿no?

—Sí.

—¿Quién te pidió que la patrocinaras?

—La Representación Judía del Reich.

—Fue muy generoso de tu parte aceptarla.

—No lo hice solo yo. Y lo habría hecho mil veces más.

—Sin embargo lo hiciste por ella. —Se volvió de nuevo hacia Eleni—. ¿Por qué?

—Porque es una niña inocente y me necesitaba.

—Tengo entendido que tiene cuatro años.

—Así es.

—¿No te atormentará tener que dejarla si seguimos adelante con esto?

—Por supuesto que sí. —Por supuesto que la atormentaba. Cuando Héctor se le acercó por primera vez, estaba demasiado abrumada como para pensar con suficiente claridad en eso, pero desde entonces había estado dándole vueltas, y siempre volvía al hecho de que, independientemente de sus propios movimientos, Esther iba a dejar

Londres de todas maneras: se iría con Helen ese fin de semana, a vivir con el hermano de Helen en Chester.

—Le encantará —dijo a Héctor y no lo dudó. El hermano de Helen tenía una granja, una nueva camada de perros pastores, tres hijos propios con los que Esther podría jugar. Nada de bombas—. Será mejor, mucho mejor que aquí. Y Helen le ha prometido un cachorro.

—¿Le gusta Helen?

—La adora. Realmente es la que más tiempo ha pasado con ella desde que llegó. Yo soy más bien la tía que la mima cuando no debe. —"Déjame compartir esto contigo" había suplicado Helen, antes de ir a buscar a Esther a Harwich. "Eres demasiado joven, estás demasiado ocupada con el trabajo para hacerte cargo sola de una niña tan pequeña. Y yo echo de menos estar con niños desde que me jubilé. Puedo enseñar inglés a Esther, puedo cuidarla. Nada me daría más alegría."— Ella será feliz con Helen, estoy segura. No me plantearía irme a ningún sitio si no lo creyera.

—¿Y sabes qué fue de la madre de Esther?

—No —dijo Eleni, tensa.

No había un solo día en que no se preguntara por ella. Y por los padres de todos los demás niños que estaban allí aquella mañana de otoño en que había ido a buscar a Esther. Había tantos de ellos, aferrados a sus osos de peluche y a sus maletas, con los ojos desorbitados y desorientados, exhaustos tras el largo viaje desde Alemania. El suyo había sido uno de los últimos *Kindertransports* en partir. Le paralizaba imaginar las despedidas que debieron tener lugar en Berlín, los últimos besos desesperados en aquellas preciosas mejillas…

—¿Has intentado averiguarlo? —le preguntó Héctor, devolviéndola al momento presente.

—No —volvió a decir ella, esta vez con más firmeza al darse cuenta de lo que realmente le estaba preguntando—. Te juro que no he tenido contacto con nadie en Alemania desde que empezó la guerra. No tengo más vínculos ni lealtades fuera de lugar.

—Alguien debe de haber dicho a la Representación Judía del Reich cómo localizarte el año pasado.

—No fue Otto.

—Entonces, ¿quién?

—Lotte.

—Bien —dijo él, visiblemente sorprendido, y ella no podía culparlo por ello.

Todavía la sorprendía a ella más de un año después.

—La madre de Esther le pidió ayuda —explicó Eleni.

—Y acudió a ti.

—No creo que tuviera muchas opciones.

—¿Cómo consiguió tu dirección?

—Supongo que Otto se la dio.

—Bien —dijo él, otra vez.

¿Qué más había que decir?

Volvió a su silla y el cuero crujió cuando se sentó. Ella lo miró observarla con el rostro tenso por la deriva de sus pensamientos. Estaba tomando una decisión.

—Puedes confiar en mí —le dijo inclinándose hacia delante en su propia silla, desesperada por obligarlo a hacerlo—. Te prometo que no tengo nada más que ver con nadie en Alemania. Con nadie. En la última carta que escribí a Otto le dije que no quería volver a saber nada de él. Si apareciera en esta habitación saldría de ella.

—Está bien Eleni.

Volvió a acomodarse en la silla.

—¿Está bien?

—Te creo.

—¿Me crees?

—Sí.

—Bien —exhaló en silencio—. Eso es bueno.

—Y lo siento —dijo Héctor, suavizando sus modales de

empresario casi imperceptiblemente—. Si alguien me hubiera hecho algo así —alargó la mano hacia el escritorio en busca de unos papeles—, yo tampoco querría volver a verlo.

La autorizó para avanzar en el entrenamiento esa misma tarde. Para eso servían los papeles. Los firmó mientras ella miraba, mareada por la euforia y el alivio de haber superado por fin el obstáculo que tanto temía.

Se dio cuenta de lo acalorada que estaba; tenía la piel húmeda y sudorosa bajo la blusa y el cárdigan. Ajeno a su incomodidad, Héctor le dijo que no era necesario que regresara a las Salas de Guerra; las instrucciones sobre dónde y cuándo debía presentarse le llegarían a Clapham de forma inminente. A sus compañeras mecanógrafas de las Salas de Guerra, que solo sabían que había estado entrevistándose con un departamento diferente durante los últimos diez días, se les comunicaría que había sido reclutada por la marina.

—Teniendo en cuenta quién es tu padre va a ser creíble —dijo.

Le aconsejó que no volviera a hablar con ninguna de sus compañeras, cosa que a ella no le hizo ninguna gracia (se había hecho amiga de varias de ellas), pero aceptó. Ya iba a ser bastante difícil sostener en casa la mentira sobre lo que hacía; no quería tener que mentir a más gente de la necesaria.

—Es una forma terrible de vivir, en realidad —dijo Héctor, levantándose para colocar sus papeles en una bandeja junto a la puerta—, pero uno se acostumbra.

Volvió a su silla y le detalló todo lo que debía saber de su entrenamiento, que tendría lugar en *un lugar muy secreto* e implicaría pasar mucho más tiempo con las pistolas y explosivos del señor Wood, además de cursos intensivos de interrogatorio, operación de equipos de radio, código Morse…

—No tengo problemas con el código Morse —dijo—, papá me lo enseñó hace años.

Héctor sonrió brevemente por primera vez aquella tarde, lo que le recordó que, en realidad, tenía una sonrisa muy bonita.

Le hacía parecer más joven, más cálido.

Ojalá sonriera más a menudo.

Héctor tomó un cuaderno y se ofreció a redactar un permiso para que ella pudiera pasar la Navidad en Cheshire.

—Tengo entendido que Janucá coincide con la Nochebuena este año.

—Sí, así es —dijo ella y le gustó más aún que él lo supiera—. Y sí, por favor, me gustaría pasarla con Esther, si puedo.

—Seguro que se puede arreglar. —Tomó nota—. Pero tendrá que ser un permiso breve. Te quiero con el entrenamiento terminado y lista para la evaluación final para el servicio lo antes posible.

—Bien —dijo ella, con el corazón palpitando con fuerza por la emoción—. Lo que necesites.

—No todo el mundo aprueba —le advirtió él, cerrando el cuaderno—. Ni mucho menos.

—No voy a suspender.

—¿No?

—No.

No acababa de sudar la gota gorda por la humillación de la última hora, reviviendo uno de los episodios más dolorosos de su vida —con Héctor, tan tranquilo, sereno y elegante con su traje caro, su anillo de sello y su mirada penetrante— solo para dejarse caer en un campo de entrenamiento de la DOE. Por el contrario, ahora estaba absolutamente decidida a superar todo lo que le echaran. Creta estaba a su alcance, podía sentirla, olerla.

Así se sintió durante todo el camino de vuelta a casa a

través de la oscuridad húmeda e invernal de las cuatro de la tarde, acurrucada en el taxi que Héctor había insistido en llamar ("No quiero otro resfriado en mi conciencia."). A diferencia de lo ocurrido en el puente de Vauxhall, antes de despedirse no habló más de la gente que podría o no traicionarla en Creta. Eleni supuso que ya tendrían tiempo de debatirlo después de su entrenamiento. Sin embargo, él le había confirmado que —suponiendo que no suspendiera el curso y que no se produjeran acontecimientos significativos en Grecia de un momento a otro— Creta, y no el continente, sería el lugar al que la enviarían. "Posiblemente en marzo."

Marzo.

Llegaría antes de que se diera cuenta.

El tiempo realmente podía pasar muy rápido.

Ella no siempre había pensado así, por supuesto.

"Infinito", lo había llamado con arrogancia aquel verano en que Otto y ella se habían conocido.

Qué pequeña tonta.

Apoyó la cabeza en el cristal frío de la ventanilla del taxi, sumiéndose en los recuerdos de aquellos últimos días que habían compartido Otto y ella; había sido demasiado crudo desenterrarlos para Héctor como para ahuyentarlos ahora así como así. Fluyeron por su mente cansada, borrosos pero imparables, como un carrete de película gastado y muy usado.

"¿Sabías ya lo de Otto?"

"No."

En realidad, se alegraba de habérselo contado, por innecesaria y desagradable que hubiera sido su confesión. Se sentía mejor por ello, más ligera.

Los secretos tenían un peso tremendo.

También se había sentido así aquel verano: el precio que se cobran las cosas no dichas. Por muy cómplice que hubiera sido al ocultar su relación con Otto, al final se había sentido muy culpable por ello, especialmente con su *papou* a quien nunca había ocultado nada. En innumerables ocasiones había soñado con confesárselo durante las cenas, en los desayunos, en los viajes de fin de semana, pero le había costado mucho decidirse a hacerlo. Simplemente atesoraba demasiado su tiempo a solas con Otto como para arriesgarlo con las reglas que Yorgos podría haber impuesto.

Pero al final, inevitablemente, la burbuja de los dos se había roto.

Ocurrió el primer domingo de agosto en un viaje a Cnosos.

Fue culpa de Spiros.

Sin que Eleni y Otto lo supieran, había conocido a los padres de Otto al principio del verano, cuando Henri había llevado a Brigit al consultorio para que le revisara su muñeca torcida. Por sugerencia de Spiros, habían vuelto a visitarlo varias veces a lo largo de julio para que él pudiera vigilar los debilitados pulmones de Brigit. Ni él ni Yorgos habían mencionado sus visitas a Eleni porque se tomaban en serio su juramento hipocrático y, además, ¿por qué iban a pensar que era un dato importante para ella? Henri y Brigit tampoco le habían dicho nada a Otto, porque en su familia nadie hablaba de nada.

Pero en algún momento, Spiros y Henri habían descubierto que compartían la pasión por el mundo antiguo, y Spiros —cuyo hermano había formado parte del equipo que excavaba el antiguo palacio de Cnosos— había organizado una visita a las ruinas y un almuerzo con el conservador residente.

Con los brazos alrededor del cuerpo, Eleni miró a través de la mugrienta ventanilla del taxi los remolinos de niebla y sintió de nuevo el intenso calor y la tensión de aquel día.

La primera vez que supo lo que había sucedido fue

cuando Yorgos fue a buscarla la tarde anterior tras su turno en la cafetería. Spiros y María habían estado con él; Spiros tenía la intención de reservar una barca para llevarlos a Heraclión al amanecer.

—¿Por qué vamos a Heraclión al amanecer? —preguntó Eleni sin mucho entusiasmo. Por primera vez desde que había llegado no los esperaban en ningún sitio aquel domingo a ella y a Yorgos. Le apetecía una larga siesta, horas en la cala sin hacer nada, la posibilidad de ver a Otto, aunque solo fuera de lejos…

—Una aventura, Eleni-mou —había declarado Spiros, volviendo por el bullicioso muelle. Al pasado.

—Al pasado del rey Minos —había aclarado María con una sonrisa, estrechando su brazo con el de Eleni. Llevaba su blusa de seda habitual, una falda lápiz y el pelo recogido en un moño; siempre tan elegante—. Lo siento, intenté hacer campaña para que nos quedáramos aquí. Pero al menos irán chicas de tu edad. Vienen con nosotros tus vecinos.

—¿Qué? —Se había atragantado.

—Los Linder —había aclarado Yorgos.

—Ah, estupendo —había dicho Dimitri, que también estaba allí. Le había lanzado un rápido guiño a Eleni—. Ojalá pudiera ir yo también.

Eleni no había podido ver a Otto antes de partir. Ella y Yorgos habían cenado aquella noche con María y Spiros en Halepa, donde todos habían debatido la verosimilitud de un laberinto minoico y, afortunadamente, no se habían dado cuenta de lo distraída que estaba ella.

Era más de medianoche cuando ella y Yorgos volvieron a casa. Demasiado tarde, incluso, para que ella viera a Otto nadando.

Naturalmente, le había costado conciliar el sueño y estaba exhausta y nerviosa cuando Yorgos la despertó antes del amanecer para ir al puerto.

Eran diez en total, reunidos en el muelle, esperando en el calor somnoliento del amanecer para subir a bordo del barco pesquero que Spiros había alquilado: ella y Yorgos; Spiros y María; Otto, Krista, Brigit, Henri, Marianne y Lotte.

Lotte se había arreglado como una estrella de Hollywood, con un pañuelo de seda en el pelo, tacones altos y un vestido a medida color crema ceñido a la cintura.

Eleni no llevaba sus pantalones cortos ("No te vestirás así para almorzar con el conservador del palacio de Cnosos", había insistido Yorgos), sino un vestido azul desteñido y sandalias, y no se había atrevido a mirarla.

Tampoco se atrevía a mirar a Otto.

No creía que él la hubiera mirado.

Ciertamente, habían mantenido las distancias durante todo el trayecto hasta Heraclión, sentados en lados opuestos de la barca que surcaba el azul oscuro del Egeo, con el viento salado en la cara y el sol que les abrasaba la piel.

Lotte había permanecido junto a Otto durante todo el viaje.

Eleni se había sentado con Krista y Marianne, intentando no preguntarse qué decían las dos.

—No tienes nada de qué preocuparte —le había susurrado Krista—. De verdad, de nada.

—Absolutamente de nada —había agregado Marianne con su contagiosa sonrisa—. Habrá corazones rotos en todo Munich cuando se conozca la noticia.

"Oh, Marianne."

Las dos le habían caído bien al instante.

Pero, incluso en su compañía, incluso cuando descubrieron su amor compartido por las películas, la música *swing* y la *bougatsa* ("*Mein Gott*" dijo Marianne, "no sé cómo voy a vivir sin ella cuando nos vayamos"), había sido un viaje muy largo.

Un día muy, muy largo.

La forma en que él estaba de pie, justo detrás de ella, cuando finalmente desembarcaron en Heraclión.

La caricia de sus rodillas junto a las de él, en el taxi desde el puerto.

El roce de los dedos de Otto en su cintura mientras recorrían el palacio, empapados en sudor y agotados por el calor.

"Ven conmigo."

Cerró los ojos y volvió a oír su voz.

Otra vez volvió allí.

Con él.

ANTES DE LA GUERRA

CAPÍTULO 10

Creta, agosto de 1936

Aparte del variopinto grupo de visitantes casi no había nadie más aquel domingo en el palacio.

El conservador, un erudito británico que los había recibido, había acompañado a María y a Brigit a su propia casa, situada al otro lado de la carretera, en Villa Ariadna; había sido una petición de María para que ambas pudieran esperar bajo la sombra y con envidiables bebidas frías a que el resto se reuniera con ellas para almorzar.

Había algunos turistas más repartidos por el lugar, pero ningún trabajador. Theo, el primo de Spiros, había dicho que la excavación estaba en una zona tranquila y que todos los que estaban excavando se habían tomado el domingo libre.

Eleni no los culpaba. Las ruinas eran como un horno, el viento meltemi se había ido por ahora y, como estaban tierra adentro, no había brisa marina que soplara en el árido paisaje. El sol era feroz; el chirrido de las cigarras ensordecedor. El vestido le colgaba del cuerpo. Sentía el sabor del sudor en los labios y sentía la humedad en la espalda y las piernas.

¿Cómo habían sobrevivido los minoicos?

Qué tortura, de verdad, haber estado atrapada en su laberinto, si es que realmente había existido.

Ella no podría haberlo soportado.

Y no quería estar allí, entre aquellas rocas desmoronadas que le costaba imaginar que alguna vez hubieran sido un palacio, turnándose con Yorgos y Spiros para traducir al inglés el apasionado discurso de Theo sobre baños, escaleras y cisternas de manera que Henri y los demás lo entendieran.

No quería.

Quería estar donde él *no* estaba por primera vez desde que había conocido a Otto.

Había sido demasiado incómodo conocer a Brigit en el muelle, reconocer los ojos de Otto en su rostro pálido y hermoso, sentir la calidez de su sonrisa, solo para que después ella la dirigiera a Lotte, se riera de algún chiste que compartían y le ajustara el sombrero maternalmente.

Era demasiado incómodo pasear por el lugar con Henri y comportarse como si no supiera nada de él; preguntarse si estaba bien o mal pensar que le parecía un hombre bastante agradable mientras imaginaba las discusiones que Otto le había contado que habían tenido los dos.

Demasiado duro era darse cuenta de la atención casi constante que Henri le prestaba a Lotte —la ayudaba cuando tropezaba con los tacones, charlaba con ella en alemán, ella no hablaba inglés— y digerir la verdad de que era Lotte quien formaba parte de la familia.

Y era demasiado doloroso —a pesar de las palabras tranquilizadoras de Marianne y Krista— ser testigo de la descarada devoción de Lotte por Otto: cómo lo seguía de cerca, pendiente de cada una de sus palabras mientras él le traducía el inglés de Eleni al alemán, y cómo se reía, sin que se supiera de qué, porque Eleni no era consciente de haber dicho nada divertido.

—Yo también debo de estar perdiéndome el chiste —había murmurado Krista enjugándose el sudor del cuello—. Nada de esto me hace gracia.

Se había quedado con Lotte ahora, cuando esta había hecho una pausa para descansar con una pose de estudiada belleza, sobre lo que posiblemente había sido una vez un pilar, bajo la sombra escasa de un ciprés. Marianne también se había quedado con ellas y se había dejado caer exhausta sobre el suelo duro mientras se enrollaba la trenza alrededor de la cabeza, con el rostro bronceado tan sonrojado como el de Eleni. Lotte había hablado con Otto, con aquel tono de voz seductor que Eleni recordaba del mar: "¡Otto! ¡Otto Linder!". Había sido obvio que ella había estado intentando que él también se quedara con ellas.

Como no quería que él fuera allí, Eleni se había marchado siguiendo a su *papou*, a Henri y a Spiros, que ya habían reanudado la marcha con Theo ladera abajo.

Había esperado que Otto la siguiera, por supuesto.

Había confiado en que lo haría.

Sin embargo, sintió alivio cuando oyó sus pasos detrás de ella, su voz.

—Ven conmigo.

Se habían escabullido dentro de un conjunto de paredes en ruinas, apenas más altas que sus cabezas. No era muy privado, pero sí lo bastante. Ella estaba de espaldas a la piedra, con la mano en el pecho palpitante y, al intentar hablar, decir lo que no sabía, se dio cuenta de que estaba al borde de las lágrimas.

Él se acercó, sin decir nada tampoco; con los ojos verdes atentos, los rasgos esculpidos recortados por las sombras de la pared a la luz temblorosa del sol. Eleni apretó los dedos en torno al cuello de su camisa, lo atrajo hacia sí y lo besó, envolviéndose entre sus brazos mientras él le devolvía el beso. En medio del calor y la cacofonía de las cigarras se besaron con más fuerza, con una urgencia nueva para ella; toda la tensión reprimida de las últimas horas se liberó de golpe. Sintió los labios de él en el cuello, las manos que se metían bajo sus muslos y la levantaban, haciéndole olvidar dónde estaban.

—¡Otto! Otto, ¿dónde estás?

Ambos se quedaron inmóviles al oír la voz.

Pero ninguno de los dos soltó al otro.

Volvieron a besarse y él dejó caer la frente sobre la de ella, mientras le acariciaba los muslos con los pulgares.

Eleni le devolvió el beso con los ojos cerrados, más feliz que en todo el día, pero más cerca de las lágrimas que nunca.

Fue por haber escuchado a Lotte. Por haber conocido finalmente a la familia de Otto y haber enfrentado la realidad de que ella era una desconocida para todos. Todo eso la había golpeado.

Realmente la había golpeado.

Los dos venían de hogares diferentes, mundos diferentes. Era 2 de agosto y él volaría de regreso a su mundo en menos de dos semanas.

De vuelta a Alemania.

No había magia posible, ninguna alquimia.

Ese verano, su verano, como todos los veranos anteriores, realmente iba a terminar y Eleni no podía soportarlo.

Lotte no los descubrió.

Nadie los descubrió.

Pero durante el resto de ese día su complicidad secreta, que se había vuelto bastante difícil de soportar, dejó de sentirse como una elección para Eleni; en su lugar, se convirtió en una carga que le dolía.

Le dolió cuando abandonaron su escondite y, sin mediar palabra, tomaron caminos distintos.

Le dolió durante el almuerzo en Villa Ariadna, donde había bebidas frías, mucha sombra y tarjetas con sus nombres, uno al lado del otro, en la mesa del porche.

—He estado intentando recordar dónde te he visto antes —dijo Yorgos a Otto en inglés mientras tomaban asiento—. Creo que fue en el café. Te vi allí con Eleni, hace unas semanas.

—No creo que lo hayas visto conmigo, *Papou* —dijo Eleni con rapidez, y su mente se trasladó a aquella tarde de junio y a la música de Dimitri. "El corazón me late tan fuerte que apenas puedo hablar"—. Pero sí, nos conocimos. —Se obligó a girarse y mirar a Otto—. ¿Te acuerdas?

—Sí —respondió él devolviéndole la mirada—. Me acuerdo.

Le dolió en el viaje de vuelta a La Canea, atravesando el calor persistente de la tarde, cuando se sentó a su lado de nuevo, en el suelo con costra de sal de la barca, porque Krista sugirió que jugaran a las cartas; tenían que formar un círculo, pero Lotte no quería estropear su vestido y se había negado a levantarse de la banca.

Le dolió en el puerto, cuando todos se despidieron y él se apartó de ella para seguir a su familia, a Lotte, lejos.

—*Kalinichta* —saludó él por encima del hombro, con una mirada que cerró brevemente la distancia entre ellos y dolió aún más.

Ella no confiaba en sí misma para devolverle el saludo: *kalinichta*.

Si no hubiera estado con su *papou*, Spiros y María, habría corrido al café al encuentro de Dimitri o Sócrates y habría sollozado sobre los hombros de cualquiera de ellos. No habría sido demasiado orgullosa y ellos la habrían escuchado, le habrían servido un café, le habrían dado un abrazo, le habrían dicho que se recompusiera. Le habría venido bien.

Se sentía sola, tan triste.

Pero como estaba con su *papou*, Spiros y María, y todos tenían ganas de volver a casa, se despidió de María y Spiros con un beso, les dio las gracias por el día y, tomada del brazo de Yorgos, caminó con él hasta el lugar donde habían dejado el coche.

—Estás muy callada —dijo él dándole unas palmaditas en la mano—. ¿Estás cansada?

—Agotada —respondió; estaba tan alterada que sintió más que nunca la tentación de seguir adelante y contárselo todo por fin.

Continuó el silencio entre ellos y Eleni casi no podía pensar por el ruido que hacían sus verdades no dichas, agolpadas en su mente.

Sería un gran alivio soltarlas, lo sabía.

Lo único que tenía que hacer era abrir la boca, empezar a hablar.

No dijo nada.

Ya ni siquiera temía las reglas de su abuelo. No después de haber fingido ante él todo el día, de haberle mentido en la cara durante el almuerzo.

No, temía algo mucho peor.

La sola idea de decepcionarlo.

A pesar de su preocupación, Eleni se sintió aliviada cuando vio a Otto a la mañana siguiente esperándola en la puerta para acompañarla al autobús. Después de la tensión del día anterior y de no haberle dado las buenas noches, temía que no estuviera. O que, si estuviera, las cosas se hubieran vuelto diferentes entre ellos. Pero en el instante en que se miraron, la felicidad la hizo sonreír instintivamente y él también sonrió.

—Ayer hubo una sola cosa buena —dijo Otto acercándose.

—¿Hubo algo bueno? —preguntó ella.

—Sí.

—¿Y dónde estaba yo en ese momento?

—Conmigo —respondió—. Haciendo esto. —La besó—. Fue algo bueno.

—Sí, supongo que sí —coincidió ella, devolviéndole el beso y deseando, de pronto, no tener que ir a trabajar.

—¿Puedes escaparte esta tarde?

—No puedo.

Yorgos, que había vuelto a comentar lo silenciosa que estaba Eleni durante el desayuno, había anunciado que pasaría a buscarla por la cafetería para la siesta y la llevaría a su consultorio para que almorzara y descansara como es debido. Ahora se culpaba por no haberse mostrado más animada.

—Espero que mañana sí.

Pero tampoco era posible. La cafetería estaba más ocupada que nunca bajo el sol del verano y Sócrates no podía cubrir el turno de Eleni porque ahora, en agosto, él también estaba ocupado en su nueva escuela, conociendo al nuevo director recién llegado de Neápolis y preparándose para septiembre y todos los nuevos alumnos.

Ioannis Metaxás también estaba bastante ocupado ese día en Atenas, mandando a arrestar a todos sus opositores, estableciendo su dictadura con el apoyo de la familia real (que contaba con él para protegerlos de un nuevo exilio), provocando un gran revuelo en la isla, y un Yorgos incandescente acudió de nuevo al café para asegurarse de que Eleni se hubiera enterado de la noticia.

Era imposible que no se hubiera enterado.

Las radios crepitaban en los escaparates de las tiendas a lo largo del puerto; el zumbido de la ira se extendía por todas partes. A nadie le sorprendió la decisión de Metaxás: Grecia, fracturada como gran parte de Europa por décadas de pobreza y desigualdad, había sido llevada a los extremos de la izquierda y de la derecha, y Metaxás, con sus promesas de reforma, se había fortalecido en la derecha desde que el rey había vuelto de su último exilio el año anterior y lo había nombrado primero ministro de asuntos del ejército y luego primer ministro. Pero no dejaba de ser chocante.

Eleni lo sintió.

Vio cómo Yorgos golpeaba con la mano la barra del café, haciendo saltar el cenicero de Dimitri y empatizó con su rabia.

Lo escuchó despotricar sobre que Metaxás era un delincuente y que el tío Vassili no era más que un tonto por apoyarlo, y se preocupó.

Pero la noticia no se apoderó de ella, como le había ocurrido a Yorgos, a Dimitri y a tantos otros (salvo al tío Vassili) en la isla, que era profundamente antimonárquica. Sabía que debería, pero también sabía que era martes 4 de agosto y que a Otto y a ella solo les quedaban once días.

No tuvieron ni una tarde para ellos en lo que quedaba de la semana para desesperación de ambos. O Sócrates estaba ocupado otra vez o no lo estaba, pero Eleni sí, con Yorgos, que el miércoles hizo lo impensable y reorganizó sus citas para que los dos pudieran ir en coche a las montañas y él pudiera regañar al tío Vassili cara a cara.

—Como si sirviera de algo —dijo Sofía cuando llegaron allí—. Dice que este es un nuevo comienzo, que el país se salvará…

—¿Se salvará? —dijo Yorgos, entrando a grandes zancadas—. *¿Se salvará?*

—Eso dijo —confirmó Sofía y miró a Eleni con los ojos en blanco—. Ven, muñequita —la tomó del brazo—, al menos podemos ponernos de acuerdo para comer. Preparé *gemistá.*

Los dos días siguientes le tocó a Otto ponerse al día; eran los últimos de Lotte en la isla —se marcharía ese sábado para llegar a los Juegos Olímpicos de Berlín— y Henri había organizado otra excursión para los seis: pasar la noche en una pensión de Elounda. No volvieron a la villa hasta última hora del viernes, para la cena de despedida de Lotte.

Eleni tuvo que ir sola al café esas dos mañanas.

Caminó sola a casa desde la parada del autobús.

Era horriblemente silencioso.

Cuando pasó por delante de la puerta desierta de Nikos el viernes por la noche, se dio cuenta de que estaba probando lo que iba a ser una vez que todos se hubieran ido.

No fue una sensación agradable.

Peor aún fue imaginar a Otto dentro de la villa con Lotte, sonriéndole, hablando con ella, "siendo amable".

Trató de dejar de pensarlo pero era imposible.

Cuando, a la mañana siguiente, Yorgos la llevó a la cafetería para su breve turno del sábado, se las arregló para participar de la conversación —estuvo de acuerdo en que el pargo estaría bien para la cena y le agradeció su oferta de volver a la cafetería más tarde a buscarla—, pero en su cabeza estaba imaginando a Otto en la pista de aterrizaje despidiéndose de Lotte, porque era imposible no hacerlo.

Vio partir lo que solo podía ser el avión de Lotte a la una.

Estaba levantando de una mesa varias tazas de café solidificado cuando oyó el rugido de los motores y se irguió, llevándose la mano a la frente húmeda por el calor del día, para seguir el arco ascendente del avión. Entrecerró los ojos, observó cómo se hacía más y más pequeño y, a medida que lo hacía, sintió alivio en su interior: una presión de la que apenas se había dado cuenta.

Lotte se había ido. Ya no estaba allí.

Le sorprendió lo aliviada que se sintió.

Hasta ese momento, no había asimilado hasta qué punto su presencia en la isla había empezado a asediarla.

Lo desgraciada que se había sentido, desde Cnosos, al saber que siempre que Otto se había ido de su lado había sido porque tenía que con ella.

Todos habían ido a la pista de aterrizaje para despedirse de Lotte ante la insistencia de Henri excepto Marianne, que se había quedado en la villa a salvo de la mirada del esbirro de las SS que el padre de Lotte había enviado a recogerla.

—Estoy bien —había insistido Marianne, mientras la dejaban en el camino de la entrada.

—No estaba bien.

Todos lo habían percibido, incluso Lotte que —vestida inmaculadamente para su viaje a casa con traje, guantes, sombrero y un pañuelo con una esvástica de diamantes prendida— se había disculpado con ella antes de subir al coche de Nikos.

Había compartido habitación con Marianne y Krista en la calurosa y minúscula pensión a la que Henri acababa de someterlas en Elunda. ("Pobre papá", había dicho Brigit, "no tiene mucha suerte con los hoteles".) Otto se había alojado en la habitación adyacente y había oído hablar a las chicas a través de la pared. No se había parado a pensar en lo que podrían estar diciendo; en realidad no le había importado y, además, había estado demasiado inmerso en los últimos ajustes al diseño de su casa. Pero mientras tomaba medidas para la piscina de Eleni ("No la tendré de ninguna otra forma que no sea contigo") se le había ocurrido que podría haber estado de vuelta en Grunewald, escuchando a las tres charlar allí. Sonaban como las amigas que solían ser.

Sin embargo, no había visto señales de esa ligereza en la despedida forzada entre Lotte y Marianne, en el abrazo torpe que se dieron.

—Nunca diré a nadie que estuviste aquí —había dicho Lotte, sin duda con buena intención, pero había hecho sentir peor a Marianne.

Otto había visto el esfuerzo detrás de la sonrisa de Marianne.

—El día va a mejorar —le había dicho alborotándole el pelo como había hecho durante los últimos dieciocho años—, te lo prometo.

—Está bien —repitió ella—. Voy a sentarme en el porche a tocar el violonchelo.

—Bueno, no hagas eso —había dicho él, al recordar cómo había terminado todo la última vez que ella había tocado tan alterada—. En serio.

Al menos ella se había reído.

Sin embargo se veía vergonzosamente abandonada, de pie, sola bajo el sol, con la trenza al hombro y la mano levantada en señal de saludo mientras todos se alejaban.

—De verdad lo siento —había repetido Lotte en el coche.

—No es culpa tuya —le había dicho Brigit.

—Un poco sí —le había susurrado Krista a Otto.

Él había estado de acuerdo.

Sin duda habría habido menos necesidad de hablar en voz baja si Lotte hubiera sido más fuerte, el tipo de persona que habría insistido ante su padre para que Marianne estuviera allí con ellos.

El tipo de persona que defiende a una amiga.

Pero todo eso ya era viejo. Por mucho que Otto hubiera culpado a Lotte por su ridícula situación, se había culpado más a sí mismo por seguirle la corriente.

Y, a medida que se acercaban a la pista de aterrizaje, casi llegó a compadecerse de Lotte. Había estado muy callada durante todo el trayecto mirando por la ventanilla, con las mejillas pálidas tensas y una mano en la garganta que cubría, sin querer o a propósito, su esvástica de diamantes.

—No creo que quiera irse —había susurrado Krista a Otto mientras salían a la pista.

—¿No crees? —había dicho él.

El avión los esperaba con las hélices detenidas. El enviado del padre de Lotte fumaba junto a él; había juntado los talones, saludado con un "¡*Heil Hitler!*" y llevado el equipaje de Lotte a la bodega.

Con una sonrisa tensa y un abrazo, Lotte se había

despedido de Henri y de Brigit. "Gracias", había dicho, "muchas gracias". También había abrazado a Krista: "He pasado el mejor verano de mi vida".

Se había quedado inmóvil frente a Otto.

Al darse cuenta de lo que quería ella, él había sentido aún más compasión; sin embargo, solo le había estrechado la mano.

—Gracias por todas nuestras partidas de cartas —le había dicho.

Ella le había estrechado la mano con delicadeza pero sin decir nada.

El militar la había llamado para que se acercara y ella le había lanzado una mirada cautelosa, como de animal acorralado, antes de escabullirse sobre sus tacones para subir al avión.

A pesar de lo incómodo que había sido verla marcharse, en cuanto el avión despegó, el aire caliente con aroma a tomillo se había llenado de oxígeno.

Otto había exhalado un largo suspiro.

Krista, a su lado, había sonreído.

—El mejor verano de su vida —había dicho Henri mientras volvían a casa—. Ha pasado el mejor verano de su vida.

Incluso Brigit parecía más relajada y canturreaba tomada de la mano de Henri.

Otto y Krista los habían dejado en la villa, sentados en la terraza bajo el sol. Solo se detuvieron para recoger a Marianne, volvieron al coche y se dirigieron rápidamente a la ciudad, al concurrido puerto.

"El día va a mejorar."

Ya había sucedido.

Las chicas estaban sentadas fuera, en medio de las mesas repletas del café. Otto les había presentado a Sócrates, que no estaba en la escuela sino que aprovechaba su libertad de los sábados para estar allí con Dimitri, dispuesto a servir mesas hasta el anochecer sin cobrar nada ("¿Crees que podría ser... bueno... posible... que él y Dimitri sean... bueno, un poco... más que amigos?"). Otto las dejó para que hicieran sus pedidos a Dimitri y había entrado en el pequeño bar, donde este le había dicho, en su inglés entrecortado, que Eleni estaba preparando zumo de naranja. La tarea que menos le gustaba.

Otto se detuvo en la puerta. Ella estaba de espaldas a él, con el pelo recogido y un lápiz clavado para sujetarlo. Tenía puesto su vestido azul, el mismo que había usado en Cnosos, con pequeños botones de perlas a lo largo de toda la espalda. Por sobre la tela descolorida, la piel era oscura; él vio la curva perfecta del cuello, un solo rizo húmedo que se escapaba y se le pegaba a la piel.

Sonaba el gramófono.

Otra vez "Cheek to Cheek".

Sonaba fuerte. Eleni no se había dado cuenta de que él estaba allí. Otto sonrió al ver el modo ausente en que ella se llevaba a la boca un gajo de naranja y lo chupaba.

No había estado con ella desde el miércoles por la mañana.

Solo tres días y le parecía demasiado.

Echó una mirada superficial a la multitud que se agolpaba en el exterior y se acercó a Eleni para rodearle la cintura con los brazos; sintió que se sobresaltaba, pero luego se relajaba y se apoyaba en él mientras le besaba un lado del cuello.

—Llegaste —dijo ella.

—Llegué —confirmó él, acercando los labios a la oreja de Eleni y sonriendo aún más al notar su respiración entrecortada.

Ella apoyó las manos sobre las Otto para apretarlas alrededor de su cintura y no dijo nada sobre dónde había estado él.

Ni él tampoco.

Ya lo había olvidado con ella tan cerca.

—Solo nos queda una semana —dijo Eleni.

—No —dijo él y la besó de nuevo—. Por favor, no.

—No podemos perder más tiempo. —Ella se giró, se irguió y apretó sus labios contra los de él. Sabían a la naranja—. No debemos.

—Entonces no lo haremos. —Otto tiró de ella para acercarla, sintió cómo se tensaba su propio cuerpo cuando el dedo de Eleni recorrió su columna vertebral—. Ni un minuto.

Casi no pensó en lo que decía, solo en su caricia y en la tortura que supondría seguir mucho tiempo más como hasta entonces: con besos fugaces y breves minutos a solas.

Le había parecido casi suficiente al principio del verano. Ella le había dicho que no había habido otro hombre antes y él se había sorprendido, pero se había dado cuenta de que no podían apresurarse.

Pero ahora...

—Quiero desaparecer contigo —dijo Eleni rozándole los labios—. Te eché tanto de menos.

—Ahora todo será diferente —prometió él—. Ya verás. La besó más. Luego agregó, para sí mismo y para ella—: todo va a ser muy diferente.

CAPÍTULO 11

Fue diferente.

Con él de vuelta, a su lado, Eleni olvidó su disgusto y casi olvidó su culpa.

Durante esa única semana, que pasaba demasiado rápido después de la partida de Lotte, vislumbró cómo habría sido el verano si ella no hubiera estado y fue mágico.

Ella y Otto se veían mucho más.

Se veían constantemente.

Aquel sábado fue solo el principio. Él se quedó en la cafetería hasta la siesta ayudándola a exprimir las malditas naranjas y llevando las cáscaras a los contenedores; luego, se sentó fuera con los demás mientras ella atendía las mesas y la distrajo como había hecho tantas veces en las mañanas anteriores, con su sonrisa, su cara, el roce de su mano con la de ella cada vez que pasaba por delante de su silla.

Estaban tan ocupados como todos los sábados de agosto, pero con Sócrates allí para echar una mano, Dimitri encontró tiempo de sobra para seguir cambiando la música y reproducir una y otra vez su pequeña colección de grabaciones —Benny Goodman, Ella Fitzgerald—; bailó primero con Krista, luego con Marianne y después de nuevo con Krista. Para su evidente deleite, ambas se reían y les encantaba. Era una bendición, decían, poder hacerlo al aire libre, no como en Alemania donde solo podían bailar en secreto y a puerta cerrada porque el swing y el jazz estaban prohibidos.

—¿Por qué prohibidos? —preguntó Eleni de camino al interior del salón con un pedido de café.

—Por quienes los interpretan —respondió Krista sin aliento, apretándose la mano derecha con la izquierda. "Tiene punzadas" supuso Eleni, y se dio cuenta de que no solo Otto sino también Marianne la observaban—. Los nazis la llaman *Negermusik*.

—¿Qué? —Eleni frunció el ceño—. ¿Entonces…?

—No busques razones —le aconsejó Otto; le cortó el paso, apagó el cigarrillo, tomó la bandeja y luego su mano—; solo conseguirás fracasar.

—No puedo bailar ahora —protestó ella—, estoy demasiado ocupada.

—Un solo baile.

—No puedo…

—Creía que no íbamos a perder el tiempo.

—Vayan —dijo Dimitri.

—Sí, vamos —insistió Otto.

Y así lo hicieron.

Él era un excelente bailarín.

Naturalmente, un solo baile no fue suficiente.

Y aunque tuvo que alejarse de él y de todos ellos cuando el café cerró para la siesta para correr a encontrarse con su *papou* en el aparcamiento, volvió a verlo a las pocas horas desde la ventana de la cocina, nadando en el agua iluminada por la luna.

Tocó el cristal con la mano, deseando que se fijara en ella.

No se movió hasta que él se giró y y la saludó.

Ella le devolvió el saludo sonriendo.

Después alzó a Tips, se dirigió a la terraza oscura y cálida y lanzó a Otto un beso.

Y recibió uno de verdad a cambio a la mañana siguiente.

Por fin tenía todo el día libre —sin almuerzos en la montaña ni visitas sorpresa a Cnosos— y se dirigió a la cala después del desayuno con una toalla y su libro, tal y como le había dicho que haría cuando lo dejó en el café la tarde anterior.

Pensó que probablemente iría.

Sin embargo sintió un estremecimiento de sorpresa cuando lo vio, nadando de nuevo, alrededor de su propia bahía.

—*Papou* te pegará un tiro si te encuentra así —le dijo, una vez que él hubo llegado a la orilla y le dio un largo y prolongado beso—. Además estás muy mojado.

—Así es el mar. —Inclinó la cabeza para mirar hacia la escarpada pared rocosa, y el agua le goteó por el pelo y el cuello—. ¿Va a venir?

—Puede que sí. —Ella le besó la garganta—. En cualquier momento.

—Entonces corre y detenlo. Dile que vienes con nosotros.

—¿Qué?

—Vine a buscarte.

—¿Qué?

Se rio.

—Deja de decir "qué". Las chicas están esperando. Dile que ellas te han invitado si quieres. Marianne te trajo una *bougatsa*.

—Ya comí.

—Como si eso te importara.

Tenía razón.

—Vamos —dijo Otto; la besó de nuevo y se puso de pie de un salto—. No perdamos tiempo.

Ella no perdió ni un segundo más.

Extasiada, corrió a decir a Yorgos que los alemanes que habían conocido en el palacio la habían invitado a desayunar (por fin no tenía que mentirle); Yorgos, que nunca se interponía entre ella y la comida, y que de todas maneras estaba distraído leyendo el periódico, dijo: "Sí, sí, muy bien. Diviértete", que fue exactamente lo que ella procedió a hacer.

Desde el momento en que se reunió con Otto en la cala, no paró de divertirse.

Nadaron todos juntos hasta la orilla rocosa cercana a la casa de Nikos, donde Marianne tenía preparada la *bougatsa*, Krista sirvió café y los cuatro se sentaron en el mismo lugar desde el que Lotte había llamado a Otto ("¡Otto! ¡Otto Linder!"), con los pies chapoteando en el agua. Comieron, bebieron, tomaron el sol, nadaron y volvieron a tomar el sol, hablaron y rieron —nunca demasiado— de muchas cosas, incluso de lo horribles que habían sido las horas que habían pasado derritiéndose en Cnosos el domingo anterior.

—Fue cuando tradujiste lo de los retretes —dijo Krista a Eleni, resoplando, boca abajo sobre las rocas—. Y Theo no paraba de decir más cosas para que tradujeras...

—Las cisternas —agregó Marianne. ¿Recuerdas que no paraba de hablar de las cisternas?

—No podemos olvidar eso —rio Eleni.

—No, fue genial —dijo Otto en el agua, con los peces nadando a su alrededor—. Podría estar todo el día oyéndote hablar de cisternas. —Sonrió—. Y de los cimientos. Eran excelentes.

—No tan excelentes como la partida de cartas de Krista a la vuelta —dijo Marianne—. Me pareció realmente especial. De verdad. Y para nada... ¿cómo se dice? —pensó, con la nariz pecosa fruncida— incómoda.

Krista volvió a resoplar de risa.

—Sí —dijo Eleni—, había olvidado que tenía que darte las gracias por eso.

A las dos, Henri los llamó a los tres para almorzar. Le

dijo a Eleni que podía sumarse a ellos y ella se sintió tentada, pero sabía que su *papou* la estaría esperando.

—Come rápido —dijo Otto, que se quedó en la roca hasta que los demás se fueron para poder despedirse de ella con un beso—. Muy rápido.

—Haré mi mejor esfuerzo —prometió ella y le devolvió el beso.

—Te vas a indigestar —le advirtió Yorgos mientras ella casi inhalaba la pasta. Y así fue, un poco.

Pero, con acidez o sin ella, en cuanto levantaron la mesa, nadó de vuelta a las rocas, donde permaneció hasta la puesta de sol, y aunque Otto y ella no podían desaparecer porque no había ningún lugar donde pudieran hacerlo, ya no se escondían y eso era casi igual de bueno.

Krista y Marianne empezaron a caerle cada vez mejor a medida que pasaban las horas, por su calidez, su desenfado, sus divertidas historias sobre sus amigos y su vida en Berlín y su interés por la vida de Eleni en Inglaterra; sobre todo por lo incierto de su futuro ahora que había terminado la escuela, algo con lo que ellas simpatizaban ya que tenían muy pocas certezas propias.

—Podría haber ido a la universidad —dijo Krista— en un mundo menos fascista.

—Nunca ibas a ir a la universidad —dijo Otto—. Para eso hay que trabajar de verdad.

—Me hubiera gustado ir a la universidad —comentó Marianne.

—Lo sé —dijo él con más seriedad y se volvió para mirarla a los ojos—. Sigo pensando que un día iremos a verte tocar en el *Konzerthaus*.

—O en el Royal Albert Hall —dijo Krista.

—O en el Carnegie —agregó Eleni contenta cuando Marianne le dio un codazo y sonrió.

Se quedaron juntas mientras Otto y Krista subían a la

villa a buscar más bebidas, hablando sobre todo de la música de Marianne, de lo mucho que le gustaba tocar con su padre y de lo mucho que le había gustado hacerlo con Brigit —"Ella era increíble", dijo Marianne, "ojalá hubieras podido oírla"—, pero también de la enfermedad de Brigit, de la que Marianne entendió que Eleni lo sabía todo, y también del diagnóstico de Krista. Krista se lo había dicho hacía meses.

A Eleni no le sorprendió; lo había sospechado cuando vio a Marianne en la cafetería observando cómo Krista se frotaba las manos para combatir las punzadas.

—Por favor, no le digas a Otto que lo sé —pidió Marianne con los ojos entornados—. Krista me hizo prometer que no se lo diría.

—¿Lotte lo sabe?

—No. *Gott*, no.

—¿De verdad es tan peligroso para ellas? preguntó Eleni. Era una estupidez preguntarlo, pero a pesar de todo lo que Otto le había dicho, aún esperaba que Marianne le dijera que no lo era. Pero...

—Es muy peligroso —dijo Marianne, y fue como si la más oscura de las sombras hubiera apagado el brillo del día—. Se oyen rumores todo el tiempo: de clínicas donde quieren impedir que la gente tenga hijos. Y cosas peores.

—Pero ¿cambiará? ¿Volverán a estar a salvo? —"Por favor, di que sí."— Otto dijo que Henri y Brigit creen que...

—Tienen que creerlo —dijo Marianne—. Todos tenemos que creerlo. Pero yo sí lo creo —volvió a darle un codazo a Eleni—. Yo lo creo. En serio —sonrió, y la sombra se disipó—, ¿cómo no?

No hubo más tristeza después.

Otto y Krista reaparecieron y las distrajeron. Krista llevaba vasos y Otto *krasi,* que bebieron hasta que se calentó demasiado ("Como el *glühwein*", dijo Krista, "excepto que no es muy agradable"), momento en el que dieron de comer los restos de comida a los peces y jugaron ociosamente a arrojar piedras haciendo que rebotaran en el agua. Eleni apoyó la cabeza en el hombro ancho y cálido de Otto, y los dos hablaron y hablaron...

Cuando la tarde calurosa dio paso a un atardecer apenas más fresco, volvieron a meterse en el agua y flotaron de espaldas, perezosos, con el sol poniente sobre la piel y las manos entrelazadas, mirándose el uno al otro (nunca se cansaban de mirarse), ingrávidos en el oleaje translúcido.

—¿Pasaste un buen día? —preguntó Yorgos cuando, a la luz purpúrea, ella volvió a regañadientes a la villa y lo encontró en la cocina, preparando ensalada para la cena.

—Muy bueno.

—Te oí reír desde aquí.

Eleni sonrió.

—¿Acaso vi al joven nadando contigo?

Ella asintió y le robó un trozo de pepino.

—Quiso asegurarse de que volviera a casa sana y salva.

"No te dejaré hasta que no tenga más remedio."

—Qué caballero —comentó Yorgos levantando la vista.

—Mmm —dijo ella.

"Aquí no hay nadie. Nadie nos mira."

—Qué pena que se vayan tan pronto.

—Así es.

—¿Los volverás a ver antes de que se vayan?

—Dijeron que irán mañana a la cafetería. Puede que volvamos a nadar a la hora de la siesta.

—¿Todos?

—Siempre y cuando te parezca bien.

¿Dudó?

¿La miró de forma extraña?

¿O se lo estaba imaginando?

—Por supuesto, encantado —respondió. (Eleni debió de imaginárselo.)

—Sí —dijo ella.

Y fue encantador.

Se metió el pepino en la boca, la pulpa fría le rozó los labios donde él acababa de besarla en la cala. "Aquí no hay nadie. Nadie nos mira." Con otra sonrisa, se dio la vuelta para ir a bañarse.

Todo era realmente encantador.

El meltemi regresó durante la noche y sopló con furia: dobló los árboles secos y crepitantes de la isla y levantó ráfagas de polvo en sus estrechas y sinuosas carreteras, pero a Otto no le importó mucho.

Los vientos persistieron durante casi todo el resto de la semana, y eso tampoco le importó demasiado.

Todas las mañanas viajaba con Eleni hasta La Canea, le enseñaba más alemán y fracasaba en aprender más griego (ella era muy perfeccionista con la pronunciación; era curioso lo impaciente que se ponía. "Eres una profesora cruel" le decía él, "mucho más cruel de lo que pareces"). Después caminaba con ella hasta el puerto, a través del ya familiar laberinto de calles de la ciudad donde, protegido del viento y dominado por las montañas, el aire volvía a ser cálido y tranquilo. Ella se pasaba el dedo por el cuello del vestido para enjugar el sudor y se abanicaba la cara en esos momentos de alivio; después los dos, ignorando a los niños que correteaban, a las lavanderas y a los ancianos sentados en taburetes que jugaban al backgammon, se desafiaban a imaginar cómo sería si, entre todas las puertas de madera destartaladas por las que pasaban, hubiera una por la que pudieran desaparecer.

—Quizá deberías comprarnos una —bromeaba Eleni—. Seguro que hay alguna a la venta.

Otto lo habría hecho si hubiera podido.

Llegaban demasiado pronto al paseo marítimo donde el

vendaval se reanudaba, las barcas se mecían, los mástiles tintineaban y el resplandor del sol parecía más brillante que nunca, después de la sombra de las calles; el mar era sorprendentemente azul. Otto la acompañaba al café, como siempre, pero ya no la dejaba allí, porque mientras tuviera ocasión, ¿dónde iba a estar sino a su lado?

Seguía sin contar a sus padres con quién pasaba el tiempo. Suponía que Henri, con su mente de abogado, había sumado dos más dos, pero dado que ni él ni Brigit se lo preguntaban, ¿por qué iba a decirlo? Cuando los dejaba cada mañana sentados en la terraza en sus tumbonas —Henri trabajando, Brigit dormitando la mayoría de las veces, con su libro abierto sobre el regazo, agitado por el viento—, decía simplemente que iba a trabajar, lo cual no era falso. Todavía tenía que terminar varias tareas, además del diseño de la casa, antes de volver a Munich, y no se le ocurría mejor lugar para hacerlo que en la mesa más cercana a la puerta del café, con los papeles sueltos sujetos bajo las tazas.

Cuando había respiro en la atención a los clientes, Eleni se sentaba con él; se recogía el pelo con el lápiz, miraba lo que él estaba haciendo y sus ojos se movían de un lado a otro sobre los cálculos.

—¿Tiene sentido esto para ti? —le preguntó Otto una vez.

—No —respondió ella y soltó una carcajada.

A petición de él, escribió su dirección en Gosport en la parte posterior de su bloc de notas.

—Te escribiré —le dijo Otto.

—¿Me lo prometes?

—¿Realmente necesitas preguntarme eso?

Sócrates no pudo ir al café antes de las siete durante la mayor parte de la semana. Se lo había advertido el sábado. El director de su escuela era exigente, tan nuevo en su puesto como Sócrates en el suyo y, ahora que había llegado de Neápolis, estaba decidido a destacarse. Había planeado mejoras para las aulas, formación para el cuerpo de profesores y, con toda su familia y amigos todavía en Creta Oriental, no veía ningún problema en insistir en que su personal renunciara a lo que les quedaba de vacaciones para desempeñar su papel. Sin la ayuda de Sócrates a Eleni le resultaba imposible salir del café para otra cosa que no fuera la siesta. Otto no necesitaba que ella le dijera lo injusto que habría sido pedir a Dimitri que se las arreglara solo. Y aunque consideró la posibilidad de pedir a Krista y a Marianne que ayudaran en lugar de Eleni, ninguna de las dos hablaba griego, así que en ese sentido no servían para nada.

En otro sentido, sin embargo, eran muy útiles.

Todos los días tomaban el autobús por su cuenta para ir a la ciudad y, por el solo hecho de ofrecer a Otto y Eleni su compañía, hacían que pasar la siesta juntos en la arena soleada y ventosa de la playa de la ciudad fuese una actividad respetable, tal y como Yorgos había autorizado. "Todos juntos."

—¿Te sientes más tranquila así? —preguntó Otto a Eleni.

—De una forma que no puedo explicar —dijo ella.

Él, obviamente, se habría sentido mejor sin la compañía de su hermana ni de Marianne como acompañantes, pero aceptó que había poco que hacer al respecto. La siesta, sencillamente, no era lo bastante larga como para que él y Eleni llegaran a algún lugar menos visible que aquella bahía expuesta. Cuando se levantaban las mesas del café y se cerraban los postigos, les quedaba tan solo una hora.

Así que los cuatro se dirigían a la bahía de Paralia Koum Kapi.

—Es idílico de verdad —dijo Eleni la primera vez que llegaron a la rompiente, sacudiéndose la arena que les escocía la piel.

—Creo que prefiero nuestras rocas —dijo Krista.

—¿Quién quiere jugar al tenis? —dijo Marianne, sacando el equipo que había traído.

—Yo —dijo Eleni y dejó caer su bolso.

Siempre jugaban un partido o dos vadeando las olas. Krista no se unía a ellas, pues su mano derecha seguía dándole problemas. ("Ya pasará", aseguraba a Otto, "siempre pasa. Por favor, no le digas nada a mamá y papá, no soporto el alboroto".) Pero cuando Marianne se cansaba y volvía a tumbarse en la toalla, Otto tomaba su bate y salía a jugar con Eleni. "Zambúllete Eleni" gritaba, solo para oírla reír de nuevo, "Zambúllete". Nunca jugaban mucho tiempo porque lo que ambos querían en realidad era salir nadando hasta donde nadie pudiera verlos. Ella se movía tan rápido como siempre, mirándolo con una sonrisa de complicidad cuanto más avanzaban, con los ojos azul oscuro encendidos, y lo desafiaba a que la detuviera hasta que, incapaz de resistirse, él lo hacía, pasándole los brazos por la cintura y rodeando la suya con las piernas de ella.

—No te hundas —le decía Eleni.

—No voy a hundirme.

—Ni te ahogues. ("Nunca te permitiría hacer eso.")

—No me ahogaré —decía él.

Y ella sonreía más, apretaba las piernas, acercaba su rostro hipnótico al de él y luego, impulsados por el profundo y salado mar Egeo, se perdían finalmente en un beso y cada vez les era más imposible separarse.

Pero tenían que hacerlo. Incluso tan lejos de la orilla, ambos se daban cuenta de que estaban volando demasiado cerca del sol.

Y ella tenía que estar de vuelta en el café a las cinco.

Marianne y Krista iban con ellos para molestar a Dimitri pidiéndole que volviera a hacer de Fred Astaire con ellas y beber el café que sin duda se les antojaría al día siguiente de estar de vuelta en Alemania (Dios, Otto no podía permitirse pensar en eso), hasta que al acercarse las siete aparecía Sócrates apresurándose por el muelle, aflojándose el cuello de la camisa, murmurando insultos hacia su nuevo director; todos se compadecían de él y Dimitri le palmeaba el hombro, le daba un cigarrillo y luego una bandeja, mientras Eleni se quitaba el delantal, lista para marcharse.

Otto la acompañaba a casa todas las noches. Aunque la suerte no estaba de su lado durante el día por culpa de los horarios de trabajo de Sócrates, eran mucho más afortunados con respecto a los horarios de Yorgos. O tal vez recibían la ayuda de Afrodita.

—Sin duda es gracias a Afrodita —decía Eleni, que ya había señalado a Otto su planeta, Venus, en innumerables ocasiones.

Yorgos no modificó su agenda en cualquier caso. Tampoco terminaba temprano en su consultorio. Nada se interponía en el camino de Otto y Eleni, que se reservaban la última hora del día para ellos solos en el portal de la casa de Eleni después de dejar a Krista y Marianne en la puerta de Nikos.

Pero ya no se sentaban bajo el árbol.

—Quiero mostrarte algo —había dicho Eleni el lunes tras pasar el domingo en las rocas. Había tomado a Otto de la mano y lo había llevado rodeando la villa hasta el jardín, que él no había visto antes.

Se había tomado un momento para asimilarlo: aquel lugar era de ella. La vista del mar, más allá del final del césped, era sutilmente diferente a la que él se había acostumbrado a ver: el barco pesquero a su derecha, en lugar de a su izquierda. El jardín en sí también era más salvaje que el de Nikos, más encantador por su falta de esfuerzo evidente, con arboledas de naranjos y limoneros perfumados, canteros rebosantes de adelfas y un gran huerto. Oculta entre las buganvillas había una casita de madera en la que Otto supuso que Eleni, y antes su madre, habían jugado de niñas.

—Aquí —había dicho ella, deteniéndose en la base del prado de césped, cerca de los escalones de piedra que bajaban hasta la orilla y señalando un trozo de tierra—. ¿Te acuerdas de mi melocotón, el que comí el primer viernes que fuimos…? Bueno… —Hizo una pausa y volvió la cara hacia él: el sol poniente le pintaba la piel de dorado.

—Sí, curiosamente lo recuerdo. —¿Cómo habría podido olvidarlo?

Ella sonrió y se puso en cuclillas para acariciar a Tips, que se les había unido.

—Dijiste que el carozo no se convertiría en un árbol.

—Lo sé. —Él también lo recordaba.

—Lo he plantado aquí. —Dio unas palmaditas en la tierra y luego acarició de nuevo a Tips; el gatito empezó a acicalarse—. María dice que debería habérselo dado a ella para que lo plante este otoño. Por lo visto, hice todo mal. —Se encogió de hombros, se rio—. Igual sigo convencida de que algún día será un árbol.

—¿Sí? —Él también se había puesto en cuclillas y le había apartado la mano del lomo de Tips, lo que sin duda le había molestado, y había sentido cómo los dedos de ella se apretaban alrededor de los suyos.

—Sí.

—Yo no, para que quede claro, pero me encanta que tengas fe.

—Te encanta que tenga fe.

—Me encanta que tengas fe.

Su sonrisa se había vuelto más pícara.

—¿Hay algo más que te encante?

—No lo sé, déjame pensar.

—Espero que no tengas que pensar demasiado.

—En realidad es bastante difícil.

—Ah, ¿sí?

—Me encanta lo inteligente que eres —había dicho él, esquivando la otra mano de ella que había intentado golpearlo—. Y que siempre tienes algo para decir que no espero que digas. Me encanta cómo nadas...

—A mí también me encanta cómo nadas.

—Y cómo regañas a tus clientes cuando no dicen "por favor".

Ella se había reído.

—Y que nunca dejas plantado a Dimitri, aunque a veces me gustaría que lo hicieras. —Entrelazó sus dedos con los de ella—. Me encanta cómo me miras ahora. —Dejó caer su cabeza contra la de ella—. De hecho, te amo a ti.

—¿De verdad?

—Sí.

—Ah.

Eleni había sonreído aún más y por un momento no había dicho nada; lo había hecho esperar.

Luego, con la cara todavía cerca de la de Otto, de modo que sus ojos y el cielo purpúreo eran lo único que él podía ver, ella había dicho:

—De hecho, yo también te amo.

—Ah —había respondido él—. Qué hecho tan excelente.

—¿Verdad que sí?

Tips había maullado, lastimero, tratando de interponerse entre ellos.

Lo habían ignorado y se habían besado. Como nadie más los veía, no se habían separado, sino que se habían hundido el uno en el otro, impulsándose mutuamente, sin soltarse, hasta que oyeron el rugido del coche de Yorgos en la entrada y Otto no tuvo más remedio que bajar corriendo los escalones de piedra y nadar, completamente vestido, hasta casa.

—¿Qué te pasó? —le había preguntado Marianne, que estaba afinando el violonchelo en la terraza—. Mejor no me lo digas. Creo que no quiero saberlo.

No se lo había dicho.

Pero Eleni y él volvieron al jardín el martes por la noche, el miércoles y el jueves; caminaron tomados de la mano hasta la escalera de piedra, bajaron varios escalones y, por fin, lograron desaparecer (¿por qué no lo habían hecho antes?), incluso de Tips; aprovecharon al máximo cada segundo que podían en la luz crepuscular y las ráfagas de viento, antes de que el rugido delator del coche de Yorgos les dijera que debían parar.

Se atrevían a más cada noche: Otto le besaba la garganta, la clavícula; sentía las manos de Eleni bajo la camisa. En algún momento recobraba la conciencia de dónde estaban y el poco tiempo que tenían, y realmente no quería que fuera así: precipitadamente, en unas escaleras rotas. Entonces, con un esfuerzo de voluntad, se obligaba a apartarse.

—Eleni —le decía, entrecortadamente.

—Lo sé —respondía ella—, lo sé.

—Tu abuelo…

—Lo sé.

Los dos lo sabían muy bien.

Y de pronto ya era viernes, y él se despertó en una mañana más silenciosa de lo que había conocido en varios días. El viento ya no azotaba las paredes de la villa ni hacía crujir los postigos. El meltemi se había ido tan repentinamente como había llegado y reinaba una quietud sofocante.

No le dedicó ni un momento de atención.

Se llevó las manos a la cara, luego al pelo y pensó en dónde estarían todos al día siguiente a esas horas: en un avión que no saldría a la una, como el de Lotte, sino mucho antes, demasiado antes: a las ocho.

Él no podía creer que ya estuviera por ocurrir.

—A mí también me resulta bastante confuso —dijo Eleni cuando se sentaron más tarde uno frente al otro en el pasillo del autobús, en su último viaje a la ciudad.

No se rio. Ni mucho menos sonrió.

Se limitó a mirarlo con sus ojos oscuros, grandes, redondos y muy, muy tristes.

De pronto, odió ser tan condenadamente bien educado: estaba harto, sentía que su paciencia había llegado al límite. Se movió, alcanzó la mano de Eleni y la tomó entre las suyas.

Ella no intentó detenerlo ni apartó la mano.

Se aferró a él con fuerza.

Quizás su paciencia también había llegado al límite.

Esa noche cenarían juntos en la villa. Henri los había invitado a todos —a Eleni y a su abuelo, a María y a Spiros— para despedirse y dar las gracias a Spiros por los cuidados que había dispensado a Brigit y por aquel calvario de viaje a Cnosos que tanto habían disfrutado. Eleni dijo que a Yorgos no le hacía mucha ilusión comer en la casa de su némesis y a Otto, francamente, no le entusiasmaba la idea de pasar sus últimas horas con ella a la vista de las familias, pero lo positivo era que al menos las pasarían juntos.

Pero antes tenían la tarde.

Sócrates, por fin, iba a terminar de trabajar lo bastante temprano como para que Eleni pudiera salir del café cuando cerrara para la siesta y no volver. Al director de Sócrates, que visitaba a su familia en Neápolis los fines de semana, le gustaba salir a la hora de almorzar, lo que significaba que el resto del desafortunado cuerpo docente también podía hacerlo.

Marianne y Krista también acudieron al café aquel día. Se habían encariñado con Sócrates y Dimitri, y dijeron que querían disfrutar de una última tarde al sol, escuchando el gramófono de Dimitri y bebiendo tanto café como para no dormir esa noche y no perderse así ni un minuto de lo que quedaba de las vacaciones.

Otto y Eleni no las vieron.

Otto solo supo con certeza que habían estado, porque se lo dijeron cuando él volvió a la villa mucho, mucho más tarde, a cambiarse para la cena.

Cuando ellas llegaron al café, él y Eleni ya se habían ido.

Dejó que fuera ella quien sugiriera adónde debían ir.

Él tenía su propia idea, obviamente. Pero era la casa de Eleni, su isla. Ella sería la que se quedaría cuando él se fuera y a Otto le importaba demasiado como para intentar persuadirla de alguna manera.

Así que, sí, tenía una idea.

Sabía muy bien lo que quería "de hecho".

Pero tenía que surgir de ella.

CAPÍTULO 12

Ella también sabía lo que quería.

Lo sabía desde aquel día en las ruinas de Cnosos.

El verano podría haberse convertido en uno de los primeros para ella, pero no era ingenua. Había hablado con sus amigas de la escuela, había escuchado sus historias, contadas a su vez por sus hermanas mayores, transmitidas en susurros. Sabía a qué iban aquellos marineros que llegaban al hotel de Portsmouth —el señor Green, el señor Brown, el señor Smith—. María también le había hablado de todo aquello a lo largo de los años, respondiendo a las preguntas que Eleni podría haberle hecho a su madre si aún viviera.

"No te dejes atrapar", había sido siempre el núcleo de sus consejos.

Incluso ahora Eleni no podía decidir si lo decía literalmente o en el sentido de tener un bebé.

Ambas cosas posiblemente.

Desde luego aquella tarde no pensaba hacer ninguna de las dos cosas. En cuanto al bebé estaba segura de que estaría a salvo gracias a los conocimientos de María sobre los ritmos y al tiempo que había pasado consultando las revistas médicas de la villa.

En cuanto a que Otto la "atrapara", también se sentía segura.

Cuando él le preguntó: "¿Dónde quieres ir?", ya tenía preparada la respuesta.

La entristecía no volver a su playa, con sus arenas blancas y sus erizos de mar, pero no era el lugar adecuado para ellos. Esa tarde no. Otto habría tenido que ir a casa a recoger el coche de Nikos, y ¿quién sabía qué nuevo obstáculo podría interponerse en su camino? Eleni no estaba dispuesta a arriesgarse a la posibilidad, por remota que fuera, de encontrarse con alguien en aquella playa.

Su paciencia *sí* había llegado al límite.

Habría llevado a Otto cada siesta de aquella semana si la villa hubiera estado más cerca de la ciudad. Estaba segura de que eso la convertía en una mala persona, pero ya le había contado tantas mentiras y medias verdades a su *papou* que, sinceramente, no veía qué diferencia habría si lo hacía a sus espaldas dentro de la villa o fuera de ella. (Francamente, no quería ni pensar en su *papou* en ese momento). Y aunque no podía estar completamente segura de que la casa quedara vacía, estaba dispuesta a correr el riesgo. Al fin y al cabo, esa tarde Yorgos iba a practicar una amigdalectomía a un niño en Souda.

—Estaremos bien —dijo a Otto.

—No te lo voy a pedir dos veces —dijo él.

—Prepárate para correr, muy deprisa, si es necesario.

Tomaron el último autobús que salía de La Canea antes de la siesta.

Por una vez, hablaron muy poco durante el trayecto.

Eleni se había traído de la cafetería una botella de zumo, que sorbía de vez en cuando, con el corazón a mil por hora (¡palpitaciones!), mirando distraídamente el aire caliente que entraba por la ventanilla del autobús. Se volvía de vez en cuando para mirar a Otto y captar su atención, y cada vez que lo hacía él sonreía y soltaba una carcajada tranquila, como si la situación le divirtiera, lo que la hacía sentir un poco menos aprensiva, pero no tanto como para sentirse ni remotamente tranquila.

Ahora que se acercaba el momento, no podía pensar en lo que realmente iba a pasar. En cómo iba a ser todo.

La villa estaba vacía cuando llegaron. Tranquila. Incluso Tips estaba dormido, ronroneando en su cama de mantas, visible más allá de la puerta abierta de la cocina. Eleni había dejado los postigos entreabiertos al marcharse esa mañana y, a través de sus rendijas se filtraban finos rayos de luz que trazaban dibujos en las paredes sombreadas del pasillo.

—¿Quieres beber algo? —preguntó Eleni a Otto cerrando la puerta.

—No, estoy bien —respondió él y la abrazó por la cintura mientras ella se recostaba contra la puerta de madera.

—Yo tampoco tengo sed.

—Bueno, te tomaste todo ese jugo en el autobús.

—¿Te diste cuenta?

—Sí.

—¿Tienes hambre?

—No. —Sonrió—. ¿Y tú?

—No, no tengo. —"Por primera vez en mi vida", pensó—. Pero si quieres…

—Eleni —dijo él, moviendo la mano no hacia el sur, sino deliciosamente hacia el norte de su cintura—, ¿estás preocupada?

—No.

—¿Estás segura? —Sus labios le rozaron la oreja. Eleni sintió que sus piernas empezaban a disolverse—. ¿Estás segura?

—Estoy muy segura.

—No quiero que esto sea algo que te deje triste.

Sus labios bajaron hasta el cuello, la clavícula.

—No creo que pueda pasar eso.

—Bien. No te dejaré nada.

¿Él también hablaba de un bebé?

Eleni pensó que probablemente también estaba hablando de un bebé.

No se lo preguntó.

Sintió las manos en su espalda, desabrochando uno a uno los botones de su vestido hasta que cayó en el suelo, como un charco, y Eleni dejó de pensar.

No sabía cómo iba a ser. Realmente no lo sabía.

Pero siempre que había tratado de imaginárselo, había supuesto que Otto y ella estarían en una cama.

Había imaginado que, como mínimo, subirían las escaleras.

Sin embargo, esa primera vez no salieron del pasillo.

A decir verdad, no se movieron de la puerta principal.

Tips no se despertó. Se dieron cuenta, después, de que seguía dormido sobre las mantas, ajeno a todo.

—Mejor. Creo que se habría escandalizado —dijo Eleni, despatarrada en el suelo junto a Otto, con la ropa interior nuevamente puesta y la cabeza inclinada hacia atrás para poder sentir cómo subía y bajaba el pecho de él. Otto aún llevaba la camisa, no se habían detenido a quitársela.

—Sin duda me habría odiado más —respondió.

—No te odia.

—Yo creo que sí.

—Tal vez un poco —dijo ella y sonrió ante la vibración de su risa.

Pasó un rato antes de que se movieran. El suelo era duro, la puerta inflexible, pero ninguno de los dos le propuso al otro a irse de allí hasta que el reloj de la cocina dio la hora (las cinco, ya; si tan solo Eleni hubiera podido evitar que volviera a sonar), y Otto le preguntó a Eleni si podía ver su habitación.

Ella se puso en pie, lo tomó de la mano y lo condujo hasta allí.

Tenía los postigos cerrados, pero las ventanas estaban abiertas y dejaban entrar el *flisvos*, el sonido del mar; soplaba la más ligera de las brisas.

—Así que aquí es donde has estado todas estas noches —dijo Otto.

—Aquí es donde he estado.

—Así que ahora lo sé.

Ella lo miró de frente.

—Ojalá lo hubieras sabido antes.

Él sonrió e inclinó la cabeza; el pelo cayó hacia delante.

—Ojalá.

Se besaron lentamente, ya con la impaciencia saciada. Ella le desabrochó la camisa, abriéndole los botones uno a uno, él se arrodilló, tomó los bordes de la ropa interior de ella con las manos y los deslizó por la cintura y los muslos. Ella cerró los ojos, mareada por la sensación, por el calor perezoso, y de pronto estuvieron en su cama, se hundieron en el colchón sobre las sábanas frescas y almidonadas; él terminó de desnudarla, ella le quitó la camisa y volvieron a hacer todo tipo de cosas escandalosas.

Apenas oyó que el reloj de la cocina daba las seis.

Mientras se perdían uno en los brazos del otro, ella ignoró la luz que había empezado a cambiar de intensa a tenue, más allá de los postigos. Se quedó acostada junto a Otto, entre las sábanas enredadas, mirándolo fijamente a los ojos. Fuera cantaban las cigarras; su coro, en la paz bochornosa, era soporífero, pero ellos no se durmieron. Hablaron y se quedaron en silencio, luego hablaron un poco más y, mientras conversaban, él le pasaba las yemas de los dedos por el brazo, por el costado del cuerpo, para que ella suspirara en silencio una y otra vez, una y otra vez.

—No sé cómo voy a irme —dijo él cuando, con fría indiferencia, el reloj dio las siete—. No sé cómo volver a Alemania, vivir allí de nuevo. Ahora no.

—No pienses en eso.

—No puedo parar.

—Entonces piensa en esto también —dijo ella; le vino a la mente una idea—. Un día volveremos a estar aquí.

—¿Sí?

—Por supuesto.

—¿Juntos?

—Esa es la idea.

Él sonrió.

—Tú vendrás de Alemania —dijo ella, acercándose a él; las plumas de la almohada crujieron—. Yo vendré de Inglaterra. Será en verano otra vez.

—¿Y?

—Y... —Eleni sonrió—. Tu turno. Cuéntame el resto.

—De acuerdo. —La mano de Otto se posó en la cintura de ella—. Nos pondremos de acuerdo para encontrarnos. Quizá en la plaza...

—¿En la plaza?

—¿Por qué no? Y nos veremos, pero tendremos que mirar dos veces.

—¿Así? —Ella hizo una mueca.

—Exactamente así. Hazlo otra vez. —Se rio—. Excelente.

—Hazlo tú también.

—No. —Le brillaron los ojos—. Pero lo haré en ese momento, porque no podré creer que sea verdad que estás allí.

—¿Y después?

—Después seremos felices —dijo—. Muy, muy felices.

—Me gusta esa historia.

—Es buena, ¿verdad?

—Muy buena.

—¿Lo crees, Eleni?

—Sí —dijo ella, acariciándole la cara—, creo todo lo que me cuentas.

Aquella noche Otto volvió a casa nadando, como había hecho toda la semana, porque ya casi era la hora de la cena y Yorgos llegaría muy pronto; le pareció más seguro nadar que ir por la carretera.

Eleni lo despidió en la cala. Envuelta en su albornoz, ignoró el sol que desaparecía, ignoró a Venus, que ya brillaba en el cielo pálido, y se concentró solo en él.

Volvieron a besarse y luego otra vez. "De hecho, te amo." Sabía que uno de los dos tenía que apartarse, pero ella no podía, así que al final él se separó —Eleni sintió la tensión en sus músculos— y luego se fue.

—Te veo en un rato —dijo desde la orilla.

Fue más amable que una despedida.

Eleni se alegró de que aún les quedara la noche juntos en muchos sentidos. No estaba segura de cómo podría haber soportado no estar con él mientras aún podía. Nada había terminado se dijo, aún no había terminado.

Sin embargo, cuando volvió a la terraza y lo vio alejarse nadando y desaparecer por la bahía, sintió una horrible presión en la garganta. Cerró los ojos, respiró hondo e intentó alejar esa sensación. Oyó vagamente el ruido del coche de su *papou* que entraba en el garaje y sintió un poco de alivio al saber que se habían salido con la suya, pero sobre todo pensó en las horas que habían pasado, en la noche que les esperaba y en que, en realidad, habría sido mejor no tener que pasarla con su familia.

Ahora se habían separado.

Se habían mirado a los ojos y se habían dado la espalda.

Ya estaba hecho. Ella ya sabía lo doloroso que era.

Le dolía horrores pensar en tener que volver a pasar por lo mismo.

La cena que Henri y Brigit prepararon para todos fue, sin embargo, encantadora. Se habían esforzado mucho:

iluminaron la terraza de Nikos con farolillos, adornaron la mesa con tazones de buganvillas y candelabros titilantes. La comida, a base de cordero tierno cocido a fuego lento, estaba deliciosa; estaba claro que Christina valía hasta el último *dracma* que Krista había obligado a Henri a pagarle semana tras semana.

—¿Tanto? —dijo María a Krista cuando le contó la historia.

—Me temo que sí —dijo Henri, mientras daba vueltas alrededor de la mesa y volvía a llenar de vino los vasos de todos.

—Pero Nikos le debe de haber pagado —dijo María, sonriendo perpleja—. Supongo que saben que Christina estuvo a punto de ser su suegra.

—¿En serio? —se sorprendió Henri.

—¿Nikos estuvo comprometido? ¿Con quién? —preguntó Brigit.

—Con una chica no mucho mayor que mi Petra —dijo Yorgos cortante.

—¿Qué pasó?

—Ella se fugó a Atenas —dijo María—. Hace ya mucho tiempo.

—¿Y Nikos sigue cuidando de su madre?

—Creo que en realidad es Christina la que se ocupa de él.

—¿Se siente culpable?

—Siempre lo he pensado. —María pasó el cuchillo por su cordero—. Pero es una mujer muy reservada. No sé de nadie que la conozca lo suficiente como para preguntarle.

—Qué historia tan interesante —dijo Brigit.

Era interesante. Cualquier otra noche, Eleni se habría unido a la conversación y habría pedido a María que le contara más cosas.

Pero del otro lado de la mesa, estaba Otto, llevaba un traje, nunca lo había visto así.

Cada vez que Eleni lo miraba, bañada por el resplandor de las velas, sentía que aumentaba la presión que le ahogaba la garganta. Él le sostenía la mirada, como si supiera lo que ella sentía, como diciéndole que la consolaría si pudiera, pero eso no mejoraba las cosas porque él no podía; nadie podía.

Marianne fue a buscar su violonchelo a petición de Brigit para tocarlo después del postre. Se sentó en el taburete que Henri le había traído, de espaldas a las puertas abiertas de la villa, mirando hacia la noche, hacia el mar negro y tintado.

—Elgar —les dijo, antes de levantar el arco y empezar.

Tocó tan exquisitamente como antes. Eleni, sentada en el muro de la terraza, la observaba embelesada por la música, por su rostro, por cómo Marianne parecía haberse desvanecido en la melodía.

Otto se sentó a su lado, rozándola con el brazo.

Eleni no supo en qué momento sucedió, pero de pronto se dio cuenta de que estaban tomados de la mano.

Nadie se dio cuenta.

Nadie los miraba.

Todos miraban a Marianne.

Brigit lloraba cuando terminó.

Eleni se sintió más cerca que nunca de echarse a llorar.

—¿Estás bien? —le preguntó Otto en voz baja para que solo ella pudiera oírlo.

—No. —Ella lo miró de reojo—. ¿Y tú?

—No —dijo él con una sonrisa torcida.

Ella también sonrió.

Estaban rodeados de gente.

¿Qué más podían hacer?

Eleni quería irse. A esas alturas ya estaba desesperada porque la cena terminara de una vez por todas, ya que no había otra forma de salir de allí. Su desesperación crecía a medida que Henri ofrecía café a todos y luego coñac.

Sin embargo, irse también le partía el corazón.

Decidida se contuvo, agradeció a Brigit y a Henri por haberlos recibido y les deseó un buen viaje de vuelta a casa. Dio un beso a Marianne, le dijo que esperaba verla actuar pronto en el Carnegie y también besó a Krista.

—Anímate —le susurró Krista mientras la abrazaba—, él no es tan especial.

—Pero sí lo es —dijo Eleni.

Sí que lo era.

Se volvió hacia él mientras los demás se despedían, le ofreció la mano y, al sentir su calor constante y saber que era realmente la última vez, se acercó y le besó la mejilla.

Él se aferró a ella y le puso la otra mano en la espalda, sin soltarla.

El momento no duró más de un segundo.

Fue el segundo más dulce y triste del verano.

Él seguía sin decir adiós.

Ninguno de los dos dijo una palabra.

Pero, al darse cuenta de que le tocaba a ella apartarse, apretó los dedos contra los de él, dio un paso atrás, hacia los demás, y no volvió a mirarlo.

No podía.

Tampoco lloró. Aquella noche no.

Ni siquiera cuando estuvo en su habitación y olió el perfume de su jabón en las sábanas.

"Aún está cerca." Se lo repetía una y otra vez. "Al final de la calle."

Lo imaginó allí, en una habitación como la suya, imaginándola a ella ahí.

"Así que aquí es donde has estado todas estas noches."

Aliviada por ese pensamiento, cerró los ojos cansados y, completamente agotada por las emociones del día y de la semana, se durmió.

Durmió profundamente.

Cuando se despertó a la mañana siguiente, con un

calambre conocido en el vientre (su maldición; algo era algo), ya eran más de las nueve. Se puso de lado, vio la luz brillante del sol que entraba por la puerta cerrada y supo que él ya no estaba cerca.

Su avión, que había salido a las ocho, había despegado hacía tiempo.

Ella se había quedado dormida en ese momento y ahora él estaba en camino a Berlín.

De vuelta a su mundo.

De vuelta a Lotte.

Sin ella.

Lloró por eso.

Lloró por eso durante mucho tiempo.

CAPÍTULO 13

ELENI NO VOLVIÓ A CASA HASTA LA TERCERA SEMANA DE septiembre, unos días antes de su decimonoveno cumpleaños. En mayo, cuando habían confirmado con Timothy las reservas de barco y tren, estaba entusiasmada porque, libre por fin de la escuela, iba a ganar casi un mes entero al final del verano.

Ahora se arrepentía.

¿Quién era ella en aquel entonces?

No sabía.

Aquellas últimas semanas sin él en la isla —silenciosas, vacías, llenas de viajes solitarios en autobús, baños aún más solitarios y engaños frente a todo el mundo excepto Dimitri, para que creyeran que estaba bien— habían sido para el olvido.

Pero no eran infinitas.

Terminaron con muchas últimas comidas —en la villa, en Halepa, en las montañas—, abrazos, pellizcos en las mejillas y un viaje al campo de entrenamiento del pequeño Vassili, donde Eleni se esforzó al máximo por sonreír, le dijo que no tuviera ningún accidente con su nueva y reluciente pistola y también lo abrazó.

Entonces, llegó la mañana en que partiría hacia Atenas, y solo le quedaba terminar de hacer el equipaje: doblar los pantalones cortos y el traje de baño que había comprado con tanta ilusión. Tips estaba de pie en el suelo de su habitación y la miraba con los ojos como platos en su cara a rayas; parecía intuir que algo no del todo bueno estaba en marcha. Eleni lo alzó, le besó la cabeza peluda y lo bajó a la cocina, donde volvió a hacerle prometer a Yorgos que cuidaría de él, cosa que hizo. Después, él le entregó la inevitable caja de frutas y verduras que debía llevarse a Portsmouth.

—Tienes que comértelas todas —le dijo moviendo el dedo y con el ceño fruncido, enfadado, como siempre, de que se fuera—. Si se abollan, haces sopa. Si maduran demasiado…

—Hago mermelada —completó—. Lo sé *Papou*. —Cargó la caja en brazos—. No tienes que preocuparte por mí.

Él frunció aún más el ceño, preocupado de todas maneras, y no solo por su dieta, ella lo sabía. A pesar de todos sus intentos de mantener su farsa durante las últimas semanas, a menudo lo había sorprendido mirándola con la misma preocupación perpleja que mostraba ahora. "¿No fuiste a nadar hoy?", le preguntaba. O "¿Por qué tanto silencio?"

Odiaba haberlo puesto nervioso.

Quería decírselo pero no sabía por dónde empezar.

Se les había acabado el tiempo de todos modos.

Al cabo de una hora estaban en el coche, regresando por la costa hacia el barco. Se había puesto la ropa de viaje que no usaba desde junio. La sentía áspera y gruesa. Los zapatos ya le estaban haciendo ampollas. Pensó sombríamente en el largo y lluvioso invierno que la esperaba en Inglaterra, en su incertidumbre sobre lo que iba a hacer; se dio cuenta, demasiado tarde de lo idiota que había sido al desear que se terminaran esas últimas semanas en la isla.

—Te echaré de menos, *Papou*. Muchísimo —dijo en el muelle, con el baúl a los pies y la caja de comida encima. El transbordador estaba listo para partir; resoplaba en el mar oscuro y cristalino, engullía a los isleños y a los turistas atenienses que lo abordaban y ahogaba el sol de la mañana con el humo.

Él suspiró, inclinó la cabeza en señal de asentimiento y abrió los brazos.

Ella lo rodeó con los suyos: el abrazo más largo y apretado de todos.

—Lo siento —dijo sin poder evitarlo.

—No, no —dijo él—, no tienes nada que lamentar.

Y tal vez había adivinado algo o tal vez no, pero sonó la campana del barco, así que ella no pudo preguntarle, sino que tuvo que irse y subir dificultosamente por la pasarela del muelle de carga con su equipaje hasta que Yorgos le ladró, furioso, a uno de los maleteros para que bajara a ayudarla.

El viaje hasta Atenas fue muy largo.

El barco pasó junto a otras islas cuyas superficies áridas estaban salpicadas de diminutos pueblos blancos y Eleni casi deseó que Helen Finch estuviera con ella en aquel silencio embrutecedor. Habría estado bien tener compañía para olvidarse de todo.

Se sentó en cubierta bajo el sol abrasador que subía y luego bajaba, e imaginó a Yorgos regresando a la silenciosa villa sin ella; dándole de comer a Tips; preparando su propia cena. Después pensó en el verano, en todo lo que había pasado y, siempre, siempre, en Otto.

"Haces que no me sienta solo."

Necesitó todo el autocontrol que poseía para no llorar.

No estaba segura de cómo iba a aguantar todo el camino de vuelta a Inglaterra. Tomar todos esos trenes sola. Enfrentarse a los camisas negras en la frontera italiana…

Pero entonces, en el Pireo una sorpresa.

Bajó la pasarela del barco, raspando el ajetreado muelle y, entre los gritos de los mozos y el rugido de los motores, oyó una voz familiar y entrecortada.

—¡Eleni! ¡Eleni! ¡Aquí abajo!

Sus ojos se dirigieron hacia el lugar de donde provenía la voz, se abrieron de par en par y se posaron en su padre, que la esperaba erguido, inmaculado en su uniforme naval, al frente del tumulto que se agitaba en el muelle.

Fue tal el impacto al verlo que casi pensó que estaba alucinando.

—Me preocupaba que estuvieras aquí sola —gritó a modo de saludo—. Por todo este asunto con Metaxás.

—Creía que estabas en una misión por el Mar de Libia —respondió ella.

—Está muy cerca Eleni.

—Sí, ya lo sé.

—Alguien me debía un favor y me fui. —Ignoró al empleado del puerto que intentaba cerrarle el paso, subió a la pasarela y, esquivando la avalancha de pasajeros que desembarcaban a su paso, se dirigió hacia ella—. ¿Qué es esto? ¿Más verduras? —Levantó la caja—. Cielos, pesa mucho. —La miró con el ceño fruncido, con las cejas arqueadas bajo el ala blanca de la gorra—. Tienes buen aspecto.

—Tú también. Guapo y bronceado.

—No he estado de vacaciones Eleni.

—No, claro que no. —No podía creer que estuviera allí—. ¿Vienes a casa conmigo ahora?

—¿Qué otra cosa iba a hacer?

Era demasiado. Iría con ella.

No iba a tener que hacer el viaje sola después de todo.

—Gracias —dijo y lo abrazó, aunque todavía le costaba asimilar que él hubiera hecho eso por ella.

—¿Qué significa eso? —Timothy suavizó el tono de voz—. Vamos. —Una palmada rápida—. Dios mío Eleni, ¿estás llorando?

No la desbordaron las lágrimas durante el viaje de vuelta.

No sollozó, ni tomó el pañuelo que le dio Timothy, ni le dijo que ojalá no hubiera conocido a Otto porque entonces no estaría tan triste. Ellos no tenían ese tipo de relación.

Se recompuso rápidamente y, antes de que el tren hubiera salido de Grecia, empezó a desear estar sola otra vez porque, sinceramente, era mucho más cómodo estar sentada en silencio consigo misma que con su padre a su lado, mirando fijamente la reseca campiña griega por la ventanilla.

¿Acaso él estaría pensando en la madre de Eleni, recordando el viaje que ambos habían hecho juntos?

Ella no se lo preguntó una vez más.

Pero volvió a sentir gratitud hacia él en la frontera italiana, donde se portó realmente bien con el camisa negra que les revisó los documentos: lo observó fijamente con una mirada que era pura autoridad naval británica, para que no se atreviera a hacer nada que no fuera sellar los papeles rápidamente.

—Ojalá tuviera tu uniforme —dijo Eleni.

—Harías el ridículo con él —replicó Timothy. Y, contra todo pronóstico, se echó a reír.

Estaba lloviendo cuando llegaron a Portsmouth dos días después, sucios y cansados, y tomaron un taxi para volver a Gosport. Su casa, que había quedado vacía durante todo el verano, estaba fría; se oía el eco de la falta de habitantes y olía a humedad.

Pero a Eleni no le importaba porque en la alfombrilla de la entrada había un enorme montón de correspondencia.

Se puso en cuclillas y la recogió mientras Timothy subía a lavarse y a cambiarse; asintió distraídamente a su petición de que pusiera la tetera y se dirigió a la fría cocina, donde encendió la luz, se olvidó de la tetera y se quedó de pie junto al banco de fórmica, clasificando con impaciencia las decenas de sobres que habían llegado.

La mayoría era para Timothy, pero había cinco para ella. El primero contenía las notas del bachillerato; obviamente las miró y se alegró, pero no tanto como cuando descubrió las cuatro (¡cuatro!) cartas que habían llegado de Alemania. Tres eran de él.

Sonriente, sin aliento, con los dedos temblorosos de impaciencia, se sentó a la mesa, las abrió una tras otra y leyó a toda velocidad sus palabras, *Querida Eleni*, y luego las repasó de nuevo, más despacio, saboreando cada frase, oyendo su voz grave en su mente. Le contaba lo mucho que había odiado dejarla en Creta, lo mucho que deseaba seguir allí. *Es una especie de tortura saber que estás allí, pensar en lo que estás haciendo, en lo que podríamos estar haciendo. Quiero estar de vuelta en tu habitación, contigo. O nadando con los erizos. O incluso llevando tus naranjas a ese contenedor.* "Sí", dijo ella, en voz baja, "yo también quiero eso". La segunda carta la había escrito en el tren camino a Munich (Eleni se alegró de leer eso; era un alivio realmente saber que ya había dejado la ciudad en la que estaba Lotte); en la tercera decía que a su tutor le había gustado su diseño del rincón de lectura, pero que sus amigos estaban molestos; ninguno de ellos había conocido ninfas en Suiza, ni sirenas en Italia, ni chicas griegas en Austria que hablaran inglés como si estuvieran en la BBC y pudieran terminarse un melocotón en tres bocados.

¿Ya estás en casa? preguntaba. *Escribe pronto por favor, háblame como si estuvieras conmigo, así podré engañarme pensando que estás aquí.*

Le escribió allí mismo, sin detenerse siquiera a quitarse el abrigo; simplemente tomó un bloc de notas y se sentó para contarle todo lo que había pasado desde que se separaron hasta su alegría ahora, al encontrar sus cartas.

Fue como si supieras exactamente lo que necesitaba, escribió antes de despedirse.

—Eleni —dijo Timothy, sobresaltándola al reaparecer; señaló la tetera helada—. ¿No tienes sed?

La verdad es que sí, estaba sedienta.

Una vez hecho el té, y cuando Timothy se distrajo revisando su propia correspondencia, ella abrió la cuarta carta de Alemania; resultó ser de Marianne, que le había pedido su dirección a Otto (*Espero que no te importe, quería decirte lo agradable que ha sido conocerte*) y estaba llena de sus noticias de Berlín, donde se había mudado al apartamento de su tía, que según ella no estaba tan mal, aunque sin duda tenían que deshacerse de algunos de sus muebles. *Duermo en el salón, lo cual es extraño, pero me estoy acostumbrando. Y lo mejor: mi tía tuvo a su bebé mientras estábamos fuera. Una niña llamada Esther, que es perfecta.* Había enviado una foto de las dos, sentadas en un sillón frente a una estantería repleta de libros. Marianne sonreía a la cámara con Esther en brazos, envuelta en una faja.

Es una delicia, escribió Eleni. *Mira cuántos rollitos tiene.*

Le encanta que papá y yo le pongamos música, contaba Marianne. *Echo de menos a Dimitri. Ojalá pudiera encontrar una grabación de "Cheek to Cheek".*

Toma, un regalo de parte mía, respondió Eleni al enviarle un disco.

Desde entonces siguieron en contacto.

Eleni también se mantuvo en contacto con Otto. Se escribieron constantemente durante el otoño, el invierno y la primavera; se respondían de inmediato, a vuelta de correo, hasta que ella acumuló una caja llena de cartas que se convirtieron en un remedo de sus conversaciones en el autobús; no tan buenas, naturalmente, pero era lo único que tenían. Llegó a conocer los nombres de todos sus amigos, a imaginarse sus casas, justo al lado de la Marienplatz, la plaza central de Munich; el café y los bares a los que iban todos, pero en los que no bebían ni comían mucho, porque la escasez era cada vez mayor. *No debemos hablar de eso. Es antipatriótico. Esperemos que nadie lea mi carta.*

¿Alguien podría leerla? preguntó, consternada.

Nunca se sabe lo que puede pasar aquí, escribió él.

Otto contó de la fuerte nevada que habían tenido en diciembre, ella le contó de la fuerte lluvia en Inglaterra, de su tranquila Navidad con Timothy y la reunión en casa de sus abuelos en Sutton al día siguiente (*Papá también fue, por fin, así que al menos nos fuimos temprano*), y él dijo que también había estado en su casa durante las fiestas de fin de año. No mencionó haber visto a Lotte, así que Eleni optó por creer que no la había visto; de todas maneras, estaba mucho más preocupada por las noticias sobre Brigit, que había tenido otro ataque de neumonía que su médico (conocido de Nikos, en quien no tenían más remedio que confiar) temía que fuera el último.

Pero, afortunadamente, no fue así.

Hoy hablé con ella por teléfono, escribió Otto en primavera. *Su voz era más fuerte. No jadeaba tanto. Papá dice que está volviendo a comer más.*

¿Y cómo está Krista? preguntó Eleni.

Bien, respondió. *No ha empeorado.*

Sigue corriendo riesgos estúpidos, escribió Marianne. *Es como si quisiera meterse en líos a propósito. ¿Cómo va tu curso de secretariado?*

Muy aburrido, le contó Eleni. *Pero necesito tener un oficio si quiero salir alguna vez de Gosport.*

Valdrá la pena cuando llegues a Londres, escribió Otto. *¿Tu padre ya ha aceptado que te mudes?*

Aceptó por fin, respondió ella. *Me compró una planta para mi nueva habitación. Y también aprobé el curso de alemán.*

Wunderbar, dijo él.

Fue en junio de 1937, después de que ella se hubiera

mudado con su planta a la casa de Helen en Clapham y hubiera empezado a trabajar como aprendiza en Lemos & Pateras Ltd., cuando él le escribió pidiéndole que se reuniera con él; no en La Canea, sino mucho más cerca, en París. Su servicio nacional iba a comenzar ese agosto; él quería, necesitaba verla antes de que eso ocurriera.

Ella también necesitaba verlo.

Esa había sido la verdadera razón por la que no había viajado a Creta ese verano.

Ya se había resignado a no ir, incluso antes de que él escribiera, segura de que no le darían tanto tiempo libre en el trabajo, porque llevaba muy poco en su puesto. Había estado posponiendo la petición a su jefe, preocupada por la incomodidad que les causaría a ambos el inevitable "no", y decidió que no tenía sentido hacerlos pasar por ese trance. Le pidió solo cinco días de permiso y, desolada al pensar en la decepción de Yorgos, realmente desconsolada por no ir a Creta por primera vez en su vida, escribió a su abuelo disculpándose y explicándole lo ocupado que estaba el equipo de mecanografía. (*Lo comprendo Eleni-mou*, respondió él, y la hizo sentir aún peor. *Nos veremos el año que viene*). Luego, con el dinero que había ahorrado sabiendo que no podía pedirle a Timothy que le pagara semejante aventura, tomó un ferry para cruzar el canal, el tren hasta la Gare du Nord y, desde allí, un taxi hasta el Hôtel d'Angleterre, donde Otto había reservado una habitación a nombre de Fitzhattily.

Comió ostras y bebió una copa de champán en el jardín del hotel mientras esperaba su llegada. Una de las chicas de Lemos le había dicho que eso era lo que había que hacer en París y ella necesitaba algo que la distrajera de sus nervios. Estaba muy nerviosa. La mano le temblaba cada vez que se llevaba el vaso a los labios. Había pasado tanto tiempo…

Pero entonces él apareció allí, en las puertas del jardín,

se inclinó ante ella en el patio, sonriente (su sonrisa, su sonrisa), y los meses que habían estado separados desaparecieron así como así. Los nervios de Eleni también. Ella también sonrió, lloró un poco (el champán) y le acarició la cara, pasándole el pulgar por el pómulo. Él levantó su mano y giró la de ella para apretar los labios contra su palma.

—Me alegro de verla señora Fitzhattily.

—Yo también me alegro mucho de verlo —dijo ella y luego se echó a reír, lo atrajo hacia sí y lo besó como había deseado besarlo todos los días, cada día desde la última vez.

Su abuela de Sutton se enteró.

Una amiga suya de la iglesia, Meredith, con la que al parecer Eleni había coincidido "varias veces" (ella no la recordaba para nada), también se alojaba en el hotel con su esposo Geoff por sus bodas de oro, y se dirigía al jardín a tomar una taza de té cuando perdió las ganas de beberlo al pescar a Eleni y Otto *in fraganti* en el patio: una de esas ridículas coincidencias que una nunca creería posibles hasta que ocurren.

Zorra, la llamó la abuela en la carta que le envió y que esperaba a Eleni a su regreso a Clapham. *Zorra absoluta. Qué vergüenza. Meredith estaba horrorizada naturalmente. Geoff no sabía dónde mirar. No se me ocurre qué decir, de verdad que no. Tienes suerte de que no se lo diré a Timothy. ¿Qué le haría a él si lo supiera? Le advertí, le advertí…*

¿Cómo que le advertiste?, respondió Eleni.

No obtuvo respuesta.

Aquel fue el último contacto que tuvieron. Y no era justo. Ella no era una zorra en París. Quería ser una.

—Yo también quería —dijo Otto, sujetándole el pelo mientras ella vomitaba en su elegante retrete parisino, apenas un par de horas después de que se hubieran reunido y de que ella hubiera comido lo que resultaron ser unas ostras en muy mal estado—. ¿Quieres agua?

—No, creo que voy a vomitar otra vez.

Estuvo muy enferma durante media semana.

Se recuperó justo a tiempo para que le viniera su maldita maldición.

Empezó a llover también, el tiempo se puso frío y gris.

—Un desastre, básicamente —dijo.

Pero no fue así. Lo pasaron de maravilla a pesar de todo. Se tumbaron juntos en la cama a hablar y hablar incluso mientras ella estaba enferma. Salieron ignorando la lluvia y caminaron durante kilómetros en cuanto se sintió capaz de salir de la habitación; se perdieron en los laberintos de calles, pasearon por los Campos Elíseos, alrededor del Louvre, hasta la Île de la Cité donde contemplaron Notre Dame y se besaron bajo el paraguas de él. Iban a bares de jazz por la noche, bailaban y bebían más champán. De día tomaban café en la plaza de la Concordia, comían *omelettes* con mantequilla en las colinas de Montmartre y, cuando por fin volvió a salir el sol, pasaron las horas en los jardines de Luxemburgo, tumbados en la hierba, con la cabeza de ella en el regazo de él y conversando hasta que parecía impensable que pudieran parar, y lo único que Eleni quería era llevárselo a Inglaterra, tenerlo cerca y tan lejos como pudiera de Alemania, del nuevo campo de concentración de Buchenwald y del servicio nacional que tanto temía.

A la mañana siguiente, en la Gare du Nord, se resistió instintivamente a decirle adiós.

Estaba segura de que a él le pasaba lo mismo.

—Por supuesto que me pasa lo mismo —dijo él tras besarla en el andén, con el vapor que ondulaba a su alrededor y formaba nubes bajo el gran techo de la estación—. Te odio por haberte comido esas ostras.

—Yo también me odio —dijo ella y se dio cuenta de que estaba llorando—. No quiero irme.

Y, sin embargo, se fue.

Él también.

Siguieron escribiéndose durante otro año.

Las cartas de Otto, enviadas desde su campo en Alemania Occidental, se hicieron más cortas; siguió preguntándole sobre su vida, su trabajo, su padre, pero contaba cada vez menos sobre sí mismo. Cuando ella le pedía que le escribiera sobre el campo, de lo que hacía cada día, de si al menos tenía allí a algunos de sus amigos de Munich, él ignoraba su pedido y hablaba en cambio de sus esperanzas de volver a Berlín de permiso.

Fue en marzo y, entre los gritos de los vendedores de periódicos sobre la anexión nazi de Austria, pasó un fin de semana con su familia, sobre la que tampoco contó mucho; solo le dijo a Eleni que Brigit no estaba muy bien ni tampoco Henri. Él había tenido problemas en el trabajo con uno de los socios: un miembro del partido había descubierto que Henri había estado ayudando a familias judías con sus solicitudes de visado. *Es lo que hacía en Creta*, explicó Otto. *Ojalá lo hubiera sabido. Me dijo que tenía que trabajar por dinero, pero su socio está furioso porque en gran parte lo ha estado haciendo gratis. Así que ahora este hombre, Friedrich, está cuestionando la lealtad de mi padre hacia el Reich.*

¿Ha hecho Friedrich algo al respecto?, preguntó Eleni. *¿Se lo ha dicho a alguien?*

Otto no respondió.

Solo tuvo noticias de Marianne, que lo había visto brevemente y dijo que parecía más viejo, más callado, muy preocupado, supuso, por Brigit y Henri, y sin duda desdichado en su campamento. *No llevaba su uniforme. Creo que se avergüenza de ello. Llevaba el pelo corto.* Eleni no podía imaginárselo. No quería. *Lotte lo sabe todo ahora*, continuó Marianne y le causó escalofríos. *Su padre ha pedido a Henri que se una al partido. Me voy de Alemania, Eleni.*

224

Mis padres quieren que lo haga y yo no soporto irme, pero también quiero. He dejado de creer que las cosas vayan a mejorar. El pasado noviembre hubo una exposición del gobierno en Munich sobre lo horribles que somos los judíos. La gente viajó de todas partes para asistir. Imagínate. Una exposición entera solo para hacer que la gente desprecie lo que somos. La semana pasada, rompieron las ventanas de la casa de mi tía y nadie hizo nada para ayudar. A la policía no le importó. Mi padre tiene un viejo colega de la universidad que se mudó a Nueva York cuando comenzó todo esto. No tiene mucho dinero, pero Henri y Brigit han ayudado a pagarme el pasaje y él ha conseguido los papeles para mi visado. Papá y Brigit dicen que me caerá bien, que no me asuste, pero yo tengo miedo Eleni. Me siento muy sola. Al menos Lotte está contenta de que vaya. Ayer vino a despedirse en secreto. No la había visto en mucho tiempo. Parecía que iba a llorar cuando vio a mi mamá. Creo que ella también está avergonzada...

Sí, debería estar avergonzada, escribió Eleni y luego tachó lo escrito, porque ¿quién era ella, en realidad, para hacer comentarios? Y, de todas maneras, ¿en qué iba a ayudar a Marianne?

En lugar de eso, le envió un telegrama, que esperaba que le llegara antes de que se marchara, en el que le pedía su dirección en Estados Unidos y que le escribiera en cuanto llegara allí. *No estás sola STOP*, y luego, desesperada, telegrafió también a Otto, pidiéndole que, por favor, por favor se pusiera en contacto.

Lo hizo.

Se disculpó por haber tardado tanto en hacerlo. *He intentado escribir muchas veces, pero es difícil encontrar las palabras adecuadas* y le dijo que estaba bien, lo que evidentemente no era cierto.

¿Puedes escaparte?, le preguntó. *¿Volver a reunirte conmigo en París, aunque solo sea un fin de semana?*

Quiero, dijo, *no puedo decirte cuánto lo deseo. Pero no sé si me atrevería a dejarte.*

Entonces no me dejes, dijo ella. *Vuelve aquí conmigo.*

No es posible, dijo él.

Claro que es posible, replicó ella.

¿Lo dices en serio?, preguntó él.

Sí, respondió ella, *sí, sí, sí.*

De acuerdo, dijo él, *de acuerdo,* y el temor de Eleni, al menos el temor por ellos dos, se evaporó.

Todo iba a salir bien. *Bien.*

Quedaron en verse a finales de junio. Eleni le dijo a su padre que haría todo lo posible por ir a verlo en agosto, fantaseando con la idea de que Otto podría ir con ella una vez casados, como seguramente iba a ocurrir. Se tomó un fin de semana largo en la oficina de mecanografía de Lloyds, en la que había comenzado a trabajar en marzo, y agotó de nuevo sus ahorros para cruzar el canal de la Mancha en dirección a Francia.

Era una hermosa mañana de viernes.

Se quedó en la cubierta para la corta travesía, con el vestido flameando a su alrededor y sujetándose el sombrero en la cabeza, ebria de expectación mientras divisaba la costa francesa.

Él le había dicho que la esperaría en la Gare du Nord.

Lo esperó durante casi cuatro horas al final del andén, pero empezó a anochecer y decidió tal vez se habían desencontrado, así que tomó un taxi hasta el hotel para encontrarlo allí.

Sonrió al entrar en el vestíbulo. Estaba muy emocionada.

Pero la esperaba un telegrama en la recepción.

Lo siento STOP No puedo irme STOP Ni siquiera por ti STOP

El recepcionista la miraba mientras lo leía. Ella sintió la contundente intrusión de su interés cuando, todavía sonriente, posó los ojos sobre aquellas palabras y un dolor imposible de comprender se apoderó de su pecho.

Él no iba a venir.

No iba a venir.

"Ni siquiera por ti."

—*Mademoiselle* —dijo el recepcionista. Distante, advirtió su voz—. ¿Está usted bien?

—No —respondió.

¿Le respondió?

No estaba para nada segura de haberle respondido.

Tampoco estaba segura de si había podido contener las lágrimas hasta que estuvo a salvo en la calle, en la intimidad de la noche.

De lo único de lo que estaba segura era de que, incapaz de pasar un segundo más en aquel hotel, volvió a la Gare du Nord, donde pasó una noche interminablemente fría y solitaria, acurrucada en una banca y aferrada a su telegrama, luchando por comprender lo que estaba ocurriendo y fracasando rotundamente.

Por supuesto, le telegrafió en cuanto regresó a Inglaterra.

¿Cómo has podido hacer esto?

Él no le respondió.

Durante dos días desolados y dos noches sin dormir esperó a que lo hiciera, y entonces llegó una carta: breve, indiferente, sin explicaciones; solo decía que esperaba que ella pudiera perdonarlo y firmaba simplemente "Otto".

Era tan fría. Tan definitiva.

Eleni lloró, naturalmente.

Releyó todas las cartas que él le había enviado y lloró mucho más.

Luego, cada vez más enfadada, descubrió que la ira era mucho menos dolorosa que la pena y escribió una última carta.

No puedo entender que me dejaras viajar a París sabiendo que no tenías intención de venir. No puedo entender nada de esto. Creí que te conocía y ahora siento como si nunca te hubiera conocido. Me has tratado como si no valiera nada. Has hecho que todo lo que teníamos no valga nada. ¿De verdad significaba tan poco para ti? Lloró más, convencida, en su agotamiento y furia, de que así debía ser. *¿Tan poco, Otto?* Se secó las lágrimas con brusquedad. *No vuelvas a escribirme,* terminó, precipitadamente. *Nunca.*

No lo hizo.

Y ella no fue a Creta aquel agosto, porque tenía demasiado miedo de lo mucho que le dolería estar allí, rodeada de cosas que le recordarían a él.

Fue un error. Lo lamentó profundamente.

Se sentía muy mal en Clapham y el frío le calaba lo huesos.

Cuando, en septiembre, el primer ministro Chamberlain regresó de sus reuniones en Munich agitando las hojas del tratado que había firmado con Hitler y proclamando "paz para nuestra época", se consoló a sí misma: "Nos veremos el año que viene".

Pero...

—Chamberlain es un estúpido —dijo Timothy en la comida del vigésimo primer cumpleaños de Eleni para la que había vuelto a Portsmouth. Le había traído de regalo un bolígrafo nuevo. "De papá"—. Vas a ver, va a ser mucho peor.

Y así fue, por supuesto.

Ese noviembre, los titulares de los periódicos ardieron con los horrores de la *Kristallnacht*, la Noche de los Cristales Rotos. En toda Alemania se saquearon comercios judíos, se quemaron sinagogas y se detuvo a decenas de miles de personas.

El padre de Marianne estaba entre ellos.

No puedo soportarlo, escribió Marianne desde su nuevo hogar en Brooklyn, *no puedo, Eleni. Es mi padre. No le haría daño ni a una mosca. Y no he sabido nada de Krista en meses. ¿Por casualidad ha estado en contacto contigo?*

No.

Eleni no sabía nada de Alemania.

No supo nada hasta mayo de 1939 cuando, tras la invasión alemana de Checoslovaquia, Lotte le escribió en alemán —Eleni supuso que Otto le había dicho que ella había aprendido— a su dirección de Clapham, que Eleni supuso que Otto le había dado.

Se llevaron al tío de Marianne, la verdad es que no sé a dónde, pero su madre y su tía tienen mucho miedo. No se irán de Alemania, no sin él y Ernst, y no creo que puedan irse ahora de todas maneras: hay demasiada gente intentando conseguir visas, los requisitos de inmigración se han vuelto muy estrictos. Pero desde la Noche de los Cristales, el gobierno de tu país ha dispensado visas a los niños judíos. ¿Oíste hablar del Kindertransport? He hablado con la Representación Judía del Reich y puedo conseguir una plaza a Esther, pero necesito que te la lleves cuando llegue a Inglaterra. Su madre está aterrorizada de que termine en una institución. Por favor, ¿me ayudas?

Eleni le respondió a vuelta de correo, sin preguntar por Otto ni permitirse pensar en la decisión que él había tomado; simplemente le dijo que ayudaría a Esther..

Por favor, di a su mamá que recibirá mucho amor y la mantendremos a salvo.

Gracias, respondió Lotte. *La Representación Judía del Reich se comunicará contigo. Si todavía estás en contacto con Marianne por favor, ¿puedes decirle que hice esto?*

Eleni lo hizo. Y le comunicó a Marianne, con toda la delicadeza que pudo, que su tío había sido detenido.

¿Cuándo acabará esto?, preguntó Marianne.

Ojalá lo supiera, dijo Eleni.

En septiembre llegó Esther, la pequeña Esther, cargada con su osito de peluche y arrastrando su maltrecha maleta, que Eleni cargó para ella; la cargó a ella también en brazos (*"Schön, dich kennenzulernen*, gusto en conocerte") y la llevó de vuelta a Clapham, donde Helen se hizo cargo: le dio cacao y bocadillos, la ayudó a deshacer la maleta; después de tantas décadas enseñando, cuidando de sus numerosas sobrinas y sobrinos, sabía cómo tranquilizar a una niña pequeña y asustada. Le enseñó inglés con extraordinaria rapidez. Eleni jugaba con ella en la ventana, le contaba historias sobre la vida de los transeúntes y le traía golosinas del trabajo.

Timothy se embarcó rumbo al Atlántico en octubre de 1939 ("Te echo de menos, querida. A mi manera."); en noviembre, Eleni dejó Lloyds y empezó a trabajar en la Oficina de Guerra. Tuvo varias citas con una serie de hombres decepcionantes a lo largo del año siguiente y luego, en noviembre de 1940, se resfrió, almorzó en una gélida banca del parque y fue interrumpida por Héctor Herbert, que le pidió cambio de un chelín.

En diciembre escribió a Marianne y le explicó que tenía que desaparecer por un tiempo, pero que pensaría siempre en ella y en Esther, que era muy querida y estaba a salvo. *Espero que entiendas mi partida*. (*Esta guerra hay que ganarla*, respondió Marianne, *claro que lo entiendo*). Luego, Eleni fue enviada a un lugar *muy secreto* (una casa señorial, en Surrey) donde siguió cuidando su planta, aprendió a arreglar un transmisor de radio, demostró que podía tipear en una máquina de escribir griega, se arrastró boca abajo sobre una gran cantidad de barro, descubrió que era bastante buena tiradora a corta distancia y, a principios de febrero, días después de que Metaxás muriera repentinamente en

Atenas ("Cáncer", dijo Héctor, "me temo que no muy repentinamente"), aprobó su entrenamiento.

También entonces escribió a Timothy para hacerle saber que se embarcaba, aunque no le dijo dónde. *Volveré a ponerme en contacto en cuanto pueda, por favor cuídate.* Héctor le informó más detalladamente sobre la situación en Grecia; le contó de la existencia de fuentes *muy secretas* (interceptadas por radio), descodificadas en otro lugar *muy secreto* (Bletchley), que habían dejado claro que Alemania estaba concentrando una vasta fuerza de invasión en Rumania y planeaba atacar el continente de forma inminente. El ejército griego, dijo, había montado una defensa verdaderamente heroica contra los italianos, en las condiciones invernales más horrendas (oh, pequeño Vassili), pero ahora estaban agotados, con menos hombres y armamentos que al comienzo de la campaña, y no tenían ninguna posibilidad, por muy valientes que fueran, contra el poder de un ataque terrestre de las divisiones *panzer* alemanas. Gran Bretaña estaba enviando tropas desde África para ayudar, pero no podía prescindir de muchos, ahora que el contraataque hacia Alemania había comenzado allí también.

—Me temo que el continente caerá —dijo Héctor—, pero Creta es una isla; los *panzers* no pueden atravesar el mar y realmente no hay ganas de dejarla ir.

Le dirigió una mirada penetrante que ella había aprendido que significaba asuntos importantes y continuó hablando de los veteranos cretenses, los *kapetanios*, que habían luchado con tanto éxito contra los turcos por la independencia de la isla y cuya cooperación se había decidido que sería inestimable ahora para defenderla de otra ocupación. Luego habló de un hombre llamado John Pendlebury, que hasta 1935 había sido el conservador del palacio de Cnosos (a Eleni le dio un vuelco el corazón al oír ese nombre) y ahora era agente de la DOE en Heraclión; en apariencia cumplía funciones como vicecónsul británico, pero en realidad estaba allí para reclutar a esos *kapetanios*.

Eleni iba a establecerse en Heraclión con él: no, no había lugar para discusiones; era un lugar más limpio, menos problemático que La Canea, y Pendlebury la esperaría en el consulado.

—¿Para hacer qué, precisamente?

—Mecanografía.

—Estupendo.

Héctor se rio. Ella no.

—No te enfurruñes —le dijo—, te gustará Pendlebury. Y no solo escribirás a máquina.

—¿No?

—No. Pendlebury te explicará lo demás. No hagas más preguntas y vete. Te esperan en la sección de camuflaje el lunes.

El camuflaje estaba listo, con instrucciones estrictas de que pasara lo más inadvertida posible cuando llegara a Creta: nada de encuentros numerosos, nada de reuniones en realidad ("estupendo" dijo, otra vez): solo debía ser un hilo más en el tejido de la isla. Lo que se valoraba en ella era su capacidad para presentarse como una lugareña, así que a cualquiera que conociera debía decirle que había llegado a Heraclión desde La Canea para trabajar. "Cuanto más sencilla sea la historia, menos preguntas hará la gente." Le dieron ropa nueva ("Esto no me lo pongo", dijo), manuales de instrucciones para pasar inadvertida ("Cepíllate los dientes con la misma frecuencia que tus vecinos"), un documento de identidad falsificado con el nombre de Eleni Florakis y una botella de tinte para el pelo de color negro como la tinta, que al parecer formaba parte del proceso de pasar inadvertida y también serviría para protegerla en caso de que ocurriera lo peor y se encontrara atrapada tras las líneas enemigas.

—Qué ridículo —dijo a Héctor—, hay otras cretenses rubias.

—Dudo que se parezcan a ti —dijo él—. No debes destacarte. Y tampoco debes quedar atrapada tras las líneas enemigas.

—Nadie me conoce en Heraclión.

—No me importa.

A Héctor no le interesaba lo más mínimo debatir sobre eso; simplemente se mostró inflexible en que, si la situación se complicaba, ella se auto evacuaría de Creta hacia África a la primera orden suya, momento en el que podrían decidir dónde sería más útil después.

—Esto es importante, Eleni. Necesito tu palabra de que cooperarás.

—Bien.

—Mírame a los ojos y dilo.

Ella lo hizo. Luego le estrechó la mano, se despidió de él y se llevó sus deseos de buena suerte, sus papeles falsificados, la botella de tinte para el pelo (que no tenía intención de usar; cualquier tonto lo reconocería como falso y sus pastillas de cianuro (que tampoco tenía intención de usar). Volvió a Clapham a hacer las maletas y luego pasó el fin de semana con Esther y Helen en Cheshire; Helen hizo su *crumble* de manzana, colocó su planta junto a la ventana de la cocina y prometió mantenerla bien regada. Eleni utilizó la cámara de Helen para sacar una foto de Esther y su nuevo cachorro para Marianne y el lunes se despidió de Esther, besó a su cachorro, besó también a Helen y tomó un tren a Euston, donde la esperaba un coche para llevarla a una pista de aterrizaje de la RAF y al primero de sus vuelos a Creta.

Era el 24 de marzo.

Los nazis desplazaron quince días más tarde sus divisiones aéreas y terrestres masivas fuera de Rumania y atacaron Yugoslavia y Grecia, bombardeando el puerto del Pireo.

El continente cayó menos de tres semanas después como había profetizado Héctor, y las tropas aliadas que habían luchado para defenderlo fueron evacuadas a Creta y puestas bajo el mando del general de división Freyberg, el líder neozelandés del ejército cretense, la Creforce, al que se había encomendado la tarea de resistir en la isla.

Los mensajes interceptados que Héctor le había mencionado todavía se estaban descifrando. Se sabía que el ataque a Creta se produciría muy rápidamente; comenzaría con incursiones y culminaría con una invasión a mediados de mayo, montada por tropas que aterrizarían en paracaídas y en planeadores.

Eleni no fue informada al respecto.

En el momento en que se interceptaron esos mensajes, ella se había convertido en quien debía ser a partir de entonces: una joven griega que trabajaba como secretaria del vicecónsul británico, escribiendo a máquina, pero también ayudando a Pendlebury —un hombre carismático, con un ojo de cristal y un bastón de espadachín, que le caía muy bien— a elaborar listas de aliados locales y de algunos enemigos potenciales entre la población civil.

Eso implicaba una buena cantidad de trabajo de mecanografía, pero también seguir a Pendlebury en sus reuniones, escuchar, observar mientras él hablaba en griego fluido aunque con acento, y confirmar la lealtad de muchos políticos, policías y periodistas. Para frustración de Eleni, ella hablaba con muy pocas de esas personas y conocía aún menos a los *kapetanios*. Quería conocerlos. Deseaba dolorosamente sentir que estaba haciendo algo importante, algo que justificara su presencia en la isla y tanto arrastrarse sobre el barro. Pero la mayoría de las veces, cuando Pendlebury iba a ver a los *kapetanios* a sus aldeas, la dejaba a ella tipeando y su ojo de cristal sobre el escritorio para que todos en la oficina supieran que volvería pronto.

Sin embargo, una vez, en la tercera semana de abril, la llevó a la precordillera, a una pequeña aldea, donde fue recibido con entusiasmo. Ambos comieron cabra y bebieron *krasi* y Eleni, a petición de Pendlebury, pudo hablar bastante con las mujeres de la aldea, todas las cuales, según descubrió, estaban tan decididas a luchar contra los alemanes como los hombres.

—Magnífico —dijo Pendlebury—. Excelente trabajo.

—¿De verdad? —preguntó dudosa—. No creo que haya hecho mucho.

—Conseguiste que se abrieran.

—¿Y qué?

—Y qué, ¿qué?

—¿Qué más da? Están listas para luchar a pesar de todo.

—Pero ahora puedes ayudarlas —dijo él.

Y ella proveyó a esa aldea de algunas armas adicionales de los suministros británicos. Ni la mitad de las que Pendlebury le autorizó a pedir —eso era lo normal en Creta, donde la cooperación entre la DOE y el ejército aún no era óptima—, pero más de las que habían tenido antes.

Su participación parecía una gota de agua en el océano comparada con lo mucho que aún faltaba preparar. Muchos en la isla seguían sin armas porque se las habían confiscado en 1938, tras la revuelta contra Metaxás. Casi todos los soldados entrenados de Creta seguían atrapados en el continente, incluido el pequeño Vassili. (¿Qué había sido de él? Eleni había respetado las órdenes y no se había puesto en contacto con nadie de la familia, así que se torturaba porque no tenía manera de averiguarlo). Y, aunque las fuerzas británicas estaban en Creta desde noviembre, habían hecho muy poco para preparar la defensa: los caminos de la isla eran tan estrechos como siempre, intransitables para los vehículos militares; la escasa infraestructura de comunicaciones seguía siendo muy débil. Aquello preocupaba a

Eleni. A pesar de que Héctor aseguraba que nadie quería que Creta cayera, el ejército británico estaba dando la excelente impresión de que no le importaba demasiado. Así que, aunque deseaba creer que el hecho de que ella hubiera pasado aquella caja de armas tendría alguna relación con el futuro seguro de la isla, francamente, en el gran esquema de las cosas, le parecía terriblemente insignificante.

Pendlebury también se moría de ganas de hacer más, Eleni lo sabía. Le había hablado con demasiada frecuencia de lo mucho que le frustraba tener recursos tan limitados como para que ella lo dudara. Hablaba con demasiada vehemencia de su enfado por la reticencia del ejército británico a entregar armas a los cretenses o a darles un uniforme oficial y, por lo tanto, la protección de la Convención de Ginebra si caían en manos enemigas.

A Eleni no le sorprendió en absoluto cuando, a finales de aquel mes de abril, al llegar la devastadora noticia de que el continente había caído, las primeras tropas aliadas evacuadas llegaron a la isla —agotadas, con los ojos hundidos, ennegrecidos por la sangre y la suciedad— seguidas rápidamente por la Luftwaffe, que llegó para bombardear y ametrallar a todos. Pendlebury abandonó su disfraz de vicecónsul, se puso su propio uniforme de caballería y declaró que a partir de entonces actuaría como oficial de enlace entre las autoridades militares británicas y griegas, responsable de desplegar todo el potencial de la fuerza de combate local en defensa de la isla.

Más en privado, en su despacho, dijo a Eleni, con su único ojo en llamas, que no tenía intención alguna de evacuar Creta en caso de que ocurriera lo peor, sino que planeaba esconderse en las montañas y dirigir desde allí un movimiento de resistencia con los *kapetanios*.

Eso tampoco la sorprendió.

—¿Y tú qué harás? —le preguntó él.

Era una pregunta fácil de responder.

Al otro lado de las ventanas del consulado, las calles de Heraclión, calurosas y llenas de humo, eran un caos: rebosaban de soldados, de refugiados civiles que habían logrado escapar y de aviadores que habían sido separados de sus escuadrones y ya no tenían aviones. Sin alojamiento, muchos dormían amontonados sobre sus mochilas, con las botas puestas. La Luftwaffe volvería a hacer llover muerte desde el cielo en cualquier momento y, en medio del caos, las órdenes que Eleni recibía, emitidas desde la calma de un despacho de Baker Street, no podían parecer más arbitrarias.

Pendlebury ya no seguía las órdenes que recibía.

Eleni tampoco vio razón alguna para que ella lo hiciera.

Él no discutió. Se estrecharon las manos, él le dio una pistola de la gaveta de su escritorio como regalo de despedida y se desearon suerte.

—Eleni, espera —la llamó cuando se marchaba—. Tengo algo más para ti.

Desapareció y volvió con otro regalo en la mano.

Ella se rio al verlo. Él también. Era esa clase de hombre.

—¿Mejor?

—No creo que sea necesario…

—Para estar a salvo.

—Está bien —aceptó ella, tomándolo—. Para estar a salvo.

—Nos vemos al otro lado.

—Nos vemos entonces —dijo ella.

Y así se marchó, escondiendo sus regalos —uno pesado, el otro ligero— en su bolso de mano, corriendo para arriesgarse en las traicioneras calles, esquivando a las tropas, los atascos de camiones del ejército, tensa por el presentimiento, pero también más libre de lo que se había sentido en semanas.

"Recuerdos de Grecia durante la guerra". Transcripción de la entrevista de investigación realizada por M. Middleton (M. M.) al sujeto diecisiete (#17), en British Broadcasting House, 6 de junio de 1974.

M. M.: Usted no estaba allí, entonces, para la caída del continente.

#17: No, evité ese privilegio.

M. M.: Sé de buena fuente que el Estado Mayor Conjunto del Cuartel General de Medio Oriente estaba resignado a que ocurriera así desde el principio. Me han dicho que estaban elaborando planes de evacuación para las tropas, incluso antes de enviarlas a luchar desde África.

#17: Eso no me sorprende. [Pausa breve]. ¿Ha entrevistado a muchos de los hombres?

M. M.: Bastantes.

#17: Siempre he pensado que debían sentirse... resentidos por haber sido seleccionados para una tarea tan inútil.

M. M.: No parecen resentidos.

#17: ¿No?

M. M.: No. Ellos han expresado mucho arrepentimiento en realidad por haber dejado a los griegos en el continente como lo hicieron. Sienten culpa.

#17: Hay mucho de eso.

M. M.: Así es.

#17: [Suspira]. No creo que deban sentirse culpables.

No fue culpa suya. No tenían ninguna posibilidad. Los griegos lo entendieron. De hecho [frunce el ceño], ¿no los alentaron los atenienses mientras se marchaban?

Lo hicieron. Todo el camino hasta los barcos [consulta notas]. "Vuelvan con buena fortuna", fue el canto. "Regresen con la victoria."

#17: Y luego estaba Creta.

M. M.: Usted no evitó ese privilegio.

#17: No, no lo hice.

M. M.: ¿Era la primera vez que volvía, desde el treinta y seis?

#17: Así es.

M. M.: Usted y Eleni se parecían en ese aspecto, entonces.

#17: Supongo que sí.

M. M.: ¿Me dirá ahora qué fue lo que pasó?

[Silencio largo].

M. M.: ¿Qué fue lo que le hizo?

[Silencio más largo].

M. M.: Cuando contestó por primera vez a mi anuncio, dijo que quería [consulta notas] liberar su conciencia de una mala acción que ha llevado consigo todos estos años.

#17: Soy consciente de ello.

M. M.: ¿Todavía quiere hacerlo?

#17: Sí. Sí.

M. M.: Es solo que parece que le cuesta mucho.

#17: Sí, ¿verdad?

M. M.: Bueno, este es nuestro tercer encuentro. Me ha dicho repetidamente que se le acaba el tiempo y, sin embargo, hemos hablado durante horas y ha sido fascinante, de verdad, pero cada vez que llegamos al punto de su relación con Eleni durante la guerra, usted divaga, me lleva de vuelta a mil novecientos treinta y seis, a Baker Street o a París…

#17: [Suspiro profundo].

M. M.: ¿Preferiría que lo dejáramos aquí? ¿Irse a casa, guardar su secreto...?

#17: No. De verdad, no.

M. M.: Entonces, ¿nos ponemos a ello?

[Silencio extremadamente largo].

#17: Supongo que sí.

M. M.: Bueno.

#17: No es bueno. Para nada [levanta el vaso de agua]. He disfrutado de nuestras conversaciones, debo decir. Usted ha llegado a caerme bien.

M. M.: El sentimiento es mutuo.

#17: Me temo que no por mucho tiempo. De hecho, tengo la firme sospecha de que nuestra corta amistad va a terminar aquí.

M. M.: ¿Por qué no me deja que yo decida eso?

#17: De acuerdo [bebe agua]. De acuerdo.

M. M.: Gracias. Ahora, ¿por dónde empezamos?

#17: Por ella, supongo.

M. M.: Eleni.

#17: Sí, Eleni.

M. M.: Volvió a La Canea, ¿no?

#17: Una decisión condenadamente tonta.

M. M.: ¿La culpa por ello?

#17: No [mueve la cabeza]. No, lo he intentado, pero no puedo. Todos sus seres queridos estaban allí. Yo también habría ido en su lugar. Igual, desearía que no lo hubiera hecho.

M. M.: Porque allí fue donde la encontró.

#17: Exactamente. Porque allí fue donde la encontré.

CRETA, 1941

CAPÍTULO 14

La Canea, lunes 19 de mayo de 1941

LLEVABA YA TRES SEMANAS EN LA VILLA DE SU *PAPOU*. TRES semanas en las que miles de evacuados más habían llegado del continente, tambaleándose, desde los barcos y botes que habían sobrevivido a los torpedos. Muchos atracaban en el puerto de Souda, donde eran presa fácil para los bombarderos Stuka que se lanzaban en picado e intentaban hundirlos allí mismo. También llegaban continuamente los Messerschmitt: proyectaban sombras ominosas con las alas sobre las montañas de Creta y hacían temblar los olivares mientras los pilotos rociaban de balas a quienquiera que pudieran atrapar en su punto de mira. Y si bien el alto mando británico se había puesto por fin en marcha para preparar una defensa en tierra —excavando trincheras, levantando barricadas, perforando, perforando, perforando—, la estirada RAF aportaba escaso apoyo aéreo, así que la Luftwaffe dominaba los cielos. Eleni casi se había acostumbrado a su presencia, a su amenaza, al lamento desgarrador de las sirenas de los Stuka.

La Canea era el nuevo cuartel general británico en Grecia y se había convertido en una ciudad diferente de la que ella había conocido, invadida ahora por tropas y refugiados atenienses. Como el espacio era escaso, todo el mundo recibía inquilinos: María y Spiros alojaban a dos capitanes neozelandeses; ella y Yorgos tenían como huésped a un joven mayor británico, Benedict Latimer ("Ben, por favor", insistía él con una sonrisa amable), y Eleni había oído que la familia real griega estaba refugiada en Heraclión, en la Villa Ariadna, exiliada una vez más.

No todo el mundo tenía la suerte de tener un techo bajo el que cobijarse, ni mucho menos. El grueso de los hombres —muchos de ellos, como los capitanes de María y Spiros, provenientes de Nueva Zelanda y Australia— vivían en tiendas de campaña levantadas apresuradamente en aquellos olivares que los Messerschmitt tenían como objetivo. También había campamentos para los prisioneros de guerra italianos que habían sido trasladados desde el continente: en su mayoría eran hombres amistosos, que parecían aliviados de haber dejado atrás las batallas invernales y que llamaban a Eleni cada vez que se cruzaba con ellos: le mostraban fotografías de sus familias, agitaban cartas que deseaban enviar a casa y le rogaban que se las llevara y las despachara en el correo. "*Per favore, signorina.*" Ella no lo hacía —eran el enemigo, por muy amables que fueran, y, de todas maneras, las cartas nunca llegarían más allá de la oficina de correos—, pero se comía el pan que horneaban. Todos los isleños lo hacían. Tenían que hacerlo, porque los panaderos cretenses se dedicaban por completo a alimentar a los soldados aliados quienes, según se había decidido, no debían comer pan hecho en Italia, no fuera a ser que los prisioneros de guerra, esos que enarbolaban sus fotos ajadas, trataran de envenenarlos.

Nadie resultó envenenado. "Cuanto más sencilla sea la historia, menos preguntas hará la gente."

Día tras día, comida tras comida, las tropas que tan debilitadas habían llegado empezaron a verse menos derrotadas y, a pesar de las incursiones, de la constante proximidad de la muerte y de la inminente invasión que se les venía encima, volvieron a la vida y se pavoneaban por las calles cuando no estaban de servicio, y jugueteaban en las playas con sus pantalones cortos de color caqui: eran visiblemente felices, vivían el momento.

Envalentonada por la cantidad de gente, por los rostros irreconocibles que había por todas partes, Eleni se aventuraba a la ciudad a menudo desde que había vuelto: hacía recados, se mezclaba fácilmente en las calles abarrotadas. Tan fácilmente, de hecho, que ya había desestimado por completo las preocupaciones que Héctor había expresado en Londres. Cuando los lugareños hablaban con ella, lo hacían inmediatamente en griego. Los soldados que la invitaban a tomar algo hacían lo mismo: sacaban sus libros de frases y la llamaban, con sus vocales contundentes, desde las cafeterías repletas.

Nunca aceptaba sus invitaciones por cómicas que fueran, consciente de todo lo que no podía permitirse decir. Pero, en otras circunstancias, podría haber ido a sentarse con cualquiera de aquellos soldados a mirar sus fotografías, preguntarles por la vida que habían dejado atrás. A medida que los observaba beber botellas de *krasi*, fumar, elevar la voz sobre los aparatos inalámbricos que emitían la frecuencia internacional de radio —o, en el café de Dimitri, el gramófono en el que sonaba la Glenn Miller Band—, se sentía cada vez más conmovida por su presencia; por el hecho de que todos ellos estuvieran allí, en su mayoría como voluntarios —porque en Australia y Nueva Zelanda no había servicio militar obligatorio—, a un mundo de distancia de sus hogares, dispuestos a arriesgarlo todo para ayudar a defender Creta.

Y Creta iba a necesitarlos.

Sí, los *kapetanios* y sus seguidores lucharían cuando

llegara la invasión; todos los cretenses con los que había hablado Eleni decían que lo harían. Pero aún carecían de un ejército propio. A pesar de los innumerables extranjeros que habían acudido a la isla, incluidas varias divisiones de tropas griegas, ninguno de los integrantes del quinto cretense había conseguido escapar del continente antes de que quedara aislado. Parecía que nadie sabía qué había sido de ellos. En toda la isla faltaban hijos, hermanos, esposos, primos. Eleni seguía sin saber si el pequeño Vassili había sobrevivido. No podía ir a las montañas a ver a Sofía y a los demás —no con las carreteras atascadas de camiones de suministros británicos y grupos de trabajo que instalaban defensas— y, de todas maneras, Yorgos le había dicho que hacía meses que ninguno de ellos sabía nada del pequeño Vasili.

Yorgos.

La había sorprendido cuando llegó a la villa desde Heraclión, a finales de abril.

Ella también lo había sorprendido.

Ya había oscurecido cuando Eleni llegó a la casa. Había conseguido que la llevaran en un coche del consulado hasta La Canea, pero desde allí había tenido que tomar el autobús.

La primera vez que se sentó en el asiento de resortes del autobús fue tan dolorosa como temía.

"No hagas eso."

"¿Qué?"

"Eso de hacerme reír demasiado."

"No es 'eso', no es una cosa."

También había sido difícil bajarse del autobús en la parada en la que él solía esperarla y no encontrar nada más que el vacío y el rumor del mar.

Pero la tristeza no la había abrumado. Estaba demasiado llena de la adrenalina del día y de la ilusión por ver a Yorgos como para que fuera posible abrumarse.

"Mantén la frente en alto."

La mantuvo en alto y cargó con la maleta por la calle iluminada por la luna, pasando por delante de la puerta de Nikos, a la que había intentado no mirar, pero miró de todas maneras y se fijó en las ventanas obedientemente oscurecidas. (Nikos había estado en Creta desde el comienzo de la ofensiva italiana y ahora tenía dos capitanes británicos alojados con él, para los que Christina, su casi suegra, seguía cocinando). Continuó caminando hasta llegar al árbol que había al final del camino de entrada, con su parche de tierra sembrado de hojas debajo.

"Es muy cómodo."

"Ah, ¿sí?"

"No, para nada."

También se quedó mirándolo durante unos segundos y, luego, respirando profundamente el aire de la noche y sintiéndose mejor al percibir los olores que había soñado, bajó por el camino; le pareció que se le hinchaba el corazón al ver la casa, con sus paredes, sus postigos y su pintura descascarada, siempre igual.

Abrió de un empujón la puerta principal, que normalmente estaba sin cerrojo (oh, esa puerta), entró en el vestíbulo oscuro, dejó su pesado equipaje y, en silencio, preocupada por si Yorgos estaba durmiendo, fue en su busca.

Lo encontró en la terraza, no durmiendo, sino sentado bajo las estrellas con Tips, que estaba muy gordo, en el regazo, un brandy a su lado y los ojos fijos en el resplandor humeante de la bahía de Souda.

—Hola, *Papou* —dijo.

Y él casi se quedó con el corazón en la boca.

Tips aulló y salió corriendo.

—¿Eleni-mou? —dijo, como si hubiera visto un fantasma.

—Soy yo —respondió ella, con voz quebrada al ver lo cambiado que estaba su abuelo.

Había envejecido mucho más de lo que ella esperaba. Su

pelo se había vuelto más blanco, más fino; su piel, delgada como el papel y arrugada.

"Lo he dejado solo demasiado tiempo", pensó. "Le hice demasiado daño."

Abrumada por el amor y la culpa, se abalanzó sobre él, lo rodeó con los brazos y sintió cómo él le devolvía el abrazo y la envolvía en su calor, en el aroma de su colonia y el humo de su cigarro.

—¿Qué haces aquí? —le preguntó inevitablemente—. ¿Por qué has venido?

No fue sincera con él. Se había dado cuenta de que no podía hacerlo y no solo por la Ley de Secretos Oficiales. Habría sido demasiado injusto obligarlo a cargar con su secreto, peligroso tanto para él como para ella. Después de todo, nunca se le podría obligar a revelar algo que él no sabía.

Así que, en lugar de eso, le contó otra mentira ("una forma terrible de vivir, en realidad"): le dijo que Timothy había organizado su viaje a Creta, preocupado por lo peligroso que era Londres ahora, con todas las bombas.

—¿Las bombas de Londres? —preguntó Yorgos, apartándola a cierta distancia—. ¿Acaso le han hecho a tu padre una lobotomía de la que no me han informado?

—No.

—¿Dónde está?

—En algún lugar del Atlántico.

—¿Puede recibir cartas?

Por supuesto que podía. Pero Eleni no se lo confesó a Yorgos.

Le dijo que no era necesario que escribiera a nadie y le rogó que se calmara.

Y se calmó. Con el tiempo.

Desde entonces, él renunció poco a poco a pedirle que se fuera de Creta, aceptando a regañadientes que ella realmente no iba a irse, y habían vuelto a sus viejas rutinas:

desayunaban juntos en la cocina y cenaban en la terraza —a veces Ben se unía a ellos, cuando no estaba en su despacho del cuartel general de la Creforce, y hacía reír a Eleni con sus historias sobre las personalidades de allí—; Yorgos ejercía la medicina entre el desayuno y la cena, no siempre en el consultorio; se había establecido un nuevo hospital militar cerca, en tiendas de campaña y un almacén en desuso, y él y Spiros pasaban cada vez más tiempo allí, ayudando a los heridos. Eleni también iba si estaban muy ocupados, no para atender a los pacientes, sino para ayudar entre bastidores: esterilizaba instrumentos, enrollaba vendas, limpiaba.

Cuando no estaba allí o haciendo encargos, y si no había Stukas ni Messerschmitts a tiro, seguía yendo a nadar desde la cala; disfrutaba del esfuerzo y de la vigorizante frescura del agua tanto como antes; en realidad, cada vez que salía le resultaba imposible creer que hubiera podido estar tanto tiempo sin hacerlo.

El barco pesquero desde el que Otto la saludaba había desaparecido, probablemente en busca de un amarre más protegido, pero las rocas bajo la villa de Nikos naturalmente seguían allí, y aunque no disfrutaba especialmente al verlas ni tampoco al ver la villa de Nikos —ese muro de piedra de la terraza en el que Otto y ella se habían sentado a escuchar a Marianne—, era evidente que había mucha, mucha gente que se enfrentaba a cosas peores.

Ella y Yorgos pasaban los fines de semana en la villa o en Halepa con María y Spiros (Spiros también había envejecido mucho; de los tres, solo María parecía la misma, con sus blusas de seda y sus faldas a medida) pero, aparte de ellos, Eleni veía a muy poca gente. Ni siquiera a Dimitri. Había pasado por delante de su cafetería, incapaz de resistir la tentación, pero se había mantenido a distancia, para asegurarse de que él no la viera. Tampoco había ido a ver a Sócrates a la escuela.

Le parecía lo más sensato.

En Heraclión, cuando Pendlebury le había confiado que no tenía intención de abandonar Creta en caso de que cayera, ella le había confesado lo que hacía tiempo le rondaba por la cabeza: que, ante esa eventualidad, ella tampoco tenía planes de ir a ninguna parte. No cuando solo llevaba cinco minutos de vuelta; había hecho muy poco, pero se había formado hasta las cejas en todo tipo de habilidades que realmente podrían ser útiles, y preferiría infinitamente ponerlas en práctica allí, en ese lugar que amaba, antes que en cualquier otro lugar de Grecia.

—Si Creta resiste, iré donde Héctor me diga para ayudar pero si no, no puedo abandonar a todos aquí y huir. Simplemente no lo haré —había dicho.

Su determinación no había hecho más que fortalecerse al ver lo envejecido que estaba su *papou*.

Se había fortalecido aún más con cada nueva bomba lanzada por un Stuka sobre Souda, con cada ráfaga disparada desde un Messerschmitt.

Ese era su hogar, el hogar de su familia y los nazis intentaban robárselo.

Ella no iba a dar media vuelta y huir si lo conseguían.

No, ella iba a ayudar a recuperarlo.

Tenía un plan para lo que debía hacer en ese futuro impensable. Lo había conversado brevemente con Pendlebury y él lo había aprobado. Seguía esperando, como todo el mundo en la isla, que ese futuro no llegara nunca, pero hasta que no se confirmara uno u otro escenario, mantenía un perfil bajo por si acaso. Cuanta menos gente viera ahora, menos complicado sería poner en marcha su plan más adelante.

No telegrafió a Héctor a Londres para ponerlo al corriente de sus intenciones.

Tampoco le informó de su traslado a La Canea. Le daría un ataque.

Pero tampoco estaba ociosa. Había estado haciendo recados en la ciudad, preparando el terreno, consiguiendo el apoyo de dos personas que figuraban en lo alto de la lista de aliados cretenses de Pendlebury; el primero de los dos se había mostrado muy interesado en colaborar; el segundo no tanto… más bien se mostraba casi tan preocupado como Héctor por el peligro de que Eleni se quedara.

—No será tan peligroso —había insistido Eleni—; desde luego, no será peor que en cualquier otro lugar al que podrían enviarme. No si usted me ayuda. Puede hacerlo aquí…

—¿Usted cree?

—Sí, pero no podrá ayudarme en el continente, ni en ninguna otra isla. No conozco a nadie que pueda. ¿Realmente quiere cargar con eso en su conciencia?

Había sido un golpe bajo pero había funcionado.

Los dos hombres habían entrado en razón y le habían dado su palabra de que la apoyarían.

Por el momento, al menos, no había nada más que ella pudiera hacer.

Ninguno de ellos podía hacer otra cosa que esperar la invasión.

Más aviones de reconocimiento alemanes habían sobrevolado la isla durante la última semana; los ataques habían sido más intensos y cada día se oían nuevos rumores de que el asalto final sería mañana, *mañana*.

Sin embargo, "mañana" llegó nuevamente el 19 de mayo y todavía no ocurría nada.

El suspenso era una agonía. Más que una agonía.

Eleni, que necesitaba hacer algo para distraerse, había lavado ropa. Era una actividad bastante ridícula (¿para qué sirve la ropa de cama limpia en medio de una zona de guerra?), pero aun así salió al jardín con su cesto de sábanas húmedas y las colgó en el tendedero. No estaba sola. El gordo y fiel Tips estaba a su lado y giraba la cabeza rayada para seguir con la mirada cada movimiento de Eleni. No muy lejos, junto a la vieja cabaña de madera de Eleni, crecía un melocotonero nuevo. Ella no tenía ni idea de si era del carozo que había plantado —María se había encargado de plantar uno ella misma, en el otoño de 1936, tal y como le había dicho a Eleni que debería haberlo hecho, para que no se sintiera decepcionada la próxima vez que viniera—, pero quiso creer que sí.

Se estiró para tomar otra sábana y sintió el alivio de su tacto frío sobre la piel caliente. La mañana era sofocante y aún no eran las diez. El sol, en lo alto, parecía más grande y sus rayos castigaban, implacables, vigilándolos a todos hasta que se desarrollara el acto principal.

Eleni se giró y un movimiento captó su atención por el rabillo del ojo: un caza Hurricane que ascendía con valentía hacia el cielo resplandeciente. Se sorprendió al verlo; no era habitual que pasaran los cazas de la RAF sobre Creta, y los que habían volado lo habían hecho contra pronósticos desoladores, pero Ben le había dicho, justo el día anterior, que los últimos se estaban retirando a un lugar seguro antes de que comenzara la invasión.

Se llevó la mano a la frente para observar mejor el Hurricane, con el pulso acelerado y la boca seca por el miedo. No podía oírlo. Estaba demasiado lejos. Pero no le quitó los ojos de encima mientras se elevaba silenciosamente.

"Por favor, que esté bien" rezó, como hacía siempre, a quien no conocía (Ares, Zeus, Dios). "Por favor, haz que esté bien."

Pero, en cuestión de segundos, los Messerschmitt a los que obviamente tenía que enfrentarse se precipitaron hacia él, como avispas a la miel, y en silencio, inevitablemente no salió bien, sino que cayó con quienquiera que estuviera dentro, de trompa, para unirse a demasiados otros aviones en el profundo y azul mar Egeo.

Otto no había llegado a Grecia en avión esta vez.

Había llegado por mar y en camión, en un viaje que había durado casi quince días desde su sombrío campo de entrenamiento en Alemania, pasando por Rumania hasta la península de Ática, donde su regimiento de paracaidistas se había unido a los miles de otros que esperaban, preparados para atacar. Durante aquella épica expedición hacia el sur de Europa, a Otto no le habían dicho hacia dónde iba a dirigirse el ataque. Tampoco a ninguno de los oficiales al mando. A medida que el convoy de camiones recorría kilómetro tras kilómetro, algunos de ellos habían empezado a sospechar; Otto lo había temido, pero no lo había confirmado.

No había sido un viaje pintoresco a través de la Grecia continental. El ejército británico en retirada había dejado un rastro de devastación a su paso, destruyendo cualquier cosa que ellos, los alemanes, pudieran utilizar, y el país que Otto había conservado en su memoria durante todos estos años estaba irreconocible: en llamas, con cicatrices de batalla. El aire que había respirado no contenía nostalgia, ni fragancia de polen o hierbas, solo el olor acre de los vertederos de combustible incendiados. Junto a los montones de tumbas excavadas a toda prisa, yacían restos de tanques por todas partes, cabañas de piedra sin tejado, iglesias con los muros destrozados. Los lugareños se habían agolpado al borde del camino y miraban pasar a los camiones. A Otto le había avergonzado pero no sorprendido, la repulsión que reflejaban sus ojos; todos se habían mantenido rígidos, tensos por el esfuerzo de su silencio, reprimiendo por poco el instinto de contraatacar. Después de todo, él había estado en Checoslovaquia y luego en Francia; había ayudado a hacer retroceder a los británicos hasta Dunkerque; había pasado por delante de casas demolidas y tomadas; había visto cómo se izaban las banderas con la cruz gamada, una tras otra, en innumerables ayuntamientos. Ya había mirado ese odio a la cara muchas, muchas veces.

Ahora era capitán. Un capitán nazi. Lo habían ascendido y transferido a las fuerzas aéreas hacía solo unos meses, y lo habían destinado a una nueva división de paracaidistas a petición de su antiguo comandante en Francia, un tal Brahn. Los dos habían estado juntos desde el primer día de la invasión al territorio francés. Rápidamente Otto había aprendido a confiar en Brahn: era de los que arrestan a los prisioneros pero no los fusilan y se detienen a dar de beber a un moribundo sin distinción de uniforme. Durante las noches que pasaron descansando en graneros o acurrucados alrededor de hogueras en *estaminets*, se habían contado sus historias. Calentándose las manos con las tazas de latón llenas de café flojo y fumando cigarrillos húmedos, Brahn había hablado con nostalgia de su mujer, que estaba en Dresde, de su hogar, que echaba de menos, y de sus dos hijas pequeñas a las que veía en las caras de todos los niños franceses con los que se cruzaban. Con el cigarrillo en los labios, abrió su portamonedas y mostró a Otto las fotos de sus niñas, igual que él le había enseñado los dibujos que aún llevaba a todas partes: los de la casa que había diseñado para Eleni en el verano de 1936. A la luz del fuego, agotado, terminó haciendo lo que nunca hacía: hablar de ella. Relató a Brahn su estancia en Creta, luego en París; incluso le contó del esfuerzo que había hecho, después de París, para aprender griego correctamente, igual que ella había aprendido a hablar alemán, creyendo ingenuamente que tenía sentido.

—¿Ella hablaba bien en alemán? —preguntó Brahn una noche.

—Excelente.

—¿Y qué tal era tu griego?

—Pasable con el tiempo.

Ahora deseaba no haber dado ese detalle a Brahn.

Si no lo hubiera hecho, Brahn no lo habría traído allí ni lo habría convertido en un enemigo de ese lugar que amaba, haciéndolo responsable de la vida de un grupo de hombres que, en realidad, eran niños. La mayoría de los de su división —de hecho, de todas las divisiones— eran nuevos reclutas, recién salidos de las Juventudes Hitlerianas, hinchados de orgullo por las historias que les habían contado en Alemania sobre cómo ellos, los paracaidistas, eran la élite de la élite de la Luftwaffe. Durante todo el trayecto, los chicos del camión de Otto habían bromeado y cantado, en voz muy alta y entusiasta. Sin embargo, su bravuconería sonaba demasiado forzada, demasiado implacable. Otto no se había dejado engañar: había notado la manera en que algunos de los más jóvenes seguían mirando a los mayores en busca de aprobación y luego a él para tranquilizarse. Algunos ni siquiera tenían dieciocho años. Sin duda, casi todos echaban de menos a sus madres.

Otto tenía veintiséis años y ya no tenía madre. Solo un padre afligido y una hermana que odiaba a todo el mundo por lo que Brigit había hecho.

Había ocultado su propio dolor cuando llegaron al campamento de Ática cuatro días antes.

Brahn, que se había adelantado, los estaba esperando.

—Siento haberte hecho esto —le había dicho a Otto, con gesto serio en su rostro delgado—. He sido egoísta. Quería oficiales a los que respeto. Y sabes griego…

—En realidad no lo hablo tan bien.

—Pero mejor que yo. —Hizo una mueca de arrepentimiento—. ¿Me perdonas?

—Ni loco —había dicho Otto.

A lo que Brahn se había echado a reír, como si hubiera bromeado; le había dado una palmada en la espalda y, tras convocar a los demás oficiales superiores, los había llevado a todos a dar una vuelta por el reseco campamento, con sus hileras de tiendas de campaña, sus cabañas bajas de madera, y luego los llevó en coche al aeródromo, donde todos habían permanecido de pie, sordos al chirrido de las cigarras, absorbiendo la enorme cantidad de Junker Ju 52 reunidos allí y que brillaban al sol, vacíos, esperando a tragárselos en su interior.

—Esto es solo una fracción —había dicho Brahn—. Tenemos seis aeródromos más, cerca de aquí, y quinientos Junker más o menos, además de planeadores para transportar a las tropas de tierra. Es una armada. —Se había quitado las gafas para pulirlas y miraba los aviones—. Hubo un retraso con el combustible pero ya está en camino. No tardaremos mucho en partir.

Aún no tenían confirmación oficial de su destino..

En una reunión de oficiales en Atenas esa misma tarde, celebrada en el palaciego Hotel Grande Bretagne, el general Student, que había dirigido el victorioso ataque aerotransportado de La Haya, había presidido el encuentro de pie, con las piernas separadas y el pecho repleto de medallas, en la parte delantera de la sofocante sala; había señalado el mapa pegado a la pared y explicado a todos cuáles serían las zonas de desembarco, los objetivos y los puntos de consolidación. Había hablado de playas demasiado estrechas para soportar una invasión, pero cruciales para abrir líneas de suministro. Bajo la luz eléctrica, amontonado entre los cuerpos sudorosos de los demás, Otto había contemplado la forma de la isla que nunca había olvidado, había leído los nombres de sus ciudades —La Canea, Rétino, Heraclión— y había sentido que se le helaba la sangre ante la confirmación inequívoca de que Creta era en verdad el objetivo.

"Es una armada."

Había vuelto a ver los Junker en su mente, el puerto de La Canea, la cafetería y la casa de Eleni.

"Cristo", había pensado. "Cristo..."

Student le había cedido la palabra a un oficial de inteligencia; este mostró una serie de fotografías aéreas que dejaban claro, según él, que no encontrarían una gran defensa cuando desembarcaran. Las fuerzas británicas que habían huido del continente, según les había asegurado, ya habían abandonado Creta en su mayoría, huyendo como cobardes hacia Egipto y dejando atrás solo una fuerza simbólica de la que la Luftwaffe se habría encargado para cuando ellos llegaran allí. Dado que el ejército cretense tampoco estaba en la isla, la toma del territorio, había dicho, sería tan fácil como un paseo por el parque.

Otto había entornado los ojos, incapaz de creer que pudiera ser tan sencillo.

Y, cuando Student había vuelto a intervenir, afirmando que los cretenses locales se sentían tan traicionados por los británicos que muchos recibirían a los alemanes con los brazos abiertos, tampoco se lo había creído.

Más bien, con cada nueva palabra que salía de los labios de Student, se había sentido como si hubiera entrado en una retorcida tierra de fantasía.

Cuando, por fin, terminó la sesión informativa y salió por el lujoso vestíbulo del hotel a la luz abrasadora del día, intentó controlarse y aceptar que nada de lo que estaba ocurriendo era ficción, sino algo muy real. Entre el bullicio de la calle, los tranvías y los atenienses que intentaban fingir que no estaba allí, encendió un cigarrillo, levantó la mirada hacia la Acrópolis con su bandera de la esvástica, y se dijo:

"Va a ocurrir de verdad."

Las palabras se habían sentido tan vacías en su mente como la promesa de un paseo por el parque, antes, en la sala de reuniones.

Aún hoy se sentían vacías.

Racionalmente se dio cuenta de que no lo eran. En los

cuatro días transcurridos desde aquella reunión, se habían intensificado los preparativos en toda la región. Todas las mañanas había observado nuevas oleadas de bombarderos y cazas que sobrevolaban Creta. Le habían entregado su propio mapa de la isla y había visto allí el objetivo de su batallón, en las llanuras cercanas a Souda, en blanco y negro. Brahn lo había instruido sin cesar, a él y a todos los demás oficiales de su sección, repasando sus objetivos, las estrategias para combatir cualquier fuerza, de prueba o no, con la que pudieran toparse, insistiendo una y otra vez en la importancia de sus botes de metralla que, al igual que ellos, se lanzarían en paracaídas desde el cielo.

—Hasta que localicen uno, todo lo que tendrán será su Schmeisser. —Agitó su propia arma—. No será suficiente. Deben llegar a los botes de metralla antes que el enemigo.

Otto había intentado imaginarse haciendo eso mismo, igual que había intentado, una y otra vez, imaginarse de vuelta en Creta, con ese uniforme que se había convertido en su segunda piel, descendiendo de un Junker —como en tantos entrenamientos— en las plantaciones de cítricos de la isla y buscando en ese lugar que era de Eleni las armas para apoderarse de él—. Pero era como una pesadilla. No podía creer que fuera real. Los únicos rostros que había logrado evocar hasta entonces eran los que conocía: el de Dimitri, el de Yorgos; el de Sócrates; el de Spiros. Todos lo miraban fijamente cuando pasaba junto a ellos con sus botas, y sus ojos estaban llenos de un odio descarnado que conocía demasiado bien y que temía que acabara con él viniendo de ellos.

Nunca pensó que Eleni pudiera estar en Creta. Estaría en Inglaterra, en algún lugar seguro, esperaba (todos los días). Pero también la había imaginado a menudo en el delirio de los últimos días: en el mar, apartándose el pelo de la cara en el autobús, bailando en pantalones cortos en la cafetería, mirando a los erizos, a Venus, tumbada en su cama…

Lo había hecho sentirse tan seguro.

"Va a ocurrir de verdad."

Se repetía esa frase mientras caminaba por la hierba seca y crujiente del campamento, lejos de la oficina improvisada de Brahn y de sus últimas palabras de sabiduría y buena suerte, hacia el lugar donde había dejado a sus subordinados empacando sus paracaídas por enésima vez aquel día. Era el atardecer, la víspera del 20 de mayo, y el termómetro de Brahn rozaba los treinta y dos grados pero, a pesar del calor, pronto todos tendrían que ponerse sus gruesos monos, los chalecos salvavidas y prepararse para partir. Los rangos inferiores desconocían dónde se dirigían hasta pocas horas antes por razones de seguridad. Muchos miembros del batallón de Otto habían dado un puñetazo al aire cuando Otto les confirmó que aquella noche se dirigirían a Creta. Otto no sabía si se trataba de verdadera excitación o más bien de bravuconería, pero los detestaba por ello, sobre todo a un oficial subalterno llamado Fischer que, con su desprecio por casi todo el mundo a su alrededor y su total incapacidad para pensar antes de hablar, era como una piedra en su zapato.. Durante todo el camino desde Alemania había tenido que imponerle sanciones disciplinarias por meterse en peleas con los demás y por apuntar con su arma a los lugareños haciendo como que iba a dispararles. Había apuntado a un niño poco antes de que llegaran.

—Si vuelves a hacer eso te lo haré yo a ti, pero no solo te apuntaré, créeme —le había gritado Otto en su cara sonriente mientras lo empujaba contra la pared del camión, para humillarlo deliberadamente delante de todos.

Fischer debió de sentir la humillación porque, a pesar de su sonrisa burlona, no había vuelto a hacerlo.

Sin embargo, la expresión desafiante de su mirada era inconfundible cuando, al levantar el puño en el aire, había buscado llamar la atención de Otto. Otto lo había ignorado.

En cambio, se había centrado en los pocos que no habían dado puñetazos al aire, sino que se habían quedado callados, con los nervios a flor de piel. Al observar sus rostros desencajados hes abía recordado que él era lo único que tenían, aunque su propia mente fuese un caos, y que, si no hacía bien su trabajo por ellos ahora, tanto ellos como el resto del batallón podrían acabar muertos innecesariamente en cuestión de horas. Respiró hondo, los llamó al orden, les entregó sus propios mapas y les explicó las zonas de descenso y los objetivos del primer día. Había sido sincero sobre el panorama halagüeño que les habían pintado los servicios de inteligencia, pero también sobre su preocupación de que hubieran sido demasiado optimistas ("Espero que lo hayan sido", había dicho Fischer, haciendo la mímica de disparar con las manos. "Cállate, Fischer", había replicado Otto). Luego les había hecho pulir sus armas, revisar de nuevo sus paracaídas, empaquetar el resto de las armas en sus importantísimos botes de metralla y, cuando ya no pudo posponerlo más, les había indicado que dejaran sus efectos personales en cajas que les serían enviadas a cada uno si sobrevivían o a sus familias en Alemania si no.

Incluso Fischer se había apagado mientras lo hacía.

Aun así, se había burlado de un chico llamado Meyer, el más joven de todos, por manipular con torpeza el pestillo de su caja.

—Revisa otra vez el paracaídas —había ordenado Otto.

—¿En serio?

—Muy en serio. ¿No te parezco serio, Fischer? No, no respondas. Revisa tu maldito paracaídas.

Volviéndole la espalda, Otto se había arrodillado, había abierto de nuevo la tapa de Meyer y empujado el contenido hacia adentro; había visto una pequeña manta de punto debajo de algunos libros, del tipo que se da a los bebés para reconfortarlos y ayudarlos a dormir.

—Mi madre quería que la trajera para que me diera suerte —había explicado Meyer, morado de vergüenza—. Ella se aferra mucho a las cosas. Parecía algo importante para ella.

—¿La tejió ella misma? —había preguntado Otto mientras su mente se trasladaba a su propia madre.

—Cuando yo era un niño.

"Aún lo eres", había pensado Otto.

—Una estupidez —había insistido Meyer.

—No —había replicado Otto, sacando el cuadrado tejido, con aroma a jabón de lavar, y antes de que Fischer pudiera verlo, se lo había entregado a Meyer—. Te dará suerte. Llévatela. No dejes que se la devuelvan a tu madre, por el amor de Dios.

—¿Más cerveza, *señor*? —dijo ahora Fischer y logró, como de costumbre, que el término sonara como un insulto.

La noche anterior les habían dado raciones: un regalo de despedida.

Otto se alegró de que Fischer preguntara. Así podía decirle que no.

—¿No?

—Necesitas tener la mente despejada.

—Me vendría bien una cerveza.

—Pues mala suerte.

Los demás se rieron. Fischer no.

Otto tampoco. Inclinó la cabeza hacia atrás y miró hacia arriba. El cielo estaba despejado, un escenario infinito de azul, rosa y gris.

Los colores, su pureza, lo hicieron retroceder en el tiempo como nada de lo que había visto hasta entonces en Grecia: volvió a aquella playa de arena blanca, a la primera vez que la había besado…

—¿Cuándo partimos señor? —preguntó Meyer y volvió a centrar su atención en tierra.

—El transporte al aeródromo llegará después de media-noche —dijo Otto, e incluso cuando se quedó sin palabras, no sintió inquietud ni miedo.

Todo le seguía pareciendo irreal.

—Volaremos al amanecer.

CAPÍTULO 15

ESA EXTRAÑA DESCONEXIÓN LO ACOMPAÑÓ CASI TODA LA noche; se sentía desorientado y, a la vez, agradecido de que al menos lo ayudara a mantener la calma cuando el sol desapareció y los sumió a todos en la oscuridad.

No se podía decir lo mismo de los demás.

Una gran tensión nerviosa se apoderó del campamento al desaparecer la luz; todos los ojos estaban fijos en las puertas a la espera de los camiones que los llevarían al aeródromo. Nadie durmió, desde luego no en el batallón de Otto, aunque hubiera sido lo más sensato. Alguien cantaba alguna canción patriótica de vez en cuando, pero la mayoría de las veces todos estaban apagados y el chirrido de las cigarras dominaba, elevándose por encima de las voces susurrantes que hablaban de hogares, de personas queridas y añoradas.

Cuando por fin se acercaba la medianoche, empezó a circular el rumor de que los servicios de inteligencia habían revisado su informe y que los británicos no habían huido de Creta sino que seguían allí, esperando para defenderla. Otto lo oyó de Meyer, que se había enterado en uno de sus frecuentes viajes a la letrina.

—Dicen que son miles —dijo Meyer, pálido a la luz de la luna.

—Nosotros también somos bastantes miles —señaló Otto y luego, para distraerlo, para distraerlos a todos, les ordenó que prestaran atención, los dividió en sus escuadrones de salto y los puso a prueba en los objetivos que habían repasado hasta el cansancio aquel día.

—¿Cuál es vuestra prioridad cuando aterricéis? —preguntó.

—Llegar hasta donde haya caído un bote de metralla —dijeron a coro.

—¿Y de qué color serán los paracaídas a los que estarán sujetos los botes?

—Verde —respondieron.

—Ahora, ¿podéis decirlo correctamente?

—Rojo —dijeron y se rieron durante unos segundos.

—Bien —dijo él al oír que se acercaban los camiones—, es hora de ponerse los equipos.

Así lo hicieron e inmediatamente empezaron a sudar bajo las capas de sus uniformes y equipos de salto.

—*Mein Gott* —dijo Meyer subiéndose la cremallera—. *Mein Gott.*

El calor se intensificó cuando ellos y los cientos de personas de su campamento llegaron apiñados en los camiones de transporte al aeródromo a oscuras, donde se estaban cargando de combustible los últimos aviones y los pilotos de los Junker aceleraban los motores e inundaban la frenética oscuridad de ruido y humo.

—¡Linder! —gritó Brahn a Otto desde la parte trasera de su propio camión, y luego dijo algo más que Otto no pudo oír en medio del ruido.

Perdió de vista a Brahn casi de inmediato.

Había demasiados otros soldados saliendo de sus camiones con los haces de las linternas temblorosos, corriendo hacia sus respectivos puntos de embarque, tropezando para seguir el ritmo de los demás.

Frunció el ceño. No le gustaba lo nervioso que parecía el siempre tranquilo Brahn; sintió, más bien, que el primer pinchazo de inquietud penetraba en el destacamento que había estado llevando como un escudo. Otto ordenó a sus hombres que volvieran a sus escuadrones, despachó a los que no volarían con él a sus respectivos aviones y luego indicó a los once que se había asignado a sí mismo —Meyer incluido, Fischer también (mantén a tus amigos cerca…)— que lo siguieran.

Siguió buscando a Brahn mientras se dirigían al Junker que les habían asignado, utilizando su propia linterna para iluminar los rostros sudorosos y tensos de los desconocidos, pero fue en vano. Ya le resultaba bastante difícil no perder de vista a sus once hombres y controlar a Fischer, que desaparecía cada poco para indicar a los demás dónde debían estar.

Brahn acabó por encontrarlo justo cuando la oscuridad de la noche empezaba a desvanecerse y los primeros indicios del nuevo día asomaban en el horizonte. Otto estaba en su avión contando a los hombres que habían abordado y revisando sus chalecos salvavidas, arneses y correas.

Se detuvo al ver a Brahn trotar hacia él, agobiado por el peso de su equipo, con las gafas empañadas y la cara morada por el calor. Parecía aún más atormentado que antes si eso era posible.

Otto adivinó a qué se debía.

Sin embargo, fue un duro golpe cuando Brahn se lo confirmó y le dijo lo que solo había conseguido transmitir a un puñado de compañeros: que el rumor del campamento era cierto y que los servicios de inteligencia sí habían revisado su informe.

—Bien —dijo Otto empujando sin contemplaciones a Meyer, el último en embarcar, hacia el interior del fuselaje y girándose para mirar a Brahn—. ¿Cuántos nos esperan?

—Según las últimas estimaciones unos cincuenta mil.

Otto lo miró.

No se lo esperaba.

A pesar de lo cínico que se había mostrado respecto al pronóstico de que sería "un paseo por el parque", no esperaba nada parecido a esa cifra.

Su propia armada palidecía en comparación.

Cincuenta mil.

Los paracaidistas reunidos que atacarían en la primera oleada esa mañana apenas representaban una décima parte de esa cantidad. Incluso contando las tropas que estaban embarcando en sus planeadores, listas para aterrizar con ellos, su fuerza era ínfima.

—¿Está confirmado? —preguntó a Brahn.

"Dime que no."

—Parece que sí.

Otto maldijo.

—¿Cómo se nos ha podido pasar? ¿Cómo...?

—No lo sé. Dieron una excusa sobre la vegetación.

Otto volvió a maldecir.

Hacía demasiado calor. Demasiado maldito calor.

Se levantó, se quitó el casco y se pasó la mano por el pelo rapado y sudoroso. Su corazón latía por la adrenalina. Cincuenta mil. La cifra le generó algo: destrozó lo que quedaba de su coraza. Hizo que todo pareciera de repente muy, muy real.

"Va a ocurrir de verdad."

Por fin lo creyó.

Estaba sucediendo, ahora.

—Tengo que volver a mi avión —anunció Brahn.

—Mis otros hombres —dijo Otto, listo para correr, encontrarlos y advertirles.

Cincuenta mil.

—No hay tiempo —lo detuvo Brahn. Concéntrate en

los que están ahí. —Señaló con la cabeza al Junker—. Los demás se enterarán pronto.

Otto decidió no informar a los once miembros de su escuadrón hasta que estuvieran casi en Creta; no le encontraba sentido a hacerles sentir aún más aprensión de la que ya sentían. Se dijo que los había entrenado bien; los había entrenado bien a todos. Los demás se sorprenderían, sí, pero estaban preparados. Todos estaban preparados.

No le sirvió de consuelo.

El suyo fue uno de los últimos aviones en partir. El Junker se convirtió en un horno y la espera en el interior —mirando los rostros empapados y pensativos de sus hombres, sabiendo lo que sabía, escuchando el rugido de los otros aviones que aceleraban y luego despegaban— fue una tortura como ninguna que Otto hubiera conocido.

Nadie hablaba.

Otto no interrogó a nadie sobre nada.

Cuando captó la mirada de Meyer supo que debía dedicarle una sonrisa, que un oficial mejor que él lo habría hecho, que Brahn lo habría hecho, pero no lo hizo.

No pudo.

Mientras carreteaban, ocupando su lugar en la cabecera de la pista de hierba, los aviones que despegaban inmediatamente delante de ellos los cubrieron de tierra seca y los retrasaron aún más, puesto que los pilotos ya no podían ver a través del cristal de la cabina y había que limpiar la superficie.

—Nos están dejando atrás —dijo Fischer, y a Otto le sorprendió que sonara casi tan ansioso como se veía Meyer—. Estamos tardando demasiado.

—Está bien —respondió, aunque nada estaba bien—, recuperaremos el tiempo cuando hayamos despegado.

Y en cierto momento despegaron, aumentando la

velocidad; las paredes y el suelo del avión vibraron y se agitaron hasta que Otto sintió como si su cráneo fuera a astillarse y el fuselaje a desmoronarse; luego el avión se elevó con repentina suavidad, pesadamente, y subió, subió y luego giró a la derecha formando un arco sobre tierra firme.

Otto se volvió a mirar por la ventanilla y vio cómo los primeros rayos de sol surcaban el cielo y bañaban la cuenca de Atenas con su resplandor. Observó la ciudad y pensó en la gente que ahora despertaba y los veía pasar sobre sus cabezas. Intentó imaginar cómo se sentirían al ver partir esa flotilla para intentar conquistar otra parte de su país —el peso de su impotencia, de su rabia—, pero después apartó la vista y apoyó la cabeza contra la pared de acero, porque era demasiado. Todo era demasiado.

Al menos en el cielo se sentía más fresco, pero el cruce del Egeo no fue tranquilo. Durante la turbulencia, Meyer y un par más vomitaron.

—¡En las bolsas! —gritó Otto, pero la orden no llegó a tiempo y el olor del café que habían bebido antes de salir del campamento, regurgitado, invadió el fuselaje.

—Fantástico —dijo Fischer—, en serio, gracias.

—¡Cállate Fischer! —gritó otro hombre, ahorrándole la molestia a Otto.

No estaba enfermo, solo se sentía como si quizá fuera a enfermarse; miraba a través de la ventanilla, observaba los cientos de aviones que volaban en formación con ellos y la sombra de sus propias alas sobre el brillante mar azul, y recordaba cuándo había hecho lo mismo antes: cuando voló a Creta la última vez, con su madre delante y Lotte a su lado.

No se detuvo en el pensamiento de Lotte. Había llegado a sentir algo muy diferente por ella desde aquel verano, pero ella no tenía lugar allí, en ese avión.

Además, no faltaba mucho para que la isla apareciera a la vista, con sus montañas nevadas bajo el resplandor del sol. Sabiendo que solo le quedaban unos minutos, Otto hizo lo que debía y se volvió hacia sus hombres; vio cómo les desaparecía el color de la cara mientras les explicaba a cuántas decenas de miles de tropas británicas estaban a punto de enfrentarse.

—Son más que nosotros, ¿verdad? —gritó Meyer; su mirada saltaba de Otto a los demás y de nuevo a Otto—. Son muchos más que nosotros.

Nadie le respondió.

Giraron con brusquedad a la izquierda, volaron hacia la primera bocanada de humo antiaéreo, y luego de nuevo cuando llegaron más. Uno de los pilotos avisó desde la cabina que se mantuvieran a la espera, y entonces su despachador se levantó y abrió la puerta, llenando el fuselaje con más ruido, el rugido del aire caliente y la detonación de explosiones en la árida tierra de abajo.

—¡Fijen los cabos! —gritó Otto, y todos se pusieron en pie y repitieron el proceso para el que se habían entrenado en Alemania: sujetaron los ganchos al cable del fuselaje para mantenerse firmes. Él estaba detrás, con Meyer delante—. ¿De qué color son los botes de metralla que buscamos? —le preguntó por última vez.

—Rojo —dijo Meyer.

—Si no encuentras ninguno, busca un lugar seguro hasta que uno de nosotros llegue a ti.

—¿Y si no me encuentra nadie?

—Te encontraremos —le dijo Otto—. ¿Trajiste tu manta de la suerte?

—Sí.

—Bien. —Otto dio la señal al operador para que saltara el primer hombre.

Tampoco pensó entonces en Lotte.

Pero a medida que vio a los hombres desaparecer, uno por uno, por la puerta del avión, pensó brevemente en Eleni.

Se preguntó qué pensaría cuando se enterase, si es que alguna vez se enteraba, de que él había sido parte de ese ataque.

¿Podría soportar que ella lo supiera?

No creía que pudiera.

Y no quería que ese ataque tuviera éxito. Quería, con cada fibra de su ser cargado de adrenalina, que esos cincuenta mil soldados aliados ganaran, que los mandaran a ellos, el bando equivocado, de vuelta al lugar de donde habían venido; mantener ese pequeño lugar a salvo.

Sin embargo, no quería que sus hombres murieran. Ni siquiera los que habían lanzado puñetazos al aire el día anterior. No quería que muriera Meyer. No quería que murieran los oficiales con los que había entrenado.

No quería que muriera Brahn y que un telegrama devastara a su mujer e hijas, que le esperaban en Dresde.

No quería morir.

Odiaba aquello en lo que se había convertido, lo que hacía, pero quería su vida; la oportunidad de un futuro que no tuviera nada de eso, en el que construyera casas en lugar de lanzar granadas contra ellas.

"Dios", pensó mientras Meyer saltaba por la puerta, abriendo los brazos y esquivando por poco el morro de otro avión que volaba por debajo de ellos, "no quiero morir. No quiero".

Después, sin más remedio, saltó él también.

Eleni había oído los aviones antes de verlos.

Estaba en la terraza, sirviéndole a Tips un platito de leche, cuando la leche empezó a temblar, el platito a vibrar y ella sintió que se quedaba inmóvil al oír el ruido lejano y quejumbroso, cada vez más fuerte, como un trueno que rodaba hacia ella en el cielo despejado.

Tips había siseado, se le había erizado el pelaje a rayas y

había corrido hacia el interior de la casa, pero ella se había quedado donde estaba, con la inquietud propagándose en su interior y los ojos fijos en el horizonte.

Llevaba despierta desde las seis, sobresaltada por los estallidos de un ataque más temprano de lo normal. Yorgos ya había salido hacia el hospital y le había dicho que la llamaría a casa de María y Spiros, donde ella había quedado en pasar el día con María, por si la necesitaban. Solo Ben, que había vuelto de su noche de guardia, estaba en casa.

Se reunió con ella en la terraza, a medio vestir, con la camisa desabrochada, los tirantes sueltos alrededor de la cintura, quitándose la espuma de afeitar de la mandíbula con la toalla y mirando, como ella, en dirección al rugido ominoso y gutural, con el rostro endurecido y resuelto.

Él no se preguntó qué podía ser.

Ni ella tampoco.

Desde el momento en que oyó el sonido, supo instintivamente lo que significaba y que, por fin, "mañana" había llegado.

El rugido se hizo más fuerte, palpitante en el cielo. Todo empezó a temblar en la terraza: las ollas de terracota, la parrilla, la cuchara que Eleni había dejado en su cuenco del desayuno; los huesos bajo su piel.

Entonces...

—Dios mío. Es el Armagedón —jadeó Ben cuando, ante sus ojos, el horizonte se estremeció y pasó del azul al gris más oscuro: una ola de metal avanzaba de manera aterradora hacia ellos, acercándose en picado, en una tormenta de disparos, ratatata, y convirtiéndose poco a poco en formas identificables: decenas de planeadores, con sus alas enormes, y luego, detrás de ellos y apenas visibles, cientos de Ju 52.

Habló en inglés como siempre hacía con Eleni. Él sabía dónde se había criado, igual que los neozelandeses que se alojaban con María y Spiros, pero a ella no le preocupaba. Ben le caía muy bien. No hacía mucho que lo conocía pero se había convertido en un amigo; instintivamente confiaba en él, confiaba en todos ellos, pero, aunque no lo hubiera hecho, no se habría preocupado.

Tenía su propio plan.

Nunca había rezado tanto como ahora para no ponerlo en práctica mientras observaba, inútilmente, cómo esa fuerza extranjera y fascista descendía sobre su hogar. *Su hogar.*

Los planeadores se desplazaron y se dividieron en formaciones que se dirigieron a izquierda y a derecha, lo suficientemente lejos para que ella no tuviera que correr en busca de refugio, pero aún muy cerca, arriba y abajo de la costa.

—Están avanzando hacia el interior —dijo Ben, que pareció salir de su trance, arrojó la toalla al suelo y retrocedió—. La mitad de las tropas están en las malditas playas. —Dijo algo más, sobre volver al trabajo, pero Eleni dejó de escuchar, distraída por la horrenda visión de un planeador que explotaba en el aire, atrapado por el fuego antiaéreo.

La artillería de los cañones se intensificó, como galvanizada por el impacto, y los Stuka chillaron hacia abajo en dirección a sus posiciones, pero aun así siguieron disparando. Eleni visualizó a los soldados que los manejaban —aquellos hombres que había visto bebiendo *krasi* en La Canea—, sudorosos, decididos, despreocupados de las bombas que estallaban y, en la carnicería que se desarrollaba ante sus ojos, se sintió más ahogada, más humillada que nunca por el valor de ellos, por su presencia.

—¡Eleni! —gritó Ben, por encima de los Junker, que también habían llegado a la isla y la sobrevolaban, siguiendo el mismo camino que los planeadores—. ¡Eleni!

Se volvió hacia él, que ya estaba en la puerta de la cocina. No había dormido en toda la noche, pero sus ojos estaban alerta, llenos de energía.

—Ven tú también —dijo. Puedo llevarte a casa de María.

Ella asintió. Era una buena idea. La oficina de Ben, en el cuartel general de Creforce, estaba a solo unas calles de la casa de Spiros y María, y aunque era temprano Eleni sabía que María estaría desesperada por saber si estaba bien. Yorgos también. Podría telefonearle al hospital desde casa de María. Allí tenían una línea telefónica a diferencia de la villa.

—Gracias.

—Dame cinco minutos —dijo y desapareció dentro.

Pensó en seguirlo para intentar localizar a Tips y reunir sus cosas por si tenía que quedarse con María.

Sin embargo, no pudo moverse inmediatamente.

Con los oídos desorbitados, volvió a centrar su atención en el cielo apocalíptico y tragó saliva cuando, a lo largo de la costa, empezaron a caer más planeadores, a perder el control y a precipitarse al suelo. Eleni visualizó también a los hombres que viajaban dentro, desgarrada entre el odio y la piedad.

Luego, algo más: ráfagas de toldos blancos, rojos, verdes y amarillos que se desprendían de los vientres de los Junker.

"Paracaídas", pensó.

Sabía por su entrenamiento que los paracaídas de colores debían transportar provisiones. Los blancos llevaban lo que parecían palos negros, pero que solo podían ser hombres. Los siguió con la vista mientras descendían entre el humo y la luz cegadora, extrañamente paralizada.

No pensó en Otto mientras los veía caer.

Tampoco había pensado en él al ver cómo se incendiaban los planeadores o cómo se lanzaban los Stuka.

Nada de esa violencia podía vivir en su mente, con él.

Pero cuando los paracaídas blancos se acercaron al suelo, los hombres que colgaban de ellos como palos, indefensos ante los ojos de Eleni, se agitaron y luego quedaron oscilantes, inmóviles.

Eleni se dio cuenta de lo que les estaba ocurriendo.

Les estaban disparando.

Aquellos hombres que había visto en La Canea bebiendo *krasi*, riendo en las playas, les estaban disparando mientras caían.

Los fusilaban a centenares, como si fuera un juego de un parque de atracciones, y era demasiado explícito, demasiado... humano para verlo.

Sin embargo, no podía apartar los ojos.

Una parte de ella estaba horrorizada por lo que estaba presenciando: la misma parte que acababa de sentir lástima al ver arder aquellos planeadores.

Pero otra parte, una que sentía expandirse dentro de ella, con cada latido de su corazón acelerado, alentaba a los tiradores a seguir disparando.

"No puedes dejar entrar la compasión", le había aconsejado una vez el señor Wood durante su formación. "El desapego es tu amigo. Sin él, te resultará mucho más difícil apretar el gatillo."

Ella no dudaba de que los soldados que estaban en tierra estaban viviendo bajo esa regla ahora.

Ella misma la estaba aprendiendo.

No se podía permitir que esos palos aterrizaran, ella lo sabía. Si no, serían ellos los que empezarían a matar. Ellos y sus hermanos habían bombardeado, disparado y avanzado con tanques en su camino a través de Europa y *debían* ser detenidos.

Vergüenza debería darles, de verdad, por haber venido.

Vergüenza a todos ellos.

Sin embargo, incluso mientras lo pensaba, no podía encontrar en ella el modo de regocijarse con esas muertes.

Más bien, a medida que más paracaidistas aterrizaban, se tambaleaban y caían, ella permanecía clavada en su sitio, con los ojos fijos en un hombre-palo en particular. No estaba segura de qué era lo que llamaba su atención. Pero cuanto más bajaba y más se acercaba al suelo, en el calor de la mañana, más lo seguía ella con la mirada, y no sentía sed de sangre, ni odio, ni venganza.

Solo sintió pavor.

Y una sensación de dolor abrumadora.

—¡Apunten a sus pies!

Otto oyó la orden gritada frenéticamente una y otra vez, que se elevaba desde el suelo cretense. Estaba más tierra adentro de lo que debía, al menos a un par de millas de la costa, desviado de su rumbo por las corrientes de aire, las estelas de los aviones y las repentinas ráfagas desencadenadas por las explosiones.

"Si le apuntas a los dedos de los pies, tendrás su cabeza."

Aprisionado por el arnés, echaba miradas a izquierda y a derecha, hacia la bruma de calor y disparos que le llenaba la garganta y amenazaba con asfixiarlo, con la respiración acelerada al ver a los paracaidistas sacudirse. No sabía a qué hombres estaban disparando, si formaban parte de su propio batallón o del de otro; si habían sido de los pocos que habían sido advertidos de la fuerza de los aliados o eran de la mayoría que se había encontrado con esa horrenda sorpresa; solo sabía que lo que les estaba ocurriendo era grotesco. No podían apuntar con sus armas hasta que no estuvieran libres de sus paracaídas; su única esperanza estaba en la dirección en que los llevara el aire: a terreno abierto, donde los que estuvieran debajo de ellos tendrían una línea de visión clara, o a algún lugar protegido, donde tal vez podrían tener una oportunidad de defenderse.

No dejaba de pensar en Meyer, en su manta.

"Son más que nosotros, ¿verdad?"

Pensó en todos sus informes y maldijo, giró, torció el cuello, vio cómo se sacudían más paracaidistas, con todo el cuerpo tenso por la impotencia mientras colgaba a la deriva, esperando saber qué habría sido de ellos o si habría alguien en el suelo vigilándolo a través de su mira, con el dedo del gatillo tenso, apuntando...

"¡Apunten a sus pies!"

Aún estaba esperando recibir el disparo cuando, como siempre ocurría en un salto, su descenso dejó de parecer tan lento y se volvió de pronto rápido; bruscamente, la tierra estuvo lo bastante cerca como para precipitarse a su encuentro y envolverlo mientras aterrizaba, con los pies por delante, sobre el suelo duro y sólido de la espesura de un olivar.

No se detuvo a recomponerse. Mientras se esforzaba por llenar sus conmocionados pulmones, siguió adelante: se quitó el arnés, sacó su Schmeisser, sus ojos —enrojecidos por el humo que había atravesado— recorrieron el entorno, peinando la sombra de los árboles pálidos y resecos. Después del vasto auditorio del cielo, todo parecía muy cerrado, extremadamente pequeño y también silencioso.

El azar había estado de su lado.

No había nadie más.

Pero cuando se puso en marcha, gateando y todavía mareado por la falta de oxígeno, oyó otros pies que tropezaban cerca, en la maleza.

Se detuvo con el arma en alto, listo para disparar.

—¡No dispare! —le dijo una voz conocida. La voz de Fischer. Salió de entre los olivos, aferrándose el brazo; había sangre que se filtraba por los dedos—. Ya me dispararon una vez. Me han disparado...

También había estado llorando. Otto se dio cuenta por las manchas que tenía en la cara sucia.

Bajó el arma.

—Nos están matando —dijo Fischer, y se le escapó otra lágrima. Debía de odiarse a sí mismo por ello. Y a Otto por haberlo visto—. Nos están matando a todos.

Como para reforzar la ineludible verdad, se oyó una ráfaga de ametralladoras no muy lejos de allí. El suelo tembló por la fuerza de una explosión segundos después. Otto supuso que se trataba de otro planeador que se estrellaba.

Fischer cayó de rodillas.

Otto pensó en marcharse y dejarlo allí por un momento. De todos los hombres en los que había pensado al arrojarse del avión, Fischer era el que menos había destacado. Lo vio ahora, sangrando ante él, y lo vio de nuevo apuntando con su arma a la cara de aquel niño petrificado de horror, disparando tiros al aire en el campamento antes de que se marcharan.

"Déjalo sangrar", dijo una voz en su interior. "Déjalo."

La ametralladora volvió a sonar.

Fischer se acobardó.

Otto exhaló un insulto y, sabiendo que de otro modo no podría vivir consigo mismo, se inclinó, arrancó la seda de su paracaídas y se acercó a él; lo puso en pie y utilizó la seda para hacerle un torniquete en la herida. Al apretarlo, ignoró el aullido de dolor de Fischer y le preguntó si había visto algún bote de metralla.

Fischer no había visto ninguno.

—Entonces vámonos —dijo Otto.

—¿A hacer qué? —preguntó Fischer.

—Sobrevivir —respondió y pensó, de la nada, en Marianne, en la pequeña Esther—. Sobreviviremos.

—¿Y ganaremos? —dijo Fischer—. Ganaremos, ¿no? Recuperaremos a los nuestros.

Otto siguió adelante por el bosquecillo sin responder, no de inmediato.

Todavía tenía la esperanza de que no ganaran.

Incluso después de la masacre que acababa de ver, esperaba que no tuvieran más remedio que retirarse.

"Recuperaremos a los nuestros."

No quería ser parte de eso. Pero...

—Sí —dijo, sin inmutarse—, probablemente ganaremos.

—¿Cómo lo sabe?

—No lo sé. —Preparó su arma al ver la luz brillante de un claro más adelante; le hizo un gesto a Fischer para que se pusiera cuerpo a tierra y se moviera hacia la izquierda—. Pero al final siempre tendemos a ganar, ¿no?

CAPÍTULO 16

GANARON.

No deberían haber ganado.

Se dijo a menudo después de la batalla, después de la segunda evacuación de las fuerzas aliadas de Grecia en otros tantos meses, que Creta nunca debería haberse perdido. En el silencio aturdido que se apoderó de la isla, poco más de una semana después de aquel primer y sangriento día de la invasión —un silencio roto únicamente por el desfile de botas militares, el crepitar de los megáfonos que ordenaban a Creta que diera la bienvenida a sus libertadores y el escalofriante *staccato* de los disparos que resonaban en las paredes de las montañas mientras los escuadrones de ejecución nazis ponían manos a la obra y "recuperaban a los suyos"—, descendió una horrorizada incredulidad.

¿Cómo había sucedido?

Eleni oía la pregunta por todas partes.

¿Cómo?

Al principio realmente no había parecido posible que pudiera suceder.

Murieron demasiados alemanes ese primer día. Cayeron demasiados aviones, por toda la isla. Eleni no pudo ver más de la batalla una vez que se trasladó a Halepa, pero el estado de ánimo aquella noche en esas calles abarrotadas, llenas de diplomáticos y oficiales, era de puro optimismo. Se habían contado los aviones, se habían hecho los cálculos; rápidamente se corrió la voz de que la cantidad de alemanes que había desembarcado en la isla no se acercaba ni remotamente al número de las tropas aliadas. Los oficiales nazis ni siquiera habían anunciado aún la invasión en Alemania, demasiado temerosos de hacerlo tras un comienzo tan catastrófico.

Pero ese primer día fue solo eso: el comienzo.

La historia empezó a cambiar demasiado rápido.

Eleni nunca pudo comprender del todo cómo sucedió, ni siquiera cuándo fue el momento exacto en que las fuerzas aliadas pasaron de estar en el bando ganador al perdedor.

Sin embargo, Ben la ayudó a hacerse una idea.

Lo veía a menudo, antes de que llegara el momento de desaparecer.

No en la villa. No volvió allí; por primera vez en su vida no se sentía segura tan aislada, tan cerca de Souda, en cuyos límites los combates no hacían más que intensificarse. Se quedó en Halepa con María y con un Tips muy asustado, al que Ben había ayudado a subir a su coche antes de que salieran de la casa (y tardaría en olvidar la imagen de él, con sus hombros cuadrados y su uniforme, luchando por contener al regordete Tips con una maniobra para inmovilizarlo). Eleni se instaló en la habitación que daba al jardín, donde solía dormir las siestas de su infancia. Los neozelandeses que se habían alojado en la casa ya se habían marchado a luchar con su batallón (María se preocupaba por ellos constantemente. "Qué buenos chicos", decía). Yorgos y Spiros también se habían ido; trabajaban las veinticuatro horas del día en el hospital, desafiando su edad para ayudar con la avalancha de heridos que entraba por las puertas del almacén. Eleni también pasaba tiempo allí todos los días con María: enrollaban más vendas y lavaban interminables cubetas de sábanas. Pero cada noche, una vez que volvían a casa, esquivando las tropas y los camiones de suministros que atascaban los caminos oscuros, Ben pasaba por allí, a veces para lavarse o cambiarse de ropa, y siempre mantenía a Eleni y a María al tanto de la pesadilla que se estaba desarrollando.

Eran los aeródromos los que estaban en el origen de todo. A Ben le preocupaba que cayeran ya en la primera noche de la invasión. Una vez que los alemanes hubieran ganado una pista de aterrizaje dijo, podrían aterrizar sus transportes de tropas con facilidad, además de mantener sus Messerschmitts y Stukas en el aire durante más tiempo, ya que ya no tendrían que volar de vuelta a Atenas para recargar combustible y rearmarlos. Era fundamental que los aliados conservaran las bases, pero todavía tenían demasiadas tropas propias en la costa a la espera de la invasión marítima que el general Freyberg insistía en que también estaba en camino.

—¿Y es así? —preguntó Eleni.

—No lo sé —dijo Ben—, pero estamos en medio de una invasión aérea, así que no darle prioridad va en contra del sentido común.

Eleni estaba de acuerdo.

No llegó ninguna flota de invasión por el agua, sino que al día siguiente llegaron más paracaidistas e incontables aviones que sobrevolaron en picado y enviaron a los hombres en enjambre hacia la base aérea de Máleme, donde las tropas aliadas lucharon con determinación para contenerlos ("durante horas", dijo Ben), pero no pudieron continuar indefinidamente, porque los alemanes siguieron llegando y consiguieron, finalmente, derrotarlos.

—Tomaron muchos prisioneros —dijo Ben, que esa noche se detuvo en casa de María solo el tiempo suficiente para darle la noticia. Rechazó la oferta de María de comer.

Ni siquiera se quitó la gorra. Su rostro, oscurecido por el sol, era sombrío, sobrio—. Nos han dicho que los obligaron a despejar la pista para poder mantenerla operativa y hacer aterrizar a sus refuerzos. Fusilaron a cualquiera que se negara.

—Pero la Convención de Ginebra... —dijo María.

—Sospecho que se sentían menos inclinados de lo normal a respetarla después de lo de ayer.

—Y ahora tienen Máleme —dijo Eleni.

—Así es. —Se volvió hacia la puerta—. Tenemos que recuperarla. Tendríamos que haberlo hecho hace horas. Es una locura que nadie haya dado la orden. Freyberg está obsesionado con mantener a los hombres en la costa.

Finalmente, la orden de lanzar una contraofensiva se emitió al día siguiente.

—Demasiado tarde —dijo Ben.

Las fuerzas asignadas también eran demasiado escasas. No tenían ninguna posibilidad contra el poderío de las tropas alemanas, que para entonces habían aterrizado en su pista reparada y consolidado su defensa. Y, aunque los cretenses salieron en apoyo del ejército aliado —"Tanto mujeres como hombres" contó Ben, "los vemos por todas partes", y Eleni se las imaginaba con sus pañuelos en la cabeza y sus rifles al hombro— el ataque fracasó.

Casi de inmediato corrió el desafortunado rumor de que la familia real había huido de Creta.

Fue Yorgos, y no Ben, quien llamó la atención de Eleni sobre esa noticia la tarde siguiente, cuando fue a buscarla a la cocina del hospital donde ella estaba hirviendo más vendajes.

—Se han ido —dijo con el ceño fruncido.

—¿Los alemanes? —preguntó ella sin ninguna esperanza.

—No. Nuestro rey y su familia.

—Supongo que no es una gran pérdida.

Yorgos le contó cómo habían partido: la escolta armada

los había llevado por las montañas blancas hasta el puerto de Sfakiá, y luego la escolta naval los había trasladado hasta Alejandría.

—Tal vez tu padre participó.

—Está en el Atlántico.

—Él no querría que te quedaras aquí.

—Probablemente no —admitió Eleni.

—Si tiene sentido que el rey se marche, tiene sentido que se marche mi nieta —aseguró, enfatizando cada sílaba con el dedo.

—Yo no tengo sangre azul —señaló ella.

—Ellos tampoco.

—Sin embargo, son ellos a quienes se han llevado. —Sacó las vendas de la batea y las metió en la cesta para el escurridor, casi sin darse cuenta de que otra explosión lejana fruncía el aire. Ya hacía mucho que nadie se sobresaltaba.

—¿Cómo crees que podría llegar a Sfakiá, *Papou*? ¿Quieres que vaya caminando hasta allí por mi cuenta? ¿Y a qué barco se supone que debo subir?

Él no tenía respuesta.

—No, ¿ves? —dijo ella—. Aún no es hora de que me vaya. —Volvió a centrar su atención en el escurridor; no estaba dispuesta a enfrentarse a él para proteger su secreto ("Una forma terrible de vivir, en realidad.")—. Cuando todos los demás evacuen, entonces me iré. Pero no nos rindamos todavía por favor.

Ella no quería.

Nadie quería.

Seguían llegando rumores a montones de más terreno perdido y recuperado y perdido de nuevo, que hacían oscilar a todos entre la esperanza y la desesperación. A medida que el tercer día de la invasión daba paso al cuarto, Ben dijo que incluso en el cuartel general tenían dificultades para seguir la pista de lo que estaba ocurriendo; el rudimentario sistema de radio seguía fallando y cortaba la comunicación entre las ciudades lejanas y los campos de batalla, de modo que tenían que recurrir con demasiada frecuencia a conjeturas sobre qué terreno estaba en qué manos. A medida que se desplazaban más tropas de una crisis a otra, los caminos de Creta —que, aunque deberían, nunca se habían ensanchado— se bloqueaban más que nunca y la Luftwaffe era presa fácil de los enormes atascos de tránsito.

El ruido de los aviones, las bombas y el ratatata de las ametralladoras no cesaba, ni siquiera en plena noche. Los depósitos de municiones y los suministros de combustible ardían en llamas y llenaban con más humo el aire ya estancado, de modo que en la mañana del día 24, cuando Eleni caminaba con María hacia el hospital, el hedor de la quema había oscurecido casi todos los demás aromas: el del mar, de las flores, del tomillo ("¿Volveremos a oler algo así?" se preguntó María); solo un olor penetraba en la bruma acre, un olor fétido y nauseabundo que Eleni no había olido nunca antes y que no quería volver a oler: el de los muertos, que la brisa traía de los campos de batalla.

En el hospital hacía tiempo que el espacio del viejo almacén era insuficiente para las interminables oleadas de heridos, y habían tenido que colocar las camillas en las aceras circundantes, sin nada que protegiera del sol a los hombres. Eleni los oía gemir, incluso desde la antecocina, y odiaba no poder hacer más para ayudarlos aparte de llevarles cacerolas con agua potable y lavarles las vendas.

También estaba muy preocupada por Yorgos y Spiros. Ya iban por su quinto día de guardia permanente en el hospital, y por cada día que habían pasado allí estabilizando fracturas, irrigando heridas, ayudando a los cirujanos en el quirófano, parecían haber envejecido el doble de años. Sin embargo se negaban a parar; ni siquiera querían hablar de volver a Halepa para pasar la noche.

—Así que dormirán cuando estén muertos —gritó María a los dos—. No faltará mucho si siguen así. ¡Tienen setenta años!

Pero no dejaron de ir porque no había médicos suficientes para todos y siempre había más vidas que salvar.

No lo hacían solo por los hombres de su propio bando.

También se preocupaban por los alemanes.

No había muchos en el hospital en comparación con el resto. Estaban recluidos en una zona propia, al fondo de las salas reconvertidas, aislados por biombos quirúrgicos. A veces, cuando Eleni se encontraba cerca limpiando el suelo, los oía divagar, delirar, hablar de sus hogares, de sus amigos y, sobre todo, de sus madres, llorando porque las añoraban mucho.

Cuando los escuchaba no podía evitar que volviera a invadirla la compasión que había sentido en su terraza al ver arder los planeadores y caer inertes a los hombres palo, independientemente del motivo que los había llevado allí.

Sin embargo, nunca sintió el impulso de acercarse a ellos.

No se atrevía a ofrecerles consuelo.

Hasta que aquella mañana del 24, su *papou* le pidió que lo hiciera.

Esa vez la encontró fuera, en el sombreado patio trasero, mientras llenaba cubetas en la bomba. Venía del quirófano. Su chaqueta blanca estaba manchada de sangre y tenía sombras oscuras bajo los ojos caídos.

—*Papou* —lo llamó Eleni, dispuesta a insistir en que durmiera un poco.

—*Eleni-mou* —la llamó él a su vez, débilmente y con un gesto de la mano; le habló del joven que habían traído la noche anterior con heridas de bala en el estómago y el hombro. Le habían quitado las balas, dijo, pero el chico llevaba demasiado tiempo a la intemperie y ya había contraído septicemia; lo más probable era que no le quedara mucho tiempo.

—Es un bebé —dijo, mientras se sentaba pesadamente contra la pared derruida del patio—. No entiende nada de lo que le decimos. Se llevó la mano a la frente, como si quisiera apartar el horror—. Siéntate con él un rato, ¿quieres? Haz como si fuera tu chico alemán.

Otto seguía tan lejos de su mente que Eleni tardó un segundo en darse cuenta de a quién se refería.

—¿Mi chico alemán *Papou*?

Yorgos exhaló una risa corta y triste.

—¿Crees que nací ayer?

—¿Lo sabías?

No sintió pánico ni preocupación al preguntar, diferente a si hubiera pasado en aquel verano.

Al menos la guerra colocaba las cosas tremendamente en perspectiva.

—Llegué a darme cuenta al final —dijo él—. Crie a tu madre antes que a ti, no lo olvides.

—¿Ella no te habló de papá?

—No me habló de muchas cosas —dijo, lo que no respondía del todo a su pregunta, pero no era el momento de presionarlo—. Sé que ahora ella sería amable con ese muchacho así que, por favor, ¿puedes?

Ella no quería.

Incluso mientras estaban hablando, los habían sobrevolado más aviones de tropas alemanas.

Menos de una hora antes, se había inclinado para dar agua a un hombre que estaba en una camilla y había descubierto que ya estaba muerto.

Lo último que quería era ser amable con un nazi.

Pero, al mismo tiempo, no había muchas cosas que se negara a hacer por su *papou* si él se las pedía.

—Lo intentaré —le dijo.

—Gracias —respondió él y la escoltó al interior, a la sofocante quietud química de la sala.

El chico no estaba con el resto de los alemanes, sino en un pequeño cubículo con mosquitera.

—Como te dije, probablemente no le quede mucho tiempo —suspiró Yorgos—. Solo un poco de amabilidad, Eleni-mou, ¿sí?

—De acuerdo, está bien —dijo ella y, sin confiar en ser capaz de lograrlo, se escabulló tras los biombos.

Sin embargo, aquella mañana consiguió ser amable.

Al final, le resultó muy fácil.

Durante el poco tiempo que pasó con aquel chico olvidó su odio, olvidó su desapego y no sintió nada más que la compasión contra la que le había advertido el señor Wood.

"Un bebé."

Enseguida se dio cuenta de que Yorgos tenía razón. Aquel chico, delgado y liviano bajo su sábana fina, con sus mechones de pelo y sus mejillas suaves, no podía tener, supuso, mucho más de dieciséis años. Lloriqueaba cuando ella se acercó a su lado la primera vez, pero se detuvo cuando la vio y la miró fijamente, con la mirada perdida, aterrorizada.

Temblaba por la fiebre. Tenía la piel cerosa y amarilla por la pérdida de sangre. Eleni podía oler la infección, podía oler su miedo.

—Estás a salvo —le susurró—. Estás a salvo.

Los ojos del muchacho se llenaron de lágrimas.

—Hablas alemán.

—Shhh.

—Tengo tanto miedo *fräulein*...

—Lo sé.

—No quiero estar aquí.

¿Se refería al hospital? ¿O a Creta? Ella no le preguntó.

—No pasa nada —le dijo. Y luego repitió—: Estás a salvo.

—¿Sí?

—Sí, por supuesto. —Se sentó en la cama a su lado y, sin pensarlo, le tomó la mano. Sintió que los dedos de él, calientes y muy débiles, temblaban y se aferraban a los suyos; los apretó con más fuerza—. Me quedaré sentada contigo.

—¿No te irás?

—Por un rato, no.

—Por favor no te vayas.

—No me iré.

Sus dedos volvieron a agitarse.

—Gracias.

No preguntó por su madre. Siguió mirando a Eleni y no dijo nada más.

En poco tiempo, sus ojos empezaron a cerrarse. Era como si, ahora que se sentía seguro, pudiera dejarse ir.

Aflojó la mano que sujetaba Eleni, totalmente confiado, y se durmió, más parecido que nunca a un bebé.

Aún dormía profundamente cuando ella se levantó para irse.

Se detuvo una sola vez ante el biombo y lo miró antes de marcharse, con una gran pesadez en el pecho. Vio cómo movía los labios, cómo le temblaban los párpados mientras soñaba, quizá con la batalla que lo había llegado hasta allí.

"Imagina que es tu chico alemán."

No lo había imaginado. No había sido necesario.

Había olvidado, realmente había olvidado mientras le sostenía la mano lo que estaba haciendo en Creta.

Quería que estuviera bien. Se sorprendió de lo mucho que deseaba eso.

Sin embargo, no preguntó por él una vez que lo dejó. No le dedicó ni un solo pensamiento.

La compasión que había sentido la abandonó por completo en pocas horas.

Porque esa tarde la Luftwaffe hizo lo inimaginable y bombardeó La Canea; demolió e incendió el viejo puerto veneciano —sus palacios, sus calles con balcones y tejados de madera—, quemó casas, quemó familias, quemó todo, rompió todos los corazones y destrozó, al menos para Eleni, la última pizca de esperanza a la que se había aferrado de que la invasión fuese a terminar de otra forma que no fuera la que más temía.

No fue capaz de asimilar inmediatamente su propia conclusión, ni mientras duró el bombardeo ni durante las horribles horas que siguieron. Estaba demasiado ocupada.

El hospital estaba, al menos, lo suficientemente lejos de la ciudad como para no ser tocado. Eleni permaneció allí durante todo el ataque, así que no vio nada, pero lo oyó: los aviones palpitantes, las bombas, tan terribles como cualquiera de las peores noches. Lo sintió. Con cada nueva explosión se sacudían las camas metálicas hacinadas en los pabellones; el polvo se esparcía por el techo y los cristales sueltos del almacén temblaban. Mientras ayudaba a sacar a los pacientes que estaban debajo y corría, a las órdenes de los camilleros, para preparar la sala de triaje, se imaginó el infierno de La Canea y quiso llorar.

"Aquí no", suplicó en silencio a los aviones zumbadores, "por favor, no nos hagan eso".

Pero lo hicieron.

Y siguieron y siguieron.

Después llegaron los heridos, que se agolpaban en el triaje y se empujaban para ser atendidos por los escasos médicos: había niños pequeños que lloraban y miraban fijamente, con horror en sus rostros ennegrecidos y quemaduras que los acompañarían el resto de su vida; una mujer embarazada, cuyo parto se había adelantado, que se aferraba a Spiros desde su camilla mientras él intentaba en vano asegurarle que harían todo lo posible; muchos otros con costillas rotas, más quemaduras, conmociones cerebrales, sollozando en estado de *shock,* pidiendo por sus familias. Después, una niña pequeña, más o menos de la misma edad que Esther, que ya no podía recibir ayuda, pero cuya madre la había traído de todas maneras porque simplemente no podía soportar la verdad, simplemente no podía.

—¿Por qué no te sientas con ella? —Eleni oyó que María decía a la madre al pasar junto a ellas, de camino a por más gasas—. Siéntense aquí, juntas, todo el tiempo que quieran.

Al ver a esa madre así, en medio del ruido, el humo y el miedo, Eleni se detuvo paralizada por el inimaginable dolor que debía de sentir. También pensó, como tantas veces, en la madre de Esther, allá en Berlín, y tuvo que morderse las mejillas para contener el dolor.

No se podía derrumbar. Se dio cuenta de que sería desastroso de su parte hacerlo, por muchas razones.

No lo hizo.

Respiró hondo una vez, luego otra, dejó que María se ocupara de aquella pobre mujer y de su pobre hijita y fue a buscar las gasas.

Siguió así el resto de la noche. Todos lo hicieron.

Se acercaba el amanecer cuando ella y María regresaron a casa.

Aliviadas de encontrarla intacta, como el resto de las calles del barrio, las dos lloraron al llegar. Se desplomaron juntas en los escalones del jardín, respirando el humo carbonizado de la ciudad, sin mirar al cielo que se iluminaba, porque el humo lo había oscurecido, solo apoyándose la una en la otra.

—Todavía veo a esa niñita —dijo Eleni, llevándose los dedos a los ojos.

—Lo sé —dijo María—. Lo sé.

—Los odio. Los odio por haber hecho esto.

—Todos los odiamos.

—No tenían por qué…

—Todo esto ha sido innecesario.

—Dios, esa pequeña…

Eleni también pensaba en Dimitri y en su asma. "Ven, Eleni, vamos al cielo." Uno de los conductores de la ambulancia le había dicho que los bombarderos habían dejado el puerto intacto —sus comandantes eran conscientes, sin duda, de la utilidad que tendría para ellos en el futuro inmediato—. Pero ¿cómo podía saber Eleni si Dimitri se había quedado allí? La casa de su familia estaba justo en el centro de la ciudad. Conociéndolo, seguramente habría corrido directo hacia allá.

—Estoy segura de que está bien —dijo María.

Pero no podía estar segura. Nadie podía.

Eleni ansiaba saber con certeza que Dimitri estaba bien. Y lo mismo de Sócrates.

Estaba desesperada por saber qué había sido de todos sus seres queridos, y no solo en La Canea sino también en las montañas.

¿Qué pasaba con su tía abuela Sofía y el resto de su familia?

¿Sabían siquiera que el mundo se estaba terminando allí abajo?

¿Y Pendlebury? ¿Dónde estaría? ¿Todavía en Heraclión?

No sabía cómo averiguarlo.

No era el momento, de todas maneras.

Por ahora, por mucho que le importara, tenía otras preocupaciones más urgentes.

Fue entonces cuando realmente la golpeó.

La Canea estaba en llamas. Solo Dios sabía lo que estaba pasando en Heraclión y Rétino. Las tropas estaban dispersas por toda la isla y libraban batallas aisladas, sin poder comunicarse entre sí. Las carreteras estaban bloqueadas, los aeródromos habían caído y la Luftwaffe casi tenía vía libre en el cielo.

Los fascistas iban a ganar. Muy pronto.

Lo comprendió fríamente. No sintió más pena, ni rabia.

Estaba demasiado agotada, demasiado embotada por el día para sentir algo más que una sombría resignación.

Estaba preparada.

Llevaba mucho tiempo preparada.

Tenía su plan.

Iba a necesitarlo después de todo.

Los acontecimientos del día siguiente no le hicieron cambiar de opinión.

Cuando María y ella regresaron al hospital tras un breve sueño, se enteraron de que el teniente coronel a cargo había ordenado que comenzaran los preparativos para su evacuación, ya que tendrían que trasladarse de un momento a otro. Cerraron las puertas a nuevos heridos y Eleni se encargó de acompañar a uno de los funcionarios de salud por las salas, tomando nota de los pacientes que consideraba lo suficientemente fuertes como para ser trasladados y de los que, a su pesar, consideraba demasiado graves para moverlos. El funcionario le dijo que esos pacientes, al igual que los alemanes y las víctimas del último ataque, permanecerían al cuidado de su *papou*, Spiros y el puñado de médicos griegos que quedaban hasta que llegaran los alemanes; en ese momento, solo les restaría esperar que sus propios médicos siguieran cuidando de ellos con la misma diligencia con la que habían atendido a sus hombres y mostraran más respeto por la Convención de Ginebra que sus compatriotas en Máleme.

—Pero no te vamos a dejar —dijo, cansado—. Te he anotado en la lista de personal.

—De acuerdo —dijo Eleni. Le venía bien.

María, Spiros y Yorgos también se alegraron mucho cuando se lo contó.

—Gracias a Dios —dijo Spiros.

—Ahora podré dormir esta noche —dijo María, abrazándole la cara y besándola en ambas mejillas.

—Tal vez hasta yo podría —dijo Yorgos y estrechó a Eleni entre sus brazos.

—Por favor, hazlo —dijo ella y lo abrazó con fuerza, consciente de las pocas oportunidades que le quedaban.

—Esto me quita un gran peso —dijo él, abrazándola más fuerte—. Un gran peso.

Ella sabía que era así. No se sentía culpable por contar esa mentira.

Siempre había sido su intención que, si Creta caía, todos sus conocidos creyeran que ella se había ido. Por eso había tenido tanto cuidado con sus encuentros desde que había vuelto. Era simple matemática: cuantas menos personas supieran de su presencia, menos tendría que preocuparse por convencerlas de que realmente se iba, si llegase el momento, *cuando* llegase el momento. La mentira era por su bien, no por el de ella. Le preocupaba menos que la traicionaran ahora que allá en el puente de Vauxhall. Al contrario, estaba segura de que morirían antes de hacer eso. Pero no quería que murieran por ella; se había dado cuenta de lo poco que quería que mintieran por ella. Era una forma terrible de vivir, en realidad. No podía imponérsela a nadie. Además, francamente, no todo el mundo era hábil para la mentira. En particular Spiros: Eleni temía que quedase en evidencia si se le ponía en un aprieto. Y aunque él, María o Yorgos, mencionaran algún día a Dimitri, a Sócrates, a Sofía o a cualquiera que Eleni había estado en la isla, al mismo tiempo les dirían que se había marchado, con la auténtica y convincente confianza de que lo que decían era cierto.

Aun así…

—No puedo soportar dejarte aquí —dijo a Yorgos—. No puedo.

—Sobreviví a los turcos —la tranquilizó él—. Puedo sobrevivir a esto. —Le dio un beso en la cabeza—. Pero no sobreviviría si te pasara algo, Eleni-mou. Debes tener cuidado cuando te vayas. Mucho cuidado.

Ella sería cuidadosa.

También se lo prometió a Ben esa noche.

Él la llamó por última vez poco antes de las nueve y la encontró sola, porque María, que ya tenía casi setenta años, se había ido a la cama a dormir el sueño que ahora estaba tan segura de poder conciliar.

Eleni había estado buscando a Tips cuando oyó el golpe conocido de Ben en la puerta. No había visto al gatito gordo y rayado desde el bombardeo y empezaba a preocuparse. Se había quedado en casa desde que ella y Yorgos habían dejado la villa, sin alejarse más allá del jardín y, aunque Eleni suponía que se había asustado lo suficiente como para salir corriendo cuando empezaron a caer las bombas, no se le ocurría por qué no había vuelto. Había querido llevárselo con ella cuando se fue. Realmente quería hacerlo. No iba a tener a nadie más y aunque se daba cuenta de que era un gato, solo un gato, era *su* gato, que había llegado a su vida con él, con Otto, "su chico alemán", y, en realidad no podía soportar pensar que pudiera estar herido.

Las noticias de Ben tampoco fueron muy alentadoras.

Le dijo, una vez que ella le hizo señas para que entrara en el pasillo oscuro, que el personal del cuartel general de Creforce se había trasladado de Halepa a Souda, aunque no esperaba que estuvieran allí mucho tiempo. Student, el general alemán que había planeado la invasión, había llegado a la isla para supervisar su finalización. Los nazis en Alemania habían anunciado finalmente en sus emisoras de radio que el ataque se estaba produciendo, lo suficientemente seguros de su victoria ahora como para hacerlo público.

—Todavía se está luchando mucho —agregó—, con

éxito, creemos, en algunos sectores. Nadie quiere rendirse. Pero hemos perdido demasiado territorio de la isla. Freyberg está a punto de avisar a El Cairo para que el comité de planificación conjunta del cuartel general de Oriente Medio sepa que Creta no se puede mantener.

Eleni no sabía por qué sus palabras fueron un golpe tan duro.

Ella ya había aceptado que la batalla había concluido.

Fue aplastantemente definitivo, sin embargo, escuchar que Freyberg también lo había aceptado.

—No podremos evacuar Souda —continuó Ben con la mandíbula tensa por lo que ella pudo notar que era arrepentimiento, y sospechó, para su angustia, que también era vergüenza—. Los nazis están demasiado cerca. Estamos pidiendo permiso para huir por las montañas blancas, salir de Sfakiá…

—Como el rey —dijo Eleni insensible.

—Sí —confirmó él.

Ella intentó sonreír pero no pudo, porque ¿qué razón había para sonreír?

—Ya no podré volver aquí —dijo él. Fuera, más allá de la puerta principal, sonaron más sirenas de ambulancia. Se oyeron disparos lejanos—. Siento decir que es momento de decir adiós.

—Yo también lo siento.

Realmente lo sentía.

Ahora que él se iba se daba cuenta de lo mucho que había llegado a disfrutar de su compañía, a depender de la promesa de sus visitas. Todas las noches, por muy ocupado que estuviera, por muy frenética que fuera su actividad, iba a verla. Siempre le contaba todo lo que podía.

—Buena suerte —le dijo y, en el pasillo estrecho y mal ventilado, le apoyó la mano en el hombro y se levantó para besarle la mejilla. Tenía la barba áspera y la piel cálida. Bajo la palma de su mano, el hombro era ancho y firme. Durante un breve instante, abrumada por el cansancio y la preocupación —por tantas cosas—, solo quiso recostarse en él y descansar.

Pensó que él sería la persona perfecta sobre la que descansar. Sólido. Capaz. Buena persona.

—¿Vas a estar bien, Eleni? —le preguntó en voz baja, como si hubiera percibido algo de lo que pasaba por la mente de ella.

—Sí, estaré bien —dijo, sabiendo qué era lo que debía hacer, y se echó hacia atrás—. Perfectamente bien.

Los ojos de Ben, en la oscuridad, estaban vidriosos por el cansancio, pero eran cálidos.

—Lo siento mucho —dijo—. Siento mucho que haya pasado esto a tu hogar.

—No es culpa tuya —lo tranquilizó Eleni; por supuesto no era su culpa.

—¿Qué vas a hacer? —preguntó él.

—Me iré —respondió; necesitaba que él también lo creyera. "Solo para estar a salvo."— Por las montañas.

—Quizás te vea en Alejandría.

—Tal vez —dijo ella, aunque seguramente no se cruzarían.

—Hasta entonces —dijo él levantando la mano en señal de saludo.

—Hasta entonces.

Ben se dirigió a la puerta, la abrió y se detuvo volviéndose hacia ella.

—De verdad espero que volvamos a vernos —agregó.

—Yo también —respondió Eleni. Luego, presa de una repentina certeza, agregó—: Tengo el presentimiento de que nos veremos.

Dos días más tarde, el 27 de mayo, llegó la señal de El Cairo que autorizaba la evacuación de todas las fuerzas aliadas de Creta hacia África, a través del puerto de Sfakiá. El hospital ya se había evacuado la noche anterior; ante el cerco alemán, era imposible esperar más tiempo para abrirse camino hacia las montañas.

Eleni, que aún no había encontrado a Tips, se había ido con ellos.

En la oscuridad cerrada y humeante del patio del almacén, entre las camillas, las ambulancias y los heridos que se alejaban a pie, se había despedido de María, de Spiros y de Yorgos con un dolor infinito y los ojos ardientes por el esfuerzo de no angustiarlos más con sus lágrimas.

—Cuídate —dijo a Yorgos, aferrándose a él—, por favor.

Luego cargó el paquete de naranjas, pan y queso que había improvisado María ("Cómetelo despacio, para que te dure la energía", le ordenaron tanto Yorgos como Spiros), se obligó a dejarlos y se fue corriendo antes de que pudiera flaquear y dar marcha atrás, para unirse al resto del personal que se dirigía hacia el interior, hacia las montañas. Entre la multitud que se agolpaba en la carretera —los soldados en retirada, los diplomáticos y sus familias, los refugiados de Atenas, las chicas griegas vestidas de uniforme para intentar escapar con sus novios soldados, los camiones de las tropas que corrían hacia los combates a contracorriente con las bocinas a todo volumen en su urgencia por contener el avance de los alemanes tanto como pudieran—, era demasiado fácil escabullirse, perderse en el tumulto.

Y desaparecer.

"Recuerdos de Grecia durante la guerra". Transcripción de la entrevista de investigación realizada por M. Middleton (M. M.) al sujeto diecisiete (#17), en British Broadcasting House, 6 de junio de 1974.

M. M.: ¿Encontró alguna vez al gato?

#17: ¿Cómo dice?

M. M.: El gato. ¿Lo encontró Eleni?

#17: Debo decir que estoy un poco sorprendido de que pregunte por eso, teniendo en cuenta todo lo demás que acabo de contar. Solo era un gato. Con un nombre muy tonto.

M. M.: ¿Pero lo encontró?

#17: ¿Qué?

M. M.: ¿Lo encontró?

#17: No.

M. M.: Oh.

#17: [Suspira]. El gato encontró a Yorgos. Regresó a la villa. ¿Eso la hace sentir mejor?

M. M.: ¿Eleni lo supo?

#17: Sí, se enteró.

M. M.: Bien. Eso me hace sentir mejor.

#17: Me alegro mucho.

M. M.: Pero, ¿adónde se fue?

#17: ¿Eleni? No muy lejos [se mueve en su asiento]. Me dijo que había pensado en volver a Heraclión. Sabía que en muchos sentidos habría sido el camino más sencillo.

Se había familiarizado con la ciudad, había hecho contactos útiles allí con la ayuda de Pendlebury. Pero…

M. M.: ¿No quería perder de vista a su familia?

#17: No era solo por eso. Ni siquiera principalmente por eso, no lo creo. Había decidido, mucho antes de que comenzara la invasión que, dado que los británicos habían elegido La Canea para su cuartel general, era más que probable que cualquier invasor también lo hiciera. Quería posicionarse en el centro de la acción, donde pudiera ser más útil. Tenía la determinación de ser útil.

M. M.: Imagino que más que nunca de haber vivido la invasión. Y después las represalias…

#17: Sí.

M. M.: Deben de haberla enfurecido tremendamente.

#17: Enfurecieron a un gran número de personas. Destrozaron muchos corazones.

M. M.: Más de mil cretenses asesinados solo en los tres primeros meses. La mayoría de ellos sin juicio. Pueblos enteros arrasados…

#17: Fue un crimen de proporciones perversas. [Silencio largo]. Recuerdo que justo antes de la rendición hubo un avión que sobrevoló la isla y dejó caer volantes que advertían a Creta de lo que se avecinaba. Recogí uno. Me hizo sentir… [suspira. Mueve la cabeza]. Durante años, décadas, las palabras quedaron… tatuadas en mi memoria. [Silencio breve]. Pero me cuesta recordarlas ahora.

M. M.: Las tengo aquí [consulta sus notas y cita]. "Se sabe con certeza que la población civil, incluidas las mujeres y los niños, han participado en los combates, han cometido sabotajes, han mutilado y matado a soldados heridos. Por lo tanto, ya es hora. . ."

#17: "…de emprender represalias con terror ejemplar." [Inclina la cabeza]. Sí. Sí. Lo recuerdo.

M. M.: Luego [lee], están enumeradas las amenazas.

Tiroteos. Multas. Quema de pueblos. Exterminio de poblaciones masculinas.

#17: Como dije. Perversos. Malvados.

M. M.: ¿Vio usted algo de eso?

#17: Suficiente [respira hondo y cierra los ojos]. Vi lo suficiente.

M. M.: ¿Dónde estaba?

#17: [Mueve la cabeza. Coloca la cara entre las manos].

M. M.: Tomemos un breve descanso.

#17: [Asiente con la cabeza].

M. M.: ¿Está listo?

#17: Sí, estoy listo.

M. M.: Las represalias, entonces...

#17: No todos los alemanes estaban de acuerdo con ellas. El jefe de personal de la división de paracaidistas se negó a dar su apoyo. Muchos no participaron en las ejecuciones. Pero, por supuesto, hubo quienes levantaron la mano para hacerlo. Había suficientes de esos. [Silencio]. A las mujeres se les examinaban los hombros en busca de marcas de culatas de fusil. Si las tenían también se las ejecutaba [presiona los párpados con los dedos]. Había mucho resentimiento desde el general Student hacia abajo por lo feroz que había sido la resistencia a la invasión. Nadie esperaba que murieran tantos hombres. A Student le enfurecía que los cretenses hubieran ayudado a defender su hogar. Despreciaba a los guerrilleros. También los temía. Desde el principio de la ocupación se temió mucho a la resistencia cretense. Especialmente a los kapetanios. Ha visitado La Canea, ¿verdad?

M. M.: Sí.

#17: Entonces habrá visto cómo se ciernen las montañas sobre la ciudad. No es posible ignorarlas cuando se está allí. Dondequiera que uno mire, ahí están. Tengo la certeza absoluta de que no hubo un solo soldado de ocupación que no haya echado un vistazo a esas montañas y sentido escalofríos al pensar en los que estaban allí arriba, escondidos en sus cuevas, mirándolos desde lo alto y esperando para hacer lo que no podían imaginar. El general Student y sus sucesores, el general Andrae, el general Bräuer, el general Müller [respira hondo] estaban decididos a mantener subyugada a la población. Así que llevaron a cabo sus represalias durante toda la ocupación, Bräuer más moderadamente que Müller. Müller era realmente un hombre de una crueldad indecible. Pero incluso Bräuer continuó con ellos. Esos primeros tres meses de la ocupación fueron solo el punto de partida. Por cada soldado alemán hallado muerto, por cada acto de sabotaje, se enviaba una patrulla, se apresaba a los hombres y se llevaban a las mujeres y a los niños mientras quemaban sus aldeas, pero [tose] con el efecto contrario al deseado: solo provocaban más odio [tose], más determinación para resistir.

M. M.: ¿También le ocurrió así a Eleni?

#17: Sí, a Eleni también. ¿Podría darme un poco de agua, por favor? He estado hablando mucho.

M. M.: Sí, por supuesto. Permítame. [Busca una jarra. Sirve un vaso].

#17: [Bebe]. ¿Dónde estábamos?

M. M.: Con Eleni. ¿Ella conocía a alguien que hubiera muerto en las represalias?

#17: No. En las represalias no. Pero aun así la devastaron, naturalmente. Como el bombardeo de La Canea. Nunca fue capaz de perdonar eso tampoco. Aunque [bebe más] comentó que le había resultado mucho más fácil volver a la ciudad sin ser detectada, antes de la rendición. Mucha gente había tenido que buscar un nuevo hogar. Si alguien le preguntaba de dónde venía, ella simplemente le decía que la casa de su familia, al otro lado de La Canea, había sido bombardeada y que los había perdido a todos. A la gente le asustan las tragedias. Nadie la presionó.

M. M.: ¿Qué pensaba decirles si La Canea no hubiera sido bombardeada?

#17: No lo sé. [Frunce el ceño]. Pero algo se le habría ocurrido. Era una mentirosa increíblemente imperturbable.

M. M.: ¿Dónde vivía en la ciudad?

#17: En un apartamento pequeño, en el sótano de un antiguo edificio del puerto veneciano. Muy bonito. Los dioses estaban de su parte y había sobrevivido a los incendios. Lo había alquilado antes del comienzo de la invasión, lo había llenado de cosas esenciales y se había ido directamente allí en cuanto dejó a los demás evacuando el hospital. Toda la ciudad seguía humeando, en gran parte abandonada, salvo por las ratas. Nadie la vio llegar.

M. M.: Debió de sentirse muy sola.

#17: Sospecho que sí. Aunque nunca habrías conseguido que admitiera semejante cosa. De todas maneras, puso manos a la obra y se disfrazó de manera convincente. Yo mismo no la reconocí enseguida la primera vez que la volví a ver. Llevaba esa ropa sin gracia [hace gestos con las manos] que le habían dado en la oficina de la DOE en Londres. La odiaba.

M. M..: No creo que le quedara bien, teniendo en cuenta su estilo.

#17: [Frunce el ceño]. ¿Su estilo?

M. M.: Usted mencionó sus pantalones cortos.

#17: Ah, sí, los pantalones cortos. [Sonríe brevemente]. No, esas prendas no se parecían en nada a ellos. Usaba también un pañuelo en la cabeza, que Pendlebury le había dado antes de ser asesinado. [Silencio breve]. Ella siempre hablaba de él con cariño.

M. M.: Toda la gente con la que hablé que lo conocía también hablaba bien de él.

#17: Ella había bromeado con él sobre que no quería teñirse el pelo, por eso le regaló el pañuelo. Pero se tiñó de todas maneras. Para estar a salvo, decía. Era su lema. Solo para estar a salvo [toma agua]. [Mira fijamente. Deja el vaso].

M. M.: ¿De qué color se lo tiñó?

#17: No de negro, como querían en Londres. Ella dijo que habría parecido demasiado obvio y probablemente tenía razón. Se había hecho con un tinte castaño. Era increíblemente hermosa, debo decirle. Esos ojos azules. Un tono no muy diferente al suyo, pero se veían aún más... vívidos con el pelo más oscuro.

M. M.: Una asesina disfrazada de diosa, dijo antes.

#17: En efecto. Pero una diosa griega. Parecía totalmente griega. Nadie que la viera habría tenido motivos para dudarlo. Resultaba aún más sorprendente cuando hablaba en inglés, como seguía haciendo conmigo. Tenía que ser muy cuidadosa. Empezó a trabajar como mecanógrafa en el ayuntamiento en cuanto se calmaron las cosas.

M. M.: ¿El ayuntamiento?

#17: Sí. Había decidido, con razón, que sería un lugar excelente para recoger información. El alcalde de La Canea, Skoulas, la ayudó a hacerlo. Ella supuso que ningún alemán que trabajara allí tendría motivos para sospechar que ella entendía el idioma.

M. M.: Inteligente.

#17: Muy inteligente.

M. M.: Y valiente. Trabajar en medio de...

#17: ¿Nazis? Sí. Increíblemente valiente. Ella estaba en excelente compañía en ese sentido. Cada acto de resistencia en ese entonces, pequeño o grande, requería un valor insondable, y [levanta la mano] había tantos en ello. Hubo miles de hombres que quedaron en Creta después de la evacuación. Simplemente no hubo tiempo para que los barcos sacaran a todos. Muchos fueron apresados, por supuesto, pero los campos de prisioneros estaban mal vigilados y hubo muchas fugas. Dudo que hubiera una sola comunidad cretense en la que no hubiera una combinación de cabos kiwis, excavadores australianos y soldados británicos. Tenían muy poca comida y, sin embargo, los mantuvieron alimentados y a salvo hasta que pudieran moverse.

M. M.: Incluso con el yunque de las represalias colgando sobre sus cabezas.

#17: En efecto. Pero para mí, su conciencia de los peligros solo hacía más admirable su valentía.

M. M.: ¿Los admiraba?

#17: Sí. Admiraba a Eleni. Una de las cosas que hizo, muy rápidamente, fue crear una red de mujeres que trabajaban en puestos administrativos como ella y que ayudaban a avisar a los pueblos de las patrullas previstas, para que la gente tuviera tiempo de irse y esconderse. No se hacía ilusiones sobre lo que le esperaba si la descubrían. Llevaba siempre consigo su pastilla de cianuro. No era en absoluto ingenua. Era consciente de la amenaza de los traidores. Siempre tenía un ojo puesto, solo que no dirigido, en el final, en el lugar correcto.

M. M: ¿Se refieres a usted?

#17: Sí.

M. M: ¿Puede seguir?

#17: Puedo. Pero... [tose, busca un pañuelo] me estoy cansando. ¿Podríamos hacer otro descanso?

M. M.: Por supuesto.

#17: Gracias.

M. M.: Pero antes, otra pregunta breve, si me lo permite.

#17: Adelante.

M.M.: ¿Cuánto tiempo después de la ocupación la volvió a ver?

#17: Oh, fueron meses. Llevaba casi un año.

M. M.: ¿Dónde ocurrió?

#17: ¿Dónde la vi?

M. M.: Sí.

[Silencio largo].

#17: En La Canea.

M. M.: ¿En el ayuntamiento?

#17: No. No. [Suspiro largo]. La vi en la plaza principal.

CRETA, 1942

CAPÍTULO 17

La Canea, abril de 1942

ERA VIERNES, CERCA DE LAS SIETE. LOS DÍAS, QUE SE ALAR-
gaban tras el frío e interminable invierno anterior, seguían
siendo mucho más cortos que los del verano que Eleni había conocido, y ya se percibía la llegada del crepúsculo en
los tonos borrosos azules, rosas y grises del casco antiguo.
Había llegado a la plaza desde el trabajo; otra semana más
frente a su máquina de escribir. ¿Estaría orgullosa su abuela
de Sutton del puesto de secretaria que había aceptado?
Eleni quería que no le importara ("zorra, eres una zorra absoluta"), sin embargo, esperaba que sí. Aunque sospechaba
que ni siquiera su abuela querría que ella buscara esposo
en el grupo de hombres del que ahora estaba rodeada: los
oficiales nazis que se pasaban el día tramitando órdenes de
requisa del ganado de los isleños, imponiendo multas por
incumplimiento y llevando la cuenta de las provisiones que
acaparaban tras las puertas cerradas del mercado de La Canea. A ningún alemán se le permitía confraternizar con una
mujer griega. Era un delito punible con arresto. Tenían sus
burdeles administrados por militares. Con eso les bastaba.
    Casi ninguno de los del ayuntamiento hablaba griego. Se
las arreglaban principalmente con el inglés y la ayuda de

traductoras bilingües cretenses: mujeres que, a diferencia de Eleni, podían admitir haber aprendido inglés en la escuela. Era útil que, cada vez que hablaban confidencialmente entre ellos —sobre todo tipo de asuntos: patrullas, rumores de desembarcos de espías británicos, el curso de la guerra en ese mundo inalcanzable más allá de las costas de Creta, silenciado ahora para el resto, gracias a la prohibición de noticias del exterior— lo hicieran en alemán.

A Eleni le vino muy bien que eligieran ese idioma (y que tuvieran tendencia a rondar cerca de su escritorio).

Pero aquel día no había oído nada especialmente interesante. Se lo habría contado directamente a Sócrates si lo hubiera hecho, su único vínculo real con el pasado.

Los dos se habían reunido el mes de junio anterior para alegría y asombro mutuos, presentados a escondidas como compañeros de la resistencia por el alcalde Skoulas, el jefe de Eleni, a quien divirtió mucho que ya se conocieran (y aún más por el asombro de Sócrates ante la aparición de Eleni). La principal actividad de Sócrates era ayudar a los prisioneros de guerra a escapar a África por aquel entonces, "no hay problema", utilizando a sus corredores —antiguos alumnos suyos— para identificar escondites en las montañas y guiar a los soldados hasta ellos. En esos días, con tantos prisioneros de guerra fuera de la ciudad, él y sus corredores se concentraban en hacer llegar cualquier información que Eleni u otro de sus colegas les proporcionara a cualquier aldea, operador de radio británico oculto o *kapetanio* al que le resultara más pertinente: una verdadera red de susurros que recorría toda la isla.

"La radio cretense", así se hacían llamar.

Su existencia enloquecía a los alemanes. Siempre estaban intentando reclutar informantes que los ayudaran a averiguar quién formaba parte de ella y del movimiento de resistencia más amplio, pero rara vez tenían éxito. Aunque habían conseguido atraer a algunos lugareños a su redil, había muy pocos dispuestos a ayudarlos, lo que no hacía sino enfurecerlos aún más. Eleni había oído hablar de ocasiones en las que se habían disfrazado de soldados británicos rezagados para intentar infiltrarse en los pueblos y olfatear así a los partisanos, pero en cuanto empezaban sus averiguaciones sobre quién tenía medios, a nivel local, para contactar con agentes que les ayudaran en su huida, los aldeanos se volvían contra ellos fingiendo indignación ante la sugerencia de que alguno de ellos pudiera considerar un crimen tan atroz, y los arrastraban hasta el puesto de guardia nazi más cercano para que los arrestaran por ser traidores al Reich.

Eleni disfrutaba con aquellas historias.

Sin embargo, aquella tarde estaban muy lejos de su mente en la plaza.

Estaba junto a la entrada del callejón que la llevaba a casa, en el borde de la plaza, inspeccionando un puñado de *horta* en un puesto. El puerto no estaba lejos. Podía oler el mar por encima del aroma terroso de la *horta*. "¿Volveremos a oler algo así?" Ahora sí. Los que quedaban podían. La plaza estaba muy concurrida, llena de soldados fuera de servicio que se entretenían en sus *kafeterías* bebiendo, fumando, escribiendo, jugando a las cartas. Un par de guardias estaban sentados, aburridos, en el muro de la fuente central, apoyados en sus fusiles y mirando fijamente a los cretenses que pasaban a su lado: los oficinistas, los niños con sus madres y los campesinos que conducían burros, que ignoraban resueltamente su atención. Eleni acababa de hablar en medio del bullicio con un hombre vestido de campesino —el tipo de calzones, faja y chaleco que preferían los Vassilis— que le comunicaba, a petición del señor Skoulas, una dirección en las afueras de la ciudad. Nada más que eso. Pero, mientras lo hacía, se dio cuenta de que un joven soldado la miraba desde la *kafetería* más cercana.

—Vete —le dijo al hombre—, despacio.

Y, como él había hecho, ella decidió detenerse y comprar la *horta* que ahora tenía en la mano, sin querer tentar más el interés de aquel soldado poniéndose en camino demasiado deprisa, sabiendo que solo conseguiría que su breve conversación se viera demasiado como lo que había sido: un intercambio de información.

Le entregó el manojo de *horta* a la vendedora y le preguntó cuánto costaba y si tenía huevos, queso o carne, pero se dio cuenta de que no tendría —los alemanes habían robado casi todo lo que había en la isla desde el principio de la ocupación— y le provocó a la vendedora una carcajada.

—Qué vergüenza —dijo Eleni, riendo también y mirando a su alrededor para comprobar si el soldado seguía allí. Estaba allí—. Y yo que esperaba poder preparar *kleftiko*.

—Ah, *kleftiko* —dijo la mujer, con un suspiro nostálgico—. Soñaré con eso esta noche.

—Lo siento.

—No, lo disfrutaré. Toma, dame tu cesta.

Eleni le tendió la cesta y un *dracma*. Se arriesgó a mirar de nuevo al soldado y sintió que se le aceleraba el pulso cuando sus ojos se fijaron en los de ella. "Maldita sea. Qué estúpida." Sonrió a una persona inexistente a su izquierda, se ajustó el chal y, despreocupada, dio las gracias a la mujer por el cambio y comentó lo contenta que estaba de que la semana hubiera llegado a su fin. La primera de abril.

El año anterior, por esas fechas, acababa de llegar a Heraclión y había conocido a Pendlebury. Cada mañana, cuando se ponía el pañuelo en la cabeza ("solo para estar a salvo"), pensaba en él, incapaz de creer, aun después de tanto tiempo, que él se hubiera ido con su ojo de cristal y su risa expansiva y generosa. Lo habían asesinado en los últimos días de la batalla, en las afueras de Heraclión.

Se lo había comunicado el señor Skoulas, uno de aliados

de mayor rango en la lista de Pendlebury y un gran aliado de Eleni desde el día en que ella se le había acercado por primera vez, antes de la invasión, a pedirle que le diera un puesto en el ayuntamiento si Creta caía en manos de los nazis.

"Seguiremos por él también ahora, ¿sí?", le había dicho.

—Tengo caracoles —dijo la mujer del puesto, señalando a sus pies con una inclinación de cabeza—. ¿Quieres?

—La verdad es que no —respondió Eleni, que durante el hambriento invierno había fracasado repetidamente en su intento de obligarse a que le gustasen—. Pero igual llevaré algunos.

Más carcajadas. Las dos estaban haciendo buenas migas.

—Unos pocos —advirtió mientras la mujer se inclinaba para añadir los moluscos a su montón de verduras. Eleni echó otro vistazo al soldado de la *kafetería* mientras lo hacía y frunció el ceño al ver que había desaparecido.

¿Era algo bueno o malo?

No se habría dejado perturbar por algo tan insignificante en condiciones normales. Hacía tiempo que había dejado de reaccionar a cada mirada, a cada petición de documentación, a cada orden dada a gritos o incluso a cada sonrisa tímida que le lanzaba un alemán. Tenía que hacerlo. De lo contrario no habría sobrevivido tanto tiempo en medio de tantos de ellos; su nerviosismo la habría delatado y habría puesto en peligro a aquellos cuyos secretos compartía.

Pero esa tarde…

Esa tarde se sentía inquieta.

No solo pensaba en la dirección que acababa de dar a aquel hombre de un refugio cercano en el que el señor Skoulas y otras personas —agentes de la DOE y *kapetanios*, entre ellos— iban a reunirse el próximo domingo. También en la necesidad imperiosa de mantenerlo en secreto. En la tarde fresca se sentía una extraña energía. Una leve tensión que le provocaba hormigueos.

—Gracias —dijo a la mujer tras recoger su cesta llena—. Disfrute de sus sueños.

Una última carcajada.

Eleni sonrió y se puso en marcha.

¿Dónde demonios se había metido aquel joven soldado?

El camino hasta su casa no era largo: solo llevaba unos minutos. Las oscuras callejuelas estaban más tranquilas que la plaza, pero no vacías. No como estaban cuando Eleni había vuelto a La Canea. La ciudad humeante había estado tan silenciosa entonces que, por la noche, había podido oír cada roedor que se escabullía, cada goteo del agua que se había utilizado para extinguir las llamas de la Luftwaffe.

Se había sentido sola. Afligida también por todo lo que había ocurrido y estaba ocurriendo. Las esvásticas izadas sobre los tejados de La Canea. Las ráfagas de disparos durante las represalias.

Aquella niñita en brazos de su madre.

Todavía estaba afligida. Todavía sola. Había alojado durante un tiempo breve a un par de soldados británicos al principio, antes de que Sócrates organizara su traslado de vuelta a Egipto, pero se habían quedado con ella menos de una semana y hacía casi un año que se habían ido. Ahora, aparte de su casero y de Sócrates —que, de todas maneras, estaba casi siempre fuera de la ciudad—, no tenía amigos cerca. Los fines de semana eran los días más difíciles. Siempre echaba de menos a su *papou* y a todo el mundo. Nunca se aventuró a acercarse a Halepa ni al consultorio, ni a ningún lugar donde pudieran estar ellos. Se había acostumbrado a caminar kilómetros durante el invierno para no caer en la tentación de buscarlos. A veces, sin embargo, su determinación se debilitaba y subía la ladera de la colina por encima de la villa, para esconderse en el mirador que había descubierto, donde permanecía durante horas, sin que le importara el clima, esperando atisbar a Yorgos. Incluso llegó a ver a Tips.

Se había alegrado mucho la primera vez que lo vio.

Las cosas se habían vuelto más fáciles ahora. En esos días, por lo menos, había gente con quien podía hablar, como esa mujer de la plaza. Y había formado un buen grupo con las otras secretarias del ayuntamiento. No obstante, seguía sintiéndose lo bastante aislada como para agradecer la compañía silenciosa de los otros isleños con los que se cruzaba en el callejón, aunque no del extraño e inevitable alemán que se dirigía a la plaza.

Ni tampoco del que la seguía.

Lo vio a unos treinta metros detrás de ella cuando se detuvo, incapaz de deshacerse de su inquietud, dejó la cesta en el suelo y volvió a recogerla —como si una *horta* y unos cuantos caracoles fueran una carga pesada— echando una mirada furtiva hacia atrás. Él también aminoró la marcha; al parecer aún no se decidía a seguir adelante.

Eleni se puso de nuevo en marcha con la boca seca, conteniéndose para no comprobar si él había hecho lo mismo; esperaba que, en caso afirmativo, perdiera el interés al darse cuenta de lo despreocupada que estaba. Todos sus instintos la obligaban a darse prisa. Los músculos de las piernas le ardían.

Dio la vuelta y entró en un callejón más estrecho, salpicado de casas destruidas. Era más silencioso que el anterior; ella era la única que estaba allí, pero solo faltaba un minuto para llegar a la puerta de su casa. Todo seguía en silencio. No había sonido de botas detrás de ella. Contuvo el aliento y rezó para que no llegara nadie.

Pero lo vio justo cuando giró de nuevo.

Se acercaba con pisadas irregulares y arrastrando los pies, aumentando su impresión de que el joven soldado aún no se había decidido a detenerla.

Se le aceleró la respiración, sintió mareos.

Volvió a darse la vuelta, consciente de que se adentraba en callejones cada vez más desiertos y oscuros, pero también de que, si no daba media vuelta y se enfrentaba al soldado que la seguía, no tenía muchas opciones.

¿Qué quería de ella?

¿Habría adivinado lo que le había dicho a aquel hombre? ¿O alguien se había enterado de por qué la habían enviado a reunirse con él y le había ordenado al soldado que se la llevara?

No creía que fuera eso. Seguramente ya la habría detenido.

Tal vez ese chico otra cosa en mente.

"Maldita sea", pensó.

"Maldición, maldición, maldición."

Corrió hacia la izquierda y aceleró al tomar la última curva, hasta llegar a los escalones de piedra torcidos que subían a la hilera de terrazas venecianas, con ladrillos descascarados, pintura descolorida y balcones de hierro en lugar de madera que habían sobrevivido al infierno de La Canea. La mayoría de las casas estaban vacías. En dos de ellas habían vivido familias judías: una pareja con un dulce bebé y otra con tres hijos varones adolescentes. Eleni las había conocido brevemente antes de que desaparecieran, así como así, sin que nadie supiera adónde una noche al principio de la ocupación. Había intentado averiguarlo, pero ni siquiera el señor Skoulas había podido ayudarla. "Ojalá pudiera", le había dicho. Aparte de ellos, las terrazas se habían vaciado cuando se acabó el trabajo en la ciudad y los inquilinos volvieron con sus familias a los pueblos. Aunque un par de ellas seguían ocupadas, sus residentes como Eleni se mantenían al margen, y desde luego no se asomaron a sus ventanas cuando ella echó a correr, decidida a escabullirse hasta el hueco de su puerta principal antes de que su soldado-sombra tuviera oportunidad de alcanzar el callejón.

La vista de las montañas era más clara que nunca, por encima de los tejados; fijó los ojos en las cumbres, aún cubiertas de nieve —el blanco bañado por los últimos rayos del sol, aún más brillante por la oscuridad que se espesaba a cada segundo a su alrededor— y pensó fugazmente en todos los que allí arriba la estarían añorando.

Y entonces...

—¡*Fräulein*! —llegó la voz del chico—. ¡*Fräulein*, alto!

Maldijo y se detuvo.

Él estaba todavía un poco detrás de ella. Calculó que al final de la escalera.

Tampoco se volvió hacia él.

Necesitaba calmarse y respiró hondo.

—*Fräulein* —volvió a decir, y se interrumpió cuando otro par de botas, mucho más seguras que las suyas, subieron por las escaleras.

Eleni oyó el murmullo de una conversación.

—*Jawohl* —dijo el chico.

Y las botas nuevas avanzaron hacia ella.

No deprisa.

No se apresuraron como ella se había apresurado.

Tampoco vacilaron. Se tomaron su tiempo, incluso cuando el chico pareció darse la vuelta y retirarse.

Eleni casi quería que regresara.

Él, joven e inseguro, sonaba mucho más fácil de manejar que quienquiera que llevara esas otras botas.

Estaba preparada para la mano que la aferraría pero igual la sorprendió cuando lo hizo.

La suavidad con que se cerró alrededor de su brazo la conmocionó.

Después, una voz.

Una voz que sin duda había oído antes.

Su voz.

—Ven conmigo —le dijo.

"Recuerdos de Grecia durante la guerra". Transcripción de la entrevista de investigación realizada por M. Middleton (M. M.) con el sujeto diecisiete (#17), en British Broadcasting House, 6 de junio de 1974.

#17: Hacía tanto tiempo que no la veía... Había cambiado.

M. M.: Usted ha contado sobre su disfraz.

#17: No era solo eso. Había cambiado en sí misma. No debería haber sido una sorpresa. La guerra cambió a todo el mundo. Pero ella... se había vuelto... [busca la palabra adecuada] más dura.

M. M.: ¿Más dura?

#17: Más fuerte.

M. M.: Supongo que tenía que ser así.

#17: Supongo que sí. Aun así, fue... un impacto. Nunca habría creído, en el treinta y seis, que ella pudiera ser capaz de matar a alguien. Entonces [mueve la cabeza], no lo dudé.

CAPÍTULO 18

—Ven conmigo.

Habló en inglés, porque así habían hablado siempre entre ellos. Pero lo hizo en voz baja, solo para sus oídos.

Ella no respondió nada al principio.

No se movió.

No hizo más que mirarlo fijamente durante unos segundos.

Él devolvió la mirada a esos ojos que nunca había olvidado, pero que había renunciado a volver a ver tan de cerca. Había renunciado a muchas cosas en el transcurso del año que había servido allí, en la *Festung Kreta*… la Fortaleza Creta. Ya no esperaba que algún día fuese a abandonar ese lugar.

Había dejado de creer por completo en que lo merecía.

Observó cómo movía los ojos, igual que la primera vez que se habían visto en el puerto con Fred Astaire de fondo. Entonces ella había sonreído. Ahora, al contemplar su gorra, su uniforme, la insignia de su pecho, su manga, torció los labios en una mueca de asco. Y, Dios, cuánto dolió. Él sabía que le dolería pero no pensó que tanto.

—¿Adónde vamos? —preguntó ella por fin también en inglés, en voz tan baja como él pero no tanto como para que no percibiera su tono perspicaz. Un tono que le hizo saber que, incluso a pesar del odio, ella también recordaba otras cosas. Como las horas que habían pasado sentados bajo su árbol; cómo se habían besado bajo la lluvia en Notre Dame (y no, él no se había acercado allí cuando había marchado por París); la forma en que solían envolverse el uno en el otro y flotar a la deriva en el mar.

No sabía por qué sus recuerdos le dolían aún más.

—¿Me estás arrestando?

—Si nos quedamos aquí mucho tiempo más y Weber decide unirse a nosotros puede que no tenga otra opción.

—¿Weber? —dijo ella—. ¿Ese es su nombre?

—Deja que yo me ocupe de él.

—Prefiero que no, si no te importa. Dime quién es.

—De acuerdo. —Sin soltarle el brazo, tiró de ella en dirección contraria a la que había ordenado a Weber que volviera—. Primero tenemos que movernos, puede que aún esté vigilando. No te entretendré mucho.

No era su intención y no había pensado en ir lejos. No quería arriesgarse a que se encontraran con nadie más. Conocía esas calles, solo tenían que llegar a la siguiente y tendrían ruinas abandonadas donde esconderse.

Caminaron sin decir palabra.

Él le soltó el brazo cuando doblaron la esquina.

—Aquí, pues —dijo ella y se escabulló en el cascarón sin techo ni puerta de una casa.

Todo era oscuridad dentro, piedras rotas y muebles destrozados.

—¿Te hace sentir orgulloso?

Él ignoró la pregunta.

Eleni dejó la cesta sobre los restos de un tocador, inclinó la cabeza hacia atrás y miró las primeras estrellas que surcaban el cielo de abril. Hacía más frío. Él vio cómo ella se envolvía con el chal, el escalofrío que le hizo temblar la piel. Siguió su mirada hacia arriba y vio Venus. La había buscado todas las noches desde que había vuelto a la isla, incluso la primera, cuando no se había atrevido a dormir sino que se había desplomado contra un árbol con la pistola en el regazo, con los pocos hombres que le quedaban a su alrededor y Fischer lloriqueando por la herida de su brazo. Siempre que encontraba la estrella pensaba en ella.

Pero ahora no se lo dijo.

"¿Orgulloso?"

Ella no querría saber.

Podía entender por qué Weber no estaba seguro de que ella fuera quien él sospechaba que era. Con esos pantis gruesos y ese vestido anticuado, ese pañuelo de tela que le cubría el pelo oscurecido, casi podría haber engañado a Otto.

Él iba a menudo a La Canea, pero solo podía desplazarse entre su alojamiento y el patio de armas de la división de Souda. Aunque siempre le resultaba horrible estar en la ciudad y enfrentarse a la repugnancia con que lo miraban desde casi todos los rincones, pensar en ella lo hacía retroceder. Mirase donde mirase, veía el fantasma de ella, con el fantasma de él —felices, despreocupados, riendo, "pero nunca demasiado"— y, cuando lo hacía, volvía a sentirse humano, como si aún tuviera alma.

Era lo que más sentía en la plaza.

Nunca había olvidado aquella promesa que se habían hecho en la cama: que volverían a verse allí.

"Nos veremos" había dicho él, "pero tendremos que mirar dos veces".

Al menos una parte de él, supuso, había estado esperando este momento.

Estaba escribiendo a Krista solo en una mesa (*No sé cuánto tiempo más podré seguir*) cuando había levantado la vista y, al verla hablando con aquel hombre griego, había sentido que se le paralizaba todo el cuerpo. No le había quitado los ojos de encima, por lo que se había percatado de las miradas que ella lanzaba en dirección a Weber, sospechando rápidamente que algo no iba bien.

Entonces Weber se había movido de su mesa para rondarla, claramente con la intención de verla mejor y él supo que algo no iba bien.

A Otto le caía bastante bien Weber en realidad. No lo había dirigido durante la invasión, fue después de la rendición cuando Weber, tras perder a su propio oficial al mando, se puso a sus órdenes. A Otto le recordaba, en muchos aspectos, a Meyer a los diecisiete años con la manta de su madre, antes de que Fischer le hiciera lo que le había hecho. Pero Weber era aún más joven, acababa de cumplir los diecisiete. Todavía estaba traumatizado por la batalla. Había sido gravemente herido, hecho prisionero y había estado a punto de morir.

—¿Fuiste enfermera durante la invasión? —le preguntó Otto desviando su atención del cielo hacia él.

Ella frunció el ceño perpleja.

—No fui enfermera.

—Pero ¿ayudaste en un hospital?

—Sí.

—¿Alguno de tus pacientes era alemán?

—¿Si alguno...? —Empezó, pero se detuvo y su expresión se aclaró al comprender—. ¿Era él? —Sus ojos se abrieron alarmados—. Hablé con él en alemán.

—No pasa nada. Él no estaba seguro de que fueras tú.

—*Papou* había dicho que no le quedaba mucho tiempo...

—Bueno, todavía está aquí. Le he dicho que te llevaré para interrogarte.

—¿Nos seguiste?

—Sí. —Una vez que los encontró de nuevo. Le había llevado un minuto—. Le recordé a Weber que se podía meter en problemas por perseguir a una mujer griega hasta su casa por la noche.

"Le juro, señor", había tartamudeado Weber, "que no pensaba hacer nada. Solo quiero ver si es ella". "¿Hablas griego?", le había preguntado Otto. "No." "Entonces, la asustarás si no es quien crees. Vuelve y déjame esto a mí."

—¿No te preocupa meterte en líos? —le preguntó Eleni con frialdad.

—No —respondió él cansado—. Vamos. —Volvió a acercarse a ella—. Probablemente ya estás a salvo para irte a casa.

No quería que se fuera. Dios sabía que no quería.

Pero tampoco quería esto.

—¿Cuánto tiempo llevas aquí? —preguntó Eleni sin moverse de donde estaba y mirándolo con todo el cuerpo tenso, conteniéndose. Como esos griegos del continente que se quedaban mirando fijamente dentro del camión de Otto. Y todos los franceses—. ¿Cuánto tiempo…?

—Desde el principio —dijo él deseando tener otra respuesta—. Aterricé al principio.

—¿En planeador?

—En paracaídas.

Ella lo miraba fijamente.

—¿Eras uno de ellos?

—Sí. Vámonos. —Se dio la vuelta.

—¿Participaste en las represalias? —preguntó ella.

Otto se volvió lentamente.

Los ojos de Eleni, chispeantes en la oscuridad, se clavaron en los suyos como si quemaran. Ella apretó los puños.

—¿Me lo preguntas en serio Eleni?

—Te lo pregunto en serio Otto.

Le tocó a él mirarla fijamente.

Estuvo a punto de decirle: "Vete al infierno". En lugar de eso, dio un paso adelante y respondió:

—Me degradaron por negarme a hacerlo.

—¿Sí?

—Sí.

Ella volvió a mirar su insignia.

—¿Qué eras antes? ¿General?

—Capitán. Después me ascendieron. —Tenía que agradecérselo al mayor Conde Von Uxkall, jefe de personal de la división de paracaidistas—. No he disparado a ningún cretense, ni siquiera a los que mataron a mis hombres.

—¿Debo darte las gracias?

—No.

—¿Cómo puedes estar aquí? —Los ojos de Eleni estaban llenos de lágrimas. Intentaba no llorar.

El recuerdo llevó a Otto de vuelta a otras ruinas, en el calor, no en el frío: en Cnosos. Lo había odiado entonces. Lo odiaba ahora.

—Eleni, por favor...

—Debería darte vergüenza. —Le golpeó en el pecho. Luego otra vez, y otra vez—. Debería darte vergüenza Otto.

—Sí, me da vergüenza, sí. Mucha vergüenza. Me estoy ahogando Eleni. —Le aferró las muñecas—. Me ahogo en mi vergüenza.

—Dios, Otto —dijo ella. Ya no le pegaba. Lo empujaba y tropezaba entre los escombros para irse.

"No vuelvas a escribirme", le había pedido en su carta.

—No te atrevas a seguirme —le dijo ahora—. No te atrevas a acercarte a mí.

"No te atrevas a seguirme."

Ella no quería que lo hiciera.

Salió del edificio sin mirar atrás; las manos le escocían por haberlo golpeado con odio.

Lo odiaba.

"¿Cuánto tiempo llevas aquí?"

"Desde el principio."

No le importó que él pudiera haber sido uno de esos hombres-palos que ella había visto aterrizar muertos el primer día de la invasión.

No le importó.

No podría haberle importado menos la furia en sus ojos cuando ella le había preguntado por las represalias.

No, los sollozos que la invadían, que le llenaban el pecho y la garganta mientras volvía sobre sus pasos a ciegas, hacia el solitario santuario de su sótano, no tenían nada que ver con el dolor que sentía por el evidente dolor de él, ni con la compulsión que había sentido por ir a verlo. Sabía que no podía ir a verlo. No como había hecho con aquel chico, Weber. ("No puedes dejar entrar la compasión." Qué idiota había sido.) No había sentido ninguna compulsión. Tampoco la había perturbado ninguna felicidad traicionera al oír su voz. "Ven conmigo." Él era su enemigo. El enemigo de todos. Por eso había tenido que contener las lágrimas.

"Debería darle vergüenza."

Bajó corriendo las escaleras empinadas y sombrías hasta la puerta principal, con la mandíbula desencajada al recordar sus palabras.

"Sí, me da vergüenza."

"Me estoy ahogando Eleni. Me ahogo en mi vergüenza."

Llegó a la puerta y golpeó la madera con la mano al darse cuenta de que, con la prisa, se había dejado las llaves, junto con la cesta, en la casa en ruinas.

Entonces, llegó al límite. Entregada a las lágrimas, lloró con la cabeza contra la puerta.

"Podría ahogarme contigo", le había dicho él una vez mientras nadaban junto a aquella roca llena de erizos.

"Nunca te permitiría hacer eso", le había dicho ella.

Odiaba pensar que él se estaba ahogando ahora. Casi tanto como lo odiaba a él.

¿Por qué tenía que estar allí? ¿Por qué?

No encontró respuesta a esa pregunta imposible pero necesitaba sus llaves; así que se apartó de la puerta, se secó los ojos y regresó a las ruinas en el frío de la noche.

Él seguía allí, sentado sobre un montón de rocas, sin gorra, con la cabeza entre las manos y los dedos apoyados en el pelo muy corto.

A Eleni no le sorprendió verlo. Se dio cuenta de que había sabido que lo encontraría allí.

¿Había dejado su cesta a propósito, entonces? ¿En algún nivel subconsciente había querido concederse esa excusa para volver?

Él levantó la cabeza, como si hubiera escuchado su pregunta silenciosa, y cuando sus ojos verdes se encontraron con los de ella, Eleni sintió que se le estrujaba el corazón, su corazón traicionero.

En silencio, se acercó al tocador.

Él la observó. Ella sintió la presión de su mirada en la piel.

Acercó la mano a la cesta. Se había volcado y solo quedaban tres caracoles dentro, atiborrándose de las hojas. Dos se habían escapado y avanzaban penosamente por la madera destrozada, dejando huellas plateadas que reflejaban la luz de la luna; su versión de una carrera.

Los dejó ir. Le alegró que se hubieran escapado, de verdad.

Liberó también a sus amigos y recogió la cesta.

"No lo mires" se dijo, "vete".

Se volvió hacia él mientras lo pensaba. Sus ojos volvieron a clavarse en los de ella, con toda la intensidad de sus sentimientos, y la transportaron a mil momentos diferentes en los que la habían mirado. Muy diferentes.

Ella lo había amado. Lo había amado tanto.

"Adiós", necesitaba decir. En lugar de eso se oyó preguntar:

—¿Cómo está tu madre?

—Murió. Justo antes de que pudiera reunirme contigo en París —respondió él, y las palabras, su dolor, la golpearon y la hicieron pensar que se había equivocado.

—Oh, Otto... —Cerró los ojos hinchados. "No vuelvas a escribirme."— ¿Por qué no me lo dijiste?

—Era demasiado difícil. Complicado.

—Lo siento mucho —dijo Eleni, y lo sentía a pesar de todo. Profundamente. Se imaginó a Brigit tal y como la había conocido: frágil, débil y amable. La forma en que sonreía cada vez que miraba a Otto o a Krista aquel día en Cnosos, luego durante su última cena en la villa de Nikos; las lágrimas que le corrían por las mejillas escuchando tocar a Marianne—. Lo siento tanto, tanto.

—Gracias.

Eleni pensó en lo devastada que estaría Marianne cuando se enterara. Luego, en la preocupación de Marianne durante todo ese tiempo por el silencio de Krista, que no le había escrito nunca, ni siquiera antes de la guerra…

—¿Krista no está…?

—No.

"Gracias a Dios."

—¿Por qué no escribió a Marianne?

—Dijo que no sabía cómo hacerlo sin contarle lo de mamá.

—Pero ¿por qué no quiso contarle? ¿Por qué no le escribiste tú?

—¿Con qué propósito?

—Marianne la adoraba.

—Lo ha perdido todo Eleni. ¿Por qué añadir más?

—Porque… —empezó Eleni, y luego se detuvo; ni siquiera estaba segura de qué decir.

Otto suspiró profundamente.

—¿Te mantuviste en contacto con Marianne?

—Sí, hasta que vine aquí.

—¿Cómo está?

—Bueno, lo último que supe es que el hombre con el que vive, Hans, el antiguo colega de tu madre, la estaba ayudando a solicitar una beca en su escuela de música.

—¿Escuela de música?

—Sí.

—Qué bien. Dios… —Llenó los pulmones como si la bondad fuera oxígeno, lo que para él quizá fuera así—. Me alegro por ella.

—Sí —dijo Eleni, golpeada ahora por más recuerdos que la desorientaban: de cómo él solía sujetar de las trenzas a Marianne para arrojarla al agua y burlarse de ella, como se burlaba de Krista.

—¿Y Esther? —preguntó él.

—Esther está bien —respondió. Después preguntó, porque necesitaba estar segura—: ¿Fuiste tú quien le dio mi dirección a Lotte?

—Sí.

—¿Te casaste con ella? —La pregunta le salió antes de que ella se diera cuenta.

—¿Qué? —Otto frunció el ceño—. No, Eleni. No.

—¿No?

—No.

"No." La invadió el alivio.

Pero no debía sentirse aliviada.

No debía…

—¿Cómo pudiste pensar eso? —preguntó él.

—Lo supuse cuando me escribió.

—Yo le dije que lo hiciera. Que tú estarías dispuesta a ayudar.

—Y lo hice —dijo ella sin rastro de emoción.

—¿Y Esther está realmente bien?

—Así es.

Héctor la mantenía al tanto. Aunque seguía furioso por "su desobediencia", como él la llamaba, siempre incluía noticias sobre Esther en las comunicaciones que le enviaba. Eleni no sabía con qué historia le habría explicado a Helen su prolongada ausencia.

—No pensé que fuera a alejarme tanto tiempo. Pero

Esther está viviendo en una granja, con Helen Finch, mi antigua...

—Tu casera. No la he olvidado.

—Sí —dijo Eleni, todavía aturdida—. Tiene un perrito y amigos con los que jugar. La dejé feliz.

—Feliz —repitió él, y sonrió brevemente.

Esa sonrisa.

"Dios mío", pensó. "Oh, Dios."

"Vete", se dijo. "Date la vuelta y vete."

Si no se iba traicionaría a tanta gente... A las mujeres de su trabajo, al señor Skoulas, a Pendlebury, a los *kapetanios*. A Sócrates, a Dimitri, al pequeño Vassili; la lista era interminable.

—Otto —empezó a decir.

—Lo sé —dijo él—. Está bien, Eleni. Vete.

—No quiero. —De nuevo, las palabras salieron antes de que pudiera detenerlas—. Yo no...

Él no dijo nada. No iba a pedirle que se quedara.

Ahogado en su vergüenza, nunca haría eso.

"Vete."

Con las mejillas encendidas y sin otra opción, pero incapaz ya de irse sintiendo odio hacia él como antes, dejó la cesta en el suelo y cruzó los escombros, con la intención de darle un último beso de despedida, por mucho que le doliera.

Se paró frente a él.

Él la miró. Su rostro, en la oscuridad, le resultaba dolorosamente familiar: aquellos pómulos, aquella abolladura en la nariz de cuando era niño y andaba en trineo con su hermana, que también había perdido a su madre.

Instintivamente le tocó la nariz con la yema del dedo y luego llevó la mano a su cabeza y le recorrió con la palma el pelo corto y la base del cuello.

Él, inmóvil, mantuvo los ojos clavados en los de ella.

Con las lágrimas a punto de desbordarse, Eleni se inclinó y le rozó la frente con los labios.

Se obligó a decirlo.

—Adiós Otto.

Pero las palabras sonaron huecas a sus propios oídos.

No era un adiós.

Ya era demasiado tarde para eso.

Había sido demasiado tarde, se dio cuenta, desde el momento en que él le había tocado el brazo.

Quizás él también lo sabía. O tal vez, después de todo, le estaba pidiendo que se quedara. En cualquier caso, le puso las manos en la cintura para acercarla hacia él y entonces se besaron, se besaron de verdad, con tanta pasión como lo habían hecho en las ruinas de Cnosos, abrazados en las ruinas bombardeadas en que la Luftwaffe había convertido la casa de alguien; él, con su uniforme nazi; ella, con su vestido cretense. La luna brillaba sobre ellos y Venus titilaba fríamente en lo alto.

CAPÍTULO 19

—¿POR QUÉ ESTÁS AQUÍ? —LE PREGUNTÓ OTTO MUCHO más tarde aquella noche—. ¿Por qué sigues aquí?

—Porque lo necesito —respondió ella.

—¿Acaso quieres morir Eleni?

—No. ¿Y tú?

—Aquí no —dijo él—. Contigo no.

—Nunca desees morir —le dijo ella—. No debes hacer eso.

Esa noche hablaron de muchas cosas.

Al principio no. No mientras estaban escondidos entre los escombros, donde un beso nunca habría sido suficiente. Eleni se entregó a lo inevitable, sin luchar más, porque no quería; hizo que él se pusiera en pie, y él, sin luchar tampoco, la levantó en brazos hasta hacerla retroceder hacia el interior del edificio, en la profunda oscuridad de una escalera donde, con los labios en su garganta y las manos de ella en su cinturón, la empujó contra la pared y ninguno de los dos dijo una palabra —ni para detenerse, ni sobre el riesgo que corrían, ni sobre nada—, sino que se quedaron en silencio, desesperados, imprudentes y estúpidos, y ya no solos.

Para nada solos.

—Creo que podrías ir a la cárcel por esto —dijo Eleni

cuando todo terminó y él se recostó contra ella, con la cabeza hundida en el hueco de su cuello.

—Creo que sí —respondió él por primera vez en griego, lo que la hizo reír por primera vez.

Estaba mal.

Incluso después de lo que habían hecho, reírse le pareció demasiado. Eleni se tragó la risa.

Otto no podía quedarse con ella todo el tiempo. Estaba alojado, junto con otros tres oficiales, en una casa cercana a su cuartel en Souda. ("¿Qué ha sido de sus dueños?", quiso saber Eleni. "No lo sé", respondió él. "No quieres saberlo", corrigió ella. "Te equivocas" replicó él. "Estás muy equivocada.") Tenía que volver a Souda a una hora razonable; de lo contrario los que se alojaban con él, en particular un hombre llamado Fischer, empezarían a hacer preguntas.

—¿No te gusta Fischer? —adivinó ella.

—Lo desprecio —dijo Otto con una dureza en el tono que ella nunca le había oído antes—. Lleva todo el año buscando la oportunidad de hacer que vuelvan a degradarme. No voy a dársela. Ni me arriesgaré a que sepa de ti.

Les quedaban poco menos de tres horas.

Las pasaron en el apartamento de ella.

No fueron hasta allí juntos. Habría sido una tontería, incluso en una calle tan vacía e indiferente como esa. Eleni, con la llave en la mano, entró por delante y dio indicaciones a Otto para que entrase por detrás, a través del patio.

—Tienes que buscar una verja torcida pintada de azul.

—Está bien —dijo él—, la encontraré.

Así lo hizo y se escabulló a través de la verja azul justo cuando ella, muy silenciosamente, abría la puerta trasera.

—¿Tenemos que escondernos siempre en esta isla? —comentó Otto mientras Eleni lo empujaba hacia el interior.

—Creo que sí.

Él miró a su alrededor, recorrió la oscuridad con los ojos

y observó el sencillo salón con ventanas altas y enrejadas, alfombras tejidas y muebles anticuados, todo ello proporcionado por su casero: el segundo aliado de Pendlebury después del señor Skoulas, a quien Eleni se había dirigido a al regresar a La Canea para pedirle su apoyo.

"No será tan peligroso", había insistido ella cuando el hombre había protestado por su plan de quedarse; "desde luego, no será peor que en cualquier otro lugar al que puedan enviarme. No si usted me ayuda. Puede hacerlo aquí".

Lo había hecho con creces y no solo dándole ese apartamento. Durante el invierno a veces le llevaba cajas de comida del mercado negro, pesadas como las de su *papou*.

—Es un buen escondite —dijo Otto.

—Cumple su función —asintió Eleni.

Volvió a centrar su atención en ella.

—Tengo un sinfín de preguntas.

—Yo también.

Sin embargo, no se las hicieron. Estaban juntos, por alguna razón estaban juntos en medio de tantas cosas horribles, y Eleni sentía que era demasiado brutal, demasiado irrelevante hacer otra cosa que no fuera acercarse a él, mientras él se acercaba a ella; los dos volvieron a besarse con la misma intensidad con la que lo habían hecho entre los escombros, solo que durante más tiempo. Ella lo llevó a su dormitorio, a su cama de hierro forjado, peleando con los botones rígidos de su uniforme; necesitaba que no lo llevara puesto. Él la ayudó a desabrochárselos, sus manos rozaron las de ella mientras se quitaba la chaqueta, necesitando; sin duda, ella necesitaba que no la llevara puesta.

Después Otto se apartó de ella solo un poco, pasándole las manos por la cara, hasta la nuca, y le aflojó el nudo del pañuelo de la cabeza para que cayera al suelo y para que el pelo, que estaba mucho más largo, le cayera por la espalda. Él lo observó caer.

—Mírate —le dijo.

—¿Se nota que está teñido?

—Sí. —Le besó el cuello y le desabrochó la cremallera—. Obviamente.

No, me refería a si lo notarías si no me hubieras conocido antes.

Hizo una pausa.

—¿Te preguntas si tu disfraz engañaría a un nazi?

—Supongo que sí.

—Bien, creo que probablemente sí —dijo él, recorriendo con los dedos su columna vertebral al descubierto, haciéndole sentir que sus piernas se derretían, sosteniendo su vestido para quitárselo por los hombros. Sus ojos encontraron sus pantis—. Y estas, definitivamente lo engañarían.

Eleni volvió a reírse. Tardó un poco más en contenerse.

Y cerró los párpados mientras él la acostaba sobre la cama y le quitaba los gruesos pantis, centímetro a centímetro.

Después tampoco hablaron.

Eso vino más tarde, cuando Eleni encendió la lámpara de aceite junto a la cama y, bajo el resplandor titilante, se tumbaron envueltos en su edredón, uno frente al otro.

Realmente tenían mucho de qué hablar.

Demasiado para el par de horas que les quedaban, pero lo hicieron lo mejor que pudieron; sus palabras, retenidas durante demasiado tiempo, fluyeron entre ellos tan libremente como siempre lo habían hecho —bajo su árbol, en el autobús, en el jardín de ella— y completaron poco a poco los espacios en blanco de los años transcurridos.

Hablaron, antes que de cualquier otra cosa, de la madre de Otto.

—¿Cómo ocurrió? —preguntó Eleni—. Dijiste que fue complicado.

—Así fue. —Se movió para mirar al techo; las plumas de la almohada crujieron—. Muy complicado.

—Cuéntamelo. Por favor.

Así lo hizo.

No se contuvo como había hecho en las cartas que le había enviado desde el campo de entrenamiento, pero confirmó lo que ella ya había deducido: que había detestado su estancia allí. No había tenido a nadie conocido a su lado —todos los de Munich habían sido enviados a campos diferentes—, solo a decenas de graduados de las Juventudes Hitlerianas y a comandantes que los habían adiestrado sin descanso, hasta que él —sumándose, marchando a su ritmo, diciendo *heil* cuando debía decir *heil*, colaborando para ser incapaz de hacer cualquier otra cosa— se había insensibilizado, porque no había sabido de qué otra forma lidiar con ello.

—Tus cartas eran todo —le dijo—. Cuando las leía, todo lo demás desaparecía. —La miró—. Tienes el secreto para hacer que la vida parezca posible.

Ella le acarició la cara y volvió a experimentar esa conocida sensación de ahogo en el pecho, en la garganta.

Casi había olvidado cómo la hacía sentir. En verdad, casi se había obligado a olvidar.

Él le tomó la mano y continuó reviviendo cómo se había desmoronado todo en aquella primavera de 1938, después de que Alemania se anexara Austria, después de que aquel socio del bufete de su padre, Friedrich, se enterara de que Henri ayudaba a las familias judías con sus visados.

—Él y mi padre nunca fueron muy amigos. Papá era su superior. Siempre ganaba más casos, traía más clientes…

—¿Friedrich estaba celoso?

—Amargado. Tenía amigos en la Gestapo. Les dio el nombre de papá. El padre de Lotte le contó lo que Friedrich había hecho, y ella le pidió que nos ayudara, así que él aconsejó que papá se afiliara al partido porque así demostraría su lealtad.

—¿Y fue así?

—Debe de haber funcionado porque no lo arrestaron. Volví al campamento pensando que todo había quedado atrás. Después, tú escribiste sobre París y nunca debería haberte prometido que iría, pero quería hacerlo. Pedí permiso, reservé mi pasaje… —Se interrumpió—. Creo que nunca he deseado nada tanto como eso. Tienes que creerme.

—Te creo —dijo ella—. Creo que siempre fue así. —En parte por eso había sido imposible aceptar que él no hubiese ido—. La forma en que me lo dijiste me pareció tan dura…

—Lo sé. —Frunció el ceño—. No pensaba con claridad.

—Por tu madre.

—Por muchas cosas.

Le contó que había recibido un telegrama de su padre dos días antes de viajar a París.

—Me pidió que volviera a casa, dijo que no podía decirme por qué. Supe que había ocurrido algo malo. Pensé que tenía que ver con él. No pensé… No podía… —Se detuvo, con la mandíbula endurecida por el dolor.

Sin decir nada, sabiendo que no había nada que pudiera decir, Eleni lo tomó de la mano y esperó a que estuviera listo para continuar.

La lámpara crepitaba junto a ellos y, en el silencio cada vez más prolongado, crecía el temor de Eleni por lo que vendría después. "Murió. Justo antes de que pudiera reunirme contigo en París." No había sido una muerte pacífica, ahora estaba segura.

—Cuando llegué a Berlín —continuó Otto—, la casa estaba tan silenciosa. Papá estaba sentado en la escalera mirando la puerta, como si llevara horas esperándome.

Ella tragó saliva; vio la escena en su mente con demasiada facilidad. Henri, exhausto, lleno de angustia…

—Friedrich había estado… disgustado porque no le había pasado nada a papá y decidió ir a por mamá.

—¿Él sabía que ella tenía esclerosis múltiple?

—Sabía que ella había estado enferma. Y había compartido junto con su mujer cenas con mis padres. Su mujer, Andrea, se había fijado en las manos de mamá. Papá dijo que ella la había visitado un par de días antes y le había dicho a mamá que quería disculparse porque Friedrich los había delatado a la Gestapo, que estaba mortificada. En realidad solo había estado echándole otro vistazo.

—Qué maldad.

—Mamá estaba muy débil para entonces. Mucho peor que cuando la viste aquí. Sus temblores eran severos. Andrea se lo contó a Friedrich y él denunció a mamá para que la investigaran esa misma tarde. El padre de Lotte llegó a casa con la noticia.

—¿Y no pudo hacer nada?

—Le prometió a Lotte que lo intentaría. No sé si lo hizo. Ella no confiaba en él de todas maneras. Le envió un mensaje a Krista, le dijo que la casa estaba siendo vigilada y que ninguno de ellos debía tratar de ponerse en contacto con el médico de mamá.

—El amigo de Nikos.

—Sí. Lotte fue a verlo esa noche y le advirtió sobre lo que estaba pasando. Él destruyó las historias clínicas de mamá y de Krista. Había otros pacientes a los que estaba ayudando también. Se deshizo de todo, salvó sus vidas y después se fue de Berlín.

—No puedo creer que Lotte hiciera eso. —Eleni intentó imaginársela corriendo furtivamente por una ciudad oscura, poniéndose en peligro.

—No —dijo Otto—, yo tampoco lo hubiera creído nunca. Después de todo estaba conmocionada. Realmente conmocionada. Y eso no ayudó a mamá. A la mañana siguiente llegó una carta en la que le pedían que se presentara en una clínica pública para hacerse análisis. Papá me dijo que ella no temía por sí misma, sino por Krista y por mí y por lo que significaría para nosotros si se descubría la enfermedad que tenía. Krista estaba bien, todavía está bien. Nadie ha sospechado que tenga algo malo. Sin embargo mamá pensó que insistirían en hacernos pruebas a los dos en cuanto tuvieran los resultados.

—¿Piensas que lo hubieran hecho?

Probablemente. Papá quería llevarla lejos, a Francia o a Suiza, pero ella pensó que la Gestapo la arrestaría si se iba. No sé. —Exhaló un suspiro—. Quizá lo hubieran hecho.

Eleni apretó sus dedos alrededor de los de él. Ahora veía lo que había ocurrido. Ahora lo veía.

—Tomó una sobredosis —confirmó él y ella sintió que se le llenaban los ojos de lágrimas, porque era tan increíble e indeciblemente triste—. No dijo a papá que lo había decidido. Se fueron a la cama y cuando él se despertó, ella ya había fallecido.

—Lo siento mucho. —Las palabras nunca le habían parecido tan inútiles—. No puedo decirte...

—Sí —dijo él, con el rostro tenso por el dolor—, yo también lo siento mucho.

—¿Por qué no lo dijiste? —le preguntó, igual que en las ruinas.

—No sabía cómo hacerlo. El padre de Lotte me llevó a la Prinz-Albrecht-Strasse.

—¿Qué? —Se quedó helada—. ¿Te llevaron a la Gestapo?

Él sonrió, no alegremente, para nada alegremente.

Ella sintió náuseas.

—Debes de haber sentido...

—No sentía nada —dijo él, antes de que ella pudiera decir "aterrorizado"—. No podía. Acababa de llegar a casa. El padre de Lotte debe de haber tenido a alguien esperándome fuera. Pensé que tal vez quería hablarme de mi madre. Pero quería hablar de ti.

—¿De mí? —Eleni sintió aún más náuseas—. ¿Cómo sabía de mí?

—La Gestapo es muy eficiente en ese tipo de cosas. Sabía lo de nuestras cartas, que habíamos estado en París y que planeábamos volver a vernos allí. Disfrutó mucho contándomelo. —La ira le endureció la voz—. También sabía mucho sobre Krista. Sus panfletos. Sus amigos músicos. Dijo que ella solo seguía a salvo gracias a él, al igual que nuestro padre. Parecía muy importante para él que yo entendiera lo mucho que había hecho por nuestra familia.

—¿Por todo lo que tus padres hicieron por Lotte?

—Probablemente. Estoy bastante seguro de que siempre los odió por eso. Odiaba que fueran mucho mejores que él. Creo que se sintió… avergonzado de lo difícil que hizo la vida a Lotte; sabe lo hijo de puta que ha sido con ella y quería… No sé, castigarme por no haber arreglado eso para él. —Soltó una risa corta y sin humor—. Me preguntó qué me pasaba, que por qué había elegido a una chica inglesa en vez de a su hija. Me dijo que la había humillado y a él por extensión, pero que nadie haría más preguntas sobre la muerte de mamá, ni sobre Krista, ni sobre papá, mientras me quedara en Alemania como el nazi leal que él sabía que yo era, y obedeciera las reglas.

Eleni se esforzó por asimilarlo; todo lo que había estado sucediendo mientras ella había estado en Londres, emocionada y feliz.

—¿Le dijo a Lotte lo que había hecho? —le preguntó.

—Sí. Como si le estuviera haciendo un regalo, me dijo ella. Vino a mi casa a disculparse. Estaba disgustada. Avergonzada.

—Entonces, ¿sabía lo nuestro?

—Lo supo entonces —dijo él y su ira se suavizó—. Podríamos habérselo dicho aquel verano, ¿sabes? Todos andábamos con pies de plomo con ella, pero no era justo.

Ella nunca habría dejado que algo así se interpusiera en su intento de ayudar a mamá. La amaba. Realmente la amaba. Estaba destrozada por lo que había hecho. Lloró, lloró y lloró.

Eleni descubrió que podía imaginársela.

—Lo siento —dijo de nuevo.

—Quiso que yo tomara el tren a París de todas maneras. Dijo que se ocuparía de su padre, que se aseguraría de que no hiciera daño a Krista ni a papá...

—¿Entonces?

—Ella nunca habría sido capaz de detenerlo. Lo habría intentado y entonces él le habría gritado y ella habría cedido, porque siempre lo ha hecho con él, y yo no podía permitir que ocurriera eso. —Clavó los ojos en los de ella, rogándole que comprendiera—. Son mi familia Eleni. Lo único que me queda. —Su voz se tensó ante la dolorosa verdad—. Si los hubiera abandonado, si hubiera desertado del ejército, no sé qué les habría pasado. ¿Cómo podría haberlo hecho?

—No podías. —Lo entendía de verdad. Entendía lo imposible que debió de resultarle poner todo eso en una carta, sabiendo que habría sido interceptada—. Está bien.

—No —dijo él, pesadamente—. No está bien.

—Sí —insistió ella. Luego, antes de que pudiera protestar de nuevo, agregó—: ¿Dónde está Lotte ahora?

—Todavía en Berlín. Krista la visita. Es la única persona que tiene ahora, aparte de papá, con la que puede ser sincera.

—¿Y qué ocurrió con Friedrich?

—Lo mataron en Polonia.

—Bien.

—Sí —dijo—. Yo pensé lo mismo.

—Espero que a su mujer le explote una bomba cerca. —Eleni lo dijo con bastante frialdad, con bastante indiferencia, de la misma manera en que pasaba los nombres de los traidores.

¿Impactó su tono a Otto? No parecía conmocionado.

Se limitó a observarla a la suave luz de la lámpara, como si ella fuera uno de sus bocetos y él se diera cuenta de que aún le quedaba un espacio por completar.

—Yo también lo deseo —dijo.

—Me alegro de que me lo hayas contado.

—Me alegro de que lo sepas. Significa mucho para mí.

—¿Se lo has contado a alguien más? —preguntó ella—. ¿Tenías a alguien con quien sincerarte?

Eleni sabía lo que realmente estaba preguntando.

Y él también.

—No he querido estar con nadie —respondió.

—¿En todo este tiempo?

—En todo este tiempo. ¿Y tú? —Siguió observándola—. ¿Qué hay de ti?

—Nadie como tú —dijo ella, besándolo—. Nadie.

—¿Nadie?

—No.

—De acuerdo —dijo, devolviéndole el beso—. Soy un egoísta, pero saber eso me hace feliz.

—Estás autorizado.

No dijeron nada más durante un rato, solo permanecieron acostados, con las frentes juntas y la mano de él que subía y bajaba por la espalda de ella.

—Entonces —dijo él finalmente—, mis preguntas…

—Oh, tus preguntas.

—Sí.

—Probablemente haya muchas que no responderé —le advirtió.

Y él sonrió, disipando la tristeza que se había apoderado de ellos y haciéndola sonreír a ella también, no sabía por qué, solo que se sentía bien, increíblemente bien, después de todo lo que habían hablado y pasado, volver a sonreír con él.

Sin embargo, fue fiel a su palabra.

No respondió a muchas de sus preguntas. Aunque le dijo que su padre estaba bien, que ya no estaba en el Atlántico, sino navegando por otros mares (otra cosa que sabía gracias a Héctor), y se alegró de contarle más cosas sobre Marianne y Esther —como la casa de Marianne en Brooklyn y su trabajo de medio tiempo en una tienda local, la amabilidad de Hans, el inglés de Esther y sus divertidas maneras—, se negó a confirmar sus sospechas sobre lo que hacía en la isla o por qué se escondía como lo hacía.

—No soy estúpido Eleni —le dijo—. No lo necesito, es bastante obvio.

—No voy a decirte nada —dijo ella.

Ni de cuándo había venido, ni de cómo había encontrado el trabajo, ni de ese apartamento. Y cuando le preguntó a quién seguía viendo de su pasado, si es que veía a alguien, también guardó silencio, no porque no confiara en él —confiaba, de lo contrario nunca lo habría llevado a su casa con ella; probablemente nunca habría dejado su cesta entre los escombros—, sino porque no tenía derecho a compartir los secretos de nadie más que los suyos propios.

—Estás siendo muy... desconcertante —dijo—. Estoy perplejo.

—Ya veo.

—Dime al menos que sabes que tu primo está vivo.

—Sí que lo sé —respondió, y le tocó a ella quedarse perpleja de que él lo supiera.

Los miembros de la 5ª División cretense habían regresado poco a poco a la isla desde el continente durante todo el invierno; llegaban de noche en barcas que habían eludido las patrullas navales alemanas. El pequeño Vassili había llegado en noviembre y desde entonces trabajaba como mensajero, llevando comunicaciones a través de las montañas: todas las advertencias y noticias sobre la llegada de los paracaidistas británicos y los planes para secuestrar patrullas. No lo había visto por mucho que lo deseara. Él no tenía ni idea de que Eleni estaba allí como casi todos los demás. "Solo para estar a salvo." Sin embargo, el agente británico de la DOE con el que ella se relacionaba también había conocido a su primo, además de a Sofía, Katerina y los otros Vassilis. Cuando ella le preguntó si alguna vez había pasado por su pueblo, le contó que la bodega era un escondite muy valorado. "Tu tía es una excelente cocinera", le había dicho.

Teniendo en cuenta la hospitalidad que ellos estaban ofreciendo y el trabajo que hacía el pequeño Vassili, Eleni no pudo evitar alarmarse: independientemente de lo mucho que ella confiara en Otto, si él sabía que el pequeño Vassili estaba allí, de pronto parecía demasiado posible que su nombre se hubiera mencionado en círculos nazis.

—No entres en pánico —le dijo él.

—No estoy entrando en pánico.

—Bueno, sí estás haciéndolo y no tienes por qué. Hace cinco meses que sé que ha vuelto y no se lo he dicho a nadie.

—Pero ¿quién te lo dijo?

—Tu abuelo.

—¿Qué? ¿Qué? ¿Has visto a *Papou*?

—Sí.

—¿Qué? —repitió ella estúpidamente—. ¿Cómo has esperado tanto para decírmelo?

Él se rio.

—Lo siento. No sé…

—¿Cuándo lo viste?

—La primera vez hace meses. Mi alojamiento está a solo un par de millas de su consultorio.

—Cuéntame todo desde el principio —dijo ella.

Y así lo hizo Otto. Le contó que, cuando lo habían

destinado a Souda el verano anterior, había decidido visitar a Yorgos y a Spiros en el trabajo, antes de que tuvieran ocasión de encontrarse con él.

—Sentí que era un pequeño gesto de respeto que podía tener ante ellos, no esconderme.

—Fue muy valiente por tu parte.

—Es una forma generosa de decirlo.

—¿Qué dijeron? —preguntó ella, temiendo y al mismo tiempo sin temer la respuesta.

"Solo un poco de amabilidad, Eleni-mou", le había dicho Yorgos en el hospital.

Ella no creía que ni él ni Spiros hubieran sido crueles con Otto. Y menos cuando él había hecho el esfuerzo de buscarlos. No como ella, que sí había sido cruel con él, antes.

Por supuesto.

—Me lo hicieron más fácil de lo que esperaba —dijo él, cambiando de posición y rodeándole la cintura con la mano—. De hecho, me dieron las gracias por haber ido. Dijeron que lo valoraban.

—Supongo que sí.

—Les he estado llevando suministros médicos. Antisépticos, sulfonamidas, morfina...

—¿Los robas?

—Sí —respondió despreocupadamente, como si no fuese nada—. Creo que es una manera de ayudar. —Frunció el ceño—. No lo sé. Quizá.

—Debe de ayudar —dijo ella, conmovida, profundamente conmovida porque él hubiera hecho eso.

"Los actos más pequeños pueden cambiar el curso de las vidas", le había dicho el señor Skoulas solo unas horas antes, cuando le había dado la dirección del refugio. A Eleni no le había gustado que la excluyeran de la reunión prevista. Solo asistirían hombres, naturalmente. "Siéntete orgullosa de los riesgos que corres, Eleni. Yo lo estoy."

No se había sentido especialmente orgullosa. Tampoco ahora.

Ella todavía quería hacer mucho, mucho más.

Tampoco le dijo a Otto que él debería estar orgulloso. Se dio cuenta de que no tendría sentido.

—Habrás hecho sentir mejor a la gente —se limitó a decir—, les habrás quitado el dolor.

—Hablas como tu abuelo. Y como Spiros.

—Bien —dijo ella. Luego, reponiéndose lentamente del impacto de que él hubiera estado con ellos, le preguntó—: ¿Cómo están?

Nunca se había acercado lo suficiente a Yorgos como para saberlo. "Por favor, di que están bien."

Para su alivio, Otto lo dijo.

—Más viejos de lo que recuerdo…

—Lo sé…

—Pero parece que están bien.

—Espero que estén durmiendo suficiente. No dormían nada la última vez que estuve con ellos.

—No te preocupes por eso. Tienen mucha energía.

La forma seca en que lo dijo la hizo reír.

Él también rio como es debido, bajo y cálido, y al recordar Eleni cuánto le había gustado siempre aquel sonido, adoró volver a oírlo y lo besó. Adoró también cómo él la atrajo hacia sí para devolverle el beso.

—¿Has visto a María? —le preguntó cuando se separaron.

—No.

—Qué decepción.

—Te pido disculpas.

—¿Les contaste a *Papou* y Spiros lo de tu madre?

—Sí.

—Se habrán puesto muy tristes.

—Así es —dijo y habló de la carta que su padre le había enviado para que se la diera a Spiros, en la que le agradecía por los cuidados que había prestado a Brigit y le decía que esperaba que llegara el día en que pudieran reunirse de nuevo como amigos.

—Es una esperanza muy grande —comentó Eleni.

—Eso es exactamente lo que le dije —respondió Otto.

No les quedaba mucho tiempo.

Hablaron durante unos minutos más, ya no del presente, sino reviviendo su pasado: la primera noche que se vieron en el agua; los riesgos que corrían al salir hasta tan tarde; cómo él había nadado desde la casa de ella para evitar a su *papou* ("No lo engañamos", dijo ella. "Lo sé, lo ha dejado claro", confirmó él con el mismo tono seco con el que había hablado de su energía, haciéndola reír más); luego del café y de la música de Dimitri, pero muy poco de Dimitri, porque se les había acabado el tiempo.

—Pero volverás —le dijo Eleni mientras él se levantaba de la cama y ella se daba cuenta de lo solitario y silencioso que sería su fin de semana sin él.

—Volveré —respondió—. ¿Estarás aquí mañana por la noche?

—Siempre estoy aquí por la noche.

Otto se puso los pantalones y se sentó en el borde de la cama para abrocharse la camisa. Ella también se levantó y se puso la bata. Mientras se la ataba, él mencionó a Nikos Kalantis.

—¿Sabías que lo utilizan como traductor en el cuartel general?

Eleni hizo una pausa, aún con el lazo de la bata en la mano, sorprendida de oír ese nombre.

—¿Lo has visto?

—Sí.

—¿Trabajas en el cuartel general?

—Estoy allí lo suficiente. Reuniones informativas, informes sobre mis hombres. A veces también traduzco. —Le dirigió una larga mirada, leyendo su rostro—. Entonces, ¿sabías de él?

—Sí —respondió ella, dándose cuenta de que tenía sentido que él también lo supiera. Pero no se lo esperaba—. Su nombre sale bastante a relucir.

Nadie confiaba mucho en él. Las mujeres con las que Eleni trabajaba hablaban sobre todo de su alemán fluido —una excepción en la isla— y de cómo lo aprovechaba para ganar un sueldo nazi y recuperar todo el dinero que había perdido desde que el comercio de su empresa de ropa se había agotado.

—También ha venido a un par de reuniones en el Ayuntamiento.

—Por Dios, Eleni.

—Está bien. Nunca me ha mirado. —Era cierto—. Y no importaría si lo hiciera.

—¿Cómo que no importaría?

—No entres en pánico —dijo, igual que como él le había dicho cuando habló sobre el pequeño Vassili.

Pero Otto no fingió que no le daba pánico, como había hecho Eleni.

—Es una locura.

—No, no lo es —insistió ella; se acercó a él, se acomodó entre sus piernas y tomó su cara con las manos, decidida a tranquilizarlo—. No sería capaz de reconocerme.

—Yo te reconocí.

—Has visto mucho más de mí que él. —Sonrió—. Mucho más.

—Él te observaba, Eleni, ¿recuerdas? Aquel domingo en que nos conocimos, en el café de Dimitri.

—Crees que me observaba.

—Sé que te observaba.

—¿Y qué si lo hacía? Yo era una chica de diecisiete años con pantalones cortos blancos y pelo rubio. Mírame ahora.

—Te miro —dijo—. Te estoy mirando. —Le puso las manos en las caderas—. Estoy aterrorizado por ti. ¿Por qué estás aquí? ¿Por qué sigues aquí?

—Porque lo necesito —respondió ella.

—¿Acaso quieres morir Eleni?

—No. ¿Y tú?

—Aquí no —dijo él—. Contigo no.

—Nunca desees morir —le dijo ella—. No lo hagas.

—No deberías estar aquí —Sonaba como Héctor—. Si te atrapan te torturarán y luego te matarán. Te matarán así —chasqueó los dedos.

—Nadie va a matarme —dijo ella—. Tengo cianuro.

—No bromees.

—No bromeo.

—Por favor, prométeme que considerarás irte.

—No —respondió ella, bruscamente cansada, tan cansada de mentir. "Una forma terrible de vivir, en realidad." No me voy a ir a ninguna parte y si sigues diciéndome que debería irme, nos vamos a separar.

—Entonces, nos separaremos.

—Preferiría que no lo hiciéramos. Prefiero que nos centremos en sobrevivir a esto. Tenemos que sobrevivir. —Se inclinó hacia él, lo besó; sintió que se resistía por un momento y luego cedió—. Tenemos que llegar al otro lado.

—¿Crees que habrá otro lado?

—Sí —dijo ella—. Necesito creerlo. Y quiero que estés allí, conmigo, porque no será tan bonito si no estás.

—No hagas eso.

—¿Qué?

—Hacerme creer que puede pasar.

—Créelo —dijo ella—. Por favor.

Él no prometió nada pero la besó de nuevo, haciéndola caer hacia delante mientras la arrastraba con él de vuelta a la cama, y ella decidió que eso era suficiente como promesa.

CAPÍTULO 20

VOLVIÓ LA NOCHE SIGUIENTE CON COMIDA —TOMATES, pan, mermelada—; se negó que ella la compartiera con él y le dijo que debía guardársela.

—Odio pensar que tienes hambre.

Ese era, sin duda, un tema en común entre los hombres de su vida.

Ella lo esperó sentada en los escalones de la puerta de atrás, leyendo una novela a la luz de las linternas y con el oído atento al chasquido de la reja azul torcida. No llevaba mucho tiempo allí cuando él llegó.

El día, ventoso y lluvioso, había sido ajetreado. Eleni había visitado a Sócrates por la mañana. No en su antiguo apartamento, que Dimitri y él habían decorado con tanto esmero y que había sido cruelmente arrasado en el ataque; él se había mudado a otro mucho más cercano, no lejos de su escuela. Ahora era el director, ya que el anterior —que había estado tan decidido a dejar su huella aquel verano de 1936— había regresado con su familia a Heliópolis tras la caída del continente. (Una decisión que se había revelado fortuita. Heliópolis, junto con el resto de la región del este, había quedado bajo jurisdicción italiana. Los panaderos ya no eran prisioneros de guerra; la ciudad se mantenía totalmente separada, una isla ahora en sí misma pero, si los rumores eran creíbles, estaba bajo una ocupación gestionada con bastante más indulgencia que la que se vivía en la zona alemana). Sócrates, al igual que su antiguo jefe, se ausentaba de La Canea casi todos los fines de semana. Eleni sabía que probablemente no estaría en su casa.

Sin embargo, había intentado encontrarlo desesperada por hablar con él de Otto y de la culpa que sentía por lo que habían hecho —que había vuelto a invadirla en cuanto él la había dejado y la había carcomido toda la noche—. Confiaba instintivamente en que Sócrates la entendería. Él había pasado años enamorado de alguien por quien la ley, su familia y muchos otros lo condenarían después de todo.

—Es doloroso —le había confiado él cuando tuvieron más confianza durante el invierno que acababa de pasar—, pero hace mucho tiempo que tomé la decisión de no dejar que el temor a que me juzguen empañe lo que, para mí, es bueno y verdadero. Me escondo para estar a salvo, no porque esté haciendo algo malo.

Eleni se daba cuenta de que su situación y la de Otto eran diferentes pero supuso, mientras llamaba a la puerta de Sócrates, que lo que realmente quería era que él le dijera que no estaba haciendo nada malo. Había conocido a Otto. Había tomado café con él. Había cubierto los turnos de Eleni en la cafetería para que los dos pudieran escaparse juntos.

Él no pensaría que ella estaba haciendo algo malo seguramente.

Pero no pudo averiguarlo. Cuando golpeó la puerta por segunda vez, la mujer del piso de arriba asomó la cabeza por la ventana y le avisó que Sócrates se había marchado la noche anterior. A las montañas supuso Eleni.

Desanimada, regresó a casa bajo la llovizna y encontró una nota bajo la puerta que en cualquier otro día le habría levantado el ánimo; pero el viento arreciaba, el cielo se oscurecía y tardaría un par de horas en llegar a la cabaña donde le pedían que se presentara (o, como solían decir los corredores sobre las distancias, doce cigarrillos. Nunca utilizaban las medidas tradicionales; decían que no tenía sentido cuando un kilómetro y medio por carretera llevaba la cuarta parte de tiempo que un kilómetro y medio trepando por un barranco y la décima parte escalando una escarpada pared rocosa, que era lo que hacían con más frecuencia).

Aquella tarde, al menos, Eleni no tenía que escalar ninguna pared rocosa. Tampoco fumaba cigarrillos. Se calzó las botas desgastadas (no quedaba cuero en la isla; había tenido que remendarlas con neumáticos viejos), tomó la cesta, escondió la pistola de Pendlebury bajo una manta y se puso en marcha hacia el oeste para salir de la ciudad. En cada puesto de control mostraba sus papeles a los húmedos y desinteresados guardias, y aparentaba no estar haciendo nada más siniestro que ir a buscar caracoles. Confiaba en que se lo creyeran.

Recogió algunos mientras caminaba para que la vieran y se tragó la bilis al despegarlos con asco del suelo. No los cocinaría. Los liberaría, como había hecho con sus hermanos la noche anterior, una vez de vuelta en su jardín. Los convertiría de caracoles de campo en caracoles de ciudad.

—Son caracoles afortunados —dijo Stephen, el mismo agente de la DOE que había elogiado la cocina de Sofía, mientras la conducía a la cabaña sin ventanas en la que se habían reunido por primera vez en octubre. Entonces había enviado a un mensajero a buscarla y se había mostrado muy serio. Ahora lucía una sonrisa ladeada.

—Hola, chica desobediente de Héctor.

—Hola —dijo ella haciendo una mueca por el olor a humedad—. ¿Cuándo te lavaste por última vez?

—Hace varios días. Me he estado moviendo. Llegué aquí esta mañana y he estado a punto de chocar con varias patrullas por el camino.

—¿Muy cerca?

—No tan cerca como les hubiera gustado —dijo él con una sonrisa de oreja a oreja.

—Bien —dijo ella—. Me alegro de verte.

Siempre se alegraba. Podía contar con los dedos de una mano la cantidad de contactos que había tenido con él desde que había llegado, pero cuando se reunían era como si el hilo más delicado y vacilante se extendiera a través de las montañas, a través del mar de Libia, conectándola con la burocracia y con la seguridad del cuartel general británico en El Cairo desde donde había sido enviado y con quien él, a diferencia de ella, estaba en contacto frecuente por radio. Era increíblemente reconfortante. Nunca se le había ocurrido sentir nostalgia por Gran Bretaña como le ocurría con Grecia. Pero la añoraba a menudo. Y echaba de menos a su padre. Hacía casi tres años que no lo veía y lo echaba de menos a su manera, que era intensa.

—Siento haberte hecho salir así —dijo Stephen, haciendo una mueca—. Pero mañana tengo que volver a ponerme en marcha después de esta reunión.

—¿Tienes la dirección?

—Sí, sí. —Hizo un gesto con la mano—. Pero necesito hablar contigo.

Hablaron en una mezcla de inglés y griego, como siempre hacían entre ellos, respirando hielo porque en la cabaña hacía aún más frío que fuera. Stephen nunca encendía fuego para evitar que el humo atrajera el interés de algún alemán que pasara por allí. No estaban solos. Había otros dos hombres allí jugando a las cartas; obviamente eran cretenses.

—Narkover —dijo Stephen al seguir la mirada de Eleni, para hacerle saber que esos hombres pertenecían a la escuela de entrenamiento de la DOE que se había establecido en Palestina, apodada "Narkover" por el internado británico ficticio de la película *Boys Will Be Boys*, pero conocida oficialmente como ME 102. Era una de las cosas que hacía en la isla: reclutaba a los cretenses que asistirían y los enviaba en submarino desde Sfakiá para que recibieran un curso intensivo de "guerra de resistencia", que Eleni suponía que cubría prácticamente el mismo programa que ella había recibido en Surrey (camuflaje, códigos, explosivos, arrastrarse sobre la arena en vez de sobre el barro). El pequeño Vassili estaba ansioso por ir según le había dicho, pero por el momento era demasiado útil allí.

Stephen también tenía un aspecto muy griego, con su espeso bigote y su pelo oscuro. Era de madre griega al igual que ella pero del Peloponeso, no de Creta, y había vivido en Londres desde la infancia. Había luchado con el ejército británico en el continente y luego allí, en Rétino, y aunque había conseguido autoevacuarse antes de la rendición, también había sido uno de los primeros agentes en regresar el otoño anterior.

—Era lo menos que podía hacer —le había dicho.

Su principal objetivo consistía en organizar la resistencia, trabajando con los líderes locales para crear un movimiento que dejara de lado la política, pusiera fin a los ataques esporádicos de los *kapetanios* contra los alemanes —que siempre traían más represalias sobre las cabezas de todos— y, en su lugar, tratara de orquestar actos de sabotaje que pudieran pasar por ser de origen británico y no cretense, para evitar así más derramamiento de sangre. Era una empresa ambiciosa y de eso iba a tratar la reunión del día siguiente en aquel refugio, a la que Eleni no había sido invitada por ser mujer (*Boys Will Be Boys*).

Ni por un momento supuso que era para eso que Stephen la había convocado. No, supuso que tenía que un mensaje de Héctor que transmitirle. Esa era la razón por la que generalmente la convocaba. Para eso había enviado a un mensajero a buscarla la primera vez ella había ido allí.

Eleni había escrito a Héctor después de la rendición utilizando el código que le habían enseñado, y había enviado la carta con uno de los soldados británicos a los que había ayudado a esconderse en su sótano. Había hecho todo lo posible por explicarse y se había negado a pedir disculpas; en lugar de eso, consciente de lo poco que deseaba ser arrestada cuando regresara a Inglaterra —si es que regresaba—, había suplicado a Héctor que autorizara su permanencia en la isla como agente.

No decepcionas, le había escrito él a modo de respuesta. *Lo autorizaré ya que no me has dado otra opción. Pobres alemanes. Además, le he dicho a tu padre dónde estás. Espero que esté tan disgustado como yo.*

Ella también deseó lo mismo.

—¿Alguna noticia más de mi padre? —preguntó a Stephen.

—Nada nuevo —dijo él—. Pero tampoco nada malo.

Algo era algo.

—¿Y Esther?

—Saludable.

—Excelente. Entonces, ¿qué más ha dicho Héctor?

—Que si estás muerta no es menos de lo que mereces, y si estás viva bien hecho.

Tuvo que reírse.

—También que hiciste un excelente trabajo en el recuento de aviones —agregó Stephen.

—¿Quedó contento con eso?

—Todos estamos contentos.

Desde enero había estado trabajando con Sócrates y su red para recopilar cifras actualizadas sobre la fuerza de la Luftwaffe en la región, registrando el movimiento de sus aviones dentro y fuera de Creta. Los bombarderos utilizaban la isla como punto de despegue para sus incursiones en el norte de África —una de las razones por las que todos, de Churchill hacia abajo, se habían mostrado tan reacios a que Creta cayera en manos de los nazis—; llevar la cuenta de sus idas y venidas sin levantar sospechas, había sido una tarea ingente. Pero lo habían hecho y habían transmitido la información a la radio cretense, con muy poca idea del uso que se iba a hacer de ella.

—¿Puedes decirme ahora qué se está planeando? —preguntó a Stephen.

—Me temo que no.

—Qué irritante eres.

Otra sonrisa.

—¿Eso es todo? —preguntó Eleni dando un paso atrás mientras otro hombre entraba en la cabaña, mirando consternada el aguacero que arreciaba fuera e impaciente, realmente impaciente, por volver.

"¿Estarás aquí mañana por la noche?"

—No, no es todo —dijo Stephen—. No te habría arrastrado hasta aquí solo para eso. Anoche recibí una señal. Lamento decirte que no me verás por un tiempo después de hoy.

—¡Oh!

—Lo sé, qué aburrido. La oficina de El Cairo ha dividido a los agentes. Yo me voy al Este así que Robbie te llevará los mensajes a partir de ahora. —Dio una palmada en la espalda al hombre empapado que acababa de entrar—. Quería darte la oportunidad de que os conocierais bien.

—Hola —saludó Robbie en griego apartándose el pelo mojado de la cara.

—Hola —respondió ella y le extendió la mano—, encantada de conocerte.

—Claro —dijo él; se escurrió el agua de la mano y tomó la de ella—. Sí, estaba tomando aire fresco…

—Haces bien.

Él se rio.

—Debo decir que te felicito por haber vencido a Héctor. —Le soltó la mano y volvió a frotársela por el pelo—. Te has hecho famosa.

—Oh, no. —Ella hizo una mueca—. Eso no puede ser bueno.

—Lo es, lo es.

Eleni se volvió hacia Stephen. Estaba sonriendo, ella no tenía idea de qué, pero era un enigma habitual con él y no iba a darle la satisfacción de preguntarle.

—Tengo que irme —le dijo—. Quiero llegar a casa antes de que empeore el tiempo.

—Es solo una llovizna...

—Una llovizna bastante fuerte.

Puso los ojos en blanco.

—Vamos, quédate. Tengo galletas.

—¿En serio?

—No. Pero quédate de todas maneras. Robbie conoce a Arthur Dillon.

—¿Arthur? —Eso la hizo mirar a Robbie con más atención. Arthur era el soldado con el que había enviado su carta a Héctor. No había llegado a conocerlo bien, pero él y su amigo habían sido muy amables e infaliblemente corteses durante el poco tiempo que habían estado con ella—. ¿Cómo está? —preguntó a Robbie—. Bien, espero.

—Estaba bien la última vez que lo vi.

—¿En África?

—Sí. Ahora está luchando en el desierto.

—¿Son amigos?

—Bastante buenos. Habló muy bien de ti cuando le dije que vendría aquí. Dijo lo impresionante que eres.

—Oh, no, ¿podemos ahorrarnos esto? —intervino Stephen—. En serio. Soy lo suficientemente británico como para no poder soportar tanta efusividad.

—Yo también —dijo Eleni.

Robbie se rio.

—¿Vamos a sentarnos? —preguntó Stephen.

—De acuerdo —aceptó Eleni y se sentó, pero solo un rato. El tiempo suficiente para que Stephen le presentara también a la pareja de griegos, para que ella les deseara suerte en Palestina y para que, como Stephen se había propuesto, conociera bien a Robbie. Se enteró de que había estado varado en la isla durante varios meses después de la evacuación y había escapado en enero solo para regresar la semana anterior, deseoso de aportar su granito de arena y de poner en práctica sus conocimientos algo oxidados de griego. Ella también le contó un poco de su propia historia (las partes que Stephen y Arthur no le habían contado todavía), y luego Stephen se puso a recordar a Pendlebury, con quien había estado en Cambridge y con quien, al parecer, había hecho todo tipo de travesuras. *Boys Will Be Boys*.

Todo era muy agradable. En circunstancias normales, Eleni habría estado encantada de seguir hablando. Pero el tamborileo de la lluvia sobre el tejado de la cabaña no amainaba y el tiempo seguía corriendo.

—¿Estarás bien para volver? —preguntó Robbie mientras se ponía de pie para irse.

—Sí, voy a estar bien —respondió ella—. Pero es muy amable de tu parte. —Sonrió—. Supongo que tú sí me habrías invitado a la reunión de mañana.

—No, no te habría invitado —dijo Stephen—. Tú haz tu papel Eleni y déjanos hacer el nuestro.

—Bien. —No iba a detenerse a discutir ahora—. *Bon chance,* Stephen. Ten cuidado con la pronunciación de las oes cuando salgas, ¿sí? Tienes tendencia a pronunciar demasiado parecido a los locutores de la BBC.

—Vete a la mierda Eleni. Y *bon chance* a ti también. No hagas nada que yo no haría.

—Claro que lo haré —dijo ella, y no añadió que, por

ejemplo, iba a volver corriendo a pasar la noche en brazos de un oficial alemán.

Eso probablemente sería demasiada desobediencia incluso para él.

Aun así se sentía culpable por ello, por perseguir la oscuridad hasta su casa. Corrió por la hierba mojada que le empapaba las piernas, repitiendo en su mente cada momento de la noche anterior, anticipando la que se avecinaba y sintiéndose cada vez más culpable cuanto más excitada estaba.

Su culpa se agravó a medida que se acercaba a la ciudad, presentaba sus documentos una y otra vez, y se apresuraba a llegar a su apartamento, entrar, correr para encender las lámparas, salir al patio para liberar a los caracoles ("¡Váyanse!") y volver al cuarto de baño donde se quitó la ropa empapada y se apresuró a bañarse antes de que él llegara.

Siguió creciendo mientras se vestía, se ponía los pantis que quería que él le quitara y se sentaba a esperar, con el estómago lleno de expectación, al pie de la escalera trasera.

Permaneció incluso cuando se le aceleró el corazón al oír el cerrojo de la puerta del patio y luego sus pasos, cada vez más cerca.

Pero en cuanto lo vio en lo alto de la escalera mirando hacia abajo, con el alivio de que ella estuviera allí reflejado en el rostro, la culpa se evaporó, sustituida por su propio alivio de que hubiera llegado.

Y, así como así, ya no necesitó que Sócrates le dijera que lo que estaba haciendo estaba bien.

Estaba bien.

En todas partes, *en todas*, había violencia, peligro y odio, pero ellos dos se habían encontrado. Se habían encontrado el uno al otro, era algo bueno y era verdad. El único error que podría haber cometido esa noche habría sido tratar de negarlo. Otto no era su enemigo, era *él*. Mientras bajaba los escalones, su mente se inundó de todo lo que lo convertía en eso: había robado medicinas para su abuelo, viajado con ella en un autobús caliente y sudoroso cada mañana de aquel verano, había nadado por las noches solo para saludarla, le había enviado carta tras carta tras carta a Inglaterra, le había acariciado el pelo en París, había bailado con ella en clubes de jazz, bien podría haberle salvado la vida la noche anterior y además había pasado por un infierno: había perdido demasiado, había llegado a estar tan derrotado que se estaba ahogando, pero se merecía algo mejor.

Se merecía algo mucho mejor.

—Hola —susurró ella sonriente, dejando la linterna y el libro en el suelo—. ¿Tuviste un buen día?

—No tan bueno —susurró él—. ¿Y tú?

—Demasiado frío y húmedo. ¿Lo mejoramos?

—Sí —respondió. La besó mientras ella se ponía de pie; los dos entraron y él pateó la puerta para cerrarla detrás de ellos—. Mejorémoslo.

CAPÍTULO 21

OTTO VOLVIÓ A MOSTRARLE SU CASA ESA NOCHE, LA QUE había diseñado durante aquel verano. Era tarde cuando lo hizo, casi la hora de irse.

Hacía tiempo que le había quitado los pantis.

Habían hablado más de su pasado y de cómo era la isla ahora. Ella le había informado, con suficiencia, sobre su melocotonero, aunque no le aclaró que podría haber crecido de otro carozo ("Lo sé Eleni", le había respondido él riendo, "sé que María plantó otro. Tu abuelo dijo…".) Eleni le había dicho que había vuelto a su playa, que había encontrado a los erizos todavía allí —no los había matado ninguna bomba, sino que seguían con vida, sin saber que el mundo se había derrumbado sobre ellos— y, deseando haber estado con él allí, le había dicho cuánto echaba de menos nadar, que era otra cosa que había sido prohibida como reunirse en grupo y disfrutar de cualquier tipo de libertad.

—Va a ser aún más difícil ahora que es primavera.

—Seguro que hay algún sitio donde se pueda nadar sin correr peligro —dijo él.

—No sé.

Le dio los dibujos cuando aún estaban en la cama; se inclinó junto al borde para sacarlos de su bolsa.

—Quiero que los tengas —le dijo—. Son tuyos.

Ella se incorporó, desplegó las sábanas y sonrió cuando, a la luz de la lámpara, vio las líneas y las notas que antes le resultaban familiares. "El rincón de Eleni."

—No puedo creer que los hayas traído contigo.

—Nunca me diste una fotografía tuya. Eran lo único que tenía.

Ella movió la cabeza, hojeó las páginas y encontró la dirección que había escrito, la piscina.

"No puedo imaginarte atrapada" había dicho. "Te irías nadando."

—Solías llamarme "ninfa".

—Sí. —También miró a la piscina—. Las llevé a Checoslovaquia y a Francia. —Frunció el ceño—. Una noche en Francia encontramos una granja destruida y a unos niños escondidos en el sótano. El edificio podría haberse venido abajo en cualquier momento, así que los llevé arriba. Pataleaban y gritaban como si fuera a matarlos.

La miraba, recordando. A Eleni le dolía físicamente verlo recordar.

—Dondequiera que he ido me han odiado —continuó—, pero siempre que miraba esto, me acordaba...—Tomó aire—. Bueno, me acordaba de ti.

Ella sintió que se le llenaban los ojos de lágrimas.

—¿De veras?

—Sí.

—Así que yo estaba contigo —dijo, y se alegró mucho de que hubiera sido así.

De que él la hubiera tenido a ella para apoyarse.

"Haces que no me sienta solo."

Lentamente, se inclinó hacia delante y apretó sus labios contra los de él.

—No se te odia, se te quiere, siempre —-dijo. Miró los dibujos—. Pero no puedo llevármelos. Tienes que conservarlos.

—Son tuyos.

—Tienes que construir esta casa algún día.

—No, nunca la construiré. —Movió la cabeza—. Por favor, llévatelos. Quédatelos. Es importante para mí.

Ella pensó en protestar.

—Por favor Eleni —insistió él.

—De acuerdo —aceptó; los dobló y se desplazó, con las rodillas hundidas en el colchón, para dejarlos sobre la mesa—. Los guardaré a buen recaudo para cuando te haya convencido de que debes construirla.

Él se rio, como si fuera una bonita fantasía; dulce, pero fantasía, al fin y al cabo.

"No me hagas creer que es posible", le había dicho la noche anterior, cuando ella habló de la vida más allá de la guerra.

"Créelo", le había dicho entonces.

—No debes rendirte —insistía ahora—. No puedes...

—Trato de no rendirme —aseguró, poniéndose también de rodillas y tomándole la cara con las manos—. Y me estás ayudando.

Pasó todas las noches que pudo con ella a partir de entonces. No siempre era posible. A veces estaba de guardia en su cuartel y tenía que asistir a reuniones de vez en cuando. Eleni no le pedía explicaciones. No quería pensar en él con sus compañeros. Lo que importaba, lo único que ella podía permitir que le importara, era que él acudía a ella siempre que podía.

Ella siempre le esperaba en su escalera.

Le habló de él a Sócrates. Sócrates pasó por su casa el domingo del primer fin de semana; la vecina de arriba le había dicho que "su joven dama" había estado golpeando a su puerta y se había preocupado; quería saber si Eleni estaba bien.

—Estoy bien —respondió ella—, eso creo.

—¿Crees?

—Será mejor que entres —le dijo y, ante la mesa de la cocina, con té y un plato de pan de Otto untado con mermelada de Otto, todo salió a la luz.

Sócrates no le dijo que lo que estaba haciendo estaba bien.

Estaba preocupado ("profundamente", dijo), no porque la culpara por haberse involucrado de nuevo con Otto —realmente entendía por qué lo había hecho—, sino por el riesgo que corrían ambos si los descubrían.

—No me refiero solo a la cárcel —aclaró, haciendo caso omiso de los intentos de Eleni de asegurarle que no los descubrirían—. ¿Has pensado en lo que te hará la gente de por aquí si te ve? ¿Cómo reaccionarán las mujeres de tu trabajo? No quiero ir a buscarte y encontrarte colgada.

—Yo tampoco quiero.

—Entonces termina con esto. Termina ahora.

—No puedo.

—Sí puedes.

—No puedo. ¿Serías capaz de dejar de ver a Dimitri?

Él miró hacia otro lado, hacia la cocina, sin decir nada.

—¿Lo ves? —confirmó ella.

Sócrates chasqueó la lengua; no quería ver nada.

—¿Cómo está? —le preguntó Eleni.

—Estás cambiando de tema.

—Sí —admitió—. Pero igual quiero saber cómo está.

Era a Dimitri a quien Sócrates iba a ver cada vez que salía de la ciudad los fines de semana.

Se había mudado de La Canea después del ataque. Había sobrevivido, pero sus padres trágicamente no. Su casa, al igual que el antiguo apartamento de Sócrates, había sido alcanzada por un impacto directo solo que, a diferencia de Sócrates, que había estado en la escuela cuando ocurrió, ellos se habían refugiado dentro. Dimitri había intentado llegar hasta ellos cuando empezó el ataque, pero el humo le había provocado asma y había ido a parar a un puesto de asistencia sanitaria. Se había culpado a sí mismo por no haberlos salvado, pero sobre todo había culpado a los alemanes por sus bombas. Incapaz de digerir la perspectiva de vivir en la ciudad ocupada, en cuanto se recuperó, había cerrado su café y se había trasladado a vivir con el hermano de su padre a las montañas, donde los soldados alemanes eran muchos menos y a la mayoría les aterrorizaba irse.

Eleni se había enterado de todo eso al reencontrarse por primera vez con Sócrates. Él le había contado que el tío de Dimitri, un pastor de cabras, era uno de los que recibían a los prisioneros de guerra fugitivos y los escondía en la cabaña donde elaboraba queso hasta que se pudiera coordinar su traslado a África. Dimitri entonces los ayudaba a cruzar las montañas hasta Sfakiá, no a pie (por su asma) sino a lomo de burro, esquivando a las patrullas alemanas hasta lograr que se subieran a los barcos británicos. También había colaborado en varios lanzamientos de paracaidistas británicos, dirigiéndose a las planicies en cuanto le comunicaban desde El Cairo que había un avión en camino. Allí acampaba, encendía hogueras a modo de señales para el avión, recogía los suministros que arrojaban de él y los enviaba rápidamente para que Stephen y sus compañeros los distribuyeran antes de que llegaran los alemanes y se los quedaran.

A Eleni le gustaba imaginárselo acampado bajo las estrellas.

Quería pensar que ya estaba lo bastante curado como para tararear a Fred Astaire en las frías noches de montaña.

—Se está recuperando —dijo Sócrates sirviéndose otra rebanada de pan—. Aunque no sé qué opinaría de todo esto.

Él no quiso decírselo. Dimitri era otro de los que no sabían que Eleni estaba allí. Ella y Sócrates habían acordado que era lo mejor. Dimitri ya tenía suficientes secretos que guardar.

—¿Le dijiste a Otto que me has visto? —quiso saber Sócrates.

—Por supuesto que no.

—Puedes hacerlo —dijo con un suspiro.

—No hace falta.

—Quiero que lo hagas. Dile que siento lo de su madre.

—Quédate y díselo tú mismo hoy. —Eleni sabía que era mucho pedir, pero también sabía lo mucho que significaría para Otto si lo hiciera.

—Ay, Eleni…

—Solo un minuto.

Otro profundo suspiro.

—De acuerdo, de acuerdo.

—¿Sí? —Se llevó la mano al pecho—. ¿De verdad?

—De verdad.

—Gracias.

—No estoy seguro de decir "de nada".

—Me siento fatal por ello —dijo Eleni y así era. Sus remordimientos habían vuelto en el instante en que Otto la había dejado, y no habían parado de aumentar desde entonces—. Me siento horriblemente culpable. No quiero que pienses que me lo tomo a la ligera.

—Te conozco demasiado para pensar eso.

—Bien.

—Y la culpa se aliviará.

—¿Cómo lo sabes?

—Porque la culpa siempre tiende a desaparecer al final.

¿De verdad? Ella no estaba convencida.

Supuso que al final todo dependía de la magnitud de las consecuencias.

Sin embargo, Sócrates tenía razón. A medida que pasaban

los días de abril la culpa, efectivamente, dejó de acosarla con tanta insistencia. Tal vez simplemente se condicionó a sí misma a convivir con ella, sabiendo que era eso o vivir sin Otto, lo cual, ahora que lo tenía de vuelta, realmente no era una alternativa en absoluto.

Ah, la expresión de la cara de Otto cuando vio a Sócrates aquel domingo en su cocina...

—Dios mío —dijo, estrechando cálidamente la mano que le tendía Sócrates, con una felicidad que hacía igualmente feliz a Eleni—. Me alegro de verte.

—Es sorprendentemente bueno verte —dijo Sócrates sonriente; Eleni podría haberlo besado por su amabilidad.

—Así que Eleni tiene compañía.

—Así es —dijo Sócrates.

No se quedó mucho tiempo con ellos —comprendió la situación—, sino que se marchó en cuanto le hubo dado el pésame a Otto por Brigit; además le preguntó por Krista ("No sé por dónde empezar" dijo Otto) y esquivó las preguntas sobre Dimitri.

—Eleni me dijo que se había mudado —dijo Otto—. ¿Lo sigues viendo?

—Sí, sí —dijo Sócrates, recogiendo su chaqueta—. Ahora tengo que irme. Tened cuidado, los dos.

—¿Dimitri trabaja contigo? —quiso saber Otto cuando Sócrates se fue.

—No diré ni una palabra —le respondió.

—¿Me contaste de Sócrates pero no me hablarás de Dimitri?

—No te conté nada de Sócrates. Vive a la vuelta de la esquina, quería saludarte, eso es todo.

—Eleni...

—¿Otto?

Se quedó mirándola un segundo más y soltó una carcajada corta y frustrada.

—De acuerdo, de acuerdo.

—Gracias.

—¿Tienes hambre?

—Siempre.

—Me lo imaginaba.

Le había traído comida otra vez. Lo hacía cada vez que la visitaba. No mucha pero toda la que podía conseguir. Había demasiados alemanes en la isla e incluso ellos a menudo se quedaban cortos, a pesar de que hurtaban provisiones todo el tiempo. Le trajo las primeras naranjas y melocotones de la temporada cuando el tiempo se hizo más cálido.

—Mejores que los caracoles —dijo.

—Cualquier cosa es mejor que los caracoles —comentó ella.

—Tu tía abuela Sofía le lleva de todo a tu abuelo.

—Seguro que sí. —Era bien sabido que, en las montañas, en los pueblos donde no había guarniciones alemanas, los cretenses podían almacenar más comida. Algunas de las mujeres del Ayuntamiento tenían parientes que les guardaban paquetes. Eleni por supuesto había recibido los suyos gracias a su casero, aunque últimamente no le había llevado nada.

—Deberías visitar a Sofía —dijo Otto—, comer algo de carne de cabrito y seguir hasta Sfakiá, donde uno de sus submarinos...

—No insistas, por favor —lo interrumpió ella.

Pero él siguió con lo mismo. Nunca dejó de intentar convencerla de que abandonara la isla.

Pero no se pelearon por eso. No discutían por nada.

Las noches luminosas pasaban, el aire templado se endulzaba con la fragancia de las buganvillas y, encerrados en el capullo del sótano, los dos se aislaban del mundo, se desplomaban en la cama, cocinaban (al final ella lo convenció para que compartieran las cenas), jugaban a las cartas en la mesa, protestaban cuando ganaba el otro, hablaban, reían, "pero nunca demasiado", tan completamente felices, para nada solos.

A finales del mes Eleni descubrió, para su alivio, que no había ningún bebé en camino. Aquella primera noche habían tentado la suerte y, aunque desde entonces habían tenido más cuidado, ella se había puesto nerviosa.

—Basta de correr riesgos —le dijo en la mesa, levantando un as de la baraja.

—No creo que un bebé sea algo malo —dijo él.

—¿No crees? —preguntó ella con sorna.

—No, porque entonces tendrías que irte.

—Estoy demasiado ocupada para tener un bebé —aseguró ella mientras acomodaba sus cartas sin decir nada más, porque su trabajo en la isla seguía siendo una de las pocas cosas de las que nunca hablaban.

Desde luego no le contó nada cuando, a finales de abril, su nuevo contacto de la DOE, Robbie, se presentó en el apartamento muy bien disfrazado, preocupado porque la situación de las fuerzas aliadas en el norte de África había empeorado ("No podemos perder allí también"), y le entregó un mensaje codificado de Héctor con órdenes estrictas de que, si caía el delta del Nilo, ella debía evacuar Creta. "Lo digo en serio esta vez." Robbie también tenía una petición: que ella y su red de contactos estuvieran especialmente atentos a la aparición de cualquier nuevo informante nazi. Se estaba cocinando algo le dijo, algo que no tardaría provocar controversia y nadie quería que se filtrara el plan.

—¿Tiene esto algo que ver con los registros que hicimos de los aviones?

—Posiblemente —respondió; su respuesta contenía más información que la que Stephen le habría dado.

—¿Estás bien? —le preguntó Otto la noche siguiente.

—Estoy tratando de resolver algo.

—¿Pero no puedo preguntar qué es?

Ella notó su frustración. La comprendía.

—Hay muchas cosas que nunca me dicen, créeme. Aunque es cierto que es más seguro así.

—¿Crees que yo sería capaz de revelar tus secretos?

—Creo que los secretos solo lo son si nunca se cuentan.

—Eleni —dijo él—, no quiero saberlos. Sinceramente. Dime lo que quieras o no me digas nada. Me importa un bledo. Lo único que necesito saber es que confías en mí.

—Confío en ti —dijo y era así. De verdad—. Es en esta guerra en la que no confío.

—No —admitió él con un suspiro—. Yo tampoco me fío.

La guerra de Otto era el otro tema del que rara vez hablaban. Aparte de la historia que le había contado de aquellos niños en Francia, casi no compartía sus recuerdos. Ella no lo presionaba porque era obvio que le causaba dolor. Solo una vez hablaron de su experiencia en la invasión: lo aturdido que se había sentido cuando supo que Creta iba a ser su objetivo; el vuelo de la Luftwaffe sobre Atenas al amanecer; su dolor por los hombres que había visto morir antes de que sus pies tocaran el suelo.

—Muchos de ellos tenían familia —dijo. Estaban sentados en el sillón, ella con las piernas sobre las de él y la cabeza apoyada en su hombro—. Amaban a sus hijos. No todos eran malvados.

—Lo sé —dijo Eleni.

Vacilante, sintiéndose más traidora que nunca, pero con la necesidad de que él supiera que lo entendía, admitió ante él su propio dolor, allá en el patio de su *papou*, cuando había visto arder tantos planeadores y a aquellos hombres palos que caían inmóviles.

—Hubo uno al que seguí con la vista, todo el camino hasta abajo. —Se movió para mirarlo—. Sigo preguntándome si habrás sido tú.

—¿En serio? —Otto la miró fijamente—. Espero que haya sido yo. De alguna manera, me gusta esa idea.

—¿Sobrevivió alguno de tus hombres?

—No muchos —respondió, y luego le contó que casi todos los oficiales con los que se había entrenado también habían muerto.

Uno de los pocos que había sobrevivido era su oficial al mando, Brahn; aún estaba a sus órdenes.

—Él es un buen hombre.

Fischer, en cambio, no lo era. Había dirigido un pelotón de fusilamiento en la oleada inicial de represalias.

—Le salvé la vida solo para que hiciera eso. Intimidó a un chico llamado Meyer para obligarlo a ocupar un lugar en el escuadrón con él. Solo tenía diecisiete años. Llevaba la manta de su mamá cuando nos arrojamos del avión. No creo que ella reconozca a su hijo cuando vuelva. Si es que vuelve.

—¿Se arrepintió después?

—Tal vez. No lo sé.

—¿Te preocupa Fischer? Dijiste que él quería hacer que vuelvan a degradarte.

—No te inquietes por eso. No dejes que ese tipo ocupe tu mente. En serio. Es un… insecto. Solo es necesario que alguien lo aplaste. Ya ocurrirá. Olvídate de él, por favor.

Así lo hizo Eleni.

Disfrutaba mucho más cuando hablaban de otras cosas como las frecuentes visitas que Otto hacía a su *papou* y a Spiros, de quienes le contaba más historias para satisfacer su insaciable apetito de noticias de ambos: qué habían dicho; cómo se veían; qué había pasado con la bisagra de la puerta que habían intentado arreglar una tarde de mediados de mayo, gritándose el uno al otro, porque ellos, que habían practicado innumerables amigdalectomías y apendicectomías, no habían sido capaces de repararla.

—La habían puesto al revés —explicó Otto.

—¿Se lo dijiste? —preguntó Eleni.

—Sí, claro. Tu abuelo dijo que lo sabía desde el principio.

—Naturalmente.

También se había comunicado con María.

—Solo para ti Eleni.

—¿Cómo estaba? —quiso saber, emocionada.

—Exactamente igual que como la recordaba.

—¿Llevaba su falda lápiz?

—No tengo ni idea de lo que es eso. Pero está convencida de que ya no estás aquí.

—¿Cómo lo sabes?

—Se mostraba bastante triunfante al respecto.

Eleni sonrió.

—¿Fue amable contigo?

—No demasiado.

Eso la hizo reír.

—¿Te divierte?

—Me divierte. María es tierna como un gatito.

—No fue así conmigo. Estaba furiosa porque no había ido a verla antes. Después lloró —hizo una mueca, haciéndola reír más—, dijo que mi uniforme era feo pero que yo era un buen chico por haberles llevado todos esos medicamentos y me besó, por lo de mi madre.

—Es un torbellino.

—Exactamente así la sentí.

También hablaron de la familia de Otto. Cuanto más tiempo pasaban juntos, más abierto se mostraba con ella. ("Recuerdo que antes también hacías eso", dijo él. "¿Qué cosa?", preguntó ella. "Recordarme lo bueno que es no pensar antes de hablar".) Le contó que Henri le escribía todas las semanas, el tipo de cartas que Otto había dejado de creer que su padre pudiera escribirle. Cartas cálidas, afectuosas.

—Todavía está en su bufete. Pasa mucho tiempo con mis abuelos maternos. Creo que le hace bien.

—¿Y Krista?

—Cielos, Krista —dijo, y no fue evasivo como había hecho Sócrates, sino que le contó que había quedado destrozada tras la muerte de Brigit: culpaba a todo el mundo, y, sobre todo, a sí misma.

Se habían peleado antes de que él llegara a Grecia; ella se había arriesgado más que nunca negándose a escuchar tanto las advertencias de Otto como las de Henri y Lotte: seguía yendo a los salones de baile clandestinos, ayudando a imprimir panfletos y a distribuirlos.

—Le dije que pensara en lo que había hecho mamá, en lo inútil que habría sido su sacrificio si ella arrojase su vida por la borda.

—¿Hicisteis las paces?

—Nos escribimos.

—¿Sigue yendo a bailar?

—Probablemente. También tiene ganas de morir como tú.

—Yo no tengo ganas de morir.

Y él volvió a pedirle que se fuera.

Llegó un punto en que Eleni tuvo que burlarse de su insistencia.

—¿Te has cansado de estar conmigo? —le dijo a finales de mayo—. ¿Por eso quieres deshacerte de mí?

—No quiero deshacerme de ti —dijo él sin reírse—. No soporto la idea de que te vayas.

—Entonces ya basta.

—No puedo. Antes me hacías sentir a salvo. De verdad. Pero ya no.

Eleni dejó de reírse.

—¿Crees que te haría algo?

—No estoy preocupado por mí sino por ti. Cada hora que no paso aquí, estoy petrificado por el miedo de que te haya pasado algo.

—No me pasará nada.

—No lo sabes.

—Ha pasado un año y no ha ocurrido nada.

—Eso no significa que no vaya a ocurrir.

—Otto. —Acercó su cara a la de él y le pasó las manos por los brazos—. Por favor, basta. No voy a dejar Creta hasta que tu ejército lo haga.

—Eleni…

—Tienes que aceptarlo.

—No lo haré.

—Tienes que hacerlo.

—No puedo. Sé, estoy seguro de que, si lo acepto, ambos nos arrepentiremos.

—No, no será así —dijo ella; lo besó y trazó un límite, al menos en su mente—. Estamos juntos. ¿Cómo podríamos arrepentirnos?

CAPÍTULO 22

"¿Cómo podríamos arrepentirnos?"

Las palabras de Eleni se quedaron con Otto mientras se dirigía a su casa esa noche.

Con demasiada facilidad se le ocurrieron varias maneras.

Fischer estaba sentado en el escalón de la entrada cuando llegó, fumando un cigarrillo en la oscuridad y con una botella de *raki,* el licor local, a su lado. A Otto no le sorprendió encontrarlo esperando. Casi todas las noches bebía solo. Su rostro se había vuelto flácido, sus ojos llorosos e inyectados en sangre en el año transcurrido desde su llegada.

—¿Dónde ha estado? —le preguntó. Era una pregunta recurrente.

—En la ciudad —dijo Otto. Una respuesta también recurrente.

No sabía por qué Fischer se molestaba en repetir ese intercambio rutinario. Tal vez conservaba la vana esperanza de que Otto le lanzara una cuerda que le sirviera para atraparlo una de estas noches. Nunca había perdonado a Otto por las lágrimas que le había visto derramar cuando le dispararon, y menos aún por la promesa que Otto le había hecho después de las represalias.

"Te haré pagar por esto. Te juro que algún día te haré pagar."

—¿Qué hacía en la ciudad? —preguntó a continuación inclinando la botella para beber un trago y frunciendo el ceño, confuso, al encontrarla vacía.

—No es asunto tuyo, ¿verdad, Fischer? —dijo Otto pasando junto a él—. La última vez que me fijé yo seguía siendo tu oficial superior.

No tenía por qué haber alojado a Fischer con él, como tampoco tenía por qué haberlo tenido en su escuadrón de paracaidistas, pero estaba tan decidido como siempre a mantenerlo cerca para vigilarlo. Lo había dicho en serio cuando dijo a Eleni que no se molestara en pensar en Fischer, que no quería que le diera espacio en su cabeza —Dios sabía que ella ya la tenía bastante llena con otras cosas—, pero eso no significaba que Fischer no lo preocupara a él.

—¿Y tu saludo?

Fischer saludó con desgano.

—¿Quiere saber lo que he estado haciendo? —dijo mientras Otto abría la puerta.

—Está claro que quieres decírmelo.

—He estado reclutando.

—Bien.

—Hice un amigo en Souda.

—Felicidades.

—Va a hacer tareas de vigilancia para mí. —Eructó—. Dice que tiene contactos con agentes.

—¿Y cómo lo convenciste para que dijera eso?

—No lo convencí de nada. Yo solo... —otro eructo— "comenté" lo guapa que era su hija.

—Eres repugnante.

—No se preocupe. —Fischer se rio tímidamente—. Nunca me acercaría a ella. Nunca tocaría a una griega, son todas unas coquetas asquerosas.

—No, estás confundido —dijo Otto y se encaminó al interior, donde lo recibió una pared de calor rancio y el sonido de los ronquidos de sus compañeros: un profesor de Francfort y un joyero de Baviera—. Tú eres asqueroso y ellas nunca se te acercarían.

No se tomó muy en serio lo que Fischer había dicho acerca del supuesto informante. Fischer ya había presumido de hacer demasiados de esos "amigos" como para que Otto se preocupara. Cuando había empezado con ello, el verano anterior, Otto no había tenido otra alternativa que pasar a Brahn los nombres que Fischer había mencionado, quien los había transmitido obedientemente al jefe de contraespionaje para que los investigara. Hoy en día, Otto y Brahn habían acordado no molestarse en seguir haciéndolo, porque era una completa pérdida de tiempo y demasiado embarazoso para todos cuando se descubría que los "amigos" de Fischer tenían acceso a información no más valiosa que el nombre de un vecino desagradable que podría o no haber dado cobijo a un soldado aliado.

—¿Cómo le va a nuestra arma secreta? —le preguntaba inevitablemente alguien a Otto cuando estaba en el cuartel general—. ¿Ya ha ganado la guerra para nosotros?

—Denle tiempo —respondía Otto.

Y siempre que lo hacía Nikos Kalantis estaba cerca, siempre escuchando.

Otto tuvo que volver al cuartel general para asistir a una reunión informativa junto con Brahn y otros oficiales a la mañana siguiente. Fueron en autobús desde el cuartel. Otto inspeccionó a sus hombres antes de partir y les dio las órdenes para el día: instrucción, limpieza de fusiles, inventario de suministros; cualquier cosa que los mantuviera ocupados y alejara el malestar y la nostalgia.

—Puedes ir a ver a tu nuevo amigo —dijo a Fischer, que sudaba por la resaca—. Puedes ir caminando hasta Souda, Dios sabe que te vendría bien el ejercicio.

Lo envió sobre todo para molestarlo, aunque no era la única razón.

—Discúlpate con él por lo de su hija, busca otra forma de mantenerlo a tu lado si crees que puede ser útil.

Fischer se quedó mirándolo.

—¿De acuerdo? —dijo Otto.

—De acuerdo —dijo Fischer—. Déjemelo a mí, señor.

—Weber —llamó Otto (una vez que Fischer estuvo lejos) al joven soldado que había seguido a Eleni: aquel a quien había dado su palabra de que ella no era quien él pensaba. ("Estaba fuera de sí cuando la atrapé. Me siento mal, quiero que la dejen en paz.")—. Tengo un trabajo para ti.

Una vez hecho esto, se dirigió al autobús y al cuartel general.

Nikos Kalantis ya estaba allí cuando llegó, elegante con un traje de tres piezas y conversando con dos oficiales ante la puerta del despacho del general Andrae, comandante de la Festung. Otto los observó, preguntándose de qué estarían hablando.

Nikos enarcó una ceja al captar su mirada.

Casi no habían hablado en el último año; solo habían intercambiado breves palabras de cortesía. Otto, por ejemplo, no le había hablado de su madre. Nunca había olvidado cómo le había mentido él acerca de haber visto a Eleni en el café, ni la forma brusca en que le había dicho a Marianne que la música de su violonchelo le había fastidiado ("Me has molestado mucho."), y simplemente no había sentido ninguna inclinación a compartir con él algo tan personal como la muerte de su madre.

Yorgos había estado de acuerdo con él.

—Has juzgado bien su carácter —le había dicho.

—Ah, Yorgos —había suspirado Spiros—, ¿merece la pena aferrarse a tanto odio?

—Sí —había respondido Yorgos y había recordado con gusto a Spiros por qué, enumerando sus varios motivos de rencor contra Nikos: la franja de tierra por la que se habían peleado sus abuelos; la colaboración del padre de Nikos con los turcos; cómo había robado las tierras en litigio (sí, robado) al padre de Yorgos cuando las autoridades turcas le habían concedido la escritura a su nombre. "¿Qué tierras?" había preguntado Otto, tratando de visualizarlo. "Es solo una franja", había respondido Yorgos con impaciencia; "eso no es lo importante". Luego contó cómo Nikos había adulado a Melia en vida ("Melia era la abuela de Eleni", le había explicado Spiros) y había dejado a Petra ("la madre de Eleni", había aclarado Spiros, pero Otto ya lo sabía) consternada durante la última guerra al presentarse en la villa mientras Yorgos trabajaba y despotricar ante ella.

Otto tuvo que preguntar.

—¿Sabes por qué?

—Sí, sé por qué —había dicho Yorgos, que ya había entrado en razón—. Petra era amiga de la prometida de Nikos, la hija de Christina. Se llamaba Ida. Ida era el ama de llaves de Nikos en aquella época hasta que huyó a Atenas, pero no antes de contar a Nikos que Petra sabía todo sobre ellos dos y que además llevaba dos meses embarazada de Eleni.

Así lo había dicho.

—Entonces, ¿Petra no estaba casada con el padre de Eleni? —había preguntado Otto.

—Ni siquiera estaban prometidos.

Y Spiros había suspirado como si se acordara de todo.

Otto se había preguntado cómo podría haber olvidado algo así.

—No lo había olvidado —dijo Spiros—, solo había dejado de recordarlo. Son cosas que pasan con la edad. Bueno, a algunos de nosotros —había agregado, con una mirada cansada a Yorgos.

—Nikos estaba furioso porque Petra no le había advertido sobre Ida —había continuado Yorgos—. Se desquitó con ella. Fue entonces cuando me enteré de que ella iba a tener a Eleni. Yo sospechaba que algo iba mal. Se había vuelto... retraída, pero cuando llegué a casa y la encontré en ese estado, hice que me contara todo. Nikos la había llamado... no, no importa cómo la había llamado —dijo, con el ceño aún más fruncido—. Pero le dijo que Melia se habría avergonzado de ella. Tuvo el descaro de decir a Petra lo que mi mujer, su madre, habría pensado de ella. ¡Ella no se habría avergonzado!

—No —había coincidido Spiros.

—Se habría enfadado, al principio —había dicho Yorgos—. Yo también me enfadé, lo reconozco. Pero Melia nunca se habría avergonzado. Ella no era así.

Spiros también había estado de acuerdo.

—Ella estaba orgullosa de Petra, la adoraba.

—La adoraba —había repetido Yorgos.

—¿Por qué nunca dijiste nada de esto a Eleni? —había preguntado Otto.

—Su padre no quería que lo supiera. Se había marchado de Creta antes de que Petra supiera que estaba embarazada y solo volvió cuando ella le escribió para contárselo. Él estaba embarcado y sus cartas tardaron semanas en llegar. Ella ya pensaba que no volvería cuando él regresó. Estaba desconsolada, convencida de que tendría que criar a Eleni soltera, sin él. Él siempre se avergonzó de eso.

Otto había contenido las ganas de decírselo él mismo a Eleni, pero no por mucho tiempo, a pesar de los deseos de su padre.

No podía ocultarle algo así.

Y ella no se había avergonzado de ello, como él sabía que no lo haría ("Sería bastante hipócrita por mi parte, ¿no crees?", le había dicho); tampoco se había disgustado porque se lo hubieran ocultado ("Me habría escandalizado más si papá me lo hubiera dicho.") ni, sobre todo, por el comportamiento de Nikos.

—Sospecho que la atacó porque estaba dolido. Probablemente se arrepiente de haberlo hecho.

—¿Tú crees? —había dicho él, escéptico.

—Bueno, no puede haber sido tan malo para que Christina haya seguido cuidando de él todos estos años.

—No entiendo por qué lo defiendes.

—No lo defiendo. De verdad que no. Es que no lo conozco. Y todo esto fue hace años. Una pelea estúpida. Tengo demasiadas cosas reales de las que preocuparme —había explicado Eleni.

—Pero te pareces mucho a tu madre —insistió. No había olvidado la fotografía de las dos en el dormitorio de ella. Yorgos tenía otras en su escritorio—. Es más, ahora tienes el pelo más oscuro. Estoy seguro de que te ha reconocido.

—Si así fuera ya me habría dicho algo y habría avisado a alguien.

—Tal vez solo está esperando el momento propicio. Espera a que la información sea más valiosa para él.

—O tal vez, dado que nunca me ha mirado dos veces, también tiene otras cosas en la mente.

Una parte de Otto sintió la tentación de enfrentarlo.

¿Cómo podría hacerlo sin delatar a Eleni?

Lo observó mientras se separaba de los hombres con los que había estado hablando, recogía su sombrero y pasaba junto a él.

—Buenos días —dijo a Otto en perfecto alemán.

—Buenos días —respondió Otto en griego imperfecto—. ¿Adónde va?

—A atender unos negocios —dijo Nikos y se alejó rápidamente, dejando a Otto con la duda de si se habría imaginado la furia que había atisbado en sus ojos caídos.

¿Lo había visto Eleni en el ayuntamiento aquel día? Otto no le preguntó.

Para su frustración, no pudo hablar con ella esa noche ni las dos siguientes.

La reunión informativa a la que asistió esa mañana trataba sobre una reciente oleada de asesinatos de "griegos malos", como los llamaban los lugareños: aquellos reclutados por los nazis que habían actuado como informantes (reales, no imaginados por Fischer) y habían filtrado la localización de "colaboradores británicos" al contraespionaje. El general Andrae estaba indignado de que la resistencia les hubiera ganado una vez más, e insistió en que se castigara a los autores de los asesinatos, no fuera a ser que otros cretenses tuvieran miedo de ayudarlos.

—Tú, Linder —dijo señalando a Otto—. Hablas griego. ¿Has oído algo que pueda llevarnos a alguien?

—No general —respondió sin dudar.

—Sigan escuchando. Todos atentos. No sé qué le pasa a esta gente, por qué insisten en seguir luchando contra nosotros.

—Es un misterio — dijo Brahn a Otto al marcharse.

Ambos recibieron la orden de llevar patrullas a los pueblos de los alrededores. Bajo el calor abrasador de mayo y odiándose por tener que hacerlo, Otto ordenó a sus hombres que reunieran a los habitantes, civilizadamente, en cualquier espacio grande que pudieran encontrar —plazas adoquinadas, iglesias, parcelas de olivares moteadas por el sol— y supervisó a aquellos en los que menos confiaba mientras ellos vigilaban a los aldeanos ("Cualquiera que dispare desoyendo mis órdenes será fusilado", aclaró); dejó que, entretanto, los demás registraran las casas en busca de aparatos de radio, espías, cualquier cosa incriminatoria.

—¿Una lata de carne en conserva cuenta? —preguntó Weber a Otto en voz baja.

—No —respondió—. Podría ser del año pasado.

No encontraron nada más que miradas llenas de odio aparte de esa lata.

—Son libres de marcharse —dijo Otto al séptimo y último grupo de cretenses que reunieron el domingo por la mañana.

—No somos libres —exclamó un adolescente antes de que su madre se lo llevara a rastras—. Llevamos un año sin ser libres.

—Fischer le habría disparado un tiro por decir eso —comentó Meyer, que tal vez tuviera aún la manta de su madre o tal vez no, y que posiblemente estaba arrepentido de las balas que había disparado durante las represalias.

Otto estuvo de acuerdo. Precisamente por eso no lo había elegido para estar allí.

Esa noche llegó por fin a la casa de Eleni y se dirigió a su patio bajo la luz azul plateada del crepúsculo. Las calles que rodeaban la casa estaban silenciosas como de costumbre, salvo por el estridente canto de los tordos que se agolpaban en los árboles de La Canea y anidaban en los innumerables tejados destruidos. La noche estaba impregnada del calor persistente del día, de lo ilícito de las reuniones clandestinas de los domingos a puerta cerrada.

Ella lo esperaba, como siempre, al pie de la escalera.

Se detuvo en seco al verla allí; odiaba haberla dejado esperando esas últimas noches. Odiaba el motivo por el que lo había hecho.

Ella lo miró fijamente, con sus ojos azules oscuros muy abiertos, sin sonreír; también odiaba el motivo.

No llevaba los pantis, sino que tenía los pies sumergidos en un cuenco de agua; el pelo estaba recogido en lo alto de cabeza, descubriendo el cuello.

Era evidente que tenía calor. Debía de haber tenido calor todo el día.

Ella, que solía nadar con tanta libertad, en ese lugar que se suponía que era su hogar.

Avanzó hacia ella.

Eleni lo miraba, inclinando la cara hacia él cuanto más se acercaba.

—Lo siento —le dijo y se arrodilló ante ella, sin saber por qué se estaba disculpando.

—¿Estabas de patrulla? —preguntó Eleni.

—¿Sabías de ellas?

—Sí.

—¿También sabías que esos asesinatos iban a ocurrir?

Ella le sostuvo la mirada. Intentó leerla, descifrar la emoción que veía. Había demasiadas cosas: dolor, pensó, también ira; amor, pena, resolución.

¿Arrepentimiento?

—¿Lo sabías?

—Hazme una pregunta que pueda responder —dijo ella. "¿No confías en mí?". "No confío en esta guerra."

—Bien —dijo él, tomando la decisión mientras hablaba—. ¿Quieres ir a nadar?

—¿Qué?

—Ya lo has oído.

Para su alegría y alivio, el rostro de ella se suavizó y movió los labios en una sonrisa.

—Estás bromeando.

—No bromeo. —Había estado pensando en ello desde que ella le había dicho cuánto echaba de menos ir a nadar. "Tiene que haber algún sitio donde puedas nadar sin peligro." Había estado buscando uno.

Le habían dado un coche para hacer las patrullas y todavía lo tenía a su disposición. Normalmente tomaba un camión de transporte para ir a la ciudad —siempre iban y venían del cuartel— pero esa noche había usado el coche. Ella podría esconderse fácilmente en la parte trasera. Estaba seguro de que estarían a salvo. Nadie lo paraba nunca en los controles, todo lo que necesitaban ver era su rango.

—Siento que es esta noche o nunca —dijo.

—Probablemente debería ser nunca —respondió ella.

—Probablemente.

Aun así fueron, por supuesto.

No salieron de inmediato. Esperaron a que la noche —oscura, gracias a la luna menguante— descendiera a una oscuridad aún más profunda.

Ella salió primero hacia el coche que él había aparcado un par de calles más allá, y se escabulló por la puerta con los pies descalzos, en silencio, mientras se arrastraba por el callejón con mantas en los brazos.

Era imposible no impresionarse al ver con qué seguridad avanzaba, abría sigilosamente el coche y desaparecía en el asiento trasero.

Alguien, en algún lugar, la había entrenado bien.

—¿Estás cómoda? —le preguntó él, subiéndose al asiento del conductor, y la amó más por su risa que se escuchaba debajo de las mantas; estaba entusiasmada, cuando casi cualquier otra persona que él conociera se habría quedado en casa antes que arriesgarse a semejante aventura para darse un baño.

—Me estoy cocinando —dijo—. Conduce, por favor. Dios, si Héctor pudiera verme…

—¿Quién es Héctor?

—Ahora no, Otto. Conduce.

Riéndose también, salió de la ciudad hacia una de las calas que había descubierto y que estaba seguro de que estaría abandonada. Se sintió aliviado pero no sorprendido, por los saludos de los guardias del puesto de control cuando le hicieron señas para que siguiera adelante; nunca habría sugerido esta aventura si hubiera creído que la pondría en peligro.

—¿Vienes? —le susurró una vez que habían aparcado en la cala y ella había salido de debajo de las mantas y bajado varios metros por la pared rocosa hasta una franja de guijarros, demasiado poco profunda para las defensas.

—Voy a quedarme aquí —dijo él.

—¿No quieres nadar conmigo?

¿Sonrió al decirlo? Estaba demasiado oscuro para verla. Parecía que había sonreído.

Otto sabía que la había oído desabrocharse la cremallera.

—Claro que quiero nadar contigo —dijo—. Pero más quiero vigilar que estés a salvo.

—De acuerdo —aceptó ella rápidamente, haciéndole saber que estaba más nerviosa de lo que parecía—. No tardaré mucho.

—Tarda todo lo que quieras —dijo él—. Yo estoy aquí, disfrútalo.

Hubo un breve silencio. Esta vez supo que ella sonreía.

Después Eleni se movió. Otto observó su silueta quitarse la ropa, dejarla caer sobre la orilla y meterse en el agua, recorriendo con los dedos la superficie estrellada. Se detuvo brevemente. Él la imaginó llenando los pulmones, mirando el lejano horizonte, pensando, seguramente, en lo que había más allá. Entonces, ella levantó los brazos formando la V que él la había visto hacer tantas veces y se zambulló.

La miró nadar durante unos instantes más y olvidó el horror de los últimos días, al pensar solo en ella y en su disfrute. Luego, para cuidarla, se dirigió al otro lado del coche, buscó sus cigarrillos, encendió uno y, apoyado en el capó, mantuvo la mirada fija, inquebrantable, en la carretera desierta. Por si acaso.

Eleni estuvo fuera de su vista un rato, lo suficiente como para que Otto empezara a imaginarse cómo sería si alguna vez ella accediera a irse y no volviera. Odiaría que eso ocurriera, lo sabía.

Sin embargo, estaba tan decidido como siempre a convencerla de que lo hiciera.

—Bien —le dijo una vez que ella volvió junto a él, sin aliento, con el pelo chorreando y el vestido, que se había vuelto a poner, pegado al cuerpo.

Ella lo rodeó con su cuerpo y apretó los labios contra los de él.

Sabía a sal, a la naranja que había comido antes de que se marcharan; lo transportó en un instante a los besos en aquella parada de autobús, cuando él solía esperarla al final de sus turnos en la cafetería.

—Acabas de hacer que te ame más de lo que te he amado nunca, si es que eso es posible —le dijo.

—¿Sí?

—Sí —aseguró—. De hecho.

Y él se rio al recordar eso también ("De hecho, te amo"), y le devolvió el beso, pero ya no se estaba ahogando, ya no, cuando estaba con ella; solo vivía. Quería vivir.

Ella le había hecho desear estar vivo, otra vez.

De algún modo había hecho que la vida —una buena vida, una vida mejor— volviera a ser posible.

—Vamos a casa —dijo Otto—, a quitarte estas cosas mojadas. —Entonces ella también se rio.

Rieron juntos al borde de la carretera y, por peligroso y estúpido que fuera, él no habría querido estar en ningún otro sitio.

No podría haber estado en otro sitio, sino con ella.

CAPÍTULO 23

Sin embargo, lo enviaron lejos. Durante todo el mes de junio estuvo fuera con su batallón, sobre las montañas de la costa sur —ahora prohibida a los cretenses, en un vano intento de frenar los desembarcos de barcos británicos—, haciendo guardias para vigilar un puesto de guarnición en Sfakiá.

—Si puedes decir a tus *kapetanios* que no me disparen por el camino, te lo agradeceré —dijo a Eleni antes de marcharse.

—No son "mis" *kapetanios* —dijo ella—, así que mantén la cabeza fría y el casco puesto.

Pasaron más de cinco semanas antes de que regresara. Eleni se sentaba en la escalera todas las noches a leer a la luz de la linterna, aguzando el oído ante cada chasquido de la reja con la esperanza de que él reapareciera.

Lo echaba de menos de una forma que la consumía y la debilitaba.

El mes no se hizo más llevadero por los sombríos rumores de la retirada de los aliados en el norte de África, rumores que las autoridades nazis estaban encantadas de alimentar, acrecentando el miedo de todos a que Gran Bretaña fuera derrotada también allí, y ¿qué sería de ellos? Eleni no tenía ni idea y aún menos ganas de pensar en ello, así que intentó, decidida, no pensar. Pero era difícil cuando tenía tanto tiempo para pensar.

Entonces, a finales de junio, descubrió por fin la verdad de por qué ella, Sócrates y tantos otros habían recibido el encargo de reunir información de los aeródromos de Creta. Ese "algo" que se había estado gestando resultó ser varios ataques con explosivos contra dos de los aeródromos más importantes de Creta por parte de equipos de servicios especiales británicos y franceses. Se centraron en Heraclión y Kasteli Pediados, donde destruyeron un gran número de aviones, enormes cantidades de combustible y, con toda seguridad, hirieron el orgullo de los alemanes.

Eleni no se alegró mucho por la victoria. En cuanto se enteró supo también (a través del señor Skoulas) sobre las represalias que se habían tomado con "terror ejemplar". A pesar de que los saboteadores se habían esforzado por asumir la responsabilidad de la devastación, dejando muchas pruebas de que habían sido ellos los implicados y no los cretenses, cincuenta ciudadanos habían sido ejecutados.

—Es una advertencia a todos los que ayudaron a ocultar a nuestros aliados para que no vuelvan a hacerlo —dijo Skoulas—. Una advertencia para nosotros, Eleni. Y un recordatorio de por qué debemos seguir haciendo lo que hacemos.

Varios de los ejecutados habían sido prisioneros judíos sacados de la prisión de Agia donde, finalmente se supo, habían estado encarcelados desde el comienzo de la ocupación. A Eleni se le partía el corazón al pensar en su miedo, en la brutalidad de su muerte. No dejaba de recordar a la pareja que vivía en su calle con su bebé regordete, en aquellos adolescentes de ojos muy abiertos y piernas desgarbadas.

¿Les habrían disparado? ¿De verdad podría haberlos ejecutado un pelotón de fusilamiento?

Ella sabía la respuesta.

Todos sabían la respuesta.

No habían escapado todos los saboteadores. Varios miembros del grupo francés habían sido apresados cuando un "griego malo" delató su escondite ante las autoridades nazis; Eleni no tenía ni idea de quién había sido pero deseaba saberlo.

—Me siento responsable. Todos esos aviones que registramos… —dijo a Stephen, su antiguo contacto en la DOE, un par de días después de su conversación con el señor Skoulas, temblorosa aún por la conmoción.

Había acordado encontrarse con Stephen en otro edificio abandonado, esta vez una casa en las afueras de La Canea. La había sorprendido su presencia en la ciudad. ("Pensé que te habías ido al Este", le había dicho. "Ese era el plan", le había respondido él).

—… legitimaron los atentados, eso fue todo —dijo Stephen—. Créeme, hubo mucha gente que jugó un papel mucho más importante que tú en todo esto. Tú no eres responsable Eleni. Deja de fruncir el ceño y mírame.

Ella lo miró. Estaba hecho una ruina, con el pelo oscuro grasiento y la piel cubierta de suciedad de varios días.

—Esto no es obra tuya —agregó.

—Sin embargo, siento que tal vez se me escapó algo. Tal vez debería haber advertido a alguien sobre lo que podía pasar.

—No puedes advertir a todo el mundo. Te enteraste de esas patrullas el mes pasado. Le diste tiempo a Robbie para mover a todos.

—No fui yo. Yo solo era la mensajera.

—No hay tal cosa como "solo la mensajera". En serio, simplemente no quiero que te castigues por esto. Nadie imaginó que habría represalias. Fueron ejecuciones sin sentido, nadie tiene la culpa más que los nazis y tú no tuviste nada que ver.

Eleni asintió lentamente.

Sabía que él tenía razón.

Y no quería hacerlo trabajar más para convencerla. No cuando estaba de capa caída. No era justo para él.

Había ido a buscarlo a la casa directamente desde el trabajo ya que era martes. Él había enviado un mensajero para hacerle saber que estaba allí. La tarde era soleada pero ventosa; el viento meltemi había llegado antes de tiempo y recorría las paredes derruidas del edificio, haciendo sonar un postigo suelto del piso de arriba. Stephen miraba en la dirección de donde venía ruido cada vez que sonaba.

Estaba inusualmente nervioso, pero era porque estaban pasando muchas cosas. Había estado en La Canea para celebrar reuniones de emergencia con varios partidarios influyentes del movimiento de resistencia que él estaba tratando de construir en toda la isla. Siempre había un cierto sentimiento antibritánico en Creta después de cualquier represalia y Stephen temía que esta vez fuera inevitablemente peor ya que se había producido como resultado directo de la acción británica. La lealtad del señor Skoulas no le preocupaba, pero había estado asegurando a los demás los esfuerzos que habían hecho los equipos de sabotaje para evitar el derramamiento de sangre. Había querido reunirse con ellos él mismo, había dicho a Eleni, porque era quien tenía las relaciones más consolidadas.

—Mantener su lealtad es una tarea demasiado importante como para delegarla. Además —sonrió agotado— así pude venir a verte.

Acababa de ponerla al corriente del deterioro de la situación en el norte de África, que era la otra razón por la que estaba tan agotado. Lo último que había oído era que Tobruk estaba a punto de caer y que el personal de El Cairo se había puesto en guardia para quemar todos los documentos clasificados no fuera a ser que la ciudad fuese la próxima.

—Quiero ponerme en marcha —dijo mientras la ventana del piso de arriba volvía a cerrarse de golpe—. Estos malditos y largos días de verano. Odio estar tanto tiempo sin contacto por radio.

—Te acostumbras —dijo Eleni.

—¿En serio? —La miró dubitativo—. El Cairo podría estar cayendo ahora y ninguno de nosotros se enteraría.

—No te adelantes a un futuro que no ha sucedido.

—Uno que no *creemos* que haya sucedido. —Se pasó la mano por el pelo grasiento y se echó a reír—. Siempre estás tan serena, Eleni. Casi me ha tranquilizado verte nerviosa por lo de los aviones. La verdad es que me he preguntado si algo podría inquietarte.

—Muchas cosas me inquietan.

—¿En serio?

—Sí. Y tú no eres así.

—No, ya lo sé. Es que estoy muy abatido, lo siento.

—Necesitas tomarte un respiro. Es peligroso dejarse llevar por los nervios.

Él se volvió a reír y la sorprendió al aferrarla por los brazos y besarle ambas mejillas.

—Eres como un tónico —aseguró— realmente.

—Hago lo que puedo —dijo ella avergonzada.

—Nunca lo he dudado.

Eleni sonrió.

Y él también.

—África no caerá —le dijo ella.

—¿No?

—No —aseguró, y descubrió que lo creía mientras hablaba—.Esta guerra tiene que empezar a decantarse de nuestro lado uno de estos días. Creo que ese día llegará pronto.

—Me encantaría que tuvieras razón.

—Tengo razón.

—Si es así, sin duda tendremos que celebrarlo.

Ella tenía razón.

Se dio vuelta la tortilla en el norte de África. No fue antes de que se quemaran un montón de documentos clasificados en El Cairo, pero lo cierto es que la ciudad nunca cayó y, en cambio, en agosto fueron los alemanes los que quedaron en la retaguardia.

Sin embargo Stephen no lo celebró con Eleni.

Ya estaba en Egipto para entonces, pues una transmisión de radio desde El Cairo le había ordenado tomarse una licencia. Eleni se alegró por él cuando un mensajero le comunicó su mensaje de que se había marchado. "Te traeré un regalo cuando vuelva", le dijo. Realmente había llegado al límite de sus fuerzas. Necesitaba descansar.

Afortunadamente no había existido ninguna posibilidad de que Stephen se cruzara con Otto en Sfakiá. Otto había vuelto a La Canea un día después de que llegara el mensaje de Stephen para alivio de Eleni. Llegó más delgado tras sus semanas en la guarnición; más moreno, también, por sus días bajo el sol del verano, pero ileso.

—Gracias a Dios —dijo ella arrojándose a sus brazo, la bochornosa noche de julio en que él hizo estallar su corazón al aparecer en lo alto de las escaleras; se perdió en su beso, en la vertiginosa alegría de su rostro, sus manos, sus ojos, su sonrisa—. Gracias a Dios, gracias a Dios, gracias a Dios.

Con él brindó por el giro de los acontecimientos en el delta del Nilo. Sócrates también brindó en la cocina del sótano de Eleni. A pesar de que le preocupaba profundamente lo que podría implicar la relación entre Otto y ella, a lo largo de los meses de julio y agosto Sócrates aceptó la invitación de Eleni y se reunía con ellos al anochecer para compartir sus cenas improvisadas: *krasi* y queso feta; aceitunas y naranjas; pan y estofado de conejo. Sócrates era quien llevaba el estofado.

—Al conejo lo bauticé Goebbels antes de matarlo —dijo

en griego. Era el idioma que más hablaban aquellas tardes, ya que Otto lo dominaba mejor que Sócrates el inglés.

—¿Por qué le pusiste Goebbels? —preguntó Otto.

—Para reunir valor para romperle el cuello. Si no, me habría costado hacerlo. Uno de mis alumnos me contó ese truco. Deberías probarlo con los caracoles Eleni.

—Ya he renunciado a los caracoles —dijo ella.

Le encantaban esas noches en las que los tres se servían más vino y hablaban de libros y de música; de amigos cercanos y lejanos ("El fin de semana sorprendí a Dimitri tarareando 'Cheek to Cheek'", contó Sócrates a Eleni. "Es una noticia excelente", dijo ella); era un mundo aparte, maravilloso, lejos de los mundos silenciosos que ella ya había conocido demasiado. Y, aunque no cabía duda de que si los descubrían lo pagarían muy caro, lo mismo ocurría con muchas de las otras cosas que hacían.

—Ya que estamos en el baile, bailemos —dijo Eleni cambiando al inglés, ya que la expresión no tenía equivalente en griego.

—¿Qué significa esto? —preguntó Sócrates.

—Que si vas a hacer algo, es mejor que lo hagas de verdad —explicó ella.

—Básicamente es la regla bajo la que vives tú —dijo Otto.

—Básicamente sí. Si no, ¿qué sentido tiene todo? —admitió ella, sonriéndole y viendo en sus ojos el reflejo de su propio placer. Otto se había vuelto a dejar crecer el pelo y el sol se lo había aclarado. Se parecía más a aquel chico del que Eleni se había enamorado sin pensar que traicionaba a nadie.

—No lo sé. Pero tampoco sé si es la mejor manera de infringir las leyes nazis —comentó mientras buscaba un cigarrillo.

—Quizá no —dijo Sócrates.

—Es posible —convino ella con un suspiro.

Pero, de todas maneras, seguían infringiéndolas.

No con ligereza. Bromeaban así porque era más fácil fingir que no vivían con el temor permanente y desgarrador de ser descubiertos. Pero Eleni nunca olvidaba la crueldad del régimen en el que vivían, los miles de inocentes cuyas vidas habían sido robadas en las represalias —sus vecinos, aquellos adolescentes de ojos grandes, aquella niña pequeña y silenciosa en brazos de su madre, tras la redada—, y sabía que Otto y Sócrates tampoco los olvidaban.

Los tres eran siempre, siempre cuidadosos.

—¿Sabes lo que echo de menos? Caminar contigo por la calle, tomados de la mano —dijo Otto cuando Sócrates ya se había ido, cuando estaban solos de nuevo y guardaban los platos antes de empujarse el uno al otro hacia el dormitorio.

La levantó y le rodeó la cintura con las piernas.

—Bailar al ritmo de jazz —agregó ella.

—Dormirnos y despertar juntos.

—Nadar juntos —dijo ella, recuperando el aliento al sentir el beso de él en el cuello.

Ese era un riesgo que nunca corrían.

Ella no volvió a nadar. Fantaseó con hacerlo durante los largos y sofocantes días de verano en el ayuntamiento, ignorando las miradas descaradas y perezosas de los sudorosos oficiales alemanes, y durante las noches aún más largas e insomnes entre las sábanas húmedas y enredadas. Revivió una y otra vez la noche en que él la había llevado a aquella pequeña bahía: la sensación de paz que la había invadido cuando se metió en el agua y sintió el frescor del mar Egeo acariciándole los pies; su euforia al nadar, liberándose de los grilletes de la isla, hasta quedarse sin aliento y olvidarse —casi— de la prisión en que se había convertido su hogar, y pensando solo en Otto que vigilaba en el borde de la carretera para cuidarla.

"Acabas de hacer que te ame más de lo que te he amado nunca, si es que eso es posible."

Así la había amado él. Y así la amaba todos los días.

Pero ella no iba a pedirle que se arriesgara dos veces por ella a una escapada tan peligrosa.

—Puedes nadar —dijo él porque así era.

—No puedo —insistió ella.

Así Otto hizo lo mejor que podía hacer y le llevó arena de su playa blanca, botellas de agua de mar para que se las pasara por las manos calientes e hinchadas, doloridas de tanto mecanografiar, y el caparazón de erizo que le había prometido en abril.

—Para que lo tengas hasta que hayamos llegado al otro lado —dijo al entregarle el erizo en la puerta de su casa, sonriendo con pesar y pasándose el pelo por detrás de la oreja.

—Dios, espero que lleguemos pronto —dijo ella y lo atrajo hacia sí—. Espero de verdad que sea pronto.

Lo deseaba con todo su ser.

Y, sin embargo, esos meses de otoño hasta la Navidad no fueron infelices—empezando con el cumpleaños de Eleni en septiembre (¡veinticinco!) y luego el de Otto en octubre (¡veintiocho!), salpicados de cenas con Sócrates y de paseos solitarios de fin de semana para espiar a su *papou* y a Tips en la villa—. Por el contrario, fueron de los más felices que había vivido. Porque cada noche Eleni llevaba su libro, se envolvía en su chal e iba a sentarse en la escalera a esperarlo.

De vez en cuando llegaban otros visitantes. Eran meses tranquilos para la resistencia, pero aún había avisos de patrullas que transmitir, mensajes de movimientos de tropas y refuerzos de guarnición que compartir. Robbie apareció de nuevo a principios de noviembre, trayendo el extraño regalo de Stephen que ya había vuelto de su permiso (un frasco de Marmite), detalles de un próximo lanzamiento en paracaídas para que Eleni se los transmitiera a Sócrates y un mensaje de Héctor en el que le advertía que permaneciera tranquila pero atenta ahora que el peligro inmediato en el norte de África había pasado ("Permíteme creer que te habrías ido si te lo hubiera pedido."). Robbie también le trajo un inesperado mensaje verbal de su padre, que se encontraba de permiso en El Cairo.

—¿Qué dijo? —preguntó ansiosa.

—Que debes tener mucho, mucho cuidado —le dijo en su inglés entrecortado, al estilo de la BBC.

—Oh, casi puedo oírlo —dijo ella, envolviéndose en el chal—. Robbie, podría besarte por eso.

—La próxima vez —bromeó él antes de despedirse—. Mientras tanto, disfruta del Marmite.

—No me gusta mucho —admitió ella.

—Cómelo, tiene mucha vitamina B —dijo él.

Casi no lo había tocado cuando, a finales de ese mes, llegó a sus oídos otra comunicación mucho más inquietante sobre dos trabajadores de la resistencia cretense —Andreas Polentas y Apostolos Evangelou— que habían sido delatados a los alemanes y encarcelados. Los torturaron y, finalmente, los ejecutaron.

Fue el señor Skoulas quien le dio la noticia. Ella se quedó de pie en su despacho, mirando en silencio su rostro ajado mientras hablaba, helada al pensar en lo que Polentas y Evangelou debieron de soportar; recordando, vívidamente, los sombríos detalles que el señor Haithwaite le había contado, allá en Baker Street, sobre los métodos que utilizaban los nazis en los interrogatorios. Entonces se había sentido ajena a todo lo que él había dicho, como si fuera irrelevante.

Ahora era todo menos irrelevante.

"Te torturarán" le había advertido Otto, "y luego te matarán".

Fue un hombre llamado Komnas quien traicionó a los dos griegos. Eleni no le preguntó al señor Skoulas qué le pasaría. Lo sabía. A Eleni no la sorprendió cuando se ocuparon de él como se ocupaban de todos los traidores, y lo ejecutaron sin llamar la atención en el refugio de La Canea al que había sido trasladado por las autoridades nazis.

—¿Cómo lo hicieron? —preguntó Otto a Eleni—. Debía de haber oficiales por todas partes.

—No lo sé —respondió con sinceridad—. Pero me alegra que hayan podido.

—¿No te aterra lo que les pasó a Polentas y Evangelou? Por favor, dime que eres lo bastante sensata como para que te aterre.

—Soy muy sensata —dijo ella—. Y sí, me aterra. —La voz se le quebró al admitirlo. Odiaba decirlo en voz alta; lo hacía parecer demasiado real—. Se supone que tengo que estar aterrada. Todos lo estamos. Nos quieren subyugados y por eso no podemos rendirnos.

—Dios —dijo Otto, moviendo la cabeza—, ojalá pudiera hacer que lo que dices no tuviera sentido.

Pero no podía.

Era una de las muchas razones por las que ella lo amaba tanto: a pesar de su desesperación para que se fuera, él entendía por qué se quedaba.

Todavía había noches en las que no podía estar con ella. Eleni lo esperaba en esas ocasiones hasta que, decepcionada y tiritando de frío, volvía a casa a regañadientes, se acostaba y se ponía a pensar en la promesa del día siguiente.

Pero la mayoría de las veces no la dejaba esperando.

Casi siempre iba.

Para deleite de Eleni, a medida que los días se acortaban y la oscuridad se prolongaba, él llegaba un poco más temprano cada noche.

—¿Has tenido un buen día? —susurraba ella, dejando el libro y mirándolo.

—No —respondía él, ayudándola a levantarse—. ¿Y tú?

—Bastante triste —decía ella, y luego sonreía porque los dos sabían lo que se avecinaba—. ¿Lo mejoramos?

—Sí —respondía él sonriendo también.

Y siempre, siempre lo mejoraban.

A medida que se acercaba la Navidad, una innegable sensación de esperanza empezaba a elevarse en el frío aire de la isla. Al menos para los cretenses. La moral de los alemanes, en cambio, se hundía. Para colmo de males además del norte de África su nuevo asalto a Rusia lanzado a principios de año había vuelto a fracasar con la llegada del invierno ante la férrea defensa de Stalingrado. Y hacía ya un año que los estadounidenses habían entrado en la guerra, sumando su fuerza a los aliados. Parecía posible por primera vez que los nazis perdieran.

Naturalmente no se podía celebrar aún. Las reuniones navideñas de ese año eran tan ilegales como el año anterior. Aun así, Eleni sabía que muchas de sus compañeras secretarias estaban entusiasmadas ante la perspectiva de realizar fiestas familiares clandestinas y cenar cabritos asados, engordados en secreto durante el otoño. Otto le había contado que Yorgos tenía uno, al cuidado de Sofía, que pensaba compartir con María y Spiros. Eleni se alegró de que estuvieran todos juntos, aunque lo único que pudiera hacer era imaginarse con ellos.

No invitó a Sócrates el día de Navidad sabiendo que iba a pasarla en las montañas con Dimitri y su tío.

—¿Su tío sabe de ustedes dos? —le preguntó Eleni antes de que se fuera.

—¿Qué te parece? —dijo Sócrates con una carcajada—. ¿Recuerdas las montañas Eleni? ¿Recuerdas cómo es la gente?

Lo recordaba y se lamentó por los dos.

—Estaremos bien, felices —dijo Sócrates despidiéndose con un beso—. No hay problema. Tú concéntrate en ser feliz también.

No tuvo que concentrarse en sentir nada aquella Navidad. Le resultó muy, muy fácil.

El día en sí fue tranquilo. Salió un rato por la mañana con su bufanda y su chal para ir a la iglesia, con la intención de encender una vela por su madre y su *yiayia*, a las que últimamente se sentía especialmente unida. Fue temprano; la iglesia estaba vacía, pero llena de velas que otros habían dejado encendidas por sus seres queridos, con un dulce aroma a cera que llenaba el pequeño espacio de nostalgia y amor.

Se arrodilló ante las dos velas encendidas y apoyó la cabeza entre las manos.

"Espero que estén ahí", dijo en silencio a su *yiayia*, a la que nunca había conocido, y a su madre, a la que deseaba poder recordar. "Espero que puedan verme." Cerró los ojos y dio rienda suelta a su miedo durante unos breves segundos, pero también sintió que ambas estaban con ella, ya fuera de verdad o por su propio anhelo. "Por favor, cuídennos."

Después, al oír los pasos de alguien que llegaba —no un lugareño, sino un alemán, que también había entrado a rezar—, se marchó.

Una vez en casa, bañada y con ropa más cómoda, pasó el resto del día en la cama leyendo, comiendo los pistachos que le había regalado el señor Skoulas y observando la luz menguante a través de la ventana, cada vez más feliz cuanto más oscurecía, sabiendo que él llegaría pronto.

Y así lo hizo, no mucho después de las cinco; la levantó en brazos y la hizo dar vueltas hasta hacerla reír. Después la dejó en el suelo, levantó su bolsa de lona y la apoyó sobre la mesa de la cocina.

—Tengo regalos —dijo—. Son los peores regalos de Navidad que le he hecho a nadie en mi vida.

—Oh, no.

—Lo sé. Y es mucho menos de lo que quisiera darte,

pero... —sonrió y sacó primero chocolate ("Dios mío", dijo ella), luego un tarro de miel, un poco de canela y pan—. Tal vez puedas hacer algo parecido a una *bougatsa* —sugirió con el ceño fruncido mirando los tarros y el pan.

—Algo parecido —dijo ella, rodeándole la cintura con el brazo y apoyando la cabeza en su pecho—. Me encanta todo, gracias.

—De nada.

—Tengo algo casi tan bueno para ti.

—¿Algo parecido a las *kaiserschmarrn*?

—No. —Se separó de él y recogió un paquete blando de la alacena de la cocina—. Algo parecido a esto.

—¿Me tejiste algo Eleni? —dijo él tras rasgar el papel y sacar la larga tira azul de una bufanda que le había llevado semanas tejer y que solo tenía unos pocos enganches. Se quitó la chaqueta, se enrolló la bufanda al cuello, la miró y volvió a mirarla a ella—. ¿La has tejido tú?

—Sí —respondió orgullosa—. He decidido que tengo que mejorar mis habilidades de tejedora.

—¿Por qué?

—Primero vamos a comer. Tengo hambre.

Él había llevado huevos la noche anterior. Ella había juntado algunas hojas verdes y un tomate. Juntos hicieron tortillas para su banquete navideño, que comieron a la luz de las velas junto con el pan untado con miel y espolvoreado con canela ("No es como la *bougatsa*" dijo ella, cerrando los ojos ante el sabor dulce) y un poco más cubierto con el Marmite de Stephen.

—Dios mío, qué asco —dijo Otto—. ¿Qué es esto?

—Extracto de levadura.

—¿Una nueva arma de guerra?

—No —dijo ella y le dio una patada suave, tentada de risa. Es muy saludable.

—Entonces come tú un poco.

—No puedo. Lo odio.

—Claro —dijo él, riendo también y dejando de lado su rebanada.

—Tal vez si le añades un poco de miel…

—No —dijo—, no desperdicies la miel. Aunque… —volvió a levantar su rebanada de pan—, creo que esto debería convertirse en una tradición navideña nuestra.

—¿Pan duro y Marmite?

—Sí, exactamente. —Se inclinó sobre la mesa y le tomó la mano; la calidez de sus dedos se cerró en torno a los de ella—. No importa en qué parte del mundo estemos o cuánta comida tengamos, siempre los tendremos en la mesa.

—¿Y también pan con miel y canela?

—Sí, también —dijo él, asintiendo con la cabeza, con una sonrisa que lo iluminaba.

—De acuerdo —aceptó Eleni de muy buen grado. Le encantaba que hablara de más Navidades. Le encantaba que realmente hubiera empezado a creer que eran posibles—. Y tengo algo más.

—¿Sí?

—Sí —dijo, nerviosa, de pronto, porque había llegado el momento. Se había guardado esa sorpresa, porque quería estar realmente segura antes de contársela a él. Pero ya habían pasado más de tres meses y se había dado cuenta de que ya no podía abrocharse el botón de la falda, así que estaba bastante segura. "De hecho", muy segura.

Porque no siempre habían sido tan cuidadosos como habían acordado que serían.

En general, sí. Pero, por ejemplo, la noche en que él volvió de sus semanas en Sfakiá, no habían tenido cuidado.

E incluso después, habían vuelto a arriesgarse al menos una vez o más, y ella no podía arrepentirse ahora que había sucedido. Estaba demasiado contenta. Asustada, sí, muy,

muy asustada ("por favor, cuídennos"), pero feliz. Estaba casi segura de que él también lo estaría.

Pero era muy importante contárselo.

Así que, sí, estaba nerviosa.

—¿Qué es Eleni? —dijo él con expresión ansiosa a la luz de la lámpara—. Estás bien, ¿verdad?

—Estoy bien —respondió—. De verdad, estoy bien. Un poco cansada, eso es todo. Pero no estoy enferma.

—¿Por qué ibas a estar enferma?

Ella respiró hondo, dudó un segundo más, lo miró del otro lado de la mesa, sintió un cosquilleo en la comisura de los labios, en las mejillas.

—Otto, parece que vamos a tener un bebé.

Y su cara.

Su cara.

"Recuerdos de Grecia durante la guerra". Transcripción de la entrevista de investigación realizada por M. Middleton (M. M.) con el sujeto diecisiete (#17), en British Broadcasting House, 6 de junio de 1974.

M. M.: ¿Estaba embarazada?

#17: Así es.

M. M.: Dios mío.

#17: Sí.

M. M.: ¿Y usted nunca sospechó?

#17: No. Por favor [mueve la cabeza], no ponga esa cara de incredulidad. Me doy cuenta de que fue una tontería por mi parte, pero ella no me había dado ninguna razón para sospechar. Sinceramente no tenía ni idea. Ninguna. Ella lo había ocultado muy bien.

[Silencio prolongado].

#17: ¿No tiene más preguntas para mí?

M. M.: Lo siento. Lo estoy digiriendo.

#17: Ya lo veo.

M. M.: Entonces, fue por eso que ella decidió abandonar la isla.

#17: Sí. Ella aceptó que no podía quedarse. Era una mujer soltera, embarazada, en la Creta ocupada por los nazis. Eso no habría terminado bien para nadie. La habrían juzgado si se hubiera sabido ... de todos lados. Habría sido muy, muy difícil. Especialmente para ella.

M. M.: Supongo que tampoco quería poner en peligro al bebé.

#17: No [inclina la cabeza]. No.

M. M.: ¿Cuándo se fue de La Canea?

#17: Varias semanas después.

M. M.: ¿Siguió trabajando?

#17: Sí. Pensó que habría parecido sospechoso si hubiera dejado de pronto de trabajar y, además, supongo que quería seguir adelante. Mantenerse ocupada. Debo decirle que sacarla de Creta, al igual que sacar a cualquiera, no fue sencillo. No es como hoy, que uno puede ir a una agencia de viajes y reservar un pasaje.

M. M.: No, claro, me doy cuenta.

#17: Todo tenía que gestionarse, organizarse. La Marina Real había dejado de enviar submarinos en aquel momento. Hubo un incidente desagradable en Antíparos y los cambiaron por lanchas motoras. Los tenientes que las capitaneaban eran tremendamente valientes, iban y venían de África, llevando y trayendo más agentes [intenta acercar el vaso de agua], suministros, a otras personas que necesitaban regresar. Pero el servicio no era como un autobús.

M. M.: No.

#17: No [mueve la cabeza]. Podían pasar semanas entre las salidas de los barcos. Para conseguir lugar para Eleni en uno había que arreglarlo mediante una transmisión de radio. Además, antes de que pudiera navegar, la luna tenía que estar en cuarto menguante con las mareas correctas. El viaje a través de las montañas también debía programarse para que no tuviera que esperar demasiado en Sfakiá. Eso habría sido increíblemente peligroso. Realmente estaba muy vigilada. Y esto fue en enero del cuarenta y tres, no lo olvide.

M. M.: No lo olvido.

#17: Fue una época muy agitada. Después del revés en el norte de África, había una fuerte sensación en toda la isla de que Gran Bretaña iba a volver a invadir, a utilizar Creta como base para liberar a Grecia, algo que, por supuesto, las potencias del Eje no podían permitir.

M. M.: Por supuesto.

#17: Se enviaron refuerzos masivos para defender la isla, tanto italianos como alemanes. Se reforzaron las fortificaciones de Souda, se añadieron más guarniciones a Sfakiá. La sensación era que la isla estaba al borde de otra batalla. Realmente [bebe agua], uno tiene que preguntarse si el curso de la guerra en Rusia podría haber seguido otro camino si Hitler no se hubiera sentido obligado a desviar tal cantidad de recursos a Creta.

M. M.: Sí, pero volviendo a…

#17: Muchos cretenses creen que fue su resistencia la que decidió el destino de Rusia, ¿sabe?

M. M.: Así es. Pero…

#17: Creo que sin duda pueden reclamar algo de crédito. Pero lo que más temían los alemanes era un ataque de Gran Bretaña.

M. M.: ¿Podemos…?

#17: Gran Bretaña fomentó ese miedo. Fue una excelente táctica de distracción. Incluso construyeron una flota de invasión ficticia en Tobruk para que los aviones shufti la detectaran. Pero luego, por supuesto, Sicilia fue la invadida.

M. M.: Sí, en julio.

#17: Así es. Pero…

M. M.: [Interrumpe]. Supongo que para entonces Eleni ya había tenido el bebé.

[Silencio breve].

#17: ¿Qué?

M. M.: Eleni. El bebé. Usted acaba de desplegar otra

táctica de distracción de las suyas, para desviarnos del tema.

[Silencio más largo].

#17: He vuelto a divagar.

M. M.: Así es.

#17: Lo siento [suspira]. Estamos llegando al final, ya ve.

M. M.: Me imaginé que así era.

#17: Es difícil.

M. M.: Seguro. ¿Le gustaría tomarte otro descanso?

#17: Solo uno breve, si podemos.

[Grabación detenida].

[Grabación reanudada].

M. M.: Así que Eleni necesitaba salir de la isla.

#17: Sí. Y fue una gran pérdida para muchos. Realmente lo fue. Ella… menospreciaba el trabajo que hacía, al menos cuando hablaba conmigo; hablaba de él como si fuera de mínima importancia comparado con el de los demás. Esa parte británica de ella que se negaba a los halagos. Ciertamente su nombre nunca ha llegado a los libros de historia. No como los de Xan Fielding, Patrick Leigh Fermor…

M. M.: Stephen Garton.

#17: En efecto. Tal vez porque era una mujer.

M. M.: Esa es una suposición bastante certera.

#17: [Breve sonrisa]. Ella estuvo en Creta durante casi dos años. He pasado mucho tiempo pensando en todo lo que logró durante su estancia allí. No puedo calcular el número de vidas que ayudó a salvar con su grupo de secretarias, olfateando [tose]… informantes, haciendo llegar todas esas advertencias a… los pueblos. Es imposible. Pero deben de haber sido muchos, muchos [tose más].

M. M.: Tome. [Le sirve agua].

#17: Gracias. [Bebe. Suspira].

M. M.: ¿Cuándo salió Eleni exactamente de La Canea?

#17: A principios de febrero.

M. M.: ¿Y de Creta?

#17: ¿De Creta? No. No. [Mueve la cabeza]. Ella nunca se fue de Creta.

CAPÍTULO 24

No pasó ni una noche de aquel enero oscuro y húmedo sin que estuvieran juntos. Otto fue a ver a Eleni todas y cada una de ellas.

—¿No hay reuniones informativas? —le preguntaba ella—. ¿No hay guardias?

—Deja que yo me ocupe de eso —le decía él.

Finalizaba el mes anterior a que se acordara la fecha de su partida y la incertidumbre sobre cuánto tiempo les quedaba juntos los embargaba y teñía de una tristeza ineludible la dulzura de aquellas últimas veladas.

Pero no las arruinaba.

Nada los arruinaba.

Juntos cocinaban, comían, se acostaban a dormir, se abrazaban, lo mejoraban todo y, más que nunca, hablaban.

—No puedo creer que esto sea real —decía a menudo Otto con los ojos fijos en la creciente curva del vientre de Eleni y recorriendo su piel con el pulgar—. Un bebé, nuestro bebé, en medio de todo… esto.

Hablaban sobre todo del bebé, como era de esperar.

Otto recuperó los planos de su casa de la mesilla de noche de Eleni antes de que comenzara el nuevo año, el tiempo suficiente para añadir el dibujo de una habitación infantil. ("Así que, después de todo, tal vez la construya algún día", dijo. "Tal vez".) Intentaron adivinar, al igual que varias generaciones de padres antes que ellos, si sería niño o niña y resolvieron que no les importaba "mientras esté saludable". Hablaron también de un sinfín de cuestiones prácticas; por ejemplo, cómo se las iba a arreglar Eleni, sola y soltera, hasta que llegara el día en que pudieran casarse, ("¿Es una proposición?" dijo ella acurrucándose más cerca de él bajo el edredón, con los dedos de sus pies helados entre sus piernas. "¿Por qué no?", respondió Otto sonriendo, y luego se sobresaltó al sentir su frío contacto: "Por Dios, Eleni, tus pies…"). Ella le habló de la certeza de que su padre la apoyaría como había hecho con su madre ("Confío en él" dijo, "confío en él"), y de su plan a medio cocinar de volver a Inglaterra por Egipto para vivir con Helen y con Esther en Chester ("Helen no me juzgará" aseguró, "también confío en ella"). Otto le habló del anillo que estaba decidido a comprarle antes de que se fuera para que siempre pudiera decir a cualquiera que quisiera juzgarla que tenía un esposo, que estaba lejos por la guerra pero que pronto volvería a casa con ella.

—Tienes que volver —le dijo ella al final de la primera semana de enero con el temor de que él no lo lograra, un temor que normalmente mantenía a raya, pero que se apoderaba de ella antes de que pudiera detenerlo y la hacía desear aferrarse a él para mantenerlo a salvo, a su lado, mientras aún pudiera—. Prométeme que volverás.

Pero él no se lo prometía.

Ni entonces ni ninguna noche después.

—No puedo —dijo—. No confío en esta guerra, sabes que no puedo.

—Puedes.

—No. —Él esbozó una sonrisa irónica para quitarle importancia, ella lo sabía, para bloquear el miedo antes de que fuera abrumador—. Pero te haré otra promesa.

—¿Sí?

—Sí. Te prometo que pensaré en ti y en el bebé cada momento que no esté contigo. —Inclinó la cabeza hacia delante para que ella solo viera sus ojos verdes—. Te juro que, si sigo vivo, será porque estoy intentando volver contigo. —Sus ojos intentaron descifrar la expresión de los de ella—. ¿Es suficiente?

—No, claro que no —dijo Eleni y se dio cuenta, cuando él le secó la lágrima, de que estaba llorando—. Pero sé que tendrá que ser suficiente por ahora.

Guardaron celosamente el secreto de su embarazo; ninguno de los dos estaba tan absorto en su felicidad como para cuestionarse la aversión con la que casi todos los demás habitantes de la isla recibirían la noticia. No podían arriesgarse a que se supiera. Eleni tampoco podía arriesgarse a que nadie adivinara que se disponía a marcharse; las demás mujeres de la oficina y los nazis que trabajaban allí le harían demasiadas preguntas sobre por qué se iba y adónde. Así que en el ayuntamiento solo informó al señor Skoulas de su inminente partida, incapaz de faltarle esul respeto y de desaparecer sin avisar a quien tanto había hecho por ella.

Cuando Eleni le dijo que la DOE de El Cairo había dado orden de evacuarla, Skoulas respondió:

—¿Qué? ¿Quién es el que da estas órdenes? —Levantó los hombros y extendió las manos curtidas—. ¿Quién?

Ella se rio, arrepentida, pero no dio ninguna respuesta ya que habría sido otra mentira. ("Una forma terrible de vivir en realidad." No veía la hora de dejar de mentir.)

—Lo echaré de menos —le dijo.

Él asintió con la cabeza tan bruscamente como lo habría hecho su *papou* y le preguntó cuánto tiempo pensaba seguir trabajando.

—Todo el tiempo que pueda.

Para ella era importante hacerlo y no porque fuera una distracción. Por muy agradecida que estuviera de poder irse y mantener a salvo a su bebé, no le parecía bien escabullirse cuando tantos no tenían más remedio que quedarse. Tenía que seguir desempeñando su papel mientras estuviera allí.

—¿Qué les dirá a todos cuando me haya ido?

—Supongo que inventaré que te has ido para casarte con algún granjero afortunado —dijo él—: he perdido muchas secretarias así —suspiró—. Nunca te olvidaré Eleni Florakis.

—Adams en realidad —susurró ella en inglés.

Y él se rio tan fuerte como John Pendlebury la última vez que había hablado con él, cuando le había regalado el pañuelo que ahora llevaba puesto.

—Cuídese —le dijo Eleni, embargada por una oleada de afecto hacia ese hombre tan bueno, tan bueno, que se preocupaba tanto por los demás y corría tantos riesgos por ello. Huya si es necesario, ¿sí? Tómese tiempo...

—Sí, sí —dijo él, haciéndole señas para que saliera—. Tú preocúpate por ti y asegúrate de que alguien me avise cuando estés lejos de Sfakiá. ¿Sócrates lo está organizando todo?

Ella asintió. Era Sócrates quien se ocupaba.

Ella y Otto le contaron lo del bebé y él, al menos, se alegró dulcemente por ellos, aunque se preocupó aún más (profundamente) por el bienestar de Eleni y, ahora, de la criatura.

No perdió ni un momento impulsado por esa preocupación y envió a un mensajero a las montañas para asegurarle un lugar en la próxima lancha motora de la Marina Real que llegara. Acordaron una historia que contar a ese mensajero y a cualquier otra persona cuya ayuda fueran a necesitar por el camino —Stephen, Robbie, la oficina de la DOE en El Cairo—: simplemente que ella había recibido un aviso de que estaba siendo vigilada y tenía que desaparecer.

El plan, que se había urdido muy rápidamente, era sencillo como todos los mejores planes.

Sócrates regresó al apartamento para repasar los detalles con Eleni y Otto un domingo, el penúltimo de enero.

—Entonces, así es como será —dijo, los tres sentados alrededor de la mesa de la cocina, con las lámparas de aceite parpadeando y la lluvia cayendo fuera.

Eleni debía salir de la ciudad un viernes por la tarde, ya que era cuando Sócrates estaría libre para llevarla.

—No le confiaré esto a nadie más.

—Bien —dijo Otto—. Gracias.

—Sí —dijo Eleni, aliviada de estar con él y no con un desconocido, al menos al principio. La perspectiva de ese largo viaje con un embarazo de más de cuatro meses, era un poco menos desalentadora así—. Gracias, Sócrates.

Viajarían en burro y carro hacia las montañas, por la misma ruta que Sócrates había recorrido innumerables veces antes para visitar a Dimitri, y dirían a los guardias que se cruzaran con ellos que Sócrates estaba acompañando a Eleni al lugar de su boda, para coincidir con la historia que contaría el señor Skoulas. Luego, al llegar a la aldea del tío de Dimitri, Eleni pasaría la noche en la cabaña donde preparaban queso.

—¿Veré a Dimitri? —preguntó, esperanzada.

—Sí, lo verás —respondió Sócrates—. Ya sabe lo tuyo.

—¿Lo sabe? —Sonrió—. ¿Qué te dijo?

—Nada —comentó Sócrates riendo—. No me habla, está furioso porque no se lo conté antes.

—Oh, vaya…

—Es duro que no te cuenten nada —ironizó Otto con una ceja levantada.

—Le dije que fue decisión tuya, no mía —explicó Sócrates a Eleni.

—Oh, vaya —repitió ella riendo también.

—Te perdonará. Estará demasiado contento de verte como para no perdonarte.

Ella estaba contenta de verlo; entre las cosas positivas del plan, sin duda esta era una de ellas.

Como lo fue también la noticia de que, al día siguiente de la noche que pasaría en la cabaña, Dimitri la llevaría a la cima del desfiladero de Samaria. Allí, Robbie, Stephen o el agente en el que decidieran delegar la responsabilidad, se reuniría con ella y con un mensajero que la llevaría a pie el resto del camino hasta Sfakiá.

—Es la ruta más segura, con todas las fortificaciones —dijo Sócrates—, pero Dimitri no la conoce lo suficiente. Necesitas estar con alguien que la conozca.

Se seleccionaría una bahía segura en Sfakiá desde la que partir hacia África antes de entrar en el desfiladero, basándose en los consejos de los exploradores cuya responsabilidad era reconocer la zona e incluir en los mapas la ubicación de las escurridizas defensas alemanas. También se enviaría una lancha de la Marina Real a través del Mar de Libia, lista para esperar en alta mar la señal de aproximación. Lo único que Eleni debía hacer era llegar a la bahía designada en la noche designada, donde encontraría a las otras personas que iban a viajar a África con ella y a un agente con una linterna listo para enviar la señal de código Morse acordada a la lancha, que en ese momento se acercaría sigilosamente y se los llevaría a todos.

—Haces que parezca demasiado fácil —dijo Otto.

—No hay nada que sea demasiado fácil —dijo Sócrates—. Solo existe lo demasiado difícil.

—Pero ¿funcionará? —preguntó.

—Casi siempre funciona —respondió.

—*Wunderbar*, maravilloso.

—Saldrá bien —dijo Eleni.

Él sonrió solo para ella.

—Lo sé.

—¿Cuándo me voy? —preguntó Eleni a Sócrates.

—El cinco.

Ella miró a Otto. Él la miró ya sin sonreír.

Ninguno de los dos sonreía.

Ya era 24 de enero.

Les quedaban menos de quince días.

Y esos días pasaron muy rápido, en una bruma de largas jornadas en la oficina y noches demasiado cortas con él.

Eleni recibió la última visita de su casero antes de que llegara el momento: el segundo de los aliados de Pendlebury, de cuya ayuda tanto había dependido en esos casi dos años. No quería marcharse de Creta sin despedirse de él, al igual que le había ocurrido con el señor Skoula, a pesar de que solo habían establecido una tímida tregua tras su cruce de palabras el abril anterior.

Desde entonces se habían visto pero no tan a menudo como antes. La primera vez había sido cuando él, todavía ofendido, la había buscado en el ayuntamiento en mayo (solo le había dado una palmadita en la oreja al pasar por delante de su escritorio, para hacerle saber que quería hablar con ella fuera). Entonces le había advertido de las patrullas de búsqueda que se estaban enviando a los pueblos de los alrededores, una advertencia que ella, a su vez, había transmitido a Sócrates, quien se la había hecho llegar a Robbie para asegurarse de que cuando Otto y los otros escuadrones de búsqueda alemanes llevaran a cabo sus incursiones esa semana, no encontraran nada más que una lata de carne de buey.

El casero había pasado esporádicamente por el apartamento después de aquello, siempre indignado por su relación con Otto, que había sido la causa de su pelea en abril (Eleni se lo había contado, furiosa porque él no le había dicho que Otto estaba en Creta). "¿Cómo has podido ocultarme algo así?" había preguntado, "¿cómo?". "Porque me preocupaba que corrieras tras él y te pusieras en peligro y tenía razón", se había defendido él), pero la perdonó lo suficiente como para entregarle más paquetes de comida casera.

Eleni iba a echar de menos aquella comida.

Quería darle las gracias de nuevo por habérsela llevado y por toda la generosidad que le había demostrado, aunque a regañadientes, desde el día en que lo había dejado pasmado en mayo de 1941 al llamar a la puerta de su villa y pedirle que la ayudara a encontrar un escondite ("Sé que tienes los medios para ayudarme... Puedes hacerlo ahora."). Así que solicitó la ayuda de Sócrates para enviarle un mensaje y pedirle que la visitara si podía.

Llegó el domingo siguiente a la reunión que habían tenido con Sócrates para planear su huida: el último día de Eleni en La Canea. Lo encontró esperándola en la cocina cuando volvió de la iglesia. Había ido a encender más velas para su *yiayia* y su mamá. Él había entrado y se había preparado un café del mercado negro que le suministraban sus colegas alemanes del cuartel general. No le sorprendió que se sintiera como en casa. Esperar en la puerta no era su estilo, sobre todo en aquella calle en la que todas las casas eran de su propiedad —antes para uso de sus empleados; ahora, desde que la actividad comercial se había suspendido, casi todas vacías salvo por aquellos otros inquilinos a los que había dado las llaves y que se mantenían tan resueltamente en secreto: trabajadores de la resistencia suponía Eleni, pero no lo sabía ("los secretos solo funcionan si nunca se transmiten"), a salvo gracias a la caridad de aquel hombre complejo y taciturno.

Levantó hacia ella sus ojos caídos.

—*Yiassou* Eleni —dijo con un suspiro largo y preocupado.

—*Yiassou* Nikos —dijo ella.

Él había adivinado que estaba embarazada.

—Eres igual a tu madre, hasta la médula —dijo él acercándole las galletas de canela que le había preparado Christina—. Y ahora tú también te vas.

Había sido él, y no Otto, quien le había contado la verdad sobre todo aquello. Él admitió cuando se conocieron que se sentía culpable por lo cruel que había sido con Petra por su embarazo.

—Fui un energúmeno —había dicho— cuando lo único que quería era tratarla bien. Solía dejarle regalos, ya sabes, en Pascua, en su cumpleaños… —Eleni no se había enterado de eso—. Ella estaba asustada, aterrorizada por su… situación y yo hice que se sintiera aún peor. Tu *yiayia* se habría avergonzado de mí, no de ella.

Eleni estaba segura de que Nikos había amado a su *yiayia* por la forma en que su actitud rígida se suavizaba cada vez que hablaba de ella. Le contó que su muerte a causa del tifus lo dejó devastado. Una época horrible y solitaria; y luego otra vez por la muerte de la madre de Eleni.

—Era demasiado joven, demasiado joven. Al principio te culpé por ello. —La había mirado largamente, hasta que ella llegó a preguntarse si una parte de él aún la culpaba—. Pensé que si no hubiera sido por ti ella no habría ido a Inglaterra y no se habría puesto tan mal. No le habría dicho las cosas que le dije. Realmente nunca sentí ninguna inclinación por verte. Te oí el primer verano que viniste. Gritabas mucho —había dicho frunciendo los labios con desagrado—. Desde entonces te he oído de vez en cuando. No siempre he estado fuera al principio de tus visitas y tu risa… se propaga.

Eleni casi se había sentido obligada a disculparse.

Él le había dicho que tenía la costumbre de veranear en Salónica mucho antes de que ella llegara porque prefería su clima más fresco. Pero aquel verano de 1936 cuando llegaron los Linder, retrasó su viaje lo suficiente para saludarlos. Había salido a dar un paseo cuando Eleni llegó del puerto con su *papou* y la había visto en la entrada. "Con tu ropa británica."

—No te vi —había dicho ella desconcertada.

Entonces él le habló de aquel lugar en lo alto de la villa desde el que se podía tener una vista extraordinariamente clara de la casa, y que ella había estado utilizando desde entonces para echar un vistazo a su *papou* y a Tips.

Él le había dicho como lo sorprendió su cara.

—Eres la viva imagen de tu madre. Salvo porque tienes diferente color... —señaló sus ojos y su pelo—. Tuve que sentarme; después caminé durante mucho tiempo y cuando volví a casa, allí estabas otra vez, corriendo hacia el agua en la oscuridad. —Había entornado los ojos—. ¿En qué estaba pensando tu *papou* cuando te dejaba ir a nadar?

—En que era una mujer adulta.

—No tenía ni idea de si podrías hacerlo, pero eras como un pez —había dicho moviendo la cabeza—. Pisé a ese maldito gato mientras te miraba. Te lo dejé para que lo cuidaras. Sabía que irritaría a Yorgos.

—Creo que le gusta.

—Sí, me he dado cuenta de que ha engordado.

—Otto te vio en el café mirándome mientras bailaba.

—No te estaba mirando. Estaba enfadado contigo por estar allí otra vez. Todo lo que quería era tomar un café en paz. Y ahí estabas tú, recordándome... demasiadas cosas.

—Mentiste a Otto.

—No quería tener que dar explicaciones a tu novio.

—En aquel entonces no era mi novio.

—He visto muchas cosas, Eleni. Era fácil deducirlo, solo era cuestión de tiempo.

—¿Y mis padres?

—¿Qué pasa con ellos?

—¿Alguna vez los viste juntos?

—No. No.

Se había callado. Había sido imposible no preguntarse si Timothy, de apenas veinte años en el momento de concebir a Eleni, había amado realmente a su madre tanto como Yorgos siempre había asegurado. O si, al menos al principio, estaba resentido con ella, con Eleni, por haberlo obligado a volver a la isla.

Ella misma se lo había dicho a Nikos.

—Quizá por eso me enviaba aquí cuando era tan pequeña.

—Tal vez te enviaba porque eras difícil —había respondido Nikos—. Realmente llorabas mucho y él estaba solo, trabajando para mantenerte. —Había esbozado una rara sonrisa, muy triste—. Un hombre joven, creo, que trataba de hacer lo mejor por su hija.

Siempre lo había hecho.

Era lo que hacía que Eleni estuviera tan segura de que no la defraudaría ahora que se marchaba de Creta en las mismas condiciones en que se había marchado su madre (solo que, con suerte, con un final diferente); también era la razón por la que lo echaba tanto de menos.

Toda aquella conversación había tenido lugar mucho antes de que ella y Nikos discutieran por Otto.

En aquel primer año después de la rendición, los dos se habían hecho, si no amigos… casi. Compartían una comida y un poco de *krasi* cada pocas semanas, y él le contaba historias de su abuela, de Sofía y también de Christina, que había enviudado cuando Ida tenía un año y se había quedado aún más sola que Nikos desde que su hija había huido. Le había preguntado por su vida en Inglaterra y casi se había entusiasmado al hablar de su propia pasión por viajar, describiendo los viajes que había emprendido por Europa y Asia para construir su negocio, y su amor por Alemania en particular, donde había pasado gran parte de su veintena porque había hecho varios clientes allí. Un año había enfermado de pleuresía y allí había conocido al médico de Brigit; era el hermano de uno de sus clientes.

Se enfadó mucho cuando Eleni le contó lo que les había ocurrido, a su amigo y a Brigit. Había conservado la esperanza de que él, al menos, hubiera logrado escapar de Alemania.

También se había mostrado feliz de que Marianne hubiera podido huir y viviera a salvo en Nueva York.

—Me dolió tanto aquella vez que la oí tocar el violonchelo —había dicho—. Tanto dolor en una muchacha tan joven.

Eleni le había suplicado a menudo que le permitiera contar a Otto todo el bien que había hecho. Se lo había ocultado no porque disfrutara con el engaño ("una forma terrible de vivir"), sino porque sabía que decirle la verdad era decisión de Nikos.

Pero Nikos seguía empeñado en que Otto no lo supiera. Decía que era demasiado arriesgado por coincidir los dos tan a menudo en el cuartel general.

—Por favor, déjame hacerlo —le imploró de nuevo esa última noche, mientras se acercaba a la cafetera—. Como regalo de despedida.

—De ninguna manera.

—Puedes confiar en él.

—No confiaré en nadie en quien no me vea obligado a confiar. Nunca se sabe lo que puede hacer alguien para salvar su propia vida.

—Otto nunca traicionaría a nadie.

—Espero por tu bien que tengas razón.

—Sé que tengo razón.

Sus ojos caídos la contemplaron, poco convencidos.

—Tengo que pedirte un favor —dijo cambiando de tema.

—Ah, ¿sí? —se intrigó Eleni.

—Quiero que veas a tu *papou*.

—¿Qué? —dijo ella desconcertada.

—Todo esto, tú —dijo, señalándola—, es un secreto que él querría guardar.

—Sabes que no puedo permitir que él haga eso.

—Y yo no puedo permitir que tomes esa decisión por él. Dios sabe que tenemos nuestro... pasado.

—Dios sabe que sí.

—Pero ahora te vas. ¿Qué daño puede hacer? Y no sabes si tendrás la oportunidad de volver a verlo. —Le tomó la mano, lo que la sorprendió aún más. La aferró con fuerza, con insistencia—. Eres todo lo que le queda de Melia y Petra. Déjame decirle que estás aquí. Deja que te vea una vez más, por favor.

CAPÍTULO 25

ELENI NO CEDIÓ INMEDIATAMENTE, ASÍ QUE NIKOS LA interceptó al día siguiente cuando volvía del trabajo y volvió a pedírselo.

Y al día siguiente, de nuevo.

De pronto Otto también se sumó, durante aquella última semana que Eleni pasó en La Canea, y le suplicó que lo dejara visitar a Yorgos y contarle toda la verdad.

—Me matará, pero valdrá la pena que lo veas antes de irte —le dijo—. No te juegues el futuro Eleni. No podemos saber lo que nos espera.

Al final, ella cedió el martes por la noche, aún lejos de estar convencida de que fuese lo correcto pero, al fin y al cabo, lo deseaba demasiado como para poder resistir a los poderes de persuasión de ambos combinados.

Dijo a Nikos que no hacía falta que llamara a Yorgos, que lo haría Otto. Pero Nikos no la creyó o no quiso —tal vez necesitaba pagar esta penitencia a su viejo enemigo por la culpa que arrastraba—; así que, cuando Otto fue a ver a Yorgos el miércoles por la mañana, él ya lo sabía.

Yorgos no mató a Otto —"por poco" le contó esa noche—, pero se había enfadado.

—Mucho.

—¿Por el bebé? —quiso saber Eleni.

—Un poco por el bebé, sí —respondió, en un tono de fastidio que consiguió hacerla sonreír—. Pero sobre todo por el peligro que has corrido y porque yo le mentí. Y por los dos años que se ha perdido de verte.

—Fue por su propio bien.

—Atrévete a decírselo a él.

—Lo haré si es necesario.

La miró fijamente.

—¿Quién se lo contó?

—No puedo decírtelo.

Él sonrió y luego maldijo en alemán.

—Por supuesto.

—Lo haría si pudiera —protestó ella—. Le he preguntado si puedo pero no me deja.

—No pasa nada, creo que he adivinado.

—Sinceramente lo dudo.

—Yo no. Hace tiempo que sospecho y, además, es obvio que a tu abuelo no le gusta ese hombre: dijo que no podía creer que hubiera tenido que escuchar todo de él. Es Nikos Kalantis. ¡Ja! —Señaló su cara y palmeó las manos—. ¡Acerté!

—Otto...

—No eres tan buena mentirosa Eleni. No creas que a mí me engañas.

—Otto...

Él se rio, triunfante, y ella tuvo que esforzarse por no sonreír ante el hecho de que a él le divirtiera cuando a tantos les habría incomodado.

—*Mein Gott* —dijo—, las historias que me has contado sobre él. ¿Es él el dueño de este apartamento? —Otra carcajada—. Lo es, ¿verdad?

—Otto...

—No hace falta que digas nada. Solo asiente si acerté. O parpadea.

—Es imposible no parpadear. Yo…

Se detuvo al escuchar el firme golpe que sonó en la puerta. El golpe de Yorgos.

—Dios —dijo Otto ya sin reírse—. Está aquí.

Efectivamente estaba muy enfadado.

Eleni lo notó en la tensión de la mandíbula cuando Otto abrió la puerta y pasó silenciosamente junto a él, quitándose el sombrero.

Pero entonces clavó la vista en Eleni y el gesto rígido de furia se vino abajo.

Desapareció la ira.

—Eleni-mou —dijo caminando hacia ella.

En un instante ella estuvo en sus brazos, inhalando su aroma, sintiendo su fuerza y su amor que la rodeaban, y preguntándose cómo había podido vivir sin él todo ese tiempo.

—Lo siento *Papou* —le dijo al darse cuenta de lo equivocada que había estado al resistirse a esa despedida—. Lo siento mucho.

—Estás perdonada —dijo él abrazándola con más fuerza—. Claro que estás perdonada.

—¿Y Otto? —preguntó ella cuando se separaron—. ¿Puedes perdonarlo a él también?

Yorgos le lanzó una mirada severa.

—Me resultará más fácil cuando se haya casado contigo.

—Lo habría hecho ayer si hubiera podido —dijo Otto.

—A mí me parece que deberías haberlo hecho hace varios meses —replicó Yorgos.

—No es culpa suya *Papou* —dijo Eleni.

—Al menos la mitad de la culpa es suya —respondió Yorgos.

—Por eso le pido disculpas —dijo Otto, de una forma que hizo saber a Eleni que no era la primera vez que se lo decía—. Siento mucho todo lo que no le he contado y cómo se han dado las cosas, pero no lamento nada de lo que ha sucedido.

Ella le sostuvo la mirada. Sonrió.

Y Yorgos suspiró y movió la cabeza.

—Este es un mundo de locos —dijo, dejando el sombrero y el maletín de médico sobre la mesa de la cocina—. Eso, al menos, no es culpa vuestra. —Se frotó las sienes con los dedos y, tras otro suspiro, dijo a Eleni que le había traído comida.

—Naturalmente —dijo Eleni.

—También quiero tomarte la tensión.

Y lo hizo. Tras comprobar que era normal ("un milagro"), todos se sentaron y él tomó las manos de Eleni entre las suyas y le contó, cuando ella le preguntó, más cosas sobre su conversación con Nikos que al parecer lo había llamado a la villa al amanecer.

—No se quedó mucho tiempo —dijo Yorgos—. Se disculpó por no haberme hablado antes de ti. —Hizo una pausa, como si repitiera las palabras de Nikos—. Se disculpó por muchas cosas.

—¿Y qué le dijiste? —preguntó Eleni.

—Le di las gracias.

—¿No pelearon?

—No —dijo Yorgos, con tanta claridad que ella supo que decía la verdad—. Debería haber acudido a mí antes, pero lo que importa es que lo ha hecho ahora. —Le apretó las manos—. Me habló por primera vez en décadas para devolverme la posibilidad de verte. ¿Cómo podría haberme peleado por eso?

Ella sonrió y se inclinó para besarle la mejilla.

Él siguió hablando y dijo que lamentaba no poder quedarse mucho tiempo. Hacía meses que no tenía el lujo de conseguir gasolina, así que tenía que tomar el autobús a casa antes de que se hiciera tarde. Spiros y María lo esperaban, ansiosos por saber todo.

—Querían venir pero habríamos sido demasiados. No podíamos poneros en peligro.

—Ni a vosotros —dijo Eleni.

—Nosotros ya hemos vivido. Lo que nos importa eres tú… y tú también —agregó señalando a Otto a regañadientes.

La interrogó sobre su próximo viaje. Otto ya le había contado todos los detalles, pero necesitaba que ella le dijera que confiaba en estar a salvo, así que Eleni se lo dijo y le aseguró que sus amigos la acompañarían por el camino.

—¿Y te pondrás en contacto con tu padre en cuanto puedas?

—En cuanto pueda —le prometió.

Él asintió. Al igual que ella, no dudaba de que Timothy la ayudaría.

Además tenía otras cosas que decir sobre él: acabar de una vez por todas con la idea de que Timothy pudiera estar resentido con ella.

Al parecer, Nikos le había hecho un último favor a Eleni, haciéndoselo saber a su *papou*.

—Nunca se ha sentido menos que agradecido de tenerte —dijo, con los ojos cansados y apesadumbrados de que ella pudiera haber pensado lo contrario—. Le costó cuando se quedó solo contigo. Eso no tiene nada de vergonzoso. A mí también me costó con tu madre. Pero *nunca* quiso deshacerse de ti.

—¿No?

—No. Simplemente quería que estuvieras aquí en este lugar que tu madre amaba.

Eleni miró a Otto. Él le había dicho algo parecido una vez, la primera tarde que se besaron. "Quizá pensó que serías más feliz aquí, en casa de tu madre."

Él sonrió; también lo recordaba.

Yorgos siguió hablando y le contó todos los detalles que ella tanto había anhelado saber sobre cómo se habían conocido sus padres en Souda, donde había atracado el barco de Timothy.

—Tu madre había ido al mercado y pinchó la bicicleta de camino a casa. Tu padre la vio y se ofreció a llevarla.

—¿Así fue? —Eleni se lo imaginó: Timothy con su uniforme blanco, su madre a su lado, charlando en el inglés que Yorgos le había enseñado.

—Sí.

—Supongo que no te dijeron que se habían conocido.

—Tampoco lo había olvidado: lo que Yorgos le había dicho sobre su madre en el hospital. "No me contaba muchas cosas." Había sido justo antes de que ella se sentara a hacer compañía a Weber, a dejar salir su compasión—. ¿Mamá lo mantuvo en secreto?

—Sí —respondió Yorgos—. No eres la primera joven a quien le preocupa que le pongan una acompañante.

Continuó contando que Timothy había vuelto a la villa para arreglar la bicicleta de Petra. Luego otra vez para asegurarse de que seguía funcionando. Luego otra vez y otra vez...

—No me dijo nada hasta que admitió que estaba embarazada. Estaba asustada porque tu padre no había respondido a sus cartas. Creyó que su vida había terminado. Entonces Nikos le dijo lo que le dijo, y... —suspiró—. Yo tampoco fui inocente. Dije cosas que no debería haber dicho y estaba dispuesto a matar a tu padre. Pero entonces, unas semanas más tarde, él apareció en la puerta. Lo había sancionado su comandante.

—Eso no debió de gustarle nada —comentó Eleni.

—Quizá no —dijo Yorgos—, pero aun así volvió. Tendrías que haber visto a tu madre cuando lo vio —sonrió al recordarlo—, tan feliz, los dos lo estaban. Creo que ella hizo surgir algo de tu padre, lo ayudó a convertirse en quien podría haber sido si no lo hubieran encarcelado en uno de esos malditos internados británicos. Él nunca quiso enviarte a uno.

—Lo sé.

—Ojalá hubieras podido verlo entonces. Me rompió el corazón aquel verano en que te trajo aquí y se esforzó tanto por recordar cómo ser así contigo. —Le apretó la mano—. Era muy importante para él que te sintieras como en casa. No podía darte a tu madre, Eleni, así que te dio su hogar.

Ella asintió; le costaba hablar por las lágrimas que se acumularon de pronto. Por primera vez comprendió lo destrozado que había quedado su padre al perder a su mujer.

—Tus abuelos ingleses se enfadaron porque naciste poco después de la boda —dijo Yorgos—. No creo que aprobaran que tu padre se casara con una griega. —Expulsó un sonido, mucho menos que una carcajada—. Petra dijo que tu *yiayia* la llamó... ¿cuál era la palabra...? No se me ocurre...

—¿Zorra? —Eleni se atragantó.

—Sí, sí. ¿Cómo lo sabes?

—Lo supuse —dijo Eleni al recordar París.

—Pasaron tan poco tiempo juntos —continuó Yorgos—. Demasiado poco. —Levantó la mano de Eleni, la besó y se acercó a Otto para acariciarle el hombro—. Espero que ustedes tengan más tiempo. Lo deseo de todo corazón.

Fue horrible despedirse de él aquella noche.

—Nunca me he sentido más orgulloso —le dijo al abrazarla en la oscuridad de la puerta trasera—. Cuando te vuelva a ver te regañaré por estos secretos. Pero por ahora —apretó los labios contra su cabeza— quiero que sepas lo orgulloso que estoy de ti Eleni-mou. Que sepas lo orgullosos que estamos todos.

Ella lo abrazó con fuerza, le dijo que ella también estaba orgullosa de él y le rogó que se cuidara.

—No trabajes demasiado.

—Dijiste lo mismo antes, cuando se suponía que te ibas. —Él la apartó con severidad hasta dejarla con los brazos estirados—. Espero que esta vez te vayas en serio.

—Sí, me voy.

—Sí, es en serio —agregó Otto.

Y mientras Yorgos volvía a abrazarla, ella recordó aquella despedida en el hospital; cómo había tenido que alejarse de él, de María y de Spiros como si se desgarrara, antes de que fuera imposible irse.

Él se apartó de ella con la misma resolución brusca.

—Asegúrate de comer mucho durante el viaje —dijo poniéndose el sombrero— y descansa todo lo que puedas.

Luego, con una última caricia en la cara de ella, abrió la puerta y desapareció.

Se fue.

—Casi desearía que no hubiera venido —dijo ella contra el pecho de Otto, mientras él la envolvía en su fuerte abrazo—. Esto es demasiado difícil.

—Lo siento mucho —dijo él—. Ojalá pudiera hacer algo.

Pero no podía. Ninguno de los dos podía hacer nada.

Y, en realidad, ¿qué era un adiós más en esa guerra de millones?

Sin embargo, Eleni lloró no solo de tristeza por la separación de su *papou* sino también por su madre, que había tenido tan poco tiempo, y por su padre, que la había amado tanto y que seguía sin poder soportar siquiera mirar una fotografía suya, pero que una vez había intentado volver a la isla por el bien de Eleni; lloró por lo mucho que quería agradecerle por haberlo hecho y por haberla enviado allí año tras año. "Un hombre joven, creo, que trataba de hacer lo mejor por su hija." Luego, ya sin contener las lágrimas, lloró por la guerra y por todos los que habían muerto y estaban muriendo, e incluso por los neozelandeses que se habían alojado con María y Spiros, y por Ben Latimer que había vivido con ella y Yorgos, porque no tenía ni idea de lo que les había ocurrido a ninguno de ellos. Otto la abrazó más fuerte y Eleni sintió latir su corazón bajo la mejilla, sintió la seguridad de su amor y lloró por cada uno de aquellos millones de adioses, pero sobre todo por el que se les venía encima a los dos; un adiós que, ahora que se lo había dicho a su *papou*, sentía demasiado real y cercano.

—No pienses en ello —dijo él, como ella le había dicho una vez en 1936, cuando era él quien estaba a punto de partir de Creta—. No lo pienses.

—No quiero —dijo ella, llevándose las manos a los ojos en un intento fallido de detener las lágrimas; volvió a apoyar la cara contra el pecho de él—. Odio hacer esto.

—Debes hacerlo —dijo él y la besó—. Es lo correcto.

Pero no estaba bien.

Y tampoco estuvo bien su despedida, que fue demasiado real y llegó la noche siguiente, antes de que ninguno de los dos estuviera preparado para ello.

Ella lo esperaba en las escaleras cuando llegó el jueves por la noche, por última vez.

Tenía lista la maleta en la que había guardado una muda de ropa, jabón y un cepillo de dientes, el caparazón de erizo que él le había regalado y sus bocetos de la casa. No volvería más al ayuntamiento. Hizo saber al señor Skoulas que eso era todo al marcharse. ("Buena suerte Eleni Adams", le había dicho.) Sócrates se había organizado para empezar su fin de semana temprano; saldrían de La Canea al día siguiente por la tarde, cuando aún hubiera luz.

No le parecía real.

Oyó el chasquido de la puerta; intentó decirse que ya no volvería a oír ese sonido, ni el de sus pasos cruzando el patio y tampoco le pareció real.

—No me gusta esto —dijo al levantar la vista y ver cómo él se detenía en lo alto de la escalera y la miraba desde arriba, como si pintara su imagen en su memoria—. No me gusta nada.

—No —coincidió él; bajó y la ayudó por última vez a ponerse en pie—. A mí tampoco.

—¿Lo mejoramos?

—Creo que deberíamos intentarlo.

Pero no podían. Ya nada podía ser mejor que eso.

El bebé hizo todo lo posible por ayudar y esa noche se movió por primera vez. Estaban en la cama cuando ocurrió, abrazados a la luz de la lámpara, sin hablar, simplemente *existiendo*. La patada que sobresaltó a Eleni fue una patada de verdad, nada de los aleteos que había sentido antes sino un inconfundible golpe en la barriga; un pequeño codo, puño o pie que se abrió paso contra ella.

—Siéntelo —dijo a Otto; le tomó la mano y presionó con la palma en el lugar de la patada. Casi inmediatamente le siguió otra, como si el bebé hubiera sentido el contacto de su papá—. ¿Lo sientes?

—Sí —respondió él; se incorporó sobre el codo y miró embelesado el lugar de la patada con la cara que ella tanto amaba, en trance; los ojos brillantes y rasgados, asombrados—. Sí.

El bebé volvió a patear.

Él se rio. Ella también y el bebé dio más patadas.

—Son para ti —dijo ella.

—Para mí —repitió y se acostó, pero dejó la mano sobre el niño que se movía y apoyó la cabeza junto a ella.

El bebé ya estaba quieto cuando más tarde, mucho más tarde, al acercarse la medianoche, ella se sentó en la cama desarreglada, luchando contra las lágrimas mientras lo veía vestirse, y él se acercó y se arrodilló ante ella para ofrecerle el anillo que había jurado entregarle.

El anillo de su madre.

Su padre se lo había enviado desde Berlín.

—No podía arriesgarme a decir en mi carta por qué lo necesitaba —dijo Otto mientras deslizaba la delicada sortija de oro en su dedo; el dolor que le tensaba el rostro se suavizó momentáneamente cuando encajó a la perfección— pero lo dedujo. Dijo que se siente lleno de esperanza y que pida a cierta joven experta en idiomas que se cuide.

Eleni sonrió con los ojos inundados de lágrimas.

—Quiere que le escriba contándole sobre su encantador e inteligente bebé tan pronto como pueda.

—¿Eso quiere?

—Sí.

Ella asintió con la cabeza respirando entrecortadamente, decidida a no dejar escapar las lágrimas de nuevo, no mientras él siguiera con ella, mirando fijamente el anillo de oro en su dedo.

—Me encanta tenerlo —dijo—. Me encanta que haya pertenecido a tu madre.

—Siento que ahora sí estarás a salvo —comentó Otto—. ¿Es una locura? —Miró el anillo frunciendo el ceño—. Quizá sea una locura.

—No, no es una locura —dijo ella, pensando en las velas que había encendido en la iglesia—. Ojalá tuviera algo que darte. Algo que te mantuviera a salvo y feliz. —Ella no podía olvidar cómo estaba él cuando se habían reencontrado, la soledad a la que lo estaba obligando a volver—. No quiero que te ahogues.

—No me ahogaré.

—No debes, debes volver a casa conmigo, con nosotros. —Se arrodilló en el suelo para que estuvieran uno frente al otro—.Enviaré un mensaje a Sócrates en cuanto nazca el bebé.

—Lo sé —ya lo habían hablado antes—. Dios... ojalá

pudiera estar contigo. —Cerró los ojos, apoyó la cabeza en la de ella y le rodeó la cintura con las manos—. Ojalá pudiera conocer a nuestro bebé.

—Lo conocerás Otto.

—Prométeme que, pase lo que pase, lo llevarás para que papá y Krista lo conozcan.

—*Tú* lo llevarás.

—Prométemelo Eleni, por favor. Necesito oírlo, necesito saber que ellos conocerán a mi bebé.

—Otto...

—*Por favor.*

—De acuerdo, te lo prometo —dijo ella; lo besó y sintió su calor, su vida—. Lo prometo.

Entonces se le escapó una lágrima. Y luego cayeron más mientras caminaba con Otto hacia la puerta de su casa y se aferraba a él.

—Está bien —le dijo y la besó como la había besado en Cnosos, en aquella casa en ruinas y tantas otras veces inolvidables desde entonces—. Esto no termina aquí.

—¿No?

—No —repitió él y entonces, en ese último momento, le dio por fin el voto de esperanza que ella ansiaba—. Volveré a verte, Eleni, te lo juro, volveré a verte.

¿Lo creía de verdad? ¿O se lo dijo por amabilidad, porque quería que ella creyera que sí?

No le preguntó. No quería saberlo.

—Lo harás —le aseguró—. Lo harás.

Él sonrió y le tomó la cara entre las manos.

Ella también sonrió.

"De hecho, te amo."

Entonces, con un último beso, Eleni hizo lo que debía hacer —lo que ya se habían turnado para hacer el uno por el otro con demasiada frecuencia— y lo apartó suavemente de ella para dejar que se marchara.

CAPÍTULO 26

Su salida de La Canea transcurrió sin contratiempos. No sintió miedo cuando, al día siguiente por la tarde, ella y Sócrates dejaron atrás la ciudad, presentaron sus papeles en la frontera y se dirigieron en su carreta hacia las montañas. Estaba demasiado adormecida por la tristeza como para tener espacio en su corazón para mucho más.

El camino hasta el pueblo del tío de Dimitri fue largo y frío. A medida que oscurecía y aparecían las estrellas, las empinadas carreteras de montaña se volvían heladas. Envuelta en una piel de oveja que le había dado Sócrates, Eleni se acurrucó contra él y contempló los negros barrancos, los arroyos balbuceantes que centelleaban a la luz menguante de la luna y, mientras Sócrates hablaba intentando distraerla con historias de sus estudiantes pensó en Otto, en lo que estaría haciendo, desconcertada por la realidad de que, fuera lo que fuese, esa noche no viajaría desde Souda para verla.

Pero como esa era la realidad, por brutal que fuera, y como no podía estar con él, se alegró de estar con Sócrates y con Dimitri. Ambos eran maravillosos, al igual que el tío de Dimitri, una versión más vieja y sucia de su sobrino, que había asado una cabra en su honor para cenar. Él no sabía que estaba embarazada; Dimitri sí —Sócrates se lo había dicho ("Será un bebé precioso, creo", dijo cuando por fin llegaron a su pueblo y la ayudó a bajar de la carreta)—, pero su tío era un hombre tradicional. Tanto que, si la corazonada de Sócrates era creíble, tenía grandes esperanzas de que ella, la nieta del doctor Florakis, tuviera bebés con Dimitri algún día. "No hay problema."

—Eeeh… bueno… —dijo Eleni.

—Sí… bueno… —coincidió Dimitri alzando las cejas.

Fue, contra todo pronóstico, una buena noche. No feliz —Eleni no podía sentirse feliz—, pero sí cálida, a pesar de la caída en picado de la temperatura en febrero. Hacinados en la pequeña y humeante casa del tío de Dimitri, comieron, hablaron —de los padres de Dimitri, de sus familias y de los muchos soldados a los que cada uno había dado cobijo y ayudado— y luego, antes de que Eleni y Sócrates se retiraran a la cabaña, Dimitri le dio cuerda a su gramófono y dejó que sonara Fred Astaire.

—Y pensar que querías tirarlo —dijo Sócrates mientras las notas llenaban la habitación y hacían zumbar las paredes de piedra.

—No habría sido capaz —dijo Dimitri sonriéndole. (¿Cómo era posible que su tío no viera cómo se amaban? "La gente ve lo que quiere ver", comentó más tarde Sócrates). Luego se dirigió a Eleni—: ven. Bailemos en el cielo por los viejos tiempos. —Le tomó la mano y la puso de pie.

—De acuerdo —dijo ella; apoyó la mano en su hombro, la cabeza en su pecho y cerró los ojos mientras él la hacía girar por el pequeño espacio.

Era tan agradable volver a estar con él después de tantos años separados.

Fue tan profundamente reconfortante no dormir sola aquella noche sino a pocos metros de Sócrates, que debió de levantarse en algún momento para ponerle más mantas encima, porque cuando se despertó a la mañana siguiente, con un gélido amanecer, estaba bien abrigada.

Pero, sobre todo, fue duro separarse de los dos cuando llegó el momento.

Al menos pudo postergar su despedida de Sócrates durante varias horas más, ya que él decidió ir con ellos hasta el desfiladero de Samaria.

—Yo también la estoy postergando —dijo él, ayudándola a subir al burro de Dimitri.

—Parezco la Virgen María —comentó ella.

—Menos virtuosa —agregó Dimitri.

Era una observación acertada.

La caminata de aquel día fue espectacular. Eleni, que no había estado en las montañas de día desde su visita a Pendlebury en 1941 y nunca en invierno, no dejaba de asombrarse por la vista a pesar de su tristeza: el sol que rebotaba en los cipreses escarchados; los carámbanos que caían de los acantilados; la inmensidad a su alrededor. Con Sócrates y Dimitri allí, haciéndole compañía, pontificando sobre lo que podría ocurrir a continuación en la guerra, sugiriendo nombres griegos para el bebé… ella habría seguido felizmente como estaban durante muchos kilómetros más.

Pero llegaron demasiado pronto a una cabaña de piedra enclavada en el acantilado, cerca de la cima del desfiladero; la inevitable despedida, que debía ocurrir antes de que llegara la noche casi sin luna, se les venía encima.

Tenían público: un agente de la DOE llamado Dusty al que Eleni no conocía. Era joven —veintidós años, le dijo cuando ella le preguntó—, acababa de completar su entrenamiento en Narkover y se había camuflado con pantalones tradicionales cretenses, capas de piel de oveja y el pelo teñido de negro tal como la habían querido obligar a ella a teñírselo en la DOE.

—Se ve ridículo —le dijo Dimitri. No vayas a ningún sitio donde puedas ver a un alemán hasta que se le haya ido la tintura.

—No entiendo nada de lo que dice —dijo Dusty a Eleni en inglés.

—¿No hablas griego? —dijo ella horrorizada.

—Antiguo —dijo él.

—¿De qué sirve?

—De poco, está claro.

Probablemente fue bueno que estuviera allí para la despedida. Significaba que no podía ser demasiado larga, lo que hizo que se sintiera más amable de lo que podría haber sido.

—Gracias —dijo a Sócrates abrazándolo con fuerza—, gracias de todo corazón por todo lo que has hecho.

—Gracias a ti Eleni —respondió él—. Has sido una verdadera amiga.

—Nos veremos pronto —dijo Dimitri ocupando el lugar de Sócrates y alzándola mientras la abrazaba—. Muy, muy pronto.

—Eso espero.

Los vio partir juntos, guiando al burro por el desfiladero escarpado y estrecho, hasta que sus anchas espaldas desaparecieron en una curva. Dusty los observó con ella, a su lado, sin decir nada hasta que se marcharon. Entonces le dijo que esperaba que no estuviera demasiado nerviosa ante la perspectiva de pasar la noche en una montaña aislada con un forastero que hablaba griego antiguo y le ofreció una taza de té.

Le dijo, mientras se dirigían al interior de la cabaña, que llevarla a Sfakiá iba a ser su primera misión ("claro" dijo ella, ansiosa) y que Stephen le había dicho que sería un buen trabajo para iniciarse ya que Eleni era una veterana.

—Deduzco que te has metido en un lío en La Canea —dijo.

—Algo así, sí.

—Antes de que te des cuenta estarás tomando té de menta en El Cairo.

—Bueno, eso suena bien.

Se puso a preparar el desayuno —"sin menta"—; avivó el escaso fuego que tenía encendido, puso una tetera a hervir encima y le dijo, en respuesta a su pregunta sobre dónde estaba Christos, su mensajero, que seguía esperando a que él regresara. Había ido a confirmar a qué parte de Sfakiá debían dirigirse al día siguiente.

—Se nos han estropeado unos cuantos aparatos de radio —dijo, rascándose la cabeza teñida, lo que llevó a Eleni a una incómoda sospecha de pulgas—. Christos ha ido a conseguir uno que funcione. Ya debería estar de vuelta, estoy seguro de que no puede estar lejos.

—¿No te preocupa?

—Para nada. Estaremos de camino pronto.

Se esforzó caballerosamente por hacerla sentir bien durante el resto de la velada; le calentó una cena de alubias cocidas, colocó mantas en lados opuestos de la cabaña para que durmieran y tuvo la cortesía de hacer ruido al ordenar los utensilios de cocina cuando ella salió, tiritando en la noche estrellada, para subirse la falda y vaciar la vejiga.

—Creo que estás creciendo —susurró al bebé, que se movía más ahora—. No estoy segura de poder esconderte mucho tiempo más.

—¿Cansada? —preguntó Dusty cuando volvió a entrar.

—Agotada —dijo.

—Será mejor que duermas un poco. Mañana tenemos una larga caminata.

Pero no fue así.

Amaneció y Christos no había vuelto.

Llegó la hora de almorzar y no había ni rastro de él.

Pasaron las horas, el sol invernal se ocultó tras las cumbres de las montañas y Christos seguía sin aparecer.

¿Ahora sí estás preocupado? —preguntó Eleni a Dusty.

—No —respondió él—. Probablemente ha tenido que ir más lejos de lo previsto para conseguir la radio. Estará con nosotros mañana.

Pero no llegó.

—Ahora sí me estoy preocupando un poco —admitió Dusty.

Para pasar el rato, se contaron sus historias de guerra, bebieron más té y limpiaron sus armas.

—Me gusta la tuya —dijo él cuando ella sacó la que le había dado Pendlebury—. No parece que necesite ninguna limpieza. ¿La has usado alguna vez?

—No —respondió Eleni sinceramente—. Pero sé cómo usarla.

—¿Segura?

—Por supuesto.

—Muéstrame —dijo él, con una sonrisa desafiante.

Así lo hizo y rompió una botella de cristal que él había colocado sobre una roca, a varios metros de la cabaña. Asintió con la cabeza.

—Sí, muy bien.

Aquella noche se quedaron sin alubias cocidas, así que a la mañana siguiente Eleni —que se sentía tan mugrienta como solía estar Stephen y dolorida por la incomodidad de dormir en el suelo de piedra de la cabaña, por no mencionar el constante intento de ocultar su barriga— fue a buscar caracoles ("Hitler, Goebbels, Goering, Andrae, Student...") que, una vez más, no pudo comer ("caracoles afortunados"), porque al mediodía, con las nubes que crecían y amenazaban nieve, apareció por fin su mensajero, Christos, trepando por la ladera de la montaña. Para gran alivio de Eleni lo acompañaba Robbie, que tenía suficiente experiencia.

Robbie no paraba de disculparse por la maldita pesadilla que estaban teniendo con los equipos de radio; les aseguró que ya estaba todo arreglado, pero también les comunicó que, con todos los retrasos, iban a tener que esperar antes de poder trasladarse a Sfakiá. Tres semanas para ser exactos.

—Son órdenes de Stephen —dijo Robbie— y tiene razón. Ya no hay luna y no sabemos cuánto tiempo permanecerán estas nubes. —Miró al cielo cargado y volvió a mirar a Eleni con una sonrisa apenada—. ¿Puedes soportarlo?

—Sí —respondió ella, ya que no tenía otra opción.

Al menos le alegraba saber que Stephen tenía todo bajo control. A pesar de lo irritante que podía ser a veces, ella confiaba totalmente en él.

También confiaba en Robbie, que (también para su alivio) no tenía planes inmediatos de dejarlos a ella, a Dusty y a Christos. Más bien sugirió que, solo por seguridad, se trasladaran todos a una cueva que utilizaban él y otros agentes, donde había un transmisor que ya funcionaba, provisiones de alimentos, un arroyo de agua potable y que estaba lo suficientemente aislada como para poder encender un fuego en condiciones seguras.

—No es el Ritz —dijo echándose al hombro la bolsa de Eleni—, pero hay colchones. —Se frotó la cara, cansado y obviamente necesitado de una buena noche de sueño—. Será mejor que esto.

Era un poco mejor.

La nieve empezó antes de que llegaran y no paró en dos días; los gruesos copos se acumulaban sobre la entrada, de modo que el mundo más allá de la cueva parecía aún más lejano, y la cueva un territorio en sí misma; estaba sucia, llena de latas viejas de comida y botellas vacías sobre las que se arrastraban los roedores por la noche —cuyo correteo llevaba a Eleni de vuelta a las calles de La Canea, después de la redada—. Pero había colchones y latas de comida que aún no estaban vacías, té y bizcochos.

Eleni podía soportar todo eso.

Sin embargo, las tres semanas que pasó en aquella cueva —ocultando su barriga, rompiendo hielo del arroyo cercano para derretirlo y poder beber y lavarse, observando cómo la luz del día se filtraba por la abertura de la cueva y preguntándose, sin remedio, si Otto tenía idea de que seguía en la isla— fueron, sin duda, las más largas y tensas de su vida.

Durante la primera se quedaron solos ella, Dusty, Christos y Robbie.

Sin nada más que hacer Robbie leía, dibujaba y jugaba al solitario. A veces, Eleni también jugaba al solitario, al rummy con los demás o al póquer apostando guijarros. También decidió enseñar griego moderno a Dusty, ya que cuanto más tiempo pasaba con él mejor le caía. Christos trató de ayudarla, exclamando ante la arcaica conversación de Dusty (que, evidentemente, se había encariñado con su ingenuo y bonachón amigo), pero era una lucha ardua, así que Eleni prohibió por completo el inglés entre ellos.

—¿Qué, completamente prohibido? —dijo Dusty.

—Completamente prohibido —confirmó ella.

—Te han convertido en La Canea —le reprochó él—. Te han convertido en una nazi.

—Lo soy cuando se trata de griego. Sinceramente, con los obstáculos por los que tuve que pasar para convencer a Héctor de que podía hablarlo y en cambio aquí estás tú, que hablas como Homero.

—Él no se mezclará tanto con los lugareños —intervino Robbie—. No tanto como tú.

—No me importa —dijo ella—. Si vas a hacer algo deberías hacerlo bien.

—Eras más divertida cuando solo me contabas historias sobre ti —protestó Dusty.

Pudieron salir de vez en cuando a pasear más allá del arroyo cuando dejó de nevar. Robbie dijo que ya estaba harto de alubias, así que trepó hasta el pueblo más cercano donde los lugareños lo conocían y confiaban en él, y trajo leche de cabra y queso. Eleni, deseando moverse, fue con él hasta los límites de la aldea y lo esperó allí, recuperando el aliento helado, contemplando los extensos valles de nieve bañada por el sol y pisando fuerte con las suelas de neumáticos de sus zapatos para mantenerse caliente.

Se cruzaron con un gendarme local que iba a comprar queso de regreso a la cueva. Era un hombre amable y no les pidió la documentación, sino que se limitó a preguntar a Robbie por qué hacía salir a su mujer en un día tan frío.

—Voy a tener un bebé —respondió Eleni por Robbie, cuyo acento era mejor que el de Dusty pero no tan bueno. Pasó su brazo por el de él, sonriéndole como si fuera Otto, agradecida de estar con él y no con Dusty, que no habría tenido la presencia de ánimo para devolverle la sonrisa con la misma adoración—. Tengo las piernas muy flojas. Lo único que me ayuda es caminar.

—Ah —dijo el gendarme con una risita—, a mi mujer le pasaba lo mismo.

—¿Qué hacía para estar mejor? —preguntó Eleni.

—Caminar —dijo él.

Todos se rieron.

—Dios, eres buena —dijo Robbie una vez que se despidieron del hombre y siguieron su camino—. Casi podría haber creído que ibas a tener un bebé.

—Imagínate —dijo ella.

El sol calentó un poco más al comienzo de la segunda semana y provocó un deshielo que hizo que la nieve se convirtiera en aguanieve y que el arroyo, liberado, volviera a fluir. Eleni lo escuchaba por la noche con la mano sobre el vientre y sus movimientos, prefiriendo concentrarse en la pureza del sonido del agua y no en las garras de las ratas y la respiración pesada de los demás.

Dos hombres más se unieron brevemente a ellos en la cueva, ambos griegos y familiarizados con Christos por el entusiasmo con que los saludó a la entrada.

—¿Quiénes son? —le preguntó Eleni a Robbie, sin dejar de mirarlos.

—Los primos de Christos —dijo él; le dio una palmada en el hombro y fue a saludarlos.

Los dos pasaron la noche allí y volvieron a salir al amanecer, continuando su larga ascensión para esperar la llegada de un paracaídas.

—Más piezas de repuesto para la radio —dijo Dusty con orgullo, ya que su griego se había modernizado lo suficiente como para entender lo que decían.

—Bien hecho —dijo Eleni lanzándole un bizcocho.

Dos días más tarde llegó otro agente, de camino a encontrarse con otro viajero que esperaba su partida, también retrasada; y al día siguiente llegó un mensajero enviado por un *kapetanio* en busca de Robbie, trayendo una petición de más armas.

—Esto ya parece Piccadilly Circus —comentó Eleni, nerviosa ante tantos desconocidos.

—No pasa nada —la tranquilizó Robbie con una sonrisa— ya no estás en La Canea. No hay alemanes en kilómetros a la redonda.

—No que sepamos —dijo ella.

—No hay ninguno —dijo Stephen, que apareció cuando la segunda semana dio paso a la tercera; venía de Heraclión, donde había estado en más reuniones—. He hecho un buen reconocimiento. Todos se mantienen en sus puestos de guardia.

Estaba mucho más relajado que la última vez que Eleni lo había visto, cuando no paraba de estremecerse ante el golpeteo de los postigos (estaba claro que el permiso le había sentado bien), aunque no menos sucio.

—La gente que vive en casas de cristal no debería arrojar piedras —le dijo.

La miró de arriba abajo, fijándose en su pelo, que se había lavado, pero no había podido enjuagarlo bien y se lo había recogido en una coleta; luego miró los pantalones que le había pedido prestados a Dusty, ya que eran más abrigados y amplios que su vestido, y el grueso suéter del ejército que también lo había convencido de que le donara, que la cubría lo suficiente como para no tener que preocuparse tanto por su barriga de cinco meses.

—¿Cómo vamos?

—Bien —dijo ella.

—Ya falta poco.

—Lo sé.

—Y traigo buenas noticias.

—¿Cuáles?

—Héctor sabe que estás en camino, al igual que tu padre.

—¿En serio?

Se le aceleró el corazón. Esas sí que eran buenas noticias.

—De verdad. —A Stephen le brillaron los ojos oscuros—. Héctor consiguió enviarle un mensaje. Sospecho que elegirá en persona al teniente que venga a buscarte. —Se rio y miró a los demás—. Imagina esa responsabilidad.

—¿Sabes dónde está papá? —preguntó Eleni.

—Me temo que no, pero pronto lo sabrás.

—Supongo que sí —dijo, muy contenta por primera vez en mucho tiempo.

De repente, El Cairo, la seguridad y el hogar se sentían mucho más cerca.

Sin embargo, no todas las noticias eran buenas.

Muy a su pesar, Stephen había ido hasta allí para llevarse a Dusty y Christos con él a Sfakiá, donde debían vigilar las nuevas bahías destinadas al abordaje de la lancha y enviar las coordenadas confirmadas por radio a todos.

—Los alemanes están un poco ocupados con sus defensas —dijo—. Tenemos que permanecer ágiles. Y tú —lanzó una mirada a Dusty— no te has curtido en nada aquí arriba.

—He aprendido bastante griego —protestó en griego.

—Buen trabajo Eleni —dijo Stephen.

Y, con la promesa de volver a verla en Sfakiá dentro de seis días ("Puedes devolverme mi ropa entonces" dijo Dusty), se marcharon los tres.

Eleni y Robbie solo permanecerían en la cueva cuatro días más. Después volverían a la cabaña donde Eleni había conocido a Dusty, donde pasarían una última noche antes de adentrarse en el desfiladero.

Había más tranquilidad sin Dusty y Christos allí. Eleni echaba especialmente de menos a Dusty. Había sido una compañía muy agradable.

Esperaba que estuviera bien en Sfakiá.

—Estará bien —dijo Robbie—. Es la persona más segura de la isla en este momento porque está con Stephen.

Robbie también era buena compañía. Pero seis días era mucho tiempo para estar con una sola persona.

O, al menos, con una que no fuera Otto.

Ella nunca dejaba de pensar en él: se preguntaba dónde estaba, qué estaba haciendo; pensaba que si él hubiera estado allí con ella, la incomodidad, el frío y el aburrimiento de la cueva se convertirían en cualquier cosa menos eso. Aunque, por lo que ella sabía, él ya se la imaginaba en El Cairo.

Sin más remedio, se dedicó a sobrellevar aquellos últimos días antes de poder marcharse.

Robbie y ella dieron más paseos y se sentaron durante horas junto al arroyo con tazas de té en la mano, calentándose la cara con el resplandor del sol. Recogían leña para el fuego, cocinaban, lavaban la ropa y hablaban y hablaban.

Robbie le habló de sus ancianos padres, que lo habían

enviado a un internado con solo siete años, donde, para disgusto de Eleni, sus compañeros lo habían maltratado hasta que creció lo suficiente como para defenderse, lo que, supuestamente, significaba que al final lo habían convertido en un hombre. Eleni le habló de su padre, de su madre, de su *yiayia*, del gordo Tips, de María y Spiros, de todos ellos.

Incluso le habló de Otto.

Fue la mañana siguiente a la partida de los demás. Estaban sentados junto al arroyo y, mientras el anillo de ella captaba la luz y reflejaba oro sobre las rocas de enfrente, él le preguntó quién se lo había regalado.

Ella no quería mentir al respecto.

—Un hombre llamado Otto —dijo, y se dio cuenta de lo desesperada que había estado por decir su nombre—. Era de su madre.

—¿Un hombre alemán? —preguntó Robbie.

—Un hombre alemán, sí. Un buen alemán. Existen.

—Lo sé. Uno de mis mejores amigos de la universidad era de Frankfurt. A menudo me pregunto qué habrá sido de él.

Ella sonrió, asintió y volvió a ponerse el anillo en el dedo.

—¿Estuvo contigo en Inglaterra antes de la guerra?

—No, en Inglaterra no. Nos conocimos aquí. Y fuimos juntos a París.

—¿París?

—Sí.

—Me encanta París.

—A mí también.

Hablaron más de lo que les gustaba durante un rato: los bares de jazz, la comida. Luego se quedaron en silencio, cada uno en sus propios recuerdos.

—¿Otto está en Creta ahora? —preguntó Robbie, interrumpiendo los pensamientos de Eleni sobre Notre Dame y haciéndole saber que lo había adivinado.

—Sí —confirmó ella. "Ya que estamos en el baile…"

—¿Participó en las represalias?

—No, no participó. —"¿De verdad me estás preguntando eso, Eleni?"

—Bien —dijo Robbie.

—Nunca tendría nada que ver con un hombre que hubiera estado allí.

Él asintió con la cabeza y miró hacia el agua con los ojos entornados.

—Vi algunas de ellas.

—¿Las represalias?

—Sí.

—¿Quieres hablar de ello? —preguntó ella, intuyendo que sí.

—No —respondió él, pero habló de todas maneras: le contó que quince días después de la rendición, cuando se había escondido en un pueblo de las afueras de La Canea, oculto en el campanario de su iglesia, habían llegado los pelotones de ejecución, rugiendo hacia la plaza en sus camiones. Observó, impotente, cómo los soldados acorralaban a los habitantes y conducían a los hombres hacia árboles.

—Algunos intentaron hablar con los guardias mientras caminaban —dijo, con la voz entrecortada por el recuerdo—. Intentaban razonar con ellos. —La miró como diciendo: "¿Te lo imaginas?". Ella se lo imaginaba—. Pienso que no creían que fuera a ocurrir de verdad.

—¿Lo viste?

—Lo oí —dijo él y, ahogándose en sus propias palabras, se pasó el antebrazo por los ojos—. Todos los que quedaban en el pueblo lo oyeron. Debería haber hecho algo.

—Estás haciendo algo —dijo ella—. Volviste.

—No me parece suficiente. Nada es suficiente.

—No —dijo ella—. Sé cómo te sientes.

También hablaron de eso: de lo insignificantes que

podían parecer muchas de las cosas que hacían —una dirección por aquí, un mensaje susurrado por allá—, pero que al final, con suerte, todo sumaba.

—Somos como abejas en una colmena —dijo Eleni citando a Skoulas; arrojó un guijarro al agua y observó cómo se extendían sus ondas—. Todos hacemos nuestro papel.

—Picar a los bastardos —dijo Robbie—, una y otra vez. —Frunció el ceño—. Esperemos esquivar la muerte mientras tanto.

—Esperemos que sí.

A medida que pasaban los días, lo único de lo que no hablaban era del bebé, que daba más patadas y crecía cada vez más.

Eleni pensó que probablemente podría habérselo contado a Robbie. Él había entendido lo de Otto, así que estaba casi segura de que entendería lo de su hijo. Pero no estaba completamente segura. No lo suficiente como para arriesgarse.

Se sentía demasiado protectora de esa cosita que se retorcía dentro de ella, tan inocente y ajena a todo, para querer correr ese riesgo.

En lugar de eso, dejó que Robbie creyera la excusa de la política: la historia de que había sido traicionada y que estaba escapando del arresto.

"Cuanto más sencilla sea la historia, menos preguntas hará la gente."

Sin embargo, Robbie tenía que confesarle algo.

Lo hizo en su última mañana en la cueva, justo cuando estaban empaquetando para partir hacia el desfiladero.

—No te acuerdas de mí, ¿verdad? —dijo en cuclillas, mientras apagaba el fuego.

Ella dejó de doblar la manta que tenía en las manos.

—¿Qué quieres decir?

—El pasado abril, en la plaza de La Canea —dijo—. Me

diste la dirección del refugio. Vestía como un aldeano. Viste a un soldado alemán y me dijiste que me fuera.

—¿Eras tú?

Ella lo miró de nuevo, le costó reconocerlo. En realidad no había vuelto a pensar en aquel intercambio desde entonces. Se había distraído con las miradas de Weber. Habían pasado muchas cosas desde entonces.

—No puedo creer que nunca me haya dado cuenta. —Se rio—. Y al día siguiente te conocí, ¿verdad?

Eso sí lo recordaba: su larga caminata bajo la lluvia para ver a Stephen en su escondite; su impaciencia por volver a La Canea y a Otto.

—Llevabas otra ropa, estoy segura.

—Sí. Odio esas fajas. Stephen seguía pensando que era muy divertido que no me hubieras reconocido.

—Estoy segura de que así fue —comentó ella y volvió a recordar más detalles: la respuesta de Robbie cuando ella le dijo que era un placer conocerlo ("Claro"), la extraña sonrisa de Stephen—. Lo lamento mucho. Me siento grosera.

—Para nada. —Robbie se levantó y se quitó el polvo de las manos—. Estuviste muy profesional en la plaza. Estabas a cargo de la situación. Me sorprendiste, en realidad. No eras para nada como yo te recordaba.

—¿Me recordabas?

Sonrió tímidamente.

—Estuve aquí antes de la invasión. Te llamé desde una de las *kafeterías,* te quise invitar a tomar algo. Te reconocí.

—¿Cómo?

—No, no me hagas caso. —Movió la cabeza—. Me siento como un idiota contándote todo esto.

—Bueno, ahora no puedes parar. —No podía. Eleni ya estaba demasiado intrigada—. ¿Cómo que me reconociste?

—Estuve aquí aún antes. En aquel verano del treinta y seis. Me enamoré un poco de ti, me temo.

—Oh…

—Sí, lo siento. —Hizo una mueca.

—No, yo lo siento. —Era verdad. Ahora se sentía mal por haber insistido. Y bastante incómoda.

Era desconcertante descubrir que alguien a quien creías un nuevo conocido había ocultado que no lo era.

Terminó de doblar la manta y la dejó en el suelo.

—Dimitri.

Asintió con la cabeza.

—Dimitri. Luego hablando con ese alemán tuyo. La forma en que cambiabas del griego al inglés. —Soltó una carcajada—. Parecías toda una Vivien Leigh.

Ella también se rio para disipar su incomodidad.

—Me gustaría ser Vivien Leigh.

—Ojalá yo fuera tu alemán.

—Oh no, no digas eso.

—No pasa nada. —Levantó sus manos mugrientas—. Ya me he recuperado.

—Bien.

— Sin embargo, me arrojaste un delantal a la cabeza cuando te fuiste con él un día.

—¿Eras tú?

—Era yo. —Su sonrisa se volvió reflexiva—. Pensaba que eras una diosa. Sigo pensándolo, por si sirve de algo. De una forma totalmente platónica.

Ella no sabía qué decir.

Podría estar recuperado, pero el cumplido era demasiado perturbador.

—No soy una diosa. Ni mucho menos.

—Entonces llevas un buen disfraz —Miró el arma de Eleni, que estaba encima del bolso—. Probablemente es lo que te ha hecho tan eficaz todo este tiempo. Y tan peligrosa. —Tomó los guantes que había dejado secándose junto al fuego, los hizo una bola y se los lanzó—. La gente quiere confiar en ti. Eres una asesina vestida de diosa.

Ella levantó los guantes.

—¿Las diosas se visten así?

Él se rio.

—Era una metáfora.

—Tampoco soy una asesina. Nunca he matado a nadie.

—Quizá no con una bala —dijo—. Pero lo has hecho.

Ella no discutió. Sabía que él tenía razón.

—No pongas esa cara —agregó él—. No tienes por qué sentirte culpable.

—No lo sé.

—Yo sí. Estamos en guerra. No se aplican las reglas normales.

—No estoy segura de eso —dijo ella pensando en Otto y en cómo se había enfrentado a las represalias. Luego en los nombres de los traidores que ella había delatado con tan decidido desapego. Traidores, sí. Pero ¿no merecedores de un juicio, de una segunda oportunidad? Arrojó los guantes a su bolso.

—Tal vez todos nos hemos acostumbrado a olvidar que deberían aplicarse.

"Recuerdos de Grecia durante la guerra". Transcripción de la entrevista de investigación realizada por M. Middleton (M. M.) con el sujeto diecisiete (#17) en British Broadcasting House, 6 de junio de 1974.

#17: Cuando salimos de la cueva, Stephen todavía no nos había confirmado las coordenadas de la bahía. Había llamado por radio pero nuestro aparato se había cortado a mitad de su transmisión. Era... temperamental. Como ya he mencionado, había otras personas asignadas para viajar con Eleni a África. más reclutas de Narkover, un par de agentes de permiso, otro australiano que supimos que estaba escondido... no podías abrir la puerta de un sótano sin encontrarte con uno. De todas maneras [suspira], sabía que tenía que llegar a uno de ellos, estar seguro de a qué punto de Sfakiá dirigirme. No podía arriesgarme. Habría sido como... [piensa]... entrar en una guarida de leones con los ojos vendados. Pero tampoco podía dejar que Eleni fuera sola al desfiladero. Era un paseo precario y ella no conocía el camino.

M. M.: Y estaba embarazada de cinco meses.

#17: No, entonces yo todavía no lo sabía [tose]. No lo sabía. Debe creerme, no tenía ni idea.

M. M.: Debió de habérsele notado.

#17: Apenas era marzo. Ella estaba [tose] cubierta con capas de ropa.

M. M.: [Sirve agua. Ofrece un vaso].

#17: Gracias [bebe].

M. M.: Entonces, ¿la llevó a esa cabaña?

#17: Sí. La tarde aún era clara, así que la dejé allí y me dirigí a otra cercana que había utilizado como refugio con la esperanza de encontrar a alguno de los otros allí pero estaba vacía [bebe]. Así que fui a otra.

M. M.: ¿Estaba ansioso?

#17: Sí, estaba oscureciendo. Pero ese no era el problema, estaba acostumbrado a viajar de noche. Estaba preocupado por Eleni, realmente me importaba... mucho.

M. M.: ¿No platónicamente?

#17: Por supuesto que no.

[Silencio largo].

M. M.: Entonces, ¿qué pasó?

#17: Mala suerte. Simple mala suerte.

M. M.: ¿Se encontró con ese gendarme con el que se habían cruzado? ¿El que estaba comprando queso?

#17: No. No [mueve la cabeza]. Aquel era un buen hombre. No. Yo ya había bajado bastante por la montaña y me encontré con otros dos. Me pidieron la documentación, se la enseñé y quizá estaba demasiado callado o parecía demasiado sospechoso, pero me arrestaron.

M. M.: ¿No llevaba pistola?

#17: Sí, pero ellos también. Los dos. Me ataron las manos y me llevaron al puesto de guardia nazi más cercano, donde intenté convencer al oficial de guardia de que era granjero [frunce el ceño]. Uno de los hombres que me había arrestado le dijo que yo tenía un acento extraño, así que me encerró en un viejo corral de ovejas y una hora después llegó un camión que me trasladó a una guarnición en Souda [estira la mano para tomar el vaso. Bebe]. Allí estaba de centinela un ser humano verdaderamente detestable llamado Fischer. Estaba... entusiasmado cuando me sacaron del camión. Mi aparición le resultó un entretenimiento. No entiendo mucho alemán, pero entendí lo que dijo: "yo me encargo ahora". Así dijo [inclina la cabeza]. "Yo me encargo ahora" [silencio]. Supe lo que vendría a continuación.

M. M.: ¿Le hizo daño?

#17: Sí. Me encerró en otra habitación y me hizo bastante daño. Me han pegado algunas veces, pero esto fue… diferente. Fue… [busca la palabra] venenoso. No le dije nada al principio. Después me dejó por, no sé, media hora, tal vez. Estaba sangrando, con mucho dolor. Cuando volvió venía con él un griego. Mi corazón se desplomó cuando lo vi.

M. M.: ¿Lo conocía?

#17: [Asiente]. Se llamaba Alexis. Me había ayudado de vez en cuando, trayendo noticias de movimientos de barcos, llegadas de tropas, ese tipo de cosas. Parecía… [hace una pausa] aterrorizado. No lo culpo por haberle dicho que yo era británico. Entiendo por qué lo hizo. Entonces Fischer me dio a elegir. Sacó su pistola, me la apuntó a la cabeza y me dijo que, si no le daba nombres de otros agentes, me apalearía hasta matarme [mira fijamente el vaso]. No tenía dudas de que lo haría. Estaba asustado lo admito, muy, muy asustado. El dolor puede hacerte eso. [Silencio largo].

M. M.: ¿Qué hizo?

#17: Le di el nombre de Eleni. No le sorprende, ya lo veo. Se lo esperaba.

M. M.: Tenía un presentimiento.

#17: Me habían dicho que ya la habían traicionado. Pensé, ¿qué daño haría traicionarla de nuevo? Ella estaba de camino fuera de la isla. Creí que estaría a salvo.

M. M.: Usted la había dejado sola en una cabaña sin saber a qué bahía de Sfakiá dirigirse ni cómo llegar allá.

#17: Ella era increíblemente capaz, confiaba en que lo resolvería.

M. M.: Acaba de decirme que habría sido como entrar en una guarida de leones con los ojos vendados.

[Silencio prolongado].

#17: Su nombre no fue suficiente para Fischer de todas maneras. Dijo que sus superiores se reirían de él si únicamente les daba un nombre. Quería más de mí.

M. M.: ¿Cuánto más?

#17: Quería saber dónde estaba Eleni.

M. M.: ¿No se lo dijo?

#17: Intenté no decirlo [inclina la cabeza]. De verdad que intenté no hacerlo. Pero me golpeó y me golpeó y me desesperé, olvidé las reglas [se cubre los ojos con las manos]. La delaté para salvar mi pellejo [mueve la cabeza]. Después, como yo era un bastardo dolorido, cobarde y celoso, fui un paso más allá. Le dije que ella había tenido una aventura con uno de los suyos. Le dije que tenía una relación con el capitán Otto Linder.

CAPÍTULO 27

Otto no se había imaginado a Eleni en El Cairo.

Había sido muy consciente de que ella aún no había salido de la isla en las últimas semanas. Yorgos le había dicho que su barco se había retrasado; Sócrates le había informado de la inquietante situación.

Realmente, había parecido demasiado fácil.

Todos sabían que se escondía pero no exactamente dónde. Tantos secretos malditos en esa isla. Sócrates había asegurado a Yorgos que estaba a salvo con otros agentes, pero pasaban las horas y Otto no había podido dejar de pensar que tal vez no fuera así.

Ahora sabía la respuesta.

Habían enviado a cuatro de ellos a su casa para arrestarlo.

Fischer no estaba entre ellos. No, había ido a por Eleni con un par más en un camión, al parecer antes de que se pudiera delegar la responsabilidad en otra persona. Otto no entendía qué autoridad había creído tener Fischer esa noche para hacer lo que hacía, pero la idea de que estuviera entusiasmado por encontrar a Eleni, la sola idea de que él llegara a respirar el mismo aire que ella, lo dejó helado.

Los cuatro que lo habían arrestado no eran todos desconocidos.

Tres de ellos sí. Al cuarto, sin embargo, Otto lo conocía.

Lo conocía bien. Lo suficientemente bien como para no dudar de cuánto había despreciado la orden recibida y para agradecerle la amabilidad de haberse ofrecido como voluntario para ello.

—Vámonos, entonces, Weber —le había dicho a aquel joven que nunca se había creído que Eleni no era Eleni cuando él había intentado convencerlo de ello.

—Sí, señor —dijo Weber—. Vámonos.

Eleni no durmió aquella noche.

Se había dado cuenta, mucho antes del brumoso amanecer, de que había ocurrido algo muy malo.

"No tardaré" había dicho Robbie cuando la dejó. "Guárdame algo de cenar, por favor."

Hacía tiempo que había arrojado el plato de judías.

No se había planteado salir sola hacia Sfakiá en la oscuridad, sin saber adónde ir. Habría sido suicida.

La única opción que le quedaba era la que ella había elegido: esperar.

Así que esperó.

Y esperó.

Aún seguía esperando, de pie junto a la ventana de la cabaña, mirando las montañas frías y silenciosas, observando cómo el sol naciente las iluminaba poco a poco: los árboles pasaban del gris al verde; las rocas, del negro al rosa brumoso.

Se apoyó una mano en el vientre y con la otra sujetó la pistola de Pendlebury.

No tembló. Se negó a tener miedo.

Nada de debilidad.

Pero estaba alerta.

Percibía la presencia de otros en las sombras de las montañas.

No podía adivinar si eran amigos o enemigos.

Los tres soldados nazis llegaron a pie. El paso hasta la cabaña no era lo suficientemente ancho para que subiera un camión, así que Eleni no oyó nada y, cuando los vio acercarse, ya era demasiado tarde para correr.

Salió de la cabaña con los brazos cruzados y se llenó los pulmones con el aire de la mañana, perfumado por la escarcha. Empezaba a tener miedo en contra de su voluntad. Tenía el pulso acelerado y el bebé daba patadas, inquieto.

"Calma" se dijo, "calma".

Entonces, los tres hombres avanzaron hacia ella, con la cara roja y jadeantes por la subida.

Uno era muy joven, casi tan joven como Weber. Se inclinó, con las manos en las caderas, para recuperar el aliento. Levantó la vista para mirar a Eleni por un momento y luego desvió su atención a sus botas.

El segundo en llegar era mayor, de contextura más cuadrada, ojos azules vidriosos y barba canosa en la mandíbula. Tenía una expresión pasiva mientras miraba a Eleni de arriba abajo, como si para él fuese un día más en la oficina.

El tercer soldado, que Eleni supuso que estaba al mando por la forma en que se adelantó, tenía una cara ancha, flácida, y una sonrisa lasciva.

—Hablaré en alemán —dijo—, sé que usted lo entiende.

—¿Acaso sabe hablar otro idioma? —preguntó ella, que parecía tranquila.

"Eres tan tranquila, Eleni."

Dios, lo que daría por que Stephen apareciera ahora.

—¿Por qué tendría que hacerlo? —dijo él—. Tienes un arma escondida en alguna parte, también lo sé. Dime dónde está.

—Está aquí —dijo ella, sacándola de entre los numerosos pliegues del suéter de Dusty, incapaz de ver qué otra opción tenía con tres de ellos a los que enfrentarse. No era tan buena tiradora.

—Suéltala —dijo él.

Lo hizo con la esperanza de estar lo suficientemente lejos de los hombres como para que ninguno de ellos pudiera ver lo mucho que temblaba. El arma aterrizó en la roca a sus pies y el agudo golpe metálico resonó en los valles.

—¿Van a arrestarme? —preguntó.

—Podría llevarte con nosotros y torturarte —dijo el cabecilla. Se encogió de hombros—. O puedo fusilarte aquí mismo.

—Fischer —dijo el más joven—. No podemos dispararle.

"Fischer" pensó ella y recordó quién era, incluso a pesar del pánico: el chico que Otto despreciaba. El que había dirigido un escuadrón durante las represalias.

No sabía por qué, pero Eleni se lo había imaginado más alto, más fuerte, con un aspecto menos patético.

—Claro que podemos dispararle —dijo Fischer.

—Nos meteremos en problemas.

—Diremos que intentó huir. O pelear.

—Pero no está peleando. Ha arrojado el arma.

—Cállate Meyer.

Ese nombre también le resultaba conocido.

Con la boca seca y el corazón latiéndole tan fuerte que la cabeza le daba vueltas, Eleni volvió a mirar la cara lisa y sonrojada del chico, y recordó la manta que Otto le había dicho que solía llevar.

—Estoy embarazada —le dijo, segura de que no significaría nada para los otros dos pero desesperada, desesperada porque significara algo para él—. Mira. —Se pasó las manos temblorosas por el vientre—. ¿Ves?

La miró.

¿Qué hizo Fischer?

Ella no se fijó. Estaba demasiado preocupada descifrando la expresión de Meyer. Sentía que él sería su oportunidad. Realmente sentía que era su oportunidad y la del bebé.

Pero el tercer hombre no le daba ninguna oportunidad a nadie.

—Arrodíllate —ordenó a Eleni, levantando el arma— o quédate de pie, me da igual. Esto hay que hacerlo, así que hagámoslo de una vez.

—He dicho que lo voy a hacer yo —dijo Fischer levantando también la pistola.

—Yo lo haré.

—Lo haré yo.

Entonces sonó el disparo.

Y eso fue todo.

"Recuerdos de Grecia durante la guerra". Transcripción de la entrevista de investigación realizada por M. Middleton (M. M.) con el sujeto diecisiete (#17), en British Broadcasting House, 6 de junio de 1974.

#17: El oficial al mando de Otto, Brahn, me dijo que estaba embarazada cuando le dispararon. Yo estaba en una celda en ese momento, en la prisión de Agia. Otto también estaba allí. Brahn estaba muy… disgustado, por todo. No me ejecutaron porque les había dado lo que les había dado, pero Brahn me mantuvo encarcelado, pensando en lo que había hecho durante el resto del tiempo que permaneció en la isla. Luego, cuando fue reubicado en Francia creo, me envió a un campo de concentración en Alemania para que pensara en ello [inclina la cabeza. Mira fijamente la mesa]. No creo que Stephen, ni nadie, haya descubierto lo que hice. Estoy seguro de que todos dieron por sentado que a mí también me habían traicionado. Nunca tuve el valor de buscarlos. No pude…
[Silencio].
M. M.: ¿Qué pasó con Otto?
#17: Lo ejecutaron más tarde ese verano. Brahn también me lo contó. Otto sostenía una bufanda que Eleni le había tejido cuando ocurrió. Oh no, no, está llorando… Por favor, no llore. Por favor, no llore. Esto fue hace mucho tiempo. Por favor. Le advertí que me odiaría…
M. M.: Vamos a dejarlo aquí, ¿de acuerdo?
[Se detiene la grabación].

INGLATERRA, 1974

CAPÍTULO 28

Oxfordshire, 7 de junio de 1974

EL CAMINO ESTABA PROTEGIDO POR FRONDOSOS FRESNOS Y sauces. Las casas, grandes y elegantes, asomaban entre el follaje y ocultaban jardines que daban al Isis. Todo estaba tranquilo, sereno. Aquello era idílico después de la contaminación de White City y del tráfico del viernes por la tarde en el que Martha acababa de viajar por la M40.

No había llegado a tiempo para el cronograma de la BBC. Se había tomado medio día. No tenía intención de utilizar nada de lo recopilado en esa visita para añadirlo a la montaña de material que ya había acumulado para el programa que se emitiría en octubre, en el trigésimo aniversario de la liberación de Atenas. La producción estaba muy avanzada. Ya lo estaba cuando su sujeto anónimo, el número 17, había respondido a su anuncio publicado en los periódicos dominicales en febrero.

> ¿Prestó usted servicio militar en Grecia durante su caída o liberación? ¿Estaría dispuesto a compartir sus experiencias? Si es así, en la BBC estaríamos muy agradecidos de saber de usted.

Martha, una investigadora de bajo rango en la emisora, le había telefoneado la primera vez que hablaron para agradecerle que se pusiera en contacto con él, pero dispuesta a explicarle que, lamentablemente, su oferta había llegado un poco tarde para ser útil.

Pero la hizo recapacitar la forma en que su voz se quebró por la decepción ("Ah, ya veo.").

Cuando lo recibió en el vestíbulo para su primera entrevista, le había sorprendido lo joven que era. No llegaba a los sesenta. Por teléfono le había parecido mayor, muy frágil. Se estaba recuperando de una gripe; era lo que lo había hecho toser tanto cuando hablaron, pero no lo que lo estaba matando. En la primera entrevista le había contado que le habían diagnosticado demencia precoz. Pronto, los recuerdos que lo torturaban desaparecerían.

"Hice mucho daño a dos personas", había dicho, "y me quedé callado. No puedo dejar que utilicen mi nombre, estoy demasiado avergonzado, pero tampoco puedo dejar que mis actos queden sin explicación".

Ella se había quedado intrigada, naturalmente.

Después él había mencionado que una de las personas a las que había perjudicado había sido Eleni Adams y se sintió aún más intrigada.

Su testimonio contribuiría a una única sección del episodio de una hora de duración que se emitiría el 12 de octubre: un fragmento que se uniría a las otras historias de traidores que ella y sus compañeros investigadores habían desenterrado. Ella sabía cuál sería la cita que Ali, su productora, querría utilizar desde el momento en que él la pronunció. "No se aplicaban las reglas normales. O, al menos, uno se acostumbraba a olvidar que deberían aplicarse." Sin embargo, ella lo había dejado seguir hablando durante horas. Nueve en total.

—¿Nueve horas? había dicho Ali cuando se encontró

con las cintas. ¿Nueve, señorita? Debe de haber sido una historia muy interesante.

Lo era.

Tras cruzar el último de los portones del camino, Martha continuó subiendo por el sendero de grava y, tras detenerse ante la casa, apagó el motor y bajó del coche, que parecía un horno. Un pato que venía del río la miró fijamente, graznó y se alejó.

Se abrió la puerta principal.

—Qué sorpresa —dijo una voz cálida y familiar—. ¿A qué se debe este placer?

—Un impulso —dijo ella abrazándolo.

Hacía varias semanas que no lo veía. Él también le había dado material para el programa.

Sujeto Uno: Benedict Latimer. Mayor del Ejército Británico en el Cuartel General durante la caída del continente en abril de 1941 y la caída de Creta en mayo de 1941, tiempo durante el cual se alojó con el doctor Yorgos Florakis (Sujeto Cinco). Trasladado, a petición propia, al servicio activo en África tras la evacuación de Sfakiá. Condecorado con la cruz militar al valor en 1942 y ascendido a teniente coronel. Participó en el desembarco del Día D en Sword Beach en mayo de 1944. Presenció la liberación de Atenas.

Estaba muy orgullosa de su padre.

Junto con un par de otras marcas a su favor, el hecho de que él hubiera prestado servicio en la guerra la había ayudado, sin duda, a asegurarse su primer puesto de investigadora en la BBC.

—¿Va a venir Jack también? —preguntó él, refiriéndose a su esposo.

—Probablemente. —Ella le había telefoneado al trabajo,

le había dejado un mensaje diciéndole que estaba de camino y estaba segura de que él aprovecharía la oportunidad para seguirla. Llevaban casados menos de un año y estaban restaurando una ruinosa casa victoriana (que era una fuente permanente de gastos) en su propio tramo del río, en Barnes. No tenían electricidad ni agua caliente y era un desastre.

—Tendremos la casa llena —le dijo su padre, rodeándole los hombros con el brazo, mientras caminaba con ella por el porche hasta el vestíbulo. Había un pollo asándose; se olía el ajo y el limón—. Georgie volvió de la universidad para pasar el fin de semana. Naturalmente está durmiendo, porque aún es de día, pero estará encantada de verte.

Martha sonrió, contenta de ver también a su hermana menor.

—Briony prometió venir mañana desde Windsor con sus padres —agregó Ben.

Martha se rio. Briony tenía dos meses: era la hija de su hermano gemelo, Josh, y de su mujer, Lily.

—Llamaré a Rafe para que venga también —dijo Ben.

—Rafe tiene que arreglarnos el agua caliente.

—Estamos en pleno verano, estarás bien.

—¿Es quien creo que es? —preguntó otra voz familiar.

Martha se volvió hacia ella.

Y allí estaba, entrando en el salón soleado a través de las puertas del jardín: la verdadera razón por la que Martha había hecho el viaje desde Londres un viernes. Estaba envuelta en una toalla con el pelo rubio desteñido chorreando, claramente recién llegada después de nadar en el río.

—Martha cariño, hola.

Sujeto Dos: Eleni Juliet Latimer, de soltera Adams. Agente de la DOE en Creta, aunque nunca habla mucho de ello.

—Hola, mamá —dijo Martha.

Eleni se quedó de piedra cuando, Martha le confesó con quién había estado toda la semana.

Las dos estaban en el jardín trasero. Eleni se había duchado, vestido (con pantalones cortos, aún los usaba) y había servido vasos de vino bien frío, que se habían tomado en el patio. Ben estaba en la orilla del río arremangado, reparando el motor del bote que tenían desde que Martha tenía memoria.

Martha no lo miraba trabajar.

Miraba a su madre, que se había quedado completamente inmóvil, como si se hubiera deslizado de su plano de existencia a otro completamente distinto.

Entonces...

—Hablamos por teléfono esta semana —dijo a Martha, cuando por fin logró hablar—. Varias veces.

—Lo sé.

—¿Por qué no me dijiste que lo habías conocido?

—No podía hablar contigo de esto por teléfono.

—¿Le dijiste que eres mi hija?

—No. Al principio me preocupaba que eso lo cohibiera, así que fingí que no te conocía. —Toda esa tontería de no saber qué había sido de Tips. Ella había estado a punto de delatarse solo una vez: cuando él le había mencionado la ropa anticuada que le habían dado a Eleni en la DOE. "No creo que le quedara bien, teniendo en cuenta su estilo."— Después, no sabía si querrías que se lo dijera.

—¿Por qué no querría?

—Cree que estás muerta mamá. Cree que te mató.

Eleni la miró.

—Le dijeron que te habían disparado cuando estaba en la cárcel —dijo Martha. Le dijeron que te habían disparado estando embarazada.

467

Eleni cerró los ojos.

—Oh, Martha…

—¿Otto era el padre de Rafe mamá? Creo que sí.

—Martha…

¿Y supongo que Henri es el abuelo de Rafe y Krista es su tía? No es para nada tu vieja amiga de la universidad. ¿Y Marianne? ¿Y Esther? ¿Lotte? ¿Dónde encajan todas ellas? Porque…

—Martha, para —dijo Eleni, mirándola con firmeza. (Ahora había recuperado el control)—. Deja de hablar.

—¿Vas a empezar?

Soltó un largo suspiro.

Bebió un sorbo de vino aún más largo.

—¿Con qué quieres que empiece?

—Dime si Rafe es hijo de papá.

—Sí, es hijo de papá.

—¿Pero también de Otto?

Otro suspiro.

—Sí. Y él lo sabe, por cierto. Solo que nunca ha querido que el resto de vosotros lo supierais.

—¿Por qué?

Eleni tomó aire para hablar pero se detuvo, con una arruga de indecisión entre los ojos.

—No debería hablarte de esto.

—No, no te atrevas…

—No es tan sencillo como si esta solo fuese mi historia, Martha. Rafe ha tenido que lidiar con muchas cosas.

—Por favor, cuéntamelo.

Ella dudó un momento más.

Luego, dijo:

—Tienes que entender que, cuando él nació, estábamos todavía en medio de la guerra. Empezó la escuela en el 48, con niños cuyos padres… despreciaban a Alemania y odiaban a los alemanes. Lo llevé a Creta en cuanto terminó la guerra civil y allí los odiaban aún más. Le dije que su padre era un buen hombre, porque lo era, pero no podía decirle que había sido alemán para empezar. No cuando aún era tan pequeño. Se lo dije a muy poca gente.

—¿Se lo dijiste a papá?

—Por supuesto que se lo dije a papá.

—¿Cuándo se lo contaste a Rafe?

—Después de que Josh y tú nacisteis. Papá y yo se lo dijimos juntos. Solo tenía seis años, pero si hubiéramos dejado pasar más tiempo habría sido imposible. Para entonces ya se había encariñado con Henri, Krista, con Miriam y Nicolas...

—Sí —dijo Martha, que también los quería mucho. Habían pasado suficientes Navidades juntos. Incontables vacaciones de junio visitando la casa de Krista junto al lago, en Berlín; largas y calurosas semanas en las que Krista los había dejado correr a su antojo, quedarse despiertos hasta muy tarde, poner la música demasiado alta. ("Hay que vivir el momento", decía). Martha sabía desde hacía tiempo que ella y su esposo, Claus, habían construido su casa a partir de los diseños que había dibujado el hermano perdido de Krista, pero no podía creer que nunca se hubiera dado cuenta de que sus hijos, Miriam y Nicolas —que, ahora que lo pensaba, tenían un gran parecido con Rafe: aquellos pómulos que siempre le había envidiado— eran primos de Rafe.

—¿Cómo reaccionó Rafe? —preguntó.

—Estuvo callado durante un tiempo. Muy apegado a nosotros, sobre todo a tu padre. —Eleni miró a Ben, que estaba en el barco—. Se portó de maravilla con él. Siempre lo ha hecho. Creo que en parte por eso a Rafe le preocupaba tanto que Josh y tú descubrierais que él no era su hijo. Él os adora. Lloraba mucho por esto. Era tan pequeño todavía... Al final, le dijimos que no necesitaba deciros nada que no quisiera. Que podía esperar. Para cuando nació Georgie ya ni siquiera hablábamos del tema.

—¿Rafe habla de ello ahora?

—A veces. Cuando creció se sintió culpable por haber mentido. Pero las mentiras se convierten en un hábito.

—Esta ciertamente lo es.

—Está orgulloso de ser el hijo de su padre. De verdad. Mira cómo se gana la vida.

Martha asintió. Era arquitecto, cada vez más conocido. Les había hecho los planos de la reforma como parte de su regalo de bodas, y también los estaba ayudando a gestionar la construcción (de ahí su relación con la instalación del agua caliente).

—Bautizó a Brigit con el nombre de su abuela —continuó Eleni—y le dio a Stella su anillo cuando le propuso matrimonio. Voló a Berlín después de que naciera Brigit para disculparse con Henri y Krista. Creo que al tener a su hija se dio cuenta de lo mucho que Otto... —hizo una pausa al nombrarlo— había perdido.

Tanta tristeza en una sola palabra.

—¿Te casaste con él? —preguntó Martha en voz baja.

—No.

—¿Cuándo te casaste de verdad con papá?

—No fue en Creta en el cuarenta y uno.

—No, me imaginé que no.

Sonriendo brevemente, Eleni le contó que se habían vuelto a ver en el verano de 1948, en una cena a la que los había invitado Héctor Herbert.

—Nos casamos el otoño siguiente, después de que Rafe y yo volviéramos de aquel primer viaje a Creta. Papá me propuso matrimonio antes de irnos. Pensé en ello constantemente, mientras Rafe y yo estábamos fuera. Sentía que hubiera sido… una infidelidad a la memoria de Otto si decía que sí. *Papou* me dio una severa charla.

—Me imagino.

—Así que cuando papá se reunió con Rafe y conmigo

fuera de nuestro barco, dije que sí. —Miró de nuevo a Ben—. Sinceramente, no creía que alguna vez querría casarme con alguien después de Otto. No creía que fuera posible. Pero me enamoré de tu padre. Espero que no lo dudes, Martha.

Martha no lo dudaba.

Ni una sola vez en sus veinticinco años había dudado de cuánto quería su madre a su padre.

Pero tampoco dudaba, después de todo lo que había oído, de que ella también había amado a Otto.

"¿Crees que el primer amor puede ser amor verdadero?"

Ella estaba absolutamente segura. ¿Cómo podría no creerlo?

Después de todo, se había casado con Jack, el chico con el que se había sentado el primer día de la escuela primaria.

—¿Es verdad que a Otto lo ejecutaron, mamá? Por favor, dime que no.

—No puedo, cariño. Ojalá pudiera. Pero sí, lo ejecutaron aquel septiembre.

—¿Por estar contigo?

—No, no. Fue a la cárcel por eso, pero lo mataron por otro motivo.

—¿Entonces...?

—Después de la rendición italiana, hubo muchos disturbios en la isla, más represalias. Ya lo sabes. Otto ya había salido de la cárcel para entonces, pero alguien decidió que debía demostrar su lealtad participando en las represalias. Él se negó, como se había negado después de la rendición, pero esta vez lo juzgaron en una corte marcial. —Miró sin ver su vino—. Su oficial al mando, Brahn, habló en su favor, intentó que le conmutaran la pena pero... —Llenó los pulmones y exhaló un suspiro tembloroso—. Brahn dejó entrar a *Papou* a la celda de Otto en su última noche para que pasara un rato con él. —Miró a Martha, con sus ojos azules llenos de lágrimas—. Lo acompañó hasta el final.

—Lo siento tanto, mamá.

—Era la guerra. Una guerra horrible.

—Murió por defender lo que era justo.

—Así fue. Así era él.

—El padre de Rafe.

—El increíble padre de Rafe.

Hablaron más de él durante ese ruidoso y soleado fin de semana en el que se reunieron todos: Martha y Jack; Georgie; Josh, Lily y la pequeña Briony; Rafe, su mujer Stella, Brigit de cuatro años y Seb de dos. Hablaron abiertamente de él por primera vez. Rafe dijo que podían.

Eleni y Ben le contaron cuando llegó el sábado por la mañana que Martha lo había descubierto todo.

—¿En serio? —dijo él.

—En serio —confirmó Eleni.

Y él exhaló, se tomó un tiempo para digerirlo y, al final, decidió contárselo a los demás.

—Dios mío —dijo Georgie, con la teatralidad de sus diecinueve años. No puede ser.

—Para mí no hay ninguna diferencia —dijo Josh, más profundamente abrazando a Rafe—. Ninguna.

—¿Cómo te sientes? —le preguntó Ben más tarde esa noche, mientras estaban junto a la humeante barbacoa.

—Mejor —respondió Rafe con Seb sobre los hombros y vigilando a Brigit, que daba volteretas hacia el río—. Es mucho mejor no estar mintiendo.

—Siempre es mejor —coincidió Eleni. ("Una forma terrible de vivir, en realidad.")

—No sé por qué no dejé antes de hacerlo —reflexionó él.

—Necesitabas un empujón —dijo ella—, eso era todo. Todos lo necesitamos a veces.

Dar ese empujón, liberarlos a todos de la mentira, era al menos algo bueno que había hecho Robbie.

A cambio, Eleni había decidido que necesitaba liberarlo de su mentira.

Ella entendía por qué Brahn lo había engañado. Nunca lo conoció; lo mataron en Francia en 1945 y nunca volvió a casa con su mujer y sus hijos en Dresde. Por todo lo que le habían contado, sin embargo, había sido un hombre honorable, que se había preocupado por Otto y ella supuso que había querido castigar a Robbie por su traición.

Pero ya llevaba treinta años de castigo.

Lo habían encarcelado y enviado a un campo de concentración.

Siempre odiaría lo que había estado a punto de hacerles a ella y a Rafe, pero ahora él se estaba muriendo y Eleni tenía en su mano la posibilidad de darle algo de paz. Él no la había matado. Estaría mal, simple y llanamente, permitirle seguir creyendo que lo había hecho.

—¿Estás segura? —le preguntó Ben, dubitativo, cuando el domingo por la noche, después de que sus hijos se habían ido a sus casas y universidades, ella le comunicó su intención de ponerse en contacto con Robbie—. Yo lo dejaría que siga creyéndolo. Lo siento, eso es lo que haría.

—Yo haría exactamente lo mismo —dijeron primero Dusty y luego Stephen cuando les telefoneó al día siguiente para contárselo todo. Martha también los había entrevistado a ambos para su programa (Sujeto Tres y Sujeto Cuatro); Stephen era su padrino y Dusty el de Rafe. Todos ellos sabían desde hacía décadas que Robbie se había vuelto contra ellos. Por eso ninguno había sentido nunca la más remota intención de buscarlo.

—Déjalo ir —dijo Stephen a Eleni—. No le debes nada.

—Nada —coincidió Dusty—. No dejes entrar la compasión, ¿recuerdas?

Pero ella nunca había tenido mucho tiempo para aprender esa lección.

La había dejado entrar con Weber ("Solo un poco de amabilidad, Eleni-mou"), y mira lo que había pasado.

Él había llevado a Otto hasta ella en abril de 1942.

La había ayudado a salvar su vida en marzo de 1943.

Era hora de que ella devolviera la suya a Robbie.

No se atrevió a visitarlo. Hubiera sido demasiado.

Le escribió; fue al estudio para hacerlo en cuanto colgó el teléfono a Dusty. Con las ventanas abiertas para que entrara el olor del río y de la hierba recién cortada, desbarató todo lo que Robbie había creído saber.

Otto sabía lo del informante de Fischer en Souda, empezó. Había hecho que uno de sus hombres, Weber, siguiera a Fischer hasta él, muchos meses antes. Weber le había dicho al hombre que debía buscarlo si Fischer volvía a molestarlo, que fue precisamente lo que hizo en cuanto Fischer lo liberó de su interrogatorio. El mayor Brahn llevó un pelotón a casa de Otto para acusarlo pero, gracias a Weber, Otto ya se había marchado cuando llegaron. Juntos fueron a ver a Sócrates y él los condujo hasta mí. También conté con la colaboración de Dusty, a quien Stephen había enviado a recogernos cuando se dio cuenta de que nuestro aparato de radio se había estropeado.

Tenía mucho miedo antes de que me encontraran, Robbie. Cuando llegaron esos tres soldados —Fischer, Meyer, Schmitt— pensé que iba a morir. Entiendo el miedo que debes de haber sentido en esa habitación con Fischer. No sé si alguna vez entenderé lo que le dijiste, pero entiendo tu miedo. El mío me hizo soltar el arma demasiado pronto. Desde entonces, me confunde lo rápido que lo hice. Volví a levantarla cuando quedó claro que Fischer y Schmitt querían dispararme, pero no la necesité. Dusty, aunque era pésimo en griego, tenía una puntería realmente excelente. Él disparó a Schmitt, Otto a Fischer y al tercer hombre, Meyer, les pedí que lo dejaran vivir. Era un niño, solo un niño.

Éramos todos muy jóvenes, de verdad.

Llevamos a Meyer a Sfakiá con nosotros. Otto y Weber también vinieron. Era noche cerrada cuando llegamos a la playa y hacía demasiado viento para que la lancha llegara a tierra, así que tuvimos que nadar hasta ella. Hacía mucho frío. Pero, por una de esas extrañas coincidencias, mi primo, el pequeño Vassili, estaba allí ("¡Eleni-mou!"), un pasajero de última hora, que por fin se iba a Narkover. Mi padre también me esperaba a bordo.

Hizo una pausa en su escritura para revivir la conmoción que había sentido al ver el rostro de Timothy, tenso de miedo por encima del cuello alto, asomado a la cubierta, escrutando el haz de luz de la linterna mientras la buscaba en el agua.

—¿Papá? —había dicho ella, jadeando por el frío—. ¿Qué haces trasladando una lancha?

—¿Crees que podría haber dejado que viniera otra persona? —había dicho él; trepó por las barandillas de la lancha, se inclinó, arrastró el cuerpo empapado de Eleni, con su barriguita de cinco meses hacia él y la envolvió en una manta—. ¿Crees que podría haberlo hecho?

Weber subió a bordo. Lo habrían arrestado si hubiera vuelto a Souda, así que lo hicimos prisionero, lo llevamos a Egipto y sobrevivió a la guerra. Creo que después se formó como profesor. Mi padre también se ofreció a llevar a Otto. Supo, muy rápidamente, cómo se sucederían los acontecimientos. Pero Otto se negó. Yo sabía que lo haría. Lo habíamos discutido largo y tendido durante el viaje. Schmitt y Fischer habían sido fusilados. Otto insistió en que él y Meyer debían trasladar sus cuerpos y volver a Souda para dar testimonio de que ellos y Weber habían caído desde un precipicio a un arroyo. No confiaba en que Meyer pudiera sostener la historia hasta el final. Tenía razón, creo. No hace falta que te diga que, si los nazis se hubieran enterado de que la resistencia había participado en la muerte de soldados alemanes, más gente inocente habría muerto en más represalias.

Al final, Eleni había aceptado que Otto tuviera que volver a Souda.

Sin embargo, la había devastado.

—Es hora de nadar, Eleni —le había dicho en la playa—. Lo haremos juntos, ¿sí? Un último chapuzón, tú y yo.

En cuanto a mí, decidimos que Otto le dijera a Brahn que yo había escapado de la cabaña cuando ellos llegaron. Porque las historias más simples, blablabla. No tengo ni idea de si Brahn creyó que yo había escapado sola. Sospecho que no.

Casi me lo quitas todo, Robbie. Y quizás realmente le quitaste la vida a Otto. Tal vez si no hubiera sido arrestado por su relación conmigo, nunca se le habría ordenado tomar parte en esas represalias. Pero tal vez sí. O podría haber sido asesinado de otra manera. A la guerra aún le quedaban más de dos años. Y, a pesar de todo lo que me quitaste, no puedo olvidar que también nos diste algo. Gracias a ti pudimos volver a vernos.

Ella se había dado cuenta de que eso había sido un regalo. Incluso ahora lo sentía: el alivio ahogado cuando había visto a Otto cruzar las rocas más allá de la cabaña hacia ella.

—Te dije que no era el final —le había dicho—. Te lo dije.

Pasamos un último día juntos, escribió. *Un día que he atesorado durante más de treinta años. Hablamos de un sinfín de cosas. Hablamos de cómo llamaríamos al bebé.*

—¿Tu madre tenía segundo nombre? —le preguntó a Otto.

—Miriam —había dicho él mientras se deslizaban por la ladera del desfiladero con las rocas sueltas caían bajo sus pies.

—¿Y tu padre?

—Rolf.

Ella puso mala cara.

—No podemos hacerle eso a un niño.

Él se rio. *Su risa.*

—Rafe, entonces —había sugerido él.

—Rafe —había repetido ella—. Sí. Me encanta.

Nació en una granja de Chester, en medio de una noche muy calurosa. La cuñada de Helen Finch lo trajo al mundo, Héctor me envió flores, mi padre vino a visitarme y mi abuela de Sutton también.

—Lo siento mucho, querida —le había dicho—. Soy una vieja tonta que ya debería haber aprendido. Espero que te resulte más fácil que a tu padre perdonarme.

Esther se enamoró de Rafe inmediatamente, y los dos siguen siendo amigos íntimos desde entonces. Esther toca ahora con la Filarmónica de Nueva York, como solía hacer Marianne, y Helen Finch va a verla siempre que puede, al igual que Lotte, que viaja por todo el mundo solo para estar en primera fila en sus funciones de estreno. Los padres de Esther no sobrevivieron a los campos; tampoco los de Marianne por desgracia. El padre de Lotte fue asesinado tras el complot para derrocar a Hitler en 1944, del que Lotte nunca habla. Pero ella ha trabajado mucho desde entonces, tratando de apoyar a aquellos a los que el régimen perjudicó. Esther tiene un esposo maravilloso y tres hijos. Marianne tuvo cinco al final. Estoy perdiendo la cuenta de sus nietos. Ben y yo tenemos cuatro hijos. Rafe, a quien ya conoces. A Martha, también. Josh es médico. Georgie es un peligro. Estoy ferozmente orgullosa de todos ellos.

He tenido una buena vida, Robbie. He tenido una muy, muy buena vida. Y continúa.

Tú no me has quitado eso.

Se despidió y se quedó mirando la inclinación de su propia mano, intentando imaginar cómo reaccionaría él cuando lo leyera todo.

No esperaba saberlo nunca.

Envió la carta y no pensó que volvería a saber de él.

Su respuesta, sin embargo, llegó a vuelta de correo.

Era corta y directa.

Gracias, decía.

Y después:

Solo una pregunta má, si me lo permites. ¿Otto llegó a saber que había tenido un hijo antes de que lo mataran?

Sí, respondió ella, más conmovida de lo que esperaba porque él se hubiera visto obligado a preguntar. *Lo sabía todo sobre Rafe. Mi abuelo se encargó de eso.*

CRETA, 1943

CAPÍTULO 29

Prisión de Agia, Creta, septiembre de 1943

EL MENSAJE DE ELENI HABÍA TARDADO SEMANAS EN LLE-
gar a la isla a través de Héctor.

Sin embargo, al final había llegado a destino.

El pequeño Vassili, recién llegado del entrenamiento, se
lo había llevado directamente a Yorgos, quien, en cuanto
pudo, se lo llevó a Otto.

Fue un miércoles por la noche.

El mismo miércoles por la noche que Brahn lo dejó entrar en la celda de Otto para que pudiera hacerle compañía
hasta su último amanecer.

—¿Tengo un hijo? —dijo Otto sentado en el borde de su
cama baja, con las manos entrelazadas y encadenadas—.
¿Tenemos un hijo?

—Tienes un hijo —le dijo Yorgos, sentándose a su lado
y poniendo su mano vieja y firme sobre la de Otto—. Un
niño sano llamado Rafe al que no has defraudado. —Apretó
la mano de Otto—. No lo has defraudado.

Otto cerró los ojos e intentó imaginárselo.

Lo intentó con todas sus fuerzas.

—No puedo —dijo a Yorgos—. No puedo imaginarlo.

—Entonces espera unas horas —le dijo Yorgos, que

seguía sosteniéndole la mano—. Cuando estés de pie, fuera, con los hombros erguidos y la columna recta, porque no vas a dejar que vean que tienes miedo, no tendrás miedo. Sabrás que, dentro de un momento, podrás estar mirando a tu niño.

—¿Realmente crees eso? —preguntó Otto desesperado.

—Con todo mi corazón —dijo Yorgos.

Fue una noche larga.

Otto había pensado que las horas pasarían rápido, pero transcurrieron con una lentitud increíble.

No durmió.

Yorgos, de setenta y dos años, tampoco.

Fuera, al otro lado de la pequeña ventana de la celda, las cigarras anidaban; Yorgos hablaba y daba a Otto lo único que podía calmarlo, una historia tras otra de Eleni: su primera infancia, su niñez, sus años de adolescencia —"No nos detendremos en ellos"—; luego, lo feliz que él la había visto aquel verano en que Otto y ella se habían conocido.

—Ella me hizo feliz —dijo Otto; a ella sí se la imaginaba muy fácilmente: junto a la ventanilla del autobús, comiendo un melocotón, riéndose de él desde aquella roca de erizos de mar, sentada en su escalón leyendo su libro—... Ella me ha hecho increíblemente feliz.

—Ella lo sabe, muchacho. Ella lo sabe.

Poco a poco se fue haciendo de día.

Fuera, amanecía en septiembre.

Fue Brahn quien acompañó a Otto al patio. No había delegado la responsabilidad, como tampoco lo había hecho cuando Otto tuvo que ser arrestado.

—No te juzgo —le había dicho Brahn cuando regresó de Sfakiá. Si mi esposa hubiera estado aquí, habría hecho lo mismo que tú.

—Ya es hora —dijo a Otto esa mañana, con los ojos cargados de dolor tras las gafas. Sacó una llave, le quitó los grilletes y lo abrazó—. Yo lo haré —le dijo al oído—. Lo haré por ti y no sentirás nada. Te lo juro.

Otto asintió.

—Gracias.

Se volvió hacia Yorgos que, con el rostro rígido (siempre parece más enfadado cuando está disgustado), abrió los brazos para abrazarlo también.

Lo abrazó muy fuerte.

Le dijo:

—Levanta la cabeza con orgullo. No le encuentro sentido a nada de esto, pero debes mantenerte orgulloso. —Lo apretó con más fuerza—. Tienes un comité de bienvenida esperándote. Tu madre te está esperando. Y la madre de Eleni. Melia también. Todas te esperan.

Otto volvió a asentir.

Se dio cuenta de que no podía hablar.

—Ven —dijo Brahn—. Ven.

Y Otto fue, incapaz de encontrarle sentido a estar allí, en ese momento.

Se detuvo en la puerta y se volvió para mirar a Yorgos.

Yorgos, de pie en el centro de la celda, con los hombros erguidos, le devolvió la mirada.

—Una última cosa —dijo Otto, recuperando la voz—, antes de irme.

—Lo que quieras —dijo Yorgos.

—Di a Eleni que nunca debe sentirse culpable por ser feliz. Dile lo mucho que necesito que Rafe y ella sean felices.

—Se lo diré —dijo Yorgos—. Y ambos serán felices.

Desde lo más profundo de su ser, Otto encontró la fuerza para creerlo.

Siguió creyéndolo mientras Brahn lo guiaba hacia el patio, donde el sol le daba en la piel y el aroma del tomillo llenaba sus sentidos.

Caminó hacia el poste, pasó junto a los hombres con sus

rifles y no los vio a ellos, sino de nuevo a Eleni y, por fin, a su hijo con ella; ambos sonreían, ambos reían.

Levantó la mano, tocó la bufanda que ella le había tejido y, al dejar la isla, sintió la felicidad de ella y de su hijo dentro de sí. No supo nada más que eso.

Y fue todo lo que necesitaba.

CRETA, 1974

EPÍLOGO

Creta, agosto de 1974

ELENI NO SE HABÍA PERDIDO UN VERANO EN LA CANEA desde el que había vuelto con Rafe, allá por 1949. Aquella visita había sido difícil en muchos aspectos, pero también buena, plena y feliz. Nikos, con quien Yorgos había llegado a un acuerdo lenta y laboriosamente, la había llamado a menudo, se había aparcado en el porche y había contado historias a Rafe mientras lo sostenía en sus rodillas; los Vassilis le habían pellizcado las mejillas a Rafe, lo habían paseado por sus viñedos y lo habían alzado para que recogiera uvas; María y Yorgos, Spiros y Sofia, Sócrates y Dimitri lo habían mimado sin cesar; y Eleni le había enseñado a nadar y le había hecho probar la *bougatsa*.

No se había sentido culpable de ser feliz.

Yorgos le había dado el último mensaje de Otto.

Con el tiempo, Eleni también había llevado a Ben a la isla. Ahora era un segundo hogar para todos sus hijos. Todos ellos disfrutaban los deliciosos pasteles de canela en el desayuno y había dado sus primeras brazadas en la cala.

Habían desaparecido muchos rostros queridos con el paso del tiempo, pero habían aparecido otros nuevos. El pequeño Vassili se había casado y, para alegría de Katerina y del Vassili mediano, había tenido su propia y ruidosa prole. Dimitri había reabierto su café, y él y Sócrates habían adoptado un perro. Tips, sin duda, había engendrado muchos gatitos rayados.

Con el paso de los años, a Henri y a Krista les había resultado más fácil pensar en volver a Creta, y ya habían pasado varios veranos; llegaban en avión desde Berlín, pero no se alojaban en la villa de Nikos —"Demasiado doloroso" decía Krista—, sino en uno de los nuevos hoteles que se habían inaugurado. Marianne se les unía con frecuencia desde Nueva York, y Lotte también había ido una vez.

Nadie había sido olvidado.

La guerra no había sido olvidada.

Se habían construido dos cementerios: uno, en Souda, donde descansaban John Pendlebury y otros cientos de soldados aliados caídos, y otro en Máleme, en el que yacían más de cuatro mil alemanes. Eleni había visitado ambos y había llevado a Rafe a la tumba de Otto. Siempre, cuando iban, le llevaban un melocotón arrancado del árbol que aún crecía en el jardín de la villa.

—¿Crees que lo sabe? —le había preguntado Rafe a Eleni aquella mañana de agosto, al colocar la fruta junto al caparazón de erizo que ella había dejado allí hacía tiempo y que nadie había movido.

—Creo que, si lo sabe, probablemente quiera decirte que el árbol creció del carozo de María, no del mío —había dicho ella sonriendo.

Él también había sonreído.

Habían regresado a la villa y encontrado a Yorgos en la terraza con Ben y Timothy —quien, por Eleni y Rafe, había aceptado acompañarlos en su viaje de 1949, y había seguido acompañándolos desde entonces—, ayudándolos a preparar el pargo que habían capturado durante la mañana de pesca. Marianne, que había vuelto aquel año, había estado con ellos resistiéndose a las súplicas de Yorgos de que sacara su violonchelo; alegando jet-lag, había prometido que tocaría al día siguiente.

—¿Le estás diciendo a un hombre de ciento tres años que espere a mañana?, había dicho Yorgos.

Eleni oía ahora a Marianne tocar y los acordes le producían escalofríos familiares.

Estaba en la cala, sentada en la orilla, observando a los demás, que estaban en el mar. El sol brillaba con la intensidad típica de agosto. No había viento. El mar se movía de un lado a otro, alrededor de sus piernas, rozando los guijarros. *Flisvos.*

Aún no habían llegado todos. Martha y Jack, ocupados con sus trabajos y su casa, no viajarían hasta el fin de semana siguiente. Pero el resto ya estaba allí: Georgie, distraída en una colchoneta, con la cara hacia el cielo palpitante, probablemente sin protector solar y ajena a Josh, que se le acercaba sigilosamente, a punto de hacerla caer de la colchoneta; Lily, la mujer de Josh, no muy lejos, haciendo girar por el agua a la pequeña Briony, que gorjeaba mientras sus pies regordetes rozaban la superficie; Rafe y Stella más adentro, jugaban de forma bastante más bulliciosa con Brigit y Seb.

Eleni dejó que su atención se posara en Brigit, de cuatro años.

Era la que más se parecía a Otto y a su bisabuela de todos ellos. Tenía su pelo castaño, sus ojos verdes rasgados, la piel que se bronceaba en cuanto le daba el sol.

Esa sonrisa.

Se dibujó en su carita de felicidad mientras Rafe la alzaba por encima de él y le hacía dar vueltas y más vueltas.

—¡Papá, hazlo ahora! —chilló—. ¡Lánzame ahora!

—No hasta que lo digas en griego —dijo él, en griego.

—Así que ella se lo pidió en griego.

Y, en el mismo momento en que Josh volcó la colchoneta de Georgie, Rafe lanzó a Brigit por los aires.

Mientras volaba, sus ojos, llenos de emoción, se clavaron en los de Eleni.

"¿Crees que lo sabe?"

Eleni pensaba que quizá sí.

Brigit chapoteó alegremente, agitando brazos y piernas en el mar cristalino, y Eleni creyó que sí, que él seguramente lo sabía.

NOTA DE LA AUTORA

HA SIDO UNA EXPERIENCIA INCREÍBLEMENTE CONMOVE-
dora escribir *Bajo el sol de Creta*, que está inspirado, en
gran medida, en las experiencias e historias de mi propia
familia. Mi abuela, María, estuvo en Atenas durante la ocupación nazi. Ella, junto con mi tía abuela Noola y mi tío
abuelo Yorgos sobrevivieron, mientras que mis bisabuelos
y otras tías abuelas trágicamente no. Mi abuela conoció a
mi abuelo inglés durante la liberación y se marchó con él
a Inglaterra antes del comienzo de la guerra civil. No pudo
volver a Grecia hasta más de una década después, cuando
llevó a mi padre y a sus hermanos hasta allí en tren: un viaje
del que mi padre aún habla con enorme emoción.

He tenido la suerte de pasar todos los veranos de mi vida
en Grecia y ahora llevo allí a mi propia familia cada año.
Me contaron historias de las experiencias de mis ancestros
en la guerra durante mi infancia, muchas tristes, algunas
felices: de conejos con nombres de generales nazis; de soldados alemanes que eran demasiado jóvenes y estaban muy
hambrientos; del mejor amigo de mi padre, que está vivo
hoy porque, cuando su propio padre estaba en fila para ser
fusilado en una represalia nazi, de alguna manera encontró
la fuerza para saltar el muro de dos metros que había detrás de él y correr. Uno de mis primeros recuerdos es estar

sentada en el regazo de mi tío Yorgos, junto al mar, y que él se inclinara, apoyara su mejilla en la mía y señalara el cielo, para decirme que mirara: "Ahí no hay ni una nube". Nunca conocí a mi abuela, pero Yorgos y mi tía Noola eran como abuelos para mí, y la idea de una historia ambientada en su casa, que considero mi casa en muchos sentidos, lleva mucho tiempo creciendo en mi interior. Espero haberles hecho justicia. Creo que ellos y mi abuela la habrían aprobado.

Aunque es una obra de ficción, *Bajo el sol de Creta* está basada en hechos reales, y hay una serie de libros que me resultaron de gran ayuda en mi investigación: *Crete, The Battle and the Resistance* de Antony Beevor, es un estudio excelente que examina la batalla desde todos los ángulos; *The Cretan Runner* de George Psychoundakis, son unas memorias vívidamente escritas que dan vida a lo que significaba ser un miembro local de la resistencia cretense; *Ill Met by Moonlight* de W. Stanley Moss y *Abducting a General: the Kreipe Operation and SOE in Crete* de Patrick Leigh Fermor, son memorias apasionantes de los agentes británicos de la DOE activos en la isla; por último, la segunda entrega de la trilogía *Sword of Honour* de Evelyn Waugh, *Officers and Gentlemen,* ofrece un relato inigualable de la batalla de la mano de Waugh, que la vivió en primera persona.

He intentado ofrecer un relato lo más fiel posible de la batalla y la derrota de Creta en 1941, pero no hay una respuesta sencilla a por qué cayó la isla. Dado que la fuerza invasora nazi era mucho más débil en número que quienes los esperaban para hacerles frente, quizá no sorprenda que haya habido un debate tan acalorado desde entonces sobre las razones de la derrota de la isla. Sin duda, la creencia de Freyberg de que los nazis atacarían tanto por mar como por aire fue crucial, ya que provocó la caída de la base aérea de Máleme, pero hubo otros factores implicados: malas comunicaciones; caminos estrechos y bloqueados; la sensibilidad de los mensajes "muy secretos" interceptados por radio que las fuerzas aliadas no podían arriesgarse a que los mandos nazis descubrieran que habían descifrado. Lo que es incontrovertible es que, en mayo de 1941, Creta cayó y rápidamente sucedieron las masacres infligidas a los cretenses como castigo por defender su patria. Aunque hubo soldados alemanes, como Otto, que protestaron contra esas represalias —el jefe de la división de paracaidistas fue, como se menciona en la novela, uno de ellos—, muchos no lo hicieron y, al final de la ocupación, miles de hombres, mujeres y niños habían sido asesinados. Decenas de pueblos fueron arrasados por el fuego.

La ocupación duró cuatro años y las últimas fuerzas nazis no abandonaron Creta hasta 1945, varios meses después de la liberación de Atenas. Las represalias no fueron, ni mucho menos, la única atrocidad. Muchos cretenses judíos, como los vecinos de Eleni, fueron detenidos y asesinados en las ejecuciones que siguieron a los ataques de 1942 contra las bases aéreas nazis. Muchos más permanecieron en prisión hasta mayo de 1944 cuando, tras nuevas detenciones en toda la isla, fueron obligados a subir a un barco con destino a los horribles campos de exterminio de Europa, un barco que fue confundido con un buque militar por las fuerzas navales británicas y devastadoramente hundido. Casi todos los que iban a bordo murieron ahogados; solo unos pocos escaparon y permanecieron escondidos con familias griegas hasta el final de la guerra.

En la isla se infligieron innumerables crueldades, pero también floreció una feroz resistencia, formada tanto por miembros de los aliados como por lugareños. Mientras investigaba su increíble labor, encontré una pequeña pero inolvidable referencia de Antony Beevor a la valentía de las mujeres cretenses que fueron empleadas como traductoras y secretarias por los alemanes, y que arriesgaron sus vidas para proporcionar información vital a la resistencia. Supe inmediatamente que quería mostrar en esta novela a una mujer que desempeñara ese papel, que no fuese ni griega ni británica sino una mezcla de ambas, como mi propia familia.

Los primeros agentes británicos de la DOE regresaron a Creta pocos meses después de la rendición, al principio para ayudar a evacuar a los soldados aliados que habían quedado allí, pero después para apoyar también los esfuerzos de la resistencia. Aunque es innegable que hubo cretenses que actuaron como informantes, esos colaboradores fueron la excepción: la mayoría de los cretenses se arriesgó muchísimo para resistir. Como dice un agente de la DOE, Ralph Stockbridge, en el libro de Beevor: "Todo dependía de su magnífica lealtad. Sin su ayuda como guías, informantes, proveedores de alimentos, etc., ni uno solo de nosotros habría durado veinticuatro horas".

Casi todos los personajes de esta novela son ficticios, pero hay un puñado de referencias a personas que vivieron en aquella época. Ya he mencionado al jefe del de la división paracaidista alemana y, además, todos los generales a los que me refiero son personajes históricos. Por el lado británico, John Pendlebury estaba efectivamente destinado en Heraclión antes de la invasión, encargado de conseguir el apoyo de los *kapetanios* cretenses. Según relatos contemporáneos tenía intención de permanecer en la isla para seguir luchando si caía en manos de los nazis. Murió trágicamente durante la invasión y ahora está enterrado en el cementerio aliado de la bahía de Souda. El alcalde de La Canea que tanto ayudó a Eleni, Nikolas Skoulas, fue muy activo en la resistencia y trabajó, durante toda la ocupación, con miembros de la DOE para formar un movimiento. Por último, menciono brevemente a los agentes de la DOE Xan Fielding y Patrick Leigh Fermor, y también a los cretenses

Andreas Polentas y Apostolos Evangelou, todos ellos muy implicados también en la resistencia.

Los generales y altos oficiales nazis que habían dirigido la ocupación fueron juzgados y castigados al final de la guerra. Durante años, los cuerpos de los soldados alemanes que habían caído —muchos, el primer día de la invasión y muchos otros reclutados después— yacieron esparcidos por toda la isla. Pero, con el paso del tiempo, se decidió que, al igual que los aliados, debían ser trasladados a un único lugar de descanso. Se construyó el cementerio de Souda para los aliados y el de Máleme para los alemanes. Es difícil imaginar lo que debe haber sido la tarea de exhumar y trasladar a todos los caídos. Cuando leí que el entierro de los alemanes no solo corrió a cargo de sus compañeros sobrevivientes, sino también de cretenses y miembros de la resistencia, se me saltaron las lágrimas.

En el verano de 2021 llevé a mis hijos al cementerio de Máleme donde, bajo el sol cretense —rodeados de muchas otras personas, de todas las nacionalidades—, leímos las lápidas de los que habían muerto. Escuchamos las mismas palabras murmuradas a nuestro alrededor: "Tan jóvenes". Hemos visitado también, por supuesto, el cementerio de Souda y allí hemos oído repetirse una y otra vez la misma frase.

En mayo de 2021 se celebraron ceremonias en todo el mundo para conmemorar el octogésimo aniversario de la Batalla de Creta, a las que asistieron los últimos veteranos sobrevivientes; todos recordaron, todos rindieron honores. Nunca ha sido tan importante como ahora recordar esa guerra, esa terrible guerra en la que tanto se perdió, se tomó y se dio, y de la que aún se sienten los ecos perpetuos, varias generaciones después.

NOVELAS HISTÓRICAS EN VIDIS

HISTÓRICAS ROMÁNTICAS
El secreto de París • Natasha Lester
Una novela sobre la resistencia en París que presenta a las primeras pilotos de guerra y el origen de la casa Dior.

Las tres vidas de Alix St. Pierre • Natasha Lester
En la postguerra en París, una exespía debe encontrar al nazi que arruinó su vida, mientras brilla como publicista de la alta costura y resiste a un amor inesperado.

La casa de la Riviera • Natasha Lester
Una mujer que lo arriesgó todo: el amor y la propia vida, para evitar que los nazis destruyeran obras de arte invaluables durante la Segunda Guerra Mundial.

La última rosa de Shanghái • Weina Dai Randel
Un amor apasionado entre una rica heredera china y un joven judío refugiado del nazismo, en el ambiente glamuroso del viejo Shanghai de los 40.

HISTÓRICAS ÉPICAS
Escape de Viena • Weina Dai Randel
Viena, 1938. La conmovedora historia real del cónsul chino, Dr. Ho Fengshan, que junto a su esposa salvó del nazismo a miles de judíos.

Las brujas de Vardø • Anya Bergman
En una fortaleza noruega del siglo XVII, se encarcelaban a las mujeres y se las quemaba por brujas.

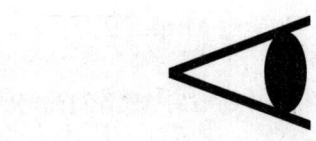